美国后现代左翼作家
多克特罗研究

陈世丹 著

外语教学与研究出版社
FOREIGN LANGUAGE TEACHING AND RESEARCH PRESS
北京 BEIJING

图书在版编目（CIP）数据

美国后现代左翼作家多克特罗研究：汉文、英文／陈世丹著. —— 北京：外语教学与研究出版社，2021.7
ISBN 978—7—5213—2853—0

Ⅰ. ①美… Ⅱ. ①陈… Ⅲ. ①多克特罗－小说研究－汉、英 Ⅳ. ①I712.074

中国版本图书馆 CIP 数据核字 (2021) 第 155123 号

出 版 人　徐建忠
责任编辑　李婉婧
责任校对　闫　璟
封面设计　李　高
出版发行　外语教学与研究出版社
社　　址　北京市西三环北路 19 号（100089）
网　　址　http://www.fltrp.com
印　　刷　北京九州迅驰传媒文化有限公司
开　　本　787×1092　1/16
印　　张　17.25
版　　次　2021 年 8 月第 1 版　2021 年 8 月第 1 次印刷
书　　号　ISBN 978-7-5213-2853-0
定　　价　69.90 元

购书咨询：(010) 88819926　电子邮箱：club@fltrp.com
外研书店：https://waiyants.tmall.com
凡印刷、装订质量问题，请联系我社印制部
联系电话：(010) 61207896　电子邮箱：zhijian@fltrp.com
凡侵权、盗版书籍线索，请联系我社法律事务部
举报电话：(010) 88817519　电子邮箱：banquan@fltrp.com
物料号：328530001

记载人类文明
沟通世界文化
www.fltrp.com

本书得到中国人民大学2019年度"中央高校建设世界一流大学（学科）和特色发展引导专项资金"的支持

前　言

　　本书《美国后现代左翼作家多克特罗研究》以马克思主义的辩证唯物主义和历史唯物主义为立论依据，借鉴杰姆逊的晚期资本主义文化逻辑、德勒兹与加塔利的资本主义精神分裂分析、哈桑的后现代主义、利奥塔的后现代状况与元话语的终结、德里达的解构主义、福柯的权力话语、巴赫金的对话、巴特的符号学、哈琴的历史编撰元小说、鲍德里亚的超仿真、列维纳斯的"他者"伦理学、怀特等人的新历史主义等理论视角，研究美国后现代主义左翼作家多克特罗的小说文本，探讨多克特罗用不断创新的后现代主义多元变化的叙事技巧和多样杂糅的文本结构及其构成的后现代狂欢化和互文性伦理叙事，表现后现代政治左翼思想，揭示人被资本主义经济和社会力量所异化的命运，批评资本主义权力政治，提出社会主义主张，追求社会公正的小说艺术。

　　多克特罗（E. L. Doctorow，1931.1.6-2015.7.21）是美国后现代左翼文学的杰出代表，是美国当代公认的一位富于社会责任感的后现代主义小说家，他带着明显的社会主义意识进行小说创作，善于运用马克思主义的阶级分析方法，表现后现代人类经验。他的作品多数以包括工人阶级在内的社会底层劳动人民的生活和资本主义社会历史为题材。在小说创作中，多克特罗以独特的后现代主义艺术技巧和后现代伦理叙事手法，深刻探讨政治主题：批判资本主义，宣扬社会主义，表现后现代伦理思想，追求社会公正。他改变并增加历史事实，使文学政治化，使政治历史化，使历史小说化，系统表达了对资本主义的激进批评和对资本主义社会权力政治的有力抨击，表达了他进步的社会主义政治观点。在艺术上，他不仅文字绘声绘色、技巧高超，而且在形式、布局、格调上也变化无穷，有力地深化了作品的主题。

多克特罗用后现代主义寓言小说《欢迎到哈德泰姆斯来》（1960）和后现代主义科幻小说《像真的一样大》（1966）解构美国梦，表现资本主义社会中人内在的邪恶和权力机构的险恶。多克特罗自其文学生涯一开始，就深深投入到对人类社会的政治思考中，探寻人类社会不能持久和令人满意地发展甚至自我毁灭的主要原因：一是寓言小说《欢迎到哈德泰姆斯来》所揭示的以剥削和自私为特点的资本主义社会中人内在的邪恶，二是科幻小说《像真的一样大》所暴露的资本主义社会权力机构的险恶。

在《但以理书》（1971）中，多克特罗用历史编撰元小说和创伤叙事重构和重新解释历史，用真实的历史事件与虚构的情节结合构成的历史编撰元小说和创伤叙事文本重构和重新解释历史，展现 20 世纪 60 年代中期美国的社会风貌：社会主义思想的传播、汹涌的反战浪潮、反传统文化的学生运动、风靡全国的摇滚音乐、人民对政府的不满和反抗、嬉皮士的出现、进步人士遭到政治迫害等，暴露资本主义把人民当成敌人、对人民实施政治暴力的法西斯统治的本质，同时强烈呼吁实行真正的人道主义民主政治。

在《拉格泰姆时代》（1975）中，多克特罗将历史与虚构相互交织，在历史人物与虚构人物一起活动的共同世界中，将其对资本主义社会政治和阶级斗争的思考与历史的不确定性相结合，揭示人被资本主义经济和社会力量异化的命运；用蒙太奇等多元叙事技巧、神话化的历史、拉格泰姆音乐化的节奏和结构，重写美国 20 世纪初期的历史。小说表现了多克特罗反对资本主义剥削和种族歧视，主张取消阶级和等级的政治观点，宣扬承认差异、相互包容、人人平等、相互关爱的后现代伦理主张。

多克特罗用成长小说、无产阶级教育小说和政治小说构成《鱼鹰湖》（1980）这一后现代主义种类混杂的叙事文本，将政治与艺术构为一体，以三角恋爱的惊险故事为叙述框架，用散文和诗歌两种文体，第一人称和第二人称两种叙事形式，大量亮晶晶的语言碎片拼成的文本结构，使历史小说化，批评资本主义剥削造成的社会不公正，重写工会斗争的历史，表现苦思冥想与探索追求、男性与女性、父亲与儿子、统治者与被统治者、压迫者与被压迫者、剥削者与被剥削者等二元对立的事物，暴露和讽刺美国资本主义社会中的互利关系和社会犯罪。

多克特罗在小说中消解作者权威，去除叙述者中心，从多角度观察，多声音叙述，用多样杂糅的结构和多元变化的技巧构成后现代伦理的狂欢化叙事，用平行结构、戏仿和直接引用构成后现代伦理的互文叙事，表现后现代伦理思想和作家的后现代伦理主张：解构现代性的形而上学，消解权威，去除中心，强调主体的多元化，承认"差异"，敬重"他者"，建立"自我"尊重"他者"的道德关系，建立对他者担负绝对责任的正义观，建构最低限度的伦理共同体，呼唤责任，呼唤友善，建构"为他者的人道主义"，重建后现代道德价值体系。多克特罗用后现代伦理叙事，批判资本主义政治制度，宣扬社会主义思想，表现后现代伦理主张，追求社会公正。

多克特罗小说中不断创新的后现代主义多元变化的叙事技巧和多样杂糅的文本结构及其构成的后现代狂欢化、互文性伦理叙事，与作品中所表达的后现代政治左翼思想及其后现代伦理思想相得益彰，实现了深刻的主题思想与创新的艺术形式的辩证统一。在《世界博览会》（1985）中，多克特罗将小说与回忆录混合构成后现代伦理叙事，消解形式虚构，表现生活的可实际触知感，描述企业资本主义的失败。他用后现代主义元小说对传统小说这一形式和叙述本身进行反思、解构和颠覆，但他坚信语言和文学形式具有指涉对象的自主性，因此他用小说与回忆录混合的叙事技巧，以一个纽约男孩的视角描述美国企业资本主义的失败以及美国激进过去的消失。

多克特罗用多语类、多形式和多体裁杂糅构成后现代狂欢化伦理叙事结构，揭示现实文本的多元性和历史文本的不确定性。在《上帝之城》（2000）中，多克特罗提供了一种由语言碎片式的传记概略、荷马韵文式史诗、宗教祈祷和按流行标准爵士乐模式的即席创作等构成的种类混杂的后现代伦理叙事文本。小说以这种非线性叙事解构现实，重构历史，描述科技，探讨哲学，质疑上帝的存在，重组宗教和家庭等。这种多样杂糅的文本结构表明，现实是一个多元的原子化的文本，一个无定形、充满暴力的世界；历史是知识话语与权力话语加盟的产物，是按照统治阶级的主导意识形态的核心价值观反复撰写的文本，其本质是虚构的和不确定的。

本书的基本观点是，后现代左翼小说家多克特罗在小说创作中用不断创新的多元变化的叙事技巧和多样杂糅的文本结构及其构成的后现代伦理叙事，表现后现代政治左翼思想，解构资本主义社会的现实和历史，批评资本主义权力政治，用阶级分析方法表现美国多元文化中的各种社会问题，宣传社会主义思想，追求社会公正，主张重构现实和历史，实现了形式创新与意义深度的辩证统一。多克特罗的小说艺术为当代世界进步文学的发展指出了正确的方向。

本书的研究思路是，以马克思主义的辩证唯物主义和历史唯物主义为立论依据，以杰姆逊的晚期资本主义文化逻辑、哈桑的后现代主义、德里达的解构主义、福柯的权力话语、巴赫金的对话、怀特等人的新历史主义的角度，系统研究多克特罗的小说文本，深刻探讨多克特罗不断创新的多元变化的艺术技巧和多样杂糅的文本结构及其构成的后现代伦理叙事，论述多克特罗的后现代政治左翼思想和批评资本主义制度、追求社会公正的政治主题。

本书的研究方法是，将多克特罗小说文本分析与后现代主义、西方马克思主义、新历史主义等文化理论研讨相结合，系统探讨多克特罗不断创新的小说艺术及其表现的后现代政治左翼思想、后现代伦理思想和批评资本主义的政治主题。

本书的创新之处在于：（1）将后现代主义、西方马克思主义、新历史主义、后现代伦理学等理论探讨与多克特罗小说文本分析相结合，跨学科、多角度地研读小说文本；（2）系统探讨多克特罗不断创新的多元变化的艺术技巧和多样杂糅的文本结构及其构成的后现代伦理叙事；（3）全面阐释后现代政治左翼思想；（4）深刻论述多克特罗批评资本主义权力政治，表现美国多元文化中的各种社会问题，宣传社会主义思想，追求社会公正，主张重构现实和历史的政治主题。

目 录

绪论
后现代主义与后现代主义小说审美特征

　　后现代主义思潮是20世纪后半叶后现代社会（也称后工业社会、信息社会、晚期资本主义等）的产物，它正式出现在20世纪50年代末到60年代前期，在70年代和80年代进入高潮并震慑整个思想界。在后现代主义看来，自20世纪50年代以来，人们逐渐认识到并重视各种各样不确定、不稳定、非连续、无序、断裂和突变现象的重要作用。在这种情况下，人们开始有了一种新的看待世界的后现代主义观念：它反对用单一的、固定不变的逻辑、公式和原则以及普适的规律来说明和统治世界，主张变革和创新，强调开放性和多元性，承认并容忍差异。当今的时代已放弃了制定统一的、普遍适用的模式的努力，新的范畴如开放性、多义性、无把握性、可能性、不可预见性等等已进入后现代的语言。在后现代，彻底的多元化已成为普遍的基本观念；后现代的多元性是一切知识领域和社会生活各方面的本质。后现代主义文学是与后现代性对应的文化现象，它反传统，在体裁上解构传统的小说、诗歌和戏剧等形式乃至"叙述"本身，形成多样杂糅的文本结构；它摈弃所谓的"终极价值"，认为一切传统意义上的崇高事物和信念都是从话语中派生出来的短暂产物，玩弄语言游戏；崇尚所谓"零度写作"，作家仅仅把话语、语言结构当作自己为所欲为的领地，写作成为一种纯粹的表演、操作，突出的是多元变化的技巧；蓄意打破精英文学与大众文学的界限，以大众的文化消费品形式出现，模糊文学与非文学的界限；惯用矛盾（文本中各种因素互相颠覆）、交替（在文本中，对于同一事物不同可能性的叙述交替出现）、非连续性和任意性、极度（有意识地过度使用某种修辞手段以达到嘲弄它的目的）、短路（运用某些手段使对作品的阐释不得不中断）、反体裁（破坏体裁的公认特点和边界）、话语膨胀（把在文学创作中一直处于边缘地位的话语纳入主流）等手段，构成不确定性写作。

一、后现代主义的核心观念

何为后现代主义（postmodernism）？这是一个自 20 世纪 80 年代以来学者们就一直觉得难以回答的问题。

1. 关于后现代主义概念的讨论

最早研究元小说的评论家之一，特别是以其很有影响的专著《元小说：自我意识小说的理论与实践》（1984）而著名的英国杜伦大学英国文学教授、思想文化史学家、文学评论家帕特里夏·沃（Patricia Waugh，1956-），曾在其 1998 年的一篇文章"后现代主义与女性主义"[1] 中，对后现代主义做了较清楚的阐释。她认为，后现代主义这一术语与所有在 20 世纪 70 年代和 80 年代出现的其他"后-"（post-）现象，如后工业社会（postindustrial society）、后马克思主义（Post-Marxism）、后人文主义（posthumanism）和后女性主义（postfeminism）等一起，似乎确定性地表明我们传统意识的结束。如今"后现代主义"这个术语表明一系列令人困惑的多种多样的文化实践、作家、艺术家、思想家和关于晚期现代性（late modernity）的理论描述。它也指我们以从 18 世纪欧洲启蒙运动继承下来的那种思维方式所引发的更一般意义上的翻天覆地的变化。启蒙运动表征了一个确定性的致力于根据其内在的逻辑发展客观科学、普遍道德和法律以及自主艺术的计划。[2] 但后现代主义认为，科学、伦理学和艺术不是或者不再是可分离的了。因此，后现代主义否认能发现独立存在的现实规律的客观科学的可能性；它拒绝对普遍的、理性的伦理原则的追求；它不同意将美学从科学、伦理学或日常文化实践的领域中分离出去而让它作为单独类别而存在。

"后现代主义"这个术语最初在 20 世纪 50 年代被有关批评家们用来描写他们所感知的产生于但又超越文化现代主义的新型文学试验。但到 80 年代初期，

---

1 Patricia Waugh, "Postmodernism and Feminism," *Modern Literary Theory: A Reader, Fourth Edition*, edited by Philip Rice & Patricia Waugh, New York: Oxford University Press, 2002, pp. 344-359.

2 Jürgen Habermas and Seyla Ben-Habib, "Modernity versus Postmodernity," *New German Critique*, No. 22, Special Issue on Modernism, Winter, 1981, pp. 3-14.

这个术语从对一系列包括幽默的反讽、戏仿、自我意识和碎片的美学实践的描述转移到对包含思想上更一般的转移在内的使用，似乎要记录下来对启蒙运动进步主义理想的普遍的冷嘲热讽。"后现代主义"现在被用来指明一个文化新纪元，这是资本主义最新的消费主义阶段，在这一阶段资本主义入侵了一切，没有留下任何剩余的对立空间。[1] 这样，后现代主义包含了一系列主要考虑因素，包括对基础主义（即知识可以以安全的、先天的原则为基础的思想）、对一系列破坏现代艺术自主权概念的美学实践以及各种各样描述当代文化或状况尝试的否定。如今这个术语既描写当代状况本身，也描写多种多样的知识反应，这种知识反应实际上是对那种状况的建构。

帕特里夏·沃认为，最好把后现代主义看作一种"情绪"，它产生于现代思想所有基础都已全部崩溃的感觉，即好像那种以为现代思想保证真理、知识、自我和价值相当稳定的感觉已经无效。后现代主义拒绝把美学与科学、伦理学、艺术等知识以及日常生活实践分开，事实上把知识和经验都吸收到了美学领域。甚至科学知识也成为一种虚构：没有客观的"事实"，因为"事实"也是通过观察和话语的各种形式产生的，而观察和话语形式则是由理论的（虚构的）框架而确定的。的确，法国作家、哲学家和社会学家让·鲍德里亚（Jean Baudrillard, 1929-2007）把后现代主义描述为美学极度膨胀的状况，因为"艺术无处不在，因为技巧就在现实的正中心"。[2]

美国著名批评家伊哈布·哈桑（Ihab Hassan, 1925-2015）早在 1985 年就曾给后现代主义提供了一个划时代的定义："一个反律法主义者的运动，它假定一种对西方精神的破坏"。[3] 他用"破坏"（unmaking）这个术语包括了解构、使离中心、去神秘化、非连续性和差异等术语，这些术语在后现代话语中起到了重要作用，它们假定或意味着对理性的一致性主题理念的拒绝，对普遍真理的"宏大叙事"的拒绝。如果对普遍真理的寻求需要对理性寻求者能力的信任，前提是这些理性寻求者已拥有了基本的普遍适用的知识，那么理性主体的死亡就似乎需要"真理"概念的崩溃。同样，没有普遍的和客观知识的基础，也就不会有通过对这种知识的理性寻求而实现的普遍解放的形象工程，因为这种普遍的和客观的知识是无法实现的。

哈桑在其 2000 年发表的文章"后现代主义是什么？现在后现代主义仍然是

1　Fredric Jameson, *Postmodernism; or, The Cultural Logic of Late Capitalism*, Durham, NC: Duke University Press, 1991.

2　Jean Baudrillard, *Simulations*, New York: Semiotext, 1983, p. 151.

3　J. Wellmer, "The Dialectic of Modernism and Postmodernism," *Praxis International* 4, 1985, p. 338.

什么？"一文中再次对这个问题做了回答。他认为后现代主义是一个幽灵，是不可压制的幽灵的回归；每当我们摆脱了它，其幽灵就会回归。它像幽灵一样躲避定义。关于后现代主义，哈桑认为他今天比 30 年前论及它的时候知道的更少了。这可能因为后现代主义发生了变化，他自己的认识发生了变化，世界也已经发生了变化。

但哈桑认为，这样说只是肯定了尼采的见解，如果一个概念拥有历史，那么它已经是一种阐释，一种服从于未来修正的阐释。逃避阐释和重新阐释的是柏拉图的思想或者一种抽象的分析概念，就像一个圆或一个三角形。但是，像人文主义或现实主义一样，浪漫主义、现代主义、后现代主义也会随时间的推移不断地变化，特别是在一个意识形态冲突和媒体炒作的时代里。

所有这一切并未阻止后现代主义这个幽灵经常出没于建筑学、艺术、人文科学、社会科学，甚至有时出没于物理科学的话语；它不仅出没于学术而且出没于商务、政治、媒体和娱乐业的公开演讲；出没于像后现代烹调法一样的私人生活风格的语言——就像随便添加一点儿覆盆子酒醋。但是关于后现代主义实际上意味着什么，学者们并未获得一致同意。

因此这个术语，更不必说这个概念，可能属于哲学家们所称的本质上有争议的类别。月更简单的语言讲，如果你把这个概念的主要讨论者——例如美国批评家莱斯利·费德勒（Leslie Aaron Fiedler，1917-2003）、美国文化理论家查尔斯·詹克斯（Charles Jencks）、让－弗朗索瓦·利奥塔（Jean-François Lyotard，1924-1998）、澳大利亚艺术史学家和艺术批评家和学者伯纳德·史密斯（Bernard Smith）、美国艺术批评家和艺术理论家罗莎琳德·克劳斯（Rosalind Krauss）、当代美国重要的文学理论家和文化批评家弗雷德里克·杰姆逊（Fredric Jameson）、美国诗歌学者和批评家玛乔瑞·帕洛夫（Marjorie Perloff）、加拿大学者琳达·哈钦（Linda Hutcheon），哈桑说再加上他，安排在同一个房间里，把门锁上，把钥匙扔掉，一星期后这些讨论者之间也不会有一致的同意，但可能发生的是大家争论得头破血流，只见一条细细的血流涓涓流淌在窗台下面。

虽然我们不能给后现代主义的幽灵下个定义或驱除这个幽灵，但哈桑安慰我们，告诉我们不要绝望，他指导我们用下面这个办法接近它：从各个视角让它惊奇，戏弄它，使它进入一个局部的光亮里。在这一过程中，我们可能发现一个与后现代主义一致的词族。我们看到，后现代建筑学离开德国鲍豪斯建筑学派纯粹有角的几何图形，德国钢铁和玻璃建筑结构之父路德维希·密斯·凡·德·罗（Ludwig Mies Van der Rohe，1886-1969）的最小限度的钢铁和玻璃盒子，美学和历史成分混合，向碎片、幻想甚至粗劣作品送秋波。在最新的题目为"信仰与理性"（1998 年 9 月 14 日）的罗马教皇通谕中，教皇约翰 – 保罗二世实际上使用了后现代主义一词来谴责价值与信仰中的极端相对论，对理性采取反讽和怀疑的态度，否定真理、人类或神圣等任何可能性。在文化研究这一高度政治化领域中，后现代主义这个术语被经常用来对抗后殖民主义，前者被认为从历史观点上看是无效的、与政治无关的或者更糟糕，不再是政治上正确的。在大众文化中，后现代主义指的是一种范围广泛的现象，从波普艺术的倡导者和领袖安迪·沃霍尔（Andy Warhol，1928-1987）到美国女歌手、演员麦当娜（Madonna Ciccone，1958-），从为东京弹球盘赌博厅做广告的巨大的石膏像蒙娜·丽莎到米开朗基罗的大卫的巨大的硬纸板制画像——迪高类粉红色、金丝雀短裤、斜挎在赤裸强壮肩膀上的相机——为新西兰康提基旅游做广告。

　　所有这些文化现象有如下共同之处：碎片性、混杂性、相对性、游戏、戏仿、拼凑、反讽、反思想的立场、近似于媚俗和稀奇古怪的气质。所以，虽然我们不能给后现代主义下一个定义，但我们可以建造一个适用于后现代主义的词族，为后现代主义创造一个语境。更有耐心或雄心的读者可以查阅荷兰乌得勒支大学人文学院教授、国际比较文学协会（International Comparative Literature Association）主席汉斯·伯顿斯的《后现代理念》（*The Idea of the Postmodern: A History*，1995）一书，[1] 可以说这是一部最好的后现代主义入门书。

　　按照后现代主义者（postmodernists）和德国当代最重要的哲学家之一、西方马克思主义法兰克福学派第二代的中坚人物尤尔根·哈贝马斯（Jürgen Habermas，1929-）等人的共同理解，从历史时期上讲"现代"（modern）是从文艺复兴开始，经启蒙运动到 20 世纪 50 年代，实际上就是指西方资本主义从产生、发展而走向现代化的过程。"现代化"（modernization）过程就是指商品化、城市化、官僚机构化和理性化的过程，这些过程共同构成了"现代世界"。现代化的过程是一个充满发明、革新和活力的过程。"现代性"（modernity）体现的是理性和启蒙的精神，它相信社会历史的进步和发展、人性和道德的不断改良和完善，人类将从压迫走向解放。"现代性"通过新的技术、新的运输方式和交往方式、产品的分配和消费形式、现代艺术和意识形态而散布到日常生活中去。

　　后现代主义的理论家们认为，从 20 世纪 60 年代开始，随着科学技术的革命和资本主义的高度发展，西方社会进入一种"后工业社会"，也称作信息社会、高技术社会、媒体社会、消费社会、最高度发达社会、晚期资本主义或多国（跨国）资本主义社会，在文化形态上称为"后现代社会"或"后现代时代"。后现

1　Hans Bertens, *The Idea of the Postmodern: A History*, London: Routledge, 1995.

代时代在科学、教育、文化等领域经历了一系列根本性的变化，这些变化表明它是人类历史的一次断裂或一个新的发展阶段。

"后现代"（postmodern）之"后"（post-）具有双关性，它体现了对待"现代性"的两种不同态度。在一种意义上，"后现代"是指"非现代"，它要与现代的理论和文化实践、与现代的意识形态和艺术风格彻底决裂。"后"可以肯定地理解为积极主动地与先前的东西决裂，从旧的限制和压迫状态中解放出来，进入到一个新的领域；也可以否定地理解为可悲的倒退，传统价值、确定性和稳定性的丧失。在另一种意义上，"后现代"被理解为"高度现代"，它依赖于现代，是对现代的继续和强化，后现代主义（postmodernism）不过是现代主义（modernism）的一种新面孔和一种新发展。

如何对待"现代性"，这是现代主义和后现代主义之间以及不同的后现代主义者之间争论的主要问题之一。许多后现代主义者采用对"后现代"的第一种理解，把后现代看作是西方历史上一个戏剧性的断裂或决裂，是一种旧东西的终结和新东西的来临。因此，他们对于"现代性"采取批判和否定的态度。他们认为，资本主义的"现代化"给人民带来无数的苦难，工业化造成了对于农民、无产阶级和工匠的压迫，妇女被排除在公共范围之外，帝国主义的殖民统治采取了种族灭绝和大屠杀的政策。现代社会也产生了一整套惩罚的制度和实践，以及使它的统治方式和控制方式合法化的话语。现代性使理性走向了它的对立面，使自由走向了压迫和统治。所以，这些后现代主义者们要求用新的价值和政治学去克服现代话语和实践的缺陷，呼唤新的范畴、思维方式和写作方式。

德国思想家哈贝马斯用"三分法"把批判后现代主义的学者分为"老保守主义"，即拒绝现代性，全盘否定现代主义。当代法国著名哲学家、后现代思潮理论家利奥塔、法国影响巨大的后现代哲学家德勒兹（Gilles Louis Rene Deleuze，1925-1995）被看作是"新保守主义"，法国评论家、思想家、小说家巴塔耶（Georges Bataille，1897-1962）、法国哲学家、社会思想家和"思想系统的历史学家"米歇尔·福柯（Michel Foucault，1926-1984）、20世纪下半期最重要的法国思想家之一、西方解构主义的代表人物、法国著名的哲学家雅克·德里达（Jacques Derrida，1930-2004）被看作是"青年保守主义"。他们的共同特点是反对理性主义和启蒙运动。

到底是要继续现代性未竟的事业，还是要与现代性彻底决裂，这似乎构成了现代主义和后现代主义之间的尖锐对立。然而，美国后现代主义的马克思主义者、重要的文学理论家和文化批评家杰姆逊试图将二者辩证地结合起来。他认为，后现代主义不仅仅是一种新的美学风格，而且是晚期资本主义逻辑的文化发展的一个新阶段。杰姆逊吸收了比利时极富创造性的马克思主义者、经济学家厄尔奈斯特·曼德尔（Ernest Mandel 1923-1995）的《晚期资本主义》（*Late Capitalism*，1972）的观点，认为后现代主义是晚期资本主义的"主导文化"，文化分期与资本主义本身有着紧密的关系，资本主义的发展分为三个阶段，其对应关系如下：国家资本主义——国家市场——《资本论》时代——现实主义；垄断资本主义——帝国主义——不列颠、德意志帝国——现代主义；晚期资本主义——跨国/媒介/后工业化资本主义——后现代主义。

按照这种分期，后现代主义是晚期资本主义社会的文化主流。资本主义发展的每一个阶段都有相应的文化风格，如在市场经济阶段有现实主义，在垄断资本主义阶段有现代主义，而多国资本主义阶段就有了后现代主义。针对鲍德里亚和利奥塔等激进的后现代主义者们把后现代主义看作是"历史的断裂"的观点，杰姆逊认为，不同时期的彻底断裂并不意味着内容的完全改变，而是现成大量因素的重构。在早先时期或在系统中处于从属地位的一些特征如今变成占统治地位的特征，原先占统治地位的因素退居第二位。这一分析既承认了现代主义文化形式向后现代文化形式转变的间断性和非连续性，同时又承认了后现代主义文化对于先前的文化因素的继承性和连续性，把后现代主义的发展放到资本主义更大的文化框架中来讨论。实际上，杰姆逊是采用了上述对于"后现代主义"的第二种理解，即把"后现代"看作是资本主义的一个更高阶段，是"高度现代"，是对现代的继承和发展。我们现在从一个不同的视角，即通过弄清楚后现代主义（postmodernism）和后现代性（postmodernity）这两个重要概念而走近后现代主义。

2. 后现代性

后现代性是一个世界进程，虽非到处一致，但它是全球性的。后现代性也可被视为一把大伞，其下面有各种各样的现象：艺术中的后现代主义，哲学中的后结构主义，社会话语中的女性主义，研究院中的后殖民和文化研究，但也有多国资本主义，网络技术，国际恐怖主义，各式各样的分离主义者，种族、民族和宗教运动——都在后现代性这把大伞下面，但并非都因果关系地归入后现代性。

与相对狭隘、特别强调文化和美学特征的现代主义比较而言，后现代性是一个范围广阔、富含更多社会的、历史的和哲学的意义。就真理、理性、进步、普遍解放等宏大叙事而言，由于它们被认为是启蒙运动以来现代思想的基本特征，后现代性意味着现代性的结束。对后现代性来说，真理、理性、进步、普遍解放等期待不仅遭到怀疑，而且被认为从一开始就是危险的幻觉，因为它们使各种各样的历史可能性落入概念的束缚中。现代性这种"专制制度"粗暴地破坏了真实历史的复杂性和多样性，无情地取消差异，将所有的"他性"变为沉闷的同一性，经常表现为一种极权主义政治。现代性鼓吹的那些期待都是捉摸不定的事物，通过在人们的眼前挥舞着各种可能的理想，分散人们对政治变革的关注。它们含有专制主义的信仰，认为生活和认知的不确定的方式可以建立在某种确定的、无疑的和单一的原则基础上：理性或历史规律，技术或生产方式，政治乌托邦和普遍的人性。

后现代性与现代性背道而驰，它反对依据说，认为人们的生活方式是相对的、不确定的，是由纯粹的文化成规和传统形成的，没有普遍认可的起源或宏伟的目标；大多数所谓的"理论"仅仅是陈述这些继承下来的习惯和机制的一种夸张的方式。后现代性的理念认为，人们不能理性地发现他们的活动，不仅因为存在不同的、冲突的、不可测的理性，而且因为人们所能提出的任何理性总是由前理性的力量、信仰、兴趣或欲望的语境构成的，但前理性的力量、信仰、兴趣或欲望本身不可能是理性在人们眼前呈现的主题。对后现代性而言，人类生活中，没有任何包含一切的整体性，没有任何统一的理性或固定的中心；仅仅存在着文化或叙述的多样性。这些多样性不能用等级秩序来排列，也不能做好或坏的区分，因此它们必须尊重不以它们自己的行为方式而存在的、不能被破坏的"他性"。知识与文化语境有关。因此，声称认识世界"真面目"只能是一种妄想，因为人们的认识总是片面的和有偏见的解释，而且世界本身不是特别指定的。换句话说，真理不是解释的产物，事实是话语的构成，客观性仅仅是有争议的已经获得权力的解释，而作为主体的人是一种与其正在思考的现实完全一致的虚构或者是一种自我分裂的没有固定品质或本质的存在。

3. 后现代主义

后现代主义是20世纪晚期艺术、建筑学和批评等领域离开现代主义的一场运动。它包括对文化、文学、艺术、哲学、历史、经济学、建筑学、小说和文学批评的怀疑性解释。它经常与解构主义和后结构主义相联系，因为它作为一个术语的使用，与20世纪的后结构主义思潮同时大受欢迎。后现代主义这个术语被应用到大量运动中，许多应用在反对现代主义倾向的艺术、音乐和文学中，典型地具有历史因素和技巧复兴的特点。可见，后现代主义涉及文化领域，特别是文学、哲学、包括建筑学在内的各种各样的艺术，而后现代性则涉及地理政治学领域，极为混乱无序，它出现在20世纪最后几十年。后者有时被称作后殖民主义，其主要特点是全球化和本土化，这两点经常以不稳定的甚至致命的方式结合起来。后现代性也不等于后殖民主义，虽然后者有对殖民遗产的关心，但它可能是前者的一部分。

后现代主义可以说是使自己适应于后现代性的一种文化形式。典型的后现代主义艺术作品都具有随意、折中、混合、无中心、不确定、不连贯、拼凑和模仿等特点。它们忠实于后现代性原则,放弃了形而上深度,追求一种仿造的真实,结果它们富于游戏和追求娱乐,但缺乏情感,仅有表面的和暂时的强化。后现代主义怀疑所有的已被公认的真理,因此其形式必须是反讽的,其认识论必然是相对的。它拒绝全部的试图反映稳定现实的努力,因此它必须坚持形式上的经验或在语言学层面上的存在。它知道其虚构缺乏基础和根据,所以它必须炫耀对这一事实的反讽意识,这样它就可以维持一种否定的真实。因为后现代主义担忧与世隔绝的同一性并预防绝对的本源,它强调文本相互指涉的本质或互文性质。后现代主义戏仿和加工的作品本身仅仅是戏仿和加工这一过程而已。它所戏仿事物的一部分是过去的历史。但这一历史不再是产生"现在"的线性的因果链条。是"现在"存在于某种永恒之中,因为大量的素材逃离它们自己的语境,并使自己与当代结合。最后,后现代文化不喜欢区分"高级艺术"与"通俗艺术"固定的分界线或类别。它通过生产仿制品,有意识地生产通俗作品并使自己成为能被人们快乐消费的商品而解构这种分界线。像本雅明的"机械复制"一样,后现代主义试图用更通俗的艺术打破现代主义高级艺术的可怕氛围,怀疑一切所谓特权的或绝对必要的价值等级。在后现代主义文化中,不存在任何好与坏、高级与低级的区分,但确实存在的只有差异。因为后现代主义追求超越艺术与普通生活之间的界限,一些人认为后现代主义是激进先锋派的复兴,因为传统的先锋派也曾追求这样一种目标。的确,在广告、时尚、生活方式、购物中心和大众传媒中,美学与技术已经相互渗透,政治也变成一种美学的景观。但是,后现代主义对传统美学判断不屑一顾,这种观点在文化研究中施加显而易见的影响。自 20 世纪 80 年代以来,文化研究经常不尊重经典作品与通俗作品之间的价值区分,甚至不考虑十四行诗与肥皂剧之间的价值区分。

我们知道,关于后现代性与后现代主义的争论一直存在,其形式各种各样。根据当代著名马克思主义地理学家、空间理论的代表人物大卫·哈维在其《时空压缩与后现代状况》(1989)一书中的论断,后现代主义是对资本主义过度积累危机的一种反应。这种危机的征兆包括:中心主体的分裂、所指客体的丧失、道德判断与科学判断之间关系的崩溃、具有叙述优势的形象、具有伦理学优势的美学、超越永恒真理和统一政治的暂时性和碎片性。哈维指出,里根的巫术式经济学和形象生产可以说是后现代主义观点的缩影。根据这一观点,无家可归、先进性、日益加剧的贫困和能力的丧失都可以通过诉诸传统价值观,例如自立、开创性的个人主义、神圣的家庭和宗教等而解释过去。大街上的糊涂乱画的景观、城市里堕落、悲惨的事件等都成为媒体摄像机镜头奇特滚动的背景；贫困、失望和绝望成为美学愉快的源泉或"他性"和差异的标志。

让－弗朗索瓦·利奥塔称赞说，后现代状况实现了现代主义想象的真正的精神。他反对尤尔根·哈贝马斯对后现代主义的指责，拒绝后现代主义背叛了启蒙运动理想（例如客观的科学、普遍的道德和法律以及独立的艺术等等）的看法。他否认源自黑格尔整体论的世界观，指出那种世界观导致国家暴力所强加的一种有机整体的和先验的海市蜃楼。他认为，对个人而言的现代性等同于恐怖主义。因此，他坚持消除自我认同的主体概念，消解单一的历史目标，用尼采式的虚无主义或概念化取代它们。更确切地说，他主张一种关于崇高的新康德美学，旨在重现那些不可能重现的事物，隐喻地指出那些不可能重现的事物可以被想象出来。利奥塔否定对整体性和同一性的怀旧意识并否认概念与感觉之间的妥协。他对公众大声疾呼：让我们对整体性开战；让我们目击那些不可能重现的事物；让我们推进差异，拯救名人的荣誉。

弗雷德里克·杰姆逊认为后现代主义是晚期资本主义文化的内在逻辑，是商业形式对文化本身的渗透，简而言之，是文化的商业化和商业的文化化。在杰姆逊看来，后现代主义表达了一种艺术的全新的社会定位。他认为，后现代主义不是主题的问题，也不是题材的问题，而是艺术进入商品生产世界的问题。杰姆逊对后现代主义这一概念的阐释与马克思主义有关，他认为全球化和跨国资本主义时期标志着资本主义发展的一个新时期。因此，后现代主义是当今晚期资本主义时期的一种文化形式，这与现实主义是资本主义工业发展时期的艺术形式，和现代主义与帝国主义和垄断资本主义时期相对应一样。在对资本主义做出说明的同时，杰姆逊强调经济与文化的统一既与德国哲学家、社会学家西奥多·阿多诺（Theodor Wiesenground Adorno，1903-1969）和法兰克福学派（"西方马克思主义"的一个流派）的现代主义观点一致又与之强烈对立。阿多诺认为，艺术的商业化标志着要最终消解任何独立的批评性意见。也就是说，很难从独立的观点出发批评经济发展中的支配形式。但在杰姆逊看来，文化生产和经济生产的完全统一有可能实现使文化政治帮助文化从根本上干预经济。

"后现代主义"一词最早见于弗·奥尼斯（F. D. Onis）1934年编纂的《西班牙及西属亚美利加诗选》（*Collection of Poems of Spain and Amerika Belonging to Spain*，1934）一书。20世纪50年代美国"黑山派诗歌"（Black Mountain Poetry）的主要理论家查尔斯·奥尔森（Charles Olson，1910-1970）经常使用"后现代主义"一词，使之影响越来越大。此时的后现代主义概念仅仅表现为文学中隐含的对现代主义文艺思潮的一种反拨，没有明确的内涵界定。60 年代，美国批评界对后现代主义进行了一场影响深广的大讨论。70—80 年代利奥塔与哈贝马斯之争，把这场源于北美批评界的讨论争鸣提高到哲学、美学和文化批评的高度，哈桑极力对后现代主义内涵本质及外延特征等进行"概括性"阐述。80 年代中期国际比较文学学会先后筹办三次国际研讨会，正式将其作为一个前沿理论课题研究，使关于后现代主义的争鸣达到高潮。从此，后现代主义成为西方家喻户晓、广为运用的一个文化术语，在哲学、美学和文学艺术领域被广泛使用。一方面它包含荒诞、垮掉、彻底颓废之意；另一方面又表现出了"先锋的""最新的"含义，成为后现代社会一种普遍的人文语境和文化倾向。

后现代主义认为，一个特定的文本、表征和符号有无限多层面解释的可能性。这样，字面意思和传统解释就要让位给读者的反应和创造性阐释，文本的意义产生于读者的参与和行动，文本本身没有意义，是读者的参与为文本创造了意义，文本的意义是多元的。后现代主义是 20 世纪 60 年代以来在西方出现的具有反西方近现代哲学体系倾向的思潮。在理论上具有反传统倾向的哲学家在现代西方的各个哲学流派中都能找到。当代美国非常活跃的后现代主义者之一大卫·雷·格里芬（David Ray Griffin, 1939-）认为："如果说后现代主义这一词汇在使用时可以从不同方面找到共同之处的话，那就是，它指的是一种广泛的情绪，而不是一种共同的教条——即一种认为人类可以而且必须超越现代的情绪。"[1]这样一来，不同时期具有这种反传统理论倾向的哲学理论流派都可归于后现代主义，如后结构主义、西方马克思主义等。

如前文所述，后现代主义是一个难以从理论上精准下定论的概念，因为后现代主要理论家均反对以各种约定俗成的形式来界定或者规范后现代主义。由于其反本质主义特征，后现代主义根本不考虑艺术的本质，而是竭力抹杀艺术与非艺术的界限，甚至断言艺术已经死亡。建筑学、文学批评、心理分析学、法律学、教育学、社会学、政治学等领域均就当下的后现代境况，提出了自成体系的论述。它们各自都反对以特定方式来继承固有或者既定的理念。由于后现代主义是由多重艺术主义融合而成的派别，因此它无法完成为自身进行精辟且公式化的解说。以单纯的历史发展角度来说，诸学科中最早出现后现代主义的是哲学和建筑学。其中领先其他范畴的是 60 年代以来的建筑师，他们反对全球性风格（International Style），认为这种风格缺乏人文关注，于是不同建筑师大胆创作，发展出既独特又多元的后现代式建筑方案。而哲学界则先后出现不同学者就相类似

1　大卫·雷·格里芬：《后现代精神》，王成兵译，北京：中央编译出版社，1995 年，第 20 页。

的人文境况进行解说，其中能够为后现代主义做出大略性表述的哲学文本是以法国后现代思想家德里达为代表的解构主义。[1]

德里达从语言观念的分析入手，反思、解构西方形而上学的传统思维方式。他的反思与解构在西方引起了强烈的震动，遂成为一种思潮。解构主义在20世纪60年代后期到80年代大约20年的时间里从法国开始，却在美国迅速发展。其中著名的解构批评家有保罗·德·曼（Paul de Man，1919-1983）、希利斯·米勒（Hillis Miller，1928-）、乔纳森·卡勒（Jonathan Culler）、杰弗里·哈特曼（Geoffrey Hartman）、哈罗德·布鲁姆（Harold Bloom）等。对解构理论本身解释得比较好的是美国著名学者斯皮瓦克（Gayatri Chakravorty Spivak）和英国著名批评家文森特·利奇（Vincnt B. Leitch）。

德里达的解构既是生命的哲学也是历史的解说。作为生命的哲学，它包括对传统的形而上学思路（逻各斯中心论 logocentrism、语音中心论 phonocentrism、在场的形而上学 philosophy of presence），也包括解构语言观（广义书写 writing in general）的分析和批判；作为历史的解说，他把历史的发展归结为结构—解构的循环。德里达认为，结构的内容不限于索绪尔的语言学及其相关的结构主义批评，更主要的是指整个形而上学传统，包括哲学，也包括普通语言学和人们的思维习惯。德里达在其"人文科学话语中的结构、符号与游戏"一文中说："我们很容易说明解构的概念，甚至'结构'这个词本身与形而上学认识论（episteme）一样古老，也就是说，与西方的科学和西方的哲学一样古老，而且他们都深深地根植于普通语言的土壤之中，形而上学认识论在语言的最深处活动着，它把西方的科学和西方的哲学归并到一起，使它们成为自己的组成部分，所有这一切都是通过一个隐喻性的置换来完成的。"[2]德里达的"隐喻性的置换"是指思想现实与语言符号的转换。在解构学说里，普通语言已不再是普普通通的表达工具，语言与思维血肉相连，语言、传统和认识论三位一体。

德里达在看到现代结构主义对传统思想突破的同时也看到它与后者的内在联系，并由此引发出它自己对科学、对历史的思考。因此，德里达把结构主义的内涵延展成为整个西方文化传统。首先，现代结构主义对客观事物穷其现象，寻求

1 解构主义（deconstruction）：解构，或译为"结构分解"，是后结构主义提出的一种批评方法。是解构主义者德里达的一个术语。"解构"概念源于海德格尔《存在与时间》中的"deconstruction"一词，原意为分解、消解、拆解、揭示等，德里达在这个基础上补充了"消除""反积淀""问题化"等意思。这是德里达从语言观念的分析入手，对西方形而上学传统思维方式的反思。指对有形而上学稳固性的结构及其中心进行消解，每一次解构都表现为结构的中断、分裂或解体，但是每一次解构的结果又都产生新的结构。对上帝万能的认识是一次解构；理性将其拆解，同时建立了自己的结构。
2 Jacques Derrida, *Writing and Difference*, trans. Alan Bass, Britain: Routledge and Kegan Paul Ltd, 1978, p. 278.

隐含的规则或"语法"（rules or grammar），从而建立科学体系的企图和做法与传统是一致的，知识切入点和侧重面各有所不同，因此所得看法才不同而已。其次，从认知方法上看，现代结构主义与传统思维有本质上的联系：19世纪末和20世纪初西方语言哲学正是理性的逻辑思维占主导地位的时代，索绪尔的语言学削弱了理性的绝对独立性和权威性；它使人类认识了自己的局限，即主体受制于自己所生存的语言结构、文化结构。但是他并未如自己所希望的那样斩断与传统形而上学的关联，甚至在不自不觉中仍受它的羁绊，因为索绪尔的符号学依然囿于语音中心主义的传统。[1]

在西方传统的形而上学思维中，人们自觉或不自觉地追根求源，于是事物、现象的所谓本质或本体便成为思考的中心，围绕这一中心，人们建立一个个完整的理论体系。每一种认识、每一种学说都从某一中心出发，展开之后，又回到这里。于是，这个中心便成为一个固定的起源，一个衡量或评价一切是非的准则，一个统治一切的权威。现代的种种本体论与传统神学在方法论上有惊人的相似之处。这两种学说都坚持一个最高的存在，不管它叫做上帝还是理性，它都是那个固定的本源，一切事物都从这里起源，也在这里归宿；它还是那个绝对的权威，主宰着世界上的万事万物。海德格尔称现代的种种本体论为本体神论，意即这种思维还没有走出逻各斯（logos）[2]时代。另一方面，这些概念的相继问世说明世界上并没有永恒的存在，否则便没有它们的生存。其中，第一个概念就包含着深邃复杂的思想。人类就是这样追求一个永恒的中心，又不知不觉地粉碎了一个又一个自己决定了的永恒的中心。前人建立的学说后人修正，甚至今天的我打破昨天的我。因此，德里达说："……结构概念的全部历史，就必须被认为是一系列中心对中心的置换，仿佛是一条由逐次确定的中心串联而成的链环。中心依次有规律地取得不同的形式和称谓。形而上学的历史与整个西方历史一样，成为由这些隐喻和换喻构成的历史。"[3]

解构主义设定相对主义，反对统一道德，反对主体中心主义，反对男性中心主义，反对人类中心主义，主张承认差异，尊重他者和主体的多元化；从个人的、情境的、文化的、政治的甚至性的角度，设定有许多真理的可能性，即真理的多元化。后现代主义反对连贯的、权威的、确定的解释（包括对《圣经》或其他信仰的解释）。个人的经验、背景、意愿和喜好在知识、生活、文化和性等

1　参见白艳霞，"解构"，《后现代主义辞典》，王治河主编，北京：中央编译出版社，2005年，第352-353页。
2　"逻各斯"出自古希腊语，为λογος（logos）的音译，它有内在规律与本质的意义，也有外在对规律与本质的言语表达的意义，类似于我们汉语的"道"，即所谓：道可道，即规律和本质可以言说。
3　白艳霞，"解构"，《后现代主义辞典》，王治河主编，北京：中央编译出版社，2005年，第354页。

方面占有优先地位。现代主义是战后社会的处境：人类以刻苦自强精神来重建文明，建立自工业革命以来最大的社会发展运动，当中又结合美国的清教精神和冷战时代的美苏二元对立的政治方式，而后现代主义衍生的文化信念则是反对主流方案，反对单一的以理性为中心，反对二元对立，更反对功能主义和实用主义为主的文化生活。相反，对于现代主义以前的旧式社会生活方式，人们却充满了怀念之情。建筑师对都市文明和乡间生活的反思引发我们对现代工业社会和资本主义对人类正面和负面影响的思考。当然，由于我们已经没有办法脱离现代生活方式的制约，而各种现代主义所带来的恶果并不足以完全否定现代文明的生活。思想家和各种艺术家就以各自的方式解开我们对现代文明生活的迷思。法国的解构主义为当下人类这种情结提供了最深刻的解说，为解开迷思提供了方法论基础和实际的演练。

解构主义是后现代主义立论的根据和批判的武器。德里达基于对语言学结构主义的批判而提出的"解构主义"理论的核心，是对于结构本身的反感，认为符号本身已能够反映真实，对于单独个体的研究比对于整体结构的研究更重要。在海德格尔看来，西方哲学的历史即是形而上学的历史，它的原型是将"存在"定为"在场"。德里达借助于海德格尔的概念，将此称作"在场的形而上学"。"在场的形而上学"意味着在万物背后都有一个根本原则，一个中心语词，一个支配性的力，一个潜在的神或上帝，这种终极的、真理的、第一性的东西构成了一系列的逻各斯，所有的人和物都拜倒在逻各斯门下，遵循逻各斯的运转逻辑，而逻各斯则是永恒不变，它近似于"神的法律"，背离逻各斯就意味着走向谬误。

而德里达及其他解构主义者攻击的主要目标正好是这种称之为逻各斯中心主义[1]的思想传统。简言之，解构主义和解构主义者就是要打破现有的单元化的秩序。当然这秩序并不仅仅指社会秩序，除了包括既有的社会道德秩序、婚姻秩序、伦理道德规范之外，还包括个人意识上的秩序，比如创作习惯、接受习惯、思维习惯和人的内心较抽象的文化底蕴积淀形成的无意识的民族性格。解构主义就是打破传统的、现有的秩序，然后再创造更为合理的秩序。

解构主义解构文本、意义、表征和符号。男性传统的解释就被女权主义者和被边缘化了的解释者解构了。解构主义批评权力和信仰的系统，认为政治党派联

1　逻各斯中心主义是西方形而上学的一个别称，顾名思义，就是一种以逻各斯为中心的结构。逻格斯观念渗透到西方文化的两大源头——希腊文化和犹太基督教文化。因此，德里达指出西方文化是逻各斯中心主义的。德里达说逻格斯中心主义的另一个名称叫"语音中心主义"，因为在希腊传统的斯多亚学派看来，逻格斯分在内和外在，也就是有智慧和语言的区别，语言直接传达智慧和真理；在犹太－基督教传统看来，上帝是以言辞创造世界的，上帝的言辞就是世界万物的起源，正如《旧约》所说，上帝说要有光，于是就有了光。

盟是基于短期利益，而非长期忠诚；信仰的好坏基于对信仰的个人体验。在西方，后现代主义与无政治信仰相联系；在《旧约·智慧篇》之三十雪峰灵性人生（人生可分为三类，一类是世俗人生，另一类是智慧人生，再一类就是灵性人生）里，它是折衷主义（全凭在平安、安全、价值和目的方面是否有舒服的感觉）。后现代主义的反"元解释"和"文本意义"也为其本身带来了巨大的力量。由于后现代主义的无中心意识和多元价值取向，由此带来的一个直接的后果就是评判价值的标准不甚清楚或全然模糊，从而使人们的思想不再拘泥于社会理想、人生意义、国家前途、传统道德等等，使人的思想得到彻底的解放，也使人对于自我有了更深刻的了解。同时，后现代主义对真理、进步等价值的否定导致了价值相对主义、怀疑主义和价值虚无主义的产生，从而使人们认识到价值的相对性和多元性。

解构主义对于以任何形式通过语言传达的思想都进行解构，使我们知道思想的不稳定性，知识的无常，对任何思想都进行系统化、集体性的统一解说是荒谬的、错误的。不过，解构主义并非极端的反智论或虚无主义，因为德里达反对的并不是思想或者知识本身，而是反对思想成为体系或者集结成为政治力量（例如各种意识形态），德里达为所有我们认为是经典的核心理念进行原教旨主义[1]式的辩护，令其意义向外扩散。原教旨主义是指这样一种宗教现象：当感到传统的、被人们理所当然地接受了的最高权威受到挑战时，对这种挑战毫不妥协，仍反复重申原信仰的权威性，对挑战和妥协予以坚决回击；一旦有必要，甚至用政治和军事手段进一步表明其态度。所以，原教旨主义有极强的保守性、对抗性、排他性及战斗性。它是一种进取的、自信的、政治上保守的宗教运动，以求对抗自罗斯福执政以来被自由主义占领了的政府、家庭和教堂。它在理论上的共同点是反对现代主义、自由主义和世俗主义。

耶鲁批评学派的希利斯·米勒认为，就像孩子拆卸他父亲的手表，将其还原为一堆无法重新组合的零件，解构批评是把某种整体的东西分解为互不相干的碎片或零件的活动。一个解构主义者不是寄生虫，而是叛逆者，他是破坏西方形而上学机制，使之不能再修复的孩子，在破坏的基础上，再创造、重建新的世界。解构主义是对现代主义正统原则和标准的批判、否定、颠覆，重构各种既有语汇

---

1 原教旨主义有两层意思：（1）它是一种保守的基督教思想，它抵制 19 世纪后期、20 世纪初期很有影响的自由主义或现代主义的神学倾向；（2）它是一种有自己的组织和机构的保守运动，旨在宣传原教旨主义的五个基本要点。原教旨主义者认为它们是构成真正基督教信仰必不可少的成分。中国学术界将 Fundamentalism 一词用于基督教时，称为基要主义；用于伊斯兰教时，称为原教旨主义。由于其他宗教也出现了 Fundamentalism 的宗教现象，故国际学术界和传播媒介把这种宗教现象通称为原教旨主义。

之间的关系，从逻辑上否定传统的美学、力学、功能基本设计原则，由此产生新的意义。用分解的观念，强调打碎、叠加、重组，重视个体、部件本身，反对总体统一，而创造出支离破碎和不确定感。

德里达以《文字语言学》(1967)、《声音与现象》(1967)、《书写与差异》(1967) 三部书的出版宣告解构主义的确立，形成以德里达、法国著名结构主义文学理论家与文化评论家罗兰·巴尔特 (Roland Barthes, 1915-1980)、福柯、美国学者保罗·德·曼等理论家为核心并互相呼应的解构主义思潮。解构主义直接对人类文化传播载体——语言提出了挑战。德里达以人的永恒参与为理由，认为写作和阅读中的差异永远存在。他把解除"在场"作为理论的思维起点，以符号的同一性的破裂、能指与所指的永难弥合、结构中心性颠覆为"差异性"的意义链为自己理论的推演展开。德里达是 20 世纪后半期解构主义思潮的代表人物，也是哲学史上争议最大的人物之一。支持者认为，德里达的理论有助于反对人类对理性[1]的近乎偏执的崇拜，有助于打破形而上传统对真理、本体的僵化认识，有助于打破形形色色的压制差异和活力的权威和中心。反对者认为，既然德里达相信语言没有确定的意义，真理只是人的臆造，势必导致虚无主义和相对主义。德里达的理论确实充满了矛盾，也提供了多种解读的可能性，但要更充分地把握它的要义，就必须把它置于 20 世纪的历史语境乃至整个西方哲学传统来考察。

20 世纪人类在哲学、科学和社会领域发生了深刻变动，于是解构主义随之出现了。从哲学内部的发展看，康德等人开始了从本体论转向的趋势。哲学家们越来越怀疑人类把握宇宙本体的能力。康德曾试图用先验的思维形式来弥合人的经验与物自身之间的鸿沟，但仍然充满了疑惑。19 世纪哲学领域内占统治地位的是实证主义、实用主义和意志哲学，哲学家们对形而上问题不感兴趣。尼采重估一切价值和超越善恶的姿态对传统哲学的冲击尤其剧烈。到了 20 世纪，形而上问题几乎从哲学中消失。现象学将本体问题悬置起来，更多的哲学流派则受语言学转向的影响，探讨的领域已经转到语言本身。当发轫于结构主义语言学家索绪尔的现代语言观通过结构主义运动渗透到人文科学的方方面面时，人们对结构的痴迷在很大程度上取代了对真理的追寻。

脱胎于结构主义的解构主义认为，结构主义仍未摆脱传统的形而上学，因而有必要对结构主义进行扬弃。20 世纪物理学的突破也对人类思维产生了深刻影响。

1　理性一般指我们形成概念、进行判断、分析、综合、比较、进行推理、计算等方面的能力。理性的意思和感性相对，指处理问题按照事物发展的规律和自然进化原则来考虑的态度，考虑问题、处理事情不冲动，不凭感觉做事情。

传统哲学是建立在一种"客观观察者"的假定前提基础上的，也就是假定有一个观察者（人的理性或者神）能够从世界外部"客观"地观察，这种观察活动不会对世界施加任何影响。因此，哲学家们在这种假定前提下相信存在客观的、超时空的、确定的真理。这种虚拟的客观性被量子力学[1]的出现粉碎了。量子力学的"不确定性原理"（uncertainty principle，也译"测不准原理"）[2]表明，作为观测者的人或者仪器在观测对象的同时已经干预并改变了对象的存在状态，客观的测量是不存在的，主观和客观其实是不可分的，它们之间的区别只是概念上的区别。传统哲学还认为，宇宙是遵循拉普拉斯决定论[3]的，因而从理论上讲可以一劳永逸地找到支配世界的原则或真理。量子力学和混沌理论[4]否定了这一观念。在微观粒子领域，发挥作用的是概率[5]决定论，[6]每一次具体的结果都是不可预测的。根据混沌理论，很多系统具有对初始条件的极端敏感性，初始条件的细微差异都将导致天壤之别的结果。在传统哲学看来，物质、时间和空间是一个实体；但后现代的相对论却与之相反，认为作为实体的物质不存在，因为时间和空间只是物质的属

1　量子力学（Quantum Mechanics）是研究物质世界微观粒子运动规律的物理学分支，主要研究原子、分子、凝聚态物质以及原子核和基本粒子的结构、性质的基础理论，它与相对论一起构成现代物理学的理论基础。

2　不确定性原理（uncertainty principle, 或测不准原理），由德国物理学家海森堡于1927年提出，这个理论是说，你不可能同时知道一个粒子的位置和它的速度，粒子位置的不确定性必然大于或等于普朗克常数（Planck constant）除以4π（$\Delta x \Delta p \geqslant h/4\pi$），这表明微观世界的粒子行为与宏观物质很不一样。这个不确定性来自两个因素，首先测量某东西的行为将会不可避免地扰乱那个事物，从而改变它的状态；其次，因为量子世界不是具体的，但基于概率，精确确定一个粒子状态存在更深刻更根本的限制。此外，不确定原理涉及很多深刻的哲学问题，用海森堡自己的话说："在因果律的陈述中，即'若确切地知道现在，就能预见未来'，所得出的并不是结论，而是前提。我们不能知道现在的所有细节，是一种原则性的事情。"

3　拉普拉斯决定论是拉普拉斯推断的定论，原文为：宇宙像时钟那样运行，某一时刻宇宙的完整信息能够决定它在未来和过去任意时刻的状态。但这是错误的。

4　混沌理论（chaos theory）是一种兼具质性思考与量化分析的方法，用来探讨动态系统中（如：人口移动、化学反应、气象变化、社会行为等）必须用整体、连续的而不是单一的数据关系才能加以解释和预测的行为。具体而言，混沌现象发生于易变动的物体或系统，该物体在行动之初极为单纯，但经过一定规则的连续变动之后，却产生始料所未及的后果，也就是混沌状态。但是此种混沌状态不同于一般杂乱无章的混乱状况，此一混沌现象经过长期及完整分析之后，可以从中理出某种规则出来。混沌现象虽然最先用于解释自然界，但是在人文及社会领域中因为事物之间相互牵引，混沌现象尤为多见。如股票市场的起伏、人生的平坦曲折、教育的复杂过程。

5　概率，又称或然率、机会率、机率（几率）或可能性，它是概率论的基本概念。概率是对随机事件发生的可能性的度量，一般以一个在0到1之间的实数表示一个事件发生的可能性大小，越接近1，该事件更可能发生；越接近0，则该事件更不可能发生。这是客观论证，而非主观验证。

6　决定论（又称拉普拉斯信条）是一种认为自然界和人类社会普遍存在客观规律和因果联系的理论和学说，其与非决定论相对。心理学中的决定论认为，人的一切活动，都是先前某种原因和几种原因导致的结果，人的行为是可以根据先前的条件、经历来预测的。量子力学并没有支持自由意志，只是由于微观世界物质具有概率波等而存在不确定性，不过它依然具有稳定的客观规律，不以人的意志为转移。

性，物质又等价于能量。于是，相对论用"事件"代替了"物质"。与用关系取代了实体的 20 世纪物理学的基本走向一致，德里达用无形的"踪迹"取代了有形的"符号"，用"互文性"打破了封闭的文本。

根据德里达的观点，解构主义是一种反观传统和人类文明的意识，它反对权威，反对理性崇拜，反对二元对立的狭隘思维，认为差异无处不在，应该以多元的开放心态去容纳。解构主义是一种"道"，一种世界观层次的认识，而不是一种"器"，[1] 一种操作的原则。后现代主义正是以解构主义作为自己立论和批判的武器，认为在今天的世界里，各种各样不稳定、不确定、非连续、无序、断裂和突变现象的重要作用越来越为人们所认识并重视。在这种情况下，一种新的看待世界的观念开始深入人们的意识：它反对用单一的、固定不变的逻辑、公式和原则以及普适的规律来说明和统治世界，主张变革和创新，强调开放性和多元性，承认并容忍差异。当今的时代已放弃了制定统一的、普遍适用的模式的努力，新的范畴如开放性、多义性、无把握性、可能性、不可预见性等等已进入后现代的语言。在后现代，彻底的多元化已成为普遍的基本观念；后现代的多元性是一切知识领域和社会生活各方面的本质。这种多元性原则的直接结论是：反对任何统一化的企图；后现代思维积极维护事物的多样性和丰富性，坚决反对任何试图将自己的选择强加于别人、使异己的事物屈服于自己意志的霸权野心；它尊重并承认各种关于社会构想、生活方式以及文化形态的选择。后现代的"基本内容在 20 世纪上半期作为科学和艺术的宗旨便已经存在，只不过当初它们大多停留在一种主张、宣言或构想之上，或仅仅是某一领域的特殊现象，而今天它已开始全面而深入地成为我们的生活现实。"[2] 在这种时间意义上，"后现代主义似可理解为现代主义的继续和发展。"[3] 但是在一些问题上，现代主义和后现代主义的主张是完全不同的，例如：现代主义主张创造 / 总体化、综合、在场、中心、文类 / 边界、主从关系、叙事 / 正史、类型、偏执狂、本源 / 原因、超验、确定性、超越性等；而后现代主义则反其道而行之，主张反创造 / 解结构、对立、缺席、分散、本文 / 本文间性、平行关系、反叙事 / 野史、变化、精神分裂症、差异 / 痕迹、反讽、不确定性、内在性等。"后现代主义与现代主义存在着根本的分歧：它反对任何一体化的梦想，否定普遍适用的、万古不变的原则、公式和规律，放弃一切统一

---

1 "道"和"器"是中国古代的一对哲学范畴。"道"是无形象的，含有规律和准则的意义；"器"是有形象的，指具体事物或名物制度。道器关系实即抽象道理与具体事物的关系，或相当于精神与物质的关系。

2 沃·威尔什："我们的后现代的现代"，[法] 让 - 弗·利奥塔等著，赵一凡等译，《后现代主义》，北京：社会科学文献出版社，1999 年，第 48 页。

3 同上。

化的模式。在这个意义上，后现代思维又是对现代主义的批判和超越。"[1]

后现代主义是一股同自启蒙运动以来的现代化运动全然不同的社会思潮。后现代主义思潮的出现"标志着一种标新立异的学术范式的诞生。更确切地说，一场崭新的全然不同的文化运动正以席卷一切的气势改变着我们对于周围世界的原有经验和解释。从其最为极端的阐述来看，后现代主义是革命性的；它深入到社会科学之构成要素的核心，并从根本上摧毁了那个核心。从其比较温和的声明来看，后现代主义提倡实质性的重新界定和革新。后现代主义想要在现代范式之外确立自身，不是根据自身的标准来评判现代性，而是从根本上揭示它和解构它。"[2]后现代主义者抛弃了关于现代性的各种"权威""中心""基础"和"本质"，"消解了所有法典的合法性"。[3]现代主义的哲学基础是追求一种在场的形而上学、追求一种永恒不变的真理和终极价值的本体论和认识论。而后现代主义"既反对人具有先天的镜式本质，又反对世界具有同一性、一致性、整体性和中心性的话语，既反对在不同学科之间进行等级划分，又反对对于某一个第一学科的寻求。"[4]后现代主义取消了现代性所确立的此岸与彼岸、短暂与永恒、中心与边缘、深刻与表面、现象与本质、主体与客体等等之间的对立和差距，实际上取消了基础、中心、本质、本体这一知识维度。它要冲破现代性所营造的条理分明、井然有序的整个世界，使整个世界进入多元的、表面化的、短暂的、散乱的、无政府主义的、模棱两可的、不确定的维度之中。

二、后现代主义小说的审美特征

以破坏、消解和颠覆为根本任务的后现代主义文学是对传统文学的超越、抛弃和否定，建立了一种新的文学范式。"作为后工业大众社会的艺术，它摧毁了现代艺术的形而上常规，打破了它封闭的、自满自足的美学形式，主张思维方式、表现方法、艺术体裁和语言游戏的彻底多元化。"[5]后现代主义文学所表现的世

1　沃·威尔什："我们的后现代的现代"，[法] 让 - 弗·利奥塔等著，赵一凡等译，《后现代主义》，北京：社会科学文献出版社，1999 年，第 48 页。

2　Pauline Marie Rosenau, *Post-Modernism and the Social Science*. Princeton, 1992. 转引自张国清：《中心与边缘》，北京：中国社会科学出版社，1998 年，第 44 页。

3　Ihab Hassan, *The Postmodern Turn: Essays in Postmodern Theory and Culture*, Columbus, Ohio: The Ohio State University Press, 1987, p. 169.

4　张国清：《中心与边缘》，北京：中国社会科学出版社，1998 年，第 45 页。

5　弗利德里希·基特勒：《后现代艺术存在》。章国锋："从'现代'到'后现代'"，《从现代主义到后现代主义》，柳鸣九主编，北京：中国社会科学出版社，1994 年，第 13 页。

界"不再是统一的，明晰的，而是破碎的、混乱的、无法认识的。因此，要表现这个世界，便不能像过去那样使用表征性的手段，而只能采取无客体关联、非表征、单纯能指的话语。"[1] 后现代主义文学不仅颠覆了传统文学的内部形态和结构，而且对文学形式和叙述本身进行反思、解构和颠覆。以后现代主义小说为例，它不再像传统小说那样讲故事，不展开情节，也不塑造人物，形成了元小说这一奇特的小说形式；它破坏传统小说的叙述常规，模糊它与各种体裁的分野，反体裁成为后现代主义创作的主导模式；后现代主义小说家否定先验的、客观的意义，认为意义仅产生于人造的语言符号的差异，因此后现代主义小说仅仅是无意义的符号组合，是能指的延续，表现为不确定的内在性，语言游戏的意义靠读者的解读来实现；后现代主义小说追求的是大众化，而不是高雅，因此，一些后现代主义小说表现出明显的通俗化倾向，成为读者大众的文学。

在后现代主义小说中，语言指涉自身，成为小说世界中的主体，因为后现代主义作家们认为语言是一个自给自足的系统，并且竭力强调语言界定世界和构建现实的功能。对后现代主义者来说，世界是由碎片构成的，但碎片的总和却不能构成一个整体，碎片并不朝着一个整体或中心聚集，所以叙事不再围绕一个中心进行，而是走向零散。既然符号不是能指与所指的紧密结合，那么符号就不能在字面上代表它所意指的事物并产生出在场的所指：关于某事物的符号当然将会意指该事物的不在场（但只会推迟它所指涉之物），而能指在不断地移动，就是不能到达能指。文学不关注社会生活而只关注语言本身，写作成为一种不及物行为：不像古典主义为一个明确的目的而写一个题材，写作本身成为一种目的，一种热情。人们努力发展一种中性的和非情感写作，达到某种零度写作，这种零度写作不关心作家的社会和政治使命，目的是要实现一种纯粹的写作。

后现代主义小说"摧毁了现代主义艺术的形而上常规，打破了它封闭的、自满自足的美学形式，主张思维方式、表现方法、艺术体裁和语言游戏的彻底多元化。"[2] 后现代主义认为，"现实是用语言造就的，用虚假的语言造就了虚假的现实。传统小说（包括现实主义和现代主义小说）的叙述方式便是虚假现实的造就者之一：它虚构出一个虚假的故事去'反映'本身就是虚假的现实，因而把读者引入双重虚假之中。小说的任务是揭穿这种欺骗，把现实的虚假和虚构故事的虚假展

---

1 沃尔夫冈·威尔什：《我们的后现代的现代》，魏因海姆，1988 年，第 67 页。《从现代主义到后现代主义》，第 15 页。

2 弗里德里希·基特勒：《后现代艺术存在》，《从现代主义到后现代主义》，柳鸣九主编，北京：中国社会科学出版社，1994 年，第 13 页。

现在读者面前，从而促使他们去思考。"[1] 后现代主义元小说（或称超小说）是对小说这一形式和叙述本身的反思、解构和颠覆。它虽保留了小说的外表和轮廓，但它是一边"叙述"故事，一边告诉读者这篇故事是如何虚构的，是一种关于小说的小说。它推翻了"纯小说"的概念，破坏了传统小说的叙述常规（线性叙事、因果逻辑），模糊了它与各种文学体裁的分野，大量采用其他文学体裁的表现技巧，时间跨越过去、现在和未来，人物的名字和身份都是不确定的。在后现代主义小说这里，没有什么客观的、先验的意义，所谓的意义只产生于人造的语言符号的差异，即符号的排列组合所产生的效果。因此，虚构文本的写作仅仅是一种语言游戏。任何文本都是开放的、未完成的，它依存于别的文本（与它们的区别和联系），特别依赖于读者的解读，是读者的解读使这种符号组合获得了某种意义。后现代主义小说超越纯文学与大众文学、高雅文学与通俗文学的界限，把作为"有教养的知识分子的特权"的文学了变成"读者大众的文学"，[2] 表现出一种通俗化倾向。另外，在后现代主义小说中，现代主义小说的艺术技巧如意识流的内心独白、象征主义、自由联想、时空错位等虽未被全盘抛弃，但已退居次要地位，表现出后现代主义的解构趋势和重构趋势、后现代主义不确定性写作原则、元小说、反体裁、语言游戏、通俗化倾向、戏仿、拼贴、蒙太奇、黑色幽默、迷宫等审美特征。

1. 后现代主义的解构趋势

美国文艺理论家伊哈布·哈桑在《后现代转折》（*The Postmodern Turn*）一书中，将后现代主义文艺特征归纳为 11 个方面。其中前 5 个方面是后现代主义的解构（deconstructive）趋势，后 6 个方面是后现代主义的重构（reconstructive）趋势。[3] 解构趋势包括一系列否定、颠覆既定模式秩序的特征，在这方面后现代主义表征为：不确定性、零散性、非原则化、无我性与无深度性、卑琐性与不可表现性。

不确定性（Indeterminacy）

在哈桑看来，不确定性是后现代主义根本特征之一，这一范畴具有多重衍生性含义，诸如：模糊性、间断性、异端、多元论、散漫性、反叛、曲解、变形。仅变形一项就包括至今诸多自我解构术语，如反创造、分解、解构、去中心、移

---

1 章国锋："从'现代'到'后现代'"，《从现代主义到后现代主义》，柳鸣九主编，北京：中国社会科学出版社，1994 年，第 16-17 页。

2 莱斯利·菲德勒：《越过界限，填平鸿沟》。转引自章国锋："从'现代'到'后现代'"，《从现代主义到后现代主义》，柳鸣九主编，北京：中国社会科学出版社，1994 年，第 16-17 页。

3 Ihab Hassan, *The Postmodern Turn: Essays in Postmodern Theory and Culture*, Columbus, Ohio: The Ohio State University Press, 1987, p. 168.

置、差异、断裂性、不连续、消失、消解定义、解神话、零散性、解合法化、反讽、断裂、无声等。正是不确定性揭示出后现代精神品格。这是一种对一切秩序和构成的消解，它永远处在一种动荡的否定和怀疑之中。这种强大的自我毁灭运动"影响着政治实体、认识实体以及个体精神——西方的整个话语王国"。[1] 仅在文学中，我们所有的一切关于作者、读者、阅读、写作、本文、流派、批评理论以及文学自身的思想突然间都遭到质疑。美国后现代主义小说家唐纳德·巴塞尔姆（Donald Barthelme）自己这样宣称："我的歌中之歌是不确定原则。"[2] 他的《白雪公主》在人物形象的塑造上体现了这种不确定性：在后现代，有王子血统的保罗，因惧怕责任与义务，拒绝解救期待他的白雪公主；七个小矮人不再以关爱白雪公主为己任，而是盼望回到没有白雪公主的日子里；白雪公主厌倦了与七个小矮人在一起的生活，想要使自己的爱欲焕然一新。

零散性或片断性（Fragmentation）

哈桑认为："后现代主义者只是拆解；所有他假装信赖的东西只是片断。他的最大耻辱是'整体化'——无论什么样的综合，不论它是社会知识的还是诗学的，都是耻辱。所以，他偏爱蒙太奇、拼贴、信手拈来或切碎的文学材料，喜欢并列结构而不喜欢附属结构，喜欢换喻而不喜欢暗喻，喜欢精神分裂症而不喜欢偏执狂。"[3] 在后现代主义者看来，世界是由片断构成的，但是片断之和构成不了一个整体。诸片断也没有向某个整体或中心聚集。为此，后现代主义者不以追求有序性、完备性、整体性、全面性、完满性为目标，而是持存于、满足于各种片断性、零散性、边缘性、分裂性、孤立性之中。巴塞尔姆不再依靠常规性的小说手法：冲突、发展和线性情节，而是为读者呈现出丰富多彩的零碎片断，创造一种拼贴效果。他认为，"片断是我信赖的唯一形式"，[4] 而片断的实质是支离破碎，因此，他的小说《白雪公主》是拼贴小说、装配艺术、碎片组合而成的本文。这些零碎片断取自民间故事、电影、报纸、广告和学术刊物，取自学术和文学中的陈词滥调。如对具体文学体裁和惯用手法的戏仿，关于历史、社会学和心理学的伪学问的题外话，对弗洛伊德和存在主义模式的戏谑描述，以及空洞的具体诗。小说中，事件发展过程不断被题外话、单子、目录和无来由的鸡毛蒜皮所打断。每

1　Ihab Hassan, *The Postmodern Turn: Essays in Postmodern Theory and Culture*, Columbus, Ohio: The Ohio State University Press, 1987, p. 92.

2　奥哈拉，"唐纳德·巴塞尔姆：小说的艺术"，《巴黎评论》80 期（1981 年夏季号），第 200 页。《白雪公主》，第 10 页。

3　Ihab Hassan, *The Postmodern Turn: Essays in Postmodern Theory and Culture*, Columbus, Ohio: The Ohio State University Press, 1987, p. 168.

4　兰斯·奥尔森，"杂七杂八：或介绍唐纳德·巴塞尔姆的几点按语"，唐纳德·巴塞尔姆：《白雪公主》，周荣胜、王柏华译，哈尔滨：哈尔滨出版社，1994 年，第 11 页。

一个简短的异质同构的片断都独立成段或章。段与段之间经常完全缺乏过渡，事件发展的时间秩序被打乱。

非原则化（Decanonization）

非原则化也意指非中心化、非权威化、非合法化。后现代主义者使社会主要准则"非合法化"，消解或颠覆权威，废除元叙事。从宗教信仰、科学理性到自我创造能力，他们摧毁了所有神圣的事物。从"上帝之死"到"作者之死"和"父亲之死"，从对权威的嘲笑到对学校全部课程的修正，后现代主义者取消了知识的神秘性和神圣性，消解了权力语言、欲望语言和欺诈语言的结构。[1]他们偏好边缘性的细节性的事物，推崇语言游戏，颠覆任何严肃的正经的东西。在他们那里，人的活动不再是一种围绕一定的主题、中心、原则或秩序而进行的活动，而成了一种随意性的、游戏性的、没有终极目标的活动。法国著名哲学家让弗朗索瓦·利奥塔的意见是，既定的社会规范和意识形态"非合法化"，消解元叙事（metanarrative）和堂皇叙事（grand narrative），而偏好保留了语言游戏异质性的"小型叙事"（petit recit）。[2]换言之，那种以单一的标准去裁定所有差异进而统一所有的话语的"元叙事"已被瓦解，自由解放和追求真理的"两大合法性神话"或两套"堂皇叙事"已消逝。[3]后现代的特殊透视角度是"解合法化"（delegitimation）和对"元话语"（metadiscourse）的质疑。在后现代境况下，元话语那套合法性装置已然过时，堂皇叙事的社会语境即英雄圣贤、拯救解放、伟大胜利、壮丽远景等，全都因社会背景的变动而散入叙事语言的迷雾中，人们不再相信政治和历史的言论或历史上的伟大"推动者"和伟大的"主题"，取而代之的是"小型叙事"。英雄时代（英雄、救赎、远景）已经过去，后现代是一个"凡人"的世界，是一个只重过程而不重结果的时代。这个时代，百科全书式的学术网络已经分化为繁杂细微的学科，各种不同学术范式之间的界限消失，于是后现代"大道"展示出来：科学只能玩着自己的语言游戏，传统社会范式在语言游戏的"播撒"（dissemination）[4]下，濒临瓦解；任何人都无法用科学来判定其他

1　Ihab Hassan, *The Postmodern Turn: Essays in Postmodern Theory and Culture*, Columbus, Ohio: The Ohio State University Press, 1987, p. 169.

2　让－弗朗索瓦·利奥塔：《后现代状况：知识的报告》，王岳川：《后现代主义文化研究》，北京：北京大学出版社，1996年，第258-259页。

3　同上，第185-189页。

4　雅克·德里达，《播撒》，英译本"译者前言"（Jacques Derrida, 1930-, *Dissemination*, Chicago: Chicago University Press, 1981, p. 32）。《后现代主义文化研究》，第93页。在法国哲学家德里达看来，播撒是一切文字固有的功能。这种功能并不表示任何中心指向意义而排斥一切潜在的在场 / 不在场。正因为文字的分延所造成的区分和延搁，使意义的传达不可能是直线传递的，不可能像在场形而上学那样由中心向四周散开，而是像撒种子一样，将不断分延的意义"这里播撒一点，那里播撒一点"，不断地以向四面八方散布所获得的零乱性和不完整性来反抗中心本源，并拒绝形成任何新的中心地带。

语言游戏的合法性，科学自己也无法使自己合法化。在《白雪公主》中，关于后现代白雪公主的故事不时地被毫不相关的陈述所打断：如关于文学或历史的听起来颇有学问的评价的陈词滥调："直到 19 世纪，俄国才产生出可称得上世界文化遗产的一部分的文学"；一幅后现代世界令人忧虑的惨景："一切都在崩溃，好多事情正在发生。道琼斯指数还在下跌。百姓还是破衣烂衫。"因此，总统哀叹道："难道没有一件事会对头吗？"巴塞尔姆就是运用语言游戏异质性的小型叙事消解了传统的元叙事。

无我性，无深度性（Selflessness, Depthlessness）

美国当代重要的马克思主义批评家杰姆逊对后现代主义无我性和无深度性特征做了深刻阐述。[1] 无我性指的是后现代主义文学中主体的消失。主体作为现代哲学的元话语，标志着人的中心地位和为万物立法的特权。然而，在后现代主义中，主体丧失了中心地位，已经零散化，而没有一个自我的存在了。"我"这一概念也仅仅成为语言所构成的影像。语言及其社会性赋予人一个"自我"的概念，这一概念只是像镜子提供给人一个映像而已。另一方面，后现代人在紧张的工作后，体力消耗得干干净净，人完全垮了，这是一种非我的"耗尽（burnout）"状态。这时，那种现代主义多余人的焦虑没有了立身之地，剩下的是后现代式的自我身心肢解式的零散化。在这种后现代主义的"耗尽"里，人体验的不是完整的世界和自我，相反，体验的是一个变了形的外部世界和一个类似"吸毒"一般幻游者的"非我"。人没有了自己的存在，人是一个已经非中心化了的主体，无法感知自己与现实的切实联系，无法将此刻和历史乃至未来相依存，无法使自己统一起来。这是一个没有中心的自我，一个没有任何身份的自我。

随着主体的丧失，随着支配观点的意识的丧失，失去行为统一性或人物统一性的小说，变成了"无情节"的小说，一种感知的麻木。主体零散成碎片以后，以人为中心的视点被打破，主观感性被消弥，主体意向性自身被悬搁，世界已不是人与物的世界，而是物与物的世界，人的能动性和创造性消失了，剩下的只是纯客观的表现物，没有一星半点情感、情思，也没有任何表现的热情。《白雪公主》中，人成为没有身份的自我，失去行为的统一性，表现出一种感知的麻木。在发现白雪公主在森林里徘徊以前，七个侏儒过着平静的生活。白雪公主的出现给他们的生活增添了混乱和苦恼的内容，使他们成为复杂的小市民，整日茫然不知所措。显然，在这主体零散成碎片的、物与物的世界里，爱已经死了。这里的

---

1 弗雷德里克·杰姆逊，《后现代主义与文化理论》，西安：陕西师范大学出版社，1987 年。王岳川：《后现代主义文化研究》，北京：北京大学出版社，1996 年，第 240-241 页。

白雪公主已不再是童话中那个令人疼爱的白雪公主，这里的侏儒也不再是童话中那七个无私、善良、以照顾和保护白雪公主为己任的小矮人了。整部小说，没有情节，只是如前文所说的不能整合的零碎的片断；也没有人的精神与个性，因为，正如米歇尔·福柯所认为的那样，"'主体'让位于系统或结构，主观性被客观性所取代，'人'消亡了"。[1]

　　无深度性指作品审美意义深度的消失。后现代主义作品不再提供任何现代主义经典作品所具有的意义。现代主义大师如普鲁斯特、里尔克或乔伊斯的作品要求读者深入其意义深渊之中，通过不断地阐释和发掘，获得审美的意义。而后现代主义却拒绝解释。作品的意义不需要寻找，书的意义就是书的一部分，没有所谓隐藏在语言背后的所谓深层意义。作品不可解释，只能体验。它提供给人们的只是在时间上分离的阅读经验，无法在解释的意义上进行分析，书的意义在不断阅读的陶醉中。小说《白雪公主》中，白雪公主读着《不顺从》，决心不再继续和这七个侏儒男人的群居生活，企盼着把"统治物质世界"的男人弄到手，自然不再热烈而激动地爱那七个侏儒。丹感到被抛弃了，他抱怨比尔的领导才能已经丧失殆尽。对于情感危机引起的精神紧张，比尔劝告他的伙伴们释放这种紧张，将叹息发出，将呻吟哼出，"让悲痛的指尖落在额头"。他主张将"痛苦不堪"的情感表达出来，人就能得到解脱。比尔的思想行为表明，后现代人已经不再为生活的荒诞和精神的危机感到焦虑，他们是在对环境的接受中变得麻木不仁。这里，存在主义关于真实性与非真实性、异化与非异化的二项对立的深度模式被削平。

　　卑琐性，不可表现性（The Unpresentable，Unrepresentable）

　　后现代主义者"反对现实，反对偶像崇拜"，反对或躲避崇高。他们追求卑琐、低级、虚无、死寂的题材，喜欢表现人性中卑微的方面。哈桑指出："后现代文学总是寻找边缘，接受'枯竭'，以有声的沉没瓦解自己。它变得有限了，因为它同自己的表现形式和一切崇高的东西相较量……"[2] 在艺术创作中，后现代主义艺术家们反复给予关注的是人性中丑恶的、动物性的、原始的、野性的、龌龊的、软弱的、渺小的方面。这一切又难以跳出卑劣、低俗与自甘堕落的结局。在后现代主义作品中，人已经无可挽回地走向了式微。《白雪公主》中，在这个没有"英雄"的后现代，保罗的父亲虽是一个最具君王风范的男人和人物，但他的

1　米歇尔·福柯，《知识考古学》（Michel Foucault, *The Archaeology of Knowledge*, trans., A. M. Sheridan Smith, New York: Pantheon, 1972）。《后现代主义文化研究》，第 153 页。
2　Ihab Hassan, *The Postmodern Turn: Essays in Postmodern Theory and Culture*, Columbus, Ohio: The Ohio State University Press, 1987, p. 169.

风度和优雅不过是在五十五岁时还往他的鞋里喷科隆香水，他最大的雄心是时不时扑倒清理卧房的临时女仆；"有更高尚的雄心"的保罗却惧怕责任与义务，最终也未能完成自己的王子使命。霍果欲得到白雪公主，因没有王室血统，遭到白雪公主拒绝，便考虑如何把有王侯之身的保罗"一次了结，永远了结"地干掉。他们代表着人类卑微和邪恶的一面。在艺术创作上，作者运用小型叙事，戏仿所有名作家用过的文体和方法，蓄意制造支离破碎的语言，写"失望""失败"，展示"卑琐"，同时以"穷尽"为题材和技巧来创作出别出心裁的作品，目的只在于延续写作活动。无论是从内容上看还是从形式上看，后现代主义都表现出当代的写作危机和它自身的不可表现性。

2. 后现代主义的重构趋势

后现代主义小说在颠覆传统小说的内部形态和结构，对小说这一形式和叙述本身进行反思、颠覆和解构的同时，也形成了自己的"重构"趋势。重构趋势表现为以下几个特征：反讽、种类混杂、狂欢、行动与参与、构成主义、内在性。

反讽（Irony）

哈桑认为反讽亦可称为"透视"。关于反讽，哈桑说："在基本原则或范式缺席的情况下，我们转向游戏、相互作用、对话、会话、寓言、自我反省——总之，转向反讽。这种反讽具有不确定性、多义性（或多重性）；它渴望明晰，解神秘化的明晰，缺席的纯洁光亮。"[1]哈桑所谓的"反讽"已不复是传统美学意义上的反讽，内容已被置换，仅剩下一个名目的空壳罢了。哈桑认为反讽亦可称为"透视"，这是一种泯灭了基本原则和范式后的无方向，一种离开了制约的彻底"自由"，一种没有重量的、不可承受的轻飘。在这种失重状态中，人无目的地不断地游戏或对话。反讽依据不同的历史时期可分为三种模式：中介反讽（前现代）、转折反讽（现代）、中断反讽（后现代）。作为后现代的中断反讽指明这样一种境况：多重性、散漫性、或然性、荒诞性。[2]反讽或透视表现了真理终于断然躲避心灵，只给心灵留下一种富于讽刺意味的自我意识增殖或过剩。

小说《白雪公主》中，白雪公主、七个侏儒与保罗评论保罗绘画作品的谈话和白雪公主与七个侏儒评论保罗人格的谈话构成对后现代艺术和艺术家的**多重性反讽**。保罗的新作品被认为是"一个肮脏的了不起的平庸之作"，然而"有趣"，保罗也沾沾自喜地自我评价说，那是他"最拙劣的东西之一"。他们都极有兴致地欣赏保罗绘画的拙劣，仿佛拙劣给人们以美的享受。保罗独自坚守一种形

1　Ihab Hassan, *The Postmodern Turn: Essays in Postmodern Theory and Culture*, Columbus, Ohio: The Ohio State University Press, 1987, p. 170.

2　Ibid.

象——硬边绘画派成员之一，并对"自己和自己的形象充满信心"，只因为他创作出"崇高的拙劣"。创作出具有"崇高的拙劣"的"糊墙纸"的保罗被认为是"一个人格相当完整的人"，"一位出色的人物"，白雪公主甚至这样评价他，"在我们这个国家我们能拥有他，算是运气"。作者对白雪公主反抗陈词滥调的情绪进行了**散漫性反讽**。作者先是在小说一开始提到，为抵制陈词滥调，白雪公主写了"一首四页长的了不起的污秽诗篇"；接着，作者再次提到她这首现代"自由诗"，其"伟大的主题"是不合逻辑的"包扎和受伤"。对此白雪公主解释说，"一个自我的隐喻，给自己披上铠甲，以抵御他者的盯视"。在近尾声时，为避免陈词滥调，白雪公主用谷类早餐粥上面的油膜来形容自己的腹部，称自己的身体为美味什锦。可是，正如她写的那首污秽诗一样，她的反抗只不过制造了另一些语言垃圾。在《白雪公主》中，读者亦可见到这类**或然性反讽**。如作者借克莱姆之口，玩笑般地提出一个"重新分配金钱"的办法："让富人更加快活。新的情人。新的情人会使他们兴奋起来，在某种意义上'富有'起来。……我们必须通过一项法律，凡是金钱过剩的人，他们的婚姻明天就解散。我们要解放所有这些可怜的有钱人，让他们出去玩，报酬是他们的钱。然后，我们拿着钱……"而事实上，美国社会里众多因有了新情人而解体的富有家庭中，到底能有多少人真的感觉是幸福的？**荒诞性反讽**更是随处可见。例如，"很难破除村里的女孩所固守的观念，她们认为，在墙边贴着石头发抖的男孩终有一天会成为教皇。他一点儿不挨饿，他家一点儿也不穷。"其实是她们对贫穷男孩的可怜状无动于衷，缺乏理解和同情心。再如，这位显赫的、有王室血统的、坚强的、博学的"保罗坐在他的浴缸里"，不知道历史需要他下一步干什么，但大家知道的是他有时会到城里办一些修道士的事情。"修道士"这一本应"超凡脱俗"的形象与将营救白雪公主的儿女情长的保罗很不相称。

种类混杂（Hybridization）

种类混杂，或"大杂烩"，是一种专事拼凑、仿作的"副文学（paraliterature）"。"题材的陈腐与剽窃，拙劣的模仿与东拼西凑，通俗与低级下流使艺术表现的边界成为无边的边界。高级文化与低级文化混为一缸，在这多元的现时，所有文体辩证地出现在一种现在与非现在、同一与差异的交织之中。"[1] 后现代小说占有了其他体裁（诗、散文、哲学本文等）领域，却独独丧失了自己的领地。它不再讲故事，不再叙述，它已退化成一种语言的断片的随意组合。小说终于彻底对传统美

1　Ihab Hassan, *The Postmodern Turn: Essays in Postmodern Theory and Culture*, Columbus, Ohio: The Ohio State University Press, 1987, p. 170.

学加以反叛，它不仅割裂了与时代的联系，而且也拒绝了它的读者大众。

《白雪公主》中，当比尔发现自己"被一个坐在黑色旅行车里的修女跟踪了"时，他顿时神经紧张，胡思乱想，不知所措，最后劝慰自己想想从收音机听到的各种信息。紧接着下一个章节却是一首从形式到内容都显得荒诞不经的诗。插在小说中间的 15 个问题的"问卷"是对问卷自身的语言形式的一种快活的戏仿，同时也取笑我们可能用来"解释"《白雪公主》的批评工具。小说中还多次出现用巨大的大写黑体字书写的关于文学、历史、心理学等陈词滥调构成的独立章节，它们与小说情节毫无关系，看上去学术研究味十足，语气庄重，实际上滑稽可笑。整本书不像是一部小说，更像是一个个片断的持续的集合，这些片断以"拼贴"的手法，围绕着白雪公主童话松松散散地组织起来。另外，像其他后现代主义小说家利用几何图形来表现事物以获得一种直观效果一样，巴塞尔姆也在《白雪公主》中用竖排的 6 个小圆形来表示白雪公主身体一侧的 6 个美人痣。作者似乎以为，当代语言已不足以有效表现现实生活中的事物。《白雪公主》表明，后现代主义小说成为"一种最终不了了之的措施的堆积，一种涉入其他思想领域而缺乏统一性的大杂烩。"[1]

狂欢（Carnivalization）

哈桑借用苏联著名文艺理论家米哈伊尔·巴赫金（Mikhail Bakhtin）创造的"狂欢"一语来表现后现代的反传统的、颠覆的、包孕着苏生的要素。正如巴赫金所说：在狂欢节那"真正的时间庆典、生成变化与苏新的庆典里，人类在彻底解放的迷狂中，在对日常理性的反叛中，在诸多滑稽模仿诗文和谐摹作品中，在无数次的蒙羞、亵渎、喜剧性的加冕和罢免中，发现了它们的特殊逻辑——第二次生命"。[2] 以"狂欢"一词指涉后现代性，其旨不在于非理性的狂热，因那是现代主义的品格。狂欢在这里所指涉的似乎是一种"一符多音"的荒诞气质，一种语言的离心力所游离出来的支离破碎感，一种法国结构主义精神分析学家拉康意义上的精神分裂症，是无意识，是"他者"在说话，或美国文论家杰姆逊所说的"吸毒"的感觉。[3] 在后现代主义语言观看来，存在主义的人说语言、语言是人存在的家、人是语言的中心的看法业已失效，在后现代，并非我们控制语言或我们说语言，相反，我们被语言所控制，不是我在说话，而是话在说我，说话的主

1　Charles Newman, *The Post-Modern Aura: The Act of Fiction in an Age of Inflation*, Evanston: Northwestern University Press, 1985, p. 117.

2　Ihab Hassan, *The Postmodern Turn: Essays in Postmodern Theory and Culture*, Columbus, Ohio: The Ohio State University Press, 1987, p. 171.

3　王岳川：《后现代主义文化研究》，北京：北京大学出版社，1996 年，第 260 页。

体是"他者"，而不是我。换言之，说话的主体并非把握着语言，语言是一个独立的体系，我只是语言体系的一部分，是语言说我，而非我说语言。《白雪公主》中经常出现没有标点符号的人物独白，其语言支离破碎，语言的主体是"他者"，表达出白雪公主对与七个侏儒男人一起生活的厌倦，对真正英雄出现的渴望和对新生活的向往。

行动与参与（Performance and Participation）

哈桑认为，后现代作品的不确定性诱使读者参与创作；鸿沟必须填平。后现代艺术是一种行动和参与的艺术。后现代本文不论是语言性本文还是非语言性本文都要求参与与行动。艺术不再是静观的对象，而是一种行动的艺术。它要求被书写、修正、回答、演出。后现代艺术以参与和行动为旗帜，它在僭越自己的种属和突破藩篱的同时，宣布了其面对时间、死亡，观众和其他因素时的多变质素。没有一成不变的本文，本文即行动。艺术本文存在于每次不可重复的参与之中，存在于每次"行动"所产生的新的意义之中。[1]

从形式上看，《白雪公主》呈零散、任意、平面、取消意义、取消深度状，似乎是完全无目的的语言游戏，因为读者不能从作品形式上找到走向意义深度的向导。然而，这种游戏只是假象，是无目的的目的性，而目的性是要求读者参与才能完成的。在释义期待上，应该说小说还是有深度的，歧解为后现代小说的必然的解读方式。正如查尔斯·詹克斯在论后现代绘画时所言："后现代寓言令人费解，因为一方面你不知道正在讲述的故事到底是什么，另一方面也不知道该故事到底在跟什么神话作对照。所以，对这两者你不是感到清晰，而是觉得模糊。然而，毫无疑问，你可以尝试着去揭示意义，而意义部分地取决于观者"。[2]《白雪公主》是一个后现代寓言，只要读者将它与原格林童话《白雪公主》稍加对照，读者就会越过它自身的无深度表层，得到这样一个新的意义，即它揭示了这样一个主题：在后现代世界中，爱、同情和完满性都已消失，道德甚至逻辑也同样不存在，无论人怎样努力，他只能一无所获，得到的只是失败，彻底的失败，而任务依然摆在我们的面前，好像我们生命的意义、未能实现目标成了目标。所以，在小说结尾处，升天的主人公"去寻找一个新的信条"，而新的行为结局也只能是失望和失败。

1　Ihab Hassan, *The Postmodern Turn: Essays in Postmodern Theory and Culture*, Columbus, Ohio: The Ohio State University Press, 1987, pp. 171-172.

2　休·卡明，"查尔斯·詹克斯访问记"，《艺术与设计：后先锋派：八十年代的绘画》3 卷 7/8 期（1987 年），第 47 页。唐纳德·巴塞尔姆：《白雪公主》，周荣胜、王柏华译，哈尔滨：哈尔滨出版社，1994 年，第 5-6 页。

构成主义（Constructionism）

构成主义是一个很复杂的概念。哈桑认为："因为后现代主义极端强调特殊性、比喻性、非现实性——在尼采看来，'人们所能想到的必定是一种虚构'——它'构成'了后康德的、的确也是后尼采的、'虚构'意义上的现实。科学家们似乎比许多人文主义者——西方最后的现实主义者们，更自由自在地创造启发性的虚构。……这种有效的虚构表现出对自然与文化认识的越来越大的影响，是明显存在于科学与技术、社会关系与高科技中的我称之为'新灵知主义'（the new gnosticism）的一个方面。"[1] 无论对构成主义还有何种其他解释，哈桑似乎强调后现代主义文艺表现出对科学技术的崇拜，将科技作为创作灵感的激发物，这种"新灵知主义"在当代艺术中相当普遍。科学与艺术、社会关系与高科技日益紧密结合，艺术家崇尚技术，不再像左派激进主义那样对科技发展深恶痛绝。后现代艺术家运用科技的一切成果为自己提供新的艺术创作素材，努力应用现代科技成果制成作品，或利用电脑进行创作。[2]

《白雪公主》科技作为创作灵感的激发物和用科技成果作为新的艺术创作素材的构成因素。例如，白雪公主对她的没有现代科技设施的淋浴间很不满意，她抱怨，"为什么淋浴间里不像商用飞机一样放点空中电影？为什么不能在《月光奏鸣曲》中，透过美妙的雾，观看伊格内斯·帕岱莱夫基呢？那是一部电影。"再如，作者对科技新成果——电动废纸篓的颇为赞赏的描述："我们在考虑毁灭美学家那会儿，我们脑子里就想着这个电动废纸篓。先是肢解，然后是电动废纸篓。世界上有电动废纸篓真是令人振奋。"

内在性（Immanence）

在哈桑看来，不确定性是后现代主义的第一个重要特征，而内在性则是后现代主义的第二个本质规定。内在性是与不确定性相联系的。它们既不是辩证的，也不完全对立，亦未引向整合，它们既相矛盾，又相互作用，表明盛行于后现代主义中的一种"多样杂糅"或"多元对话"的活动。不确定性主要代表中心消失和本体消失的结果，而内在性则代表使人类心灵适应所有现实本身的倾向（这当然也由于中心的消失而成为可能）。哈桑认为，内在性意指一种后现代个体借助各种话语或符号而实现自我扩充、自我增长、自我繁衍的努力："活生生的语言和杜撰的语言，重新构造了宇宙——从类星体到夸克，从有文化的无意识到宇宙空间中的黑洞——将宇宙重构成为语言所创造的符号，将自然转变为文化，又将文

1　Ihab Hassan, *The Postmodern Turn: Essays in Postmodern Theory and Culture*, Columbus, Ohio: The Ohio State University Press, 1987, p. 172.
2　王岳川：《后现代主义文化研究》，北京：北京大学出版社，1996年，第261页。

化转化为一种内在的符号系统。"[1]在后现代缺少本质和本体论中心的情况下，人类可以通过一种语言来创造自己及其世界。也就是说，按照后结构主义的观点，脱离客体世界。内在性意味着后现代主义不再具有超越性（transcendence），它不再对精神、价值、终极关怀、真理、美善之类超越价值感兴趣；相反，它是对主体的内缩，是对环境、对现实、对创造的内在适应。后现代主义在琐屑的环境中沉醉于形而下的愉悦之中。小说《白雪公主》表现了后现代世界中人没有了自我的存在，主体丧失了中心地位的状况，因而也表现了后现代主义零散性与无我性特征。当我们把目光转向小说中语言的角色这一中心问题时，我们发现，小说真正的主人公是语言。《白雪公主》似乎是要向读者揭示语言的现时状况，以及当代作者传达某些有意义的东西给他的读者的种种可能，这个内容比任何其他内容都重要得多。它用元虚构的方式来处理自身的构成问题，经常在向前推进的同时进行自我分析——表现出小说自我指涉的特性。小说中有许多关于语言的题外话，包括《白雪公主》自身的语言，小说不仅从内容上也从形式上表现了当代的写作困境。这是因为语言符号不再具有指涉的功能，不再指向任何事物，只是自我指涉，与现实没有任何关系。一些短短的段落经常由各种风格的大杂烩组合而成，大幅度地变换在具体的文学戏仿（对斯汤达、兰波、莎士比亚、劳伦·哈特、巴勒斯、亨利·詹姆斯的戏仿）、流行俚语、学术陈词滥调和广告词之间。被戏仿的文体总是与手边的论题完全不合拍。"巴塞尔姆的小说证明，尽管小说可能无法超越其垃圾式的、过于熟悉的材料所造成的局限，但它能以元虚构的方式把这种低下的状况吸收到它的织体之中，从而来适应这种状况。"[2]

3. 后现代主义不确定性写作原则

英国后现代主义文论家戴维·洛奇（David Lodge）在其《现代主义、反现代主义和后现代主义》一书中认为，后现代主义是现代主义和反现代主义在新的语境中达到新的综合所产生的"另一种艺术"。它具有现代主义的先锋性、否定性和颠覆性，批判传统的写实再现的现实主义。但它却反对现代主义的贵族化倾向与学院派作风，打破高级文化与大众文化的界限，并抨击现代主义的"主体性"，宣布主体死亡，而走向毫无激情的冷漠的纯客观艺术。在这点上，可以认为，后现代主义以"否定"意义而超越和扬弃了现代主义；另一方面，后现代主义又同样反对现代主义的典型观以及理性主义的再现模仿和人与世界的意义模式，攻击

1　Ihab Hassan, *The Postmodern Turn: Essays in Postmodern Theory and Culture*, Columbus, Ohio: The Ohio State University Press, 1987, p. 172.
2　拉里·麦克弗里，"垃圾美学：巴塞尔姆的《白雪公主》"，唐纳德·巴塞尔姆：《白雪公主》，周荣胜、王柏华译，哈尔滨：哈尔滨出版社，1994年，第370，337页。

其对确定性的追求，宣布"不确定性"是自己的本质特征。[1]正是不确定性揭示出后现代主义的精神品格。反对本文意义、反对解释是后现代主义的重要倾向。洛奇指出，后现代主义本文抵制阅读，"因为它不想落入某种易于辨认的模式或节奏，于是便在阅读程序上效法了世界对于解释的抵制。"[2]洛奇认为，现代主义的等级秩序原则已经失效。后现代主义奉行无等级秩序和非中心原则，这就意味着对后现代本文的发送者来说，在创作本文的过程中，必须拒绝对语言或其他元素作有意识的选择，一切都是无选择的偶然行为，甚至是一种自动写作。同样，对于准备按照后现代主义的方式来阅读本文的接受者来说，无等级秩序原则就意味着避免形成一种作者读者首尾一致的解释，一种对创造意义和对"原意"追求的企图。因而，避免做出解释是后现代作家对读者的要求。对读者而言，你可以采用任何手段去译解本文，但这与作者和本文毫不相干。据此，后现代主义文学理论认为，后现代主义的本文具有不同于现代主义精心编撰的严谨结构，它的创作和接受的唯一原则是不确定性。不确定性决定一篇本文如何被人阅读。作品（本文）的意义取决于解释这一作品的方式，而不是取决于一系列固定不变的规则。去寻找意义是既无可能又无必要的，阅读行为和写作行为的"不确定性"本身即"意义"。

洛奇认为，"后现代主义在扩张自己疆界的同时，并没有消弥整合现代主义和反现代主义之间的张力，反而内化了这种冲突张力，从而使其自身内部走极端的情景每每发生，……某种两极摆动的'钟摆'在后现代写作方式中开始了'极端表现'式的摆动。"[3]这种两极摆动具体体现为后现代文学写作的不确定性：悖论式的矛盾、并置、非连续性、随意性、比喻的过度引申和虚构与事实的短路。

悖论式的矛盾

后现代主义小说形象的不确定性，使得每一句话都没有固定的标准，后一句话推翻前一句话，后一个行动否定前一个行动，形成一种不可名状的自我消解形态。巴塞尔姆的短篇小说《辛伯达》(*Sindbad*, 1987)[4]是对《一千零一夜》中"水手辛伯达"的重写。从表面叙述上看，小说中有两个主人公，一个是具有丰富的浪漫主义航海历险经历的水手辛伯达，另一个是 80 年代美国大学教师"我"。

1　戴维·洛奇：《现代主义、反现代主义和后现代主义》，利尔：科尔大学出版社，1981 年。王岳川：《后现代主义文化研究》，北京：北京大学出版社，第 284-285 页。

2　David Lodge, *The Modes of Modern Writing: Metaphor, Metonymy, and the Typology of Modern Literature*, London: Arnold, 1977, p. 224.

3　王岳川：《后现代主义文化研究》，北京：北京大学出版社，1996 年，第 328 页。

4　唐纳德·巴塞尔姆：《白雪公主》，周荣胜、王柏华译，哈尔滨：哈尔滨出版社，1994 年，第 291-298 页。

"我"生活贫困，衣着寒酸，被白天上课的学生看不起，但他充满浪漫激情的诗一般的语言还是打动了学生们。根据前文，是水手辛伯达在他第八次航海船失事后向传来华尔兹音乐的树林走去。这里，人们难以分清讲话的是水手辛伯达还是大学教师"我"，或者水手辛伯达与"我"是同一个人？形象的不确定性使读者感到本文与现实世界一样模糊不清，无法分辨。

另外，语言的自相矛盾表现出一切都在不定之中。小说《罗伯特·肯尼迪从溺水中被救起》(*Robert Kennedy Saved from Drowning*，1968) [1]是这样描述罗伯特·肯尼迪的性格的："他对同事既不鲁莽也不过分友善，或者说他既鲁莽又友善。"后现代主义小说又像是虚构又像是事实，如该小说所描写的事件似乎实际都在生活中发生过，每一个片断都像一份写实报告，而巴塞尔姆本人却说："除了肯尼迪敌意地评论一位几何图形派画家的作品这一点以外，什么都不是实际发生过的事。在肯尼迪走进那家美术馆并做出这个评论那天，我也在场，其余部分可以说是编造出来的。"[2]

并置

后现代主义作家写作时，并不给出一种结局，相反，往往将多种可能性结局组合并置起来，每一个结局指示一个层面，若干个结局组成若干个层面，既是这样，又是那样，既可作如是解，也可作如彼解。并置的依据是：事物的中心不复存在，事物没有什么必然性，一切皆为偶然性，一切都有可能。同一性的哲学秩序消散了，那么，只能将数学式无限多的可能的"秩序或非秩序"强加于人的经验之上，使人真正明了自己处身的世界没有什么历史理性和必然性的法则，有的就是可能性。巴塞尔姆的短篇小说《解释》(1970)是以四个中空的方格引发的问答展开的。小说大体上可分为三个部分，每一部分都以指出若干层面的若干个结局构成。每一部分都试图以机器为中心，只给出一个结局，但谈话却总是游离开去，将许多可能性结局并置起来，涉及到后现代生活的许多层面：文学、艺术、性爱、树木、书籍、叙述的方式、旅游、人类处境、足球赛等等，任何事物都可能成为人们关注的对象。这是因为，在后现代，事物的中心消失了，同一性的哲学秩序消散了，历史理性和必然性也不复存在，剩下的只是可能性。所以，作为后现代这一时代产物的小说，亦以多结局的并置来指示多层面的后现代生活现实就是再自然不过了。

1　唐纳德·巴塞尔姆：《白雪公主》，周荣胜、王柏华译，哈尔滨：哈尔滨出版社，1994年，第165-176页。
2　杰罗姆·克林科维兹："巴塞尔姆访问记"，唐纳德·巴塞尔姆：《白雪公主》，周荣胜、王柏华译，哈尔滨：哈尔滨出版社，1994年，第329页。

非连续性

后现代主义作家怀疑任何一种连续性，认为现代主义的那种意义的连贯、人物行动的连贯、情节的连贯是一种"封闭体"（closed form）写作，必须打破，以形成一种充满错位式的"开放体"（opened form）写作，即竭力打破它的连续性，使现实时间与历史时间随意颠倒，使现实空间不断分割切断。因此，后现代小说和戏剧经常将互不衔接的章节与片断编排在一起，并在编排形式上强调各个片断的独立性。在体现非连续性叙述方面，小说《辛伯达》颇具典型性。作品由十四个片断拼贴而成。从时间上看，作品表现了两个人物，一个是过去的第八次航海幸免于难的水手辛伯达，另一个是现在的 20 世纪 80 年代的大学教师"我"。小说用电影技法蒙太奇（montage）使两个不同历史时期的片断像镜头一样交替闪回（小标题后为笔者概述）。作者随意颠倒时间顺序，不断分割现实空间的开放体写作。片断与片断互不衔接，读者随着它们忽而跳到过去，忽而跳回现在，令人眼花缭乱。这些片断各个相对独立，意义、人物行动和情节都不连贯。这种"中断"式的非连续性所造成的荒诞不经感，给人以世界本就是如此构成的启示。

随意性

与现实主义大师们苦心经营，十年磨一剑地精心结撰宏伟画卷不同，也与现代主义大师们精心构思以注入有深度的思想相异，后现代主义作家们突出随意性，强调"拼凑"的艺术手法。在他们看来，这个世界的秩序是人为设定的，那么，人也可以还给世界一个"非秩序"。一切事物都四散了，但又密切相关，一切风格都创造殆尽，诗人的地盘被作古的大师们盘踞着而无法施展再创造的风格，因此，后现代主义作家们就以非创造来诋毁创造，把拼凑当作创造力匮乏的一种不得已的创造。巴塞尔姆的短篇小说《罗伯特·肯尼迪从溺水中被救起》就是这种"拼凑"的产物，由作者随意写出并拼凑的 24 个短小片断构成，每个片断以其自己的小标题开始（括号内为笔者概述）。这 24 个片断从不同侧面表现一位杰出政治家的思想、品格、工作、能力；对国家和人民的责任感；像普通人一样多愁善感；善于理解民众，但也有让人不理解的时候；富于同情心；对哲学感兴趣，等等。然而，这些片断将情节变成了炸碎的玻璃花瓶，满地晶亮，合不成形。既然它们都与主人公 K. 有关，作者就以非秩序的状态将它们随意拼凑起来。因此，这些片断的安排恰似"活页小说"，读者阅读时，可像洗牌一样，将它们随便拼凑组合，从哪一段、哪一页读起都可以。这种小说的创造性就体现在它的意义是无穷无尽的，因为它的组合是无穷无尽的。

比喻的过度引申和虚构与事实的短路

许多后现代主义小说家将比喻一再引申而形成一个膨胀出来的新故事，并就此脱离原来的语境。诸如在小说中引用报刊、报道、数据等等，向小说里塞入形形色色的繁杂材料，使读者的头脑呈现一种繁杂无序状态，而失去对本文意义整体把握的可能性。作者通过本文的不可解释暗示出世界这一大本文同样的不可解释。虚构与事实的短路是指作家自捣艺术圣殿，将艺术还原为生活。《印第安人反叛》（*The Indian Uprising*，1968）[1]是巴塞尔姆最著名的一个短篇小说，极为费解，争议最大，原因就在于小说中比喻的过度引申和虚构与事实的短路。首先，我们来看看作者是怎样将比喻一再引申而脱离原来的语境，讲述着许许多多与印第安人反叛毫无关联的事情，使读者的头脑中呈现一种繁杂无序状态，因而难以把握本文的意义整体。小说开始表现了一种战时的紧张、恐怖、混乱气氛：反叛的科曼切人向城市猛烈进攻，市民们在大街上筑有工事，拉上了冒着火星的铁丝网。人们试着去理解这种混乱。"苹果、书和密纹唱片"这种三个词语联在一起的形式在文中比比皆是，作者用这种强迫性的三联词形式的动机似乎是给混乱的经验强行施与一种貌似整合的形式。然而这无济于事，因为本文自身出现了混乱。随着我的思绪离开了战斗，"我"与西尔维亚谈起了如何弹奏法国作曲家埃尔·福莱的《玩偶》……。这些离题的叙述使读者的兴趣自然离开了印第安人的反叛。可见，这个短篇由印第安人反叛引申膨胀出多个主题，内容繁杂，叙述散乱，使读者难以从整体上把握小说本文意义，难以解释作品到底要说明什么。

小说同时表现了虚构与事实的短路。小说第 23 节开始的几句话是印第安人反叛这一虚构故事的继续："我们给被俘的科曼切人的睪丸接上一根电线……我们合上开关，他便开口了，他说他的名字叫古斯塔夫·阿亨巴赫。"给印第安人俘虏睪丸接电线的审讯方法是荒诞的。但紧接着的就不是虚构的故事了：

> 你永远不能用同一种方法触摸一个女孩，不止一次、两次、或更多次……在瑞典，我们没搞出什么更出色的玩意儿……指挥倾泻垃圾的官员通过广播告诉人们垃圾已开始运走。

这显然是作者在东拉西扯地谈生活中与女孩交往的经验和去瑞典的旅行经历。虚构在这里与事实（即实际生活）发生了短路。接下去的第 24 节与虚构的印第安人反叛的故事更是风马牛不相及，很像是作者写给生活中的朋友简的一封简短的言辞恳切而又幽默的信。最后一句话"一串串的语言向四面八方延伸开

---

1 唐纳德·巴塞尔姆：《白雪公主》，周荣胜、王柏华译，哈尔滨：哈尔滨出版社，1994 年，第 177-186 页。

去，将这个世界缠绕成一个奔流不止、粗鄙不堪的整体"，似乎是对后现代主义文学作用的一个最中肯的诠释。这里，生活本身成了"艺术"，艺术消解了，成了非艺术。

后现代三义的颠覆性终于使它努力消除了高级艺术和通俗艺术这一社会价值结构的最后二元形式。巴塞尔姆以不确定性的写作原则"再造了小说之屋，改变了房间的结构，建造门，打开门，使在他之前似乎难以梦想的东西成为可能。在其顶峰时期，其作品是一个奇迹，趣味盎然，令人敬畏、充满睿智、造型美丽。"[1]其堪称后现代主义的典范作品，从一出现就一直被人们仿效。美国当代著名小说家杰罗姆·查林就坦率地承认："他教过我们所有的人怎样写作。"[2]

4. 元小说

后现代主义的元小说（metafiction）对小说这一形式和叙述本身进行反思、解构和颠覆，在形式上和语言上都导致了传统小说及其叙述方式的解体，在宣告传统叙事无效——非合法化的同时，确定了自己的合法化方式。在元小说创作中，作家采用一种所谓的超语言，那不是描述非语言的事件、情形或物体的语言，而是描写"另一种语言"的语言。在后现代，语言被看作是一种独立的、自给自足的体系。它本身可以产生意义。它与现实世界的关系是复杂的、不确定的，又受到惯例制约的。元小说作家在作品中探讨这一语言系统与小说外部世界之间的关系，结果使作品不断展示它有意识采用的文学语言和惯用手法，清楚地、明确地显示出其人工制品的特征，揭示了当代社会中的危机感、异化感以及压迫感与不再适应表现现代经验的传统文学形式之间的脱节。从而，元小说把陈旧的惯用手段的消极价值转化为潜在的建设性社会批评的基础。元小说往往建立在一个根本的、持续的对立原则之上：在构筑小说幻象的同时又揭露这种幻象，使读者意识到它远不是现实生活的摹本，而只是作家编撰的故事。元小说向我们展示文学作品是如何"构筑"想象的世界的，以此来帮助我们理解我们每天生活于其中的现实是同样"构筑"的，是同样"写下"的。元小说可以用最通俗的语言定义为：在创作小说的同时又对小说创作本身进行评述。这两种过程在形式上紧密结合，从而打破了"创作"与"批评"的明显界限，使它们合并为"阐释"和"分解"的概念。[3]元小说是"关于小说的小说"，还可细分为"谈这篇小说如

1　约纳森·鲍姆巴赫："叙说巴塞尔姆"，唐纳德·巴塞尔姆：《白雪公主》，周荣胜、王柏华译，哈尔滨：哈尔滨出版社，1994年，第382-383页。

2　杰罗姆·查林："叙说巴塞尔姆"，唐纳德·巴塞尔姆：《白雪公主》，周荣胜、王柏华译，哈尔滨：哈尔滨出版社，1994年，第400页。

3　余宝发："超小说"，《文艺新学科新方法手册》，林骧华等主编，上海：上海文艺出版社，1987，第455-456页。

何成为小说的小说""关于先前小说的小说"和"类文本元小说"。[1]

谈这篇小说如何成为小说的小说　这类元小说自我揭示虚构、自我戏仿，把小说艺术操作的痕迹有意暴露在读者面前，自我点穿了叙述世界的虚构性、伪造性。小说的基本立足点就不可能再是模仿外部世界或内心世界而制造逼真性。如在美国后现代主义小说家约翰·巴思（John Barth）的短篇小说《扉页》的开始，"我"为小说写到四分之三仍"缺乏激情，抽象，职业化，不连贯"，有了"冲突，纠葛，没有高潮"而懊恼。作者在考虑如何收尾，可是思考怎么也越不过"我们生活的故事"。作者决定，既然我们这些"靠耍笔杆子为生"的人都像"积习难改的编谎家"，那就"换个常见名词"，"接着编吧"。这就一语道破了传统叙述世界的虚构性和伪造性。虽然构思总是被打断，但作者认为"正是这些打断才把它变成了故事。小说以一个未说完而且没有句号的句子结束，这意味着讨论可以继续下去，小说的结尾既然"每个故事都是用红墨水写成的，即以实化虚"，"凭空捏造事实罢了"，[2] 那就不怕走得更远，小说的结尾是开放的。

关于先前小说的小说　这类小说是把前人的著作作为戏仿的对象，也可称为"前文本元小说"。在以创新为作品最大价值的后现代，作家们想方设法不落窠臼，努力找到摆脱文学传统影响的办法，那就是站在这影响中击败这影响。于是一些后现代主义小说家们回归叙述的源头，以后现代意识重写旧故事，从而创造出别具一格的新故事。唐纳德·巴塞尔姆的长篇小说《白雪公主》（1967）[3] 是对家喻户晓的德国格林童话《白雪公主》的戏仿。巴塞尔姆以对保罗这一反英雄形象的塑造而宣告堂皇叙事的无效。巴塞尔姆不再依靠常规性的小说手法，即冲突、发展和线性情节，而是为读者呈现出丰富多彩的零碎片断，创造一种拼贴效果，意在表明：后现代社会的变化使任何神话中心都无法维持下去，神话因素只能追踪至某种程度，然后就会遇到相应的替代物。

类文本元小说　在人文科学这个大概念之下，后现代主义使高雅的严肃文学与大众的通俗文学之间的对立、小说与非小说之间的对立、文学与哲学之间的对立、文学与其他艺术门类之间的对立统一消解了。后现代主义把一切事物都界定为文本，从文本与文本的关系中、从文本的上下文中去探讨文本的意义。[4] 因此，人类的许多"真理体系"，如历史、宗教、意识形态、伦理价值等等，都可被视

1　赵毅恒："后现代派小说的判别标准"，《外国文学研究》，中国人民大学书报资料中心，1994 年第 1 期，第 11-12 页。

2　约翰·巴思：《扉页》，侯毅凌译，《外国文学》，1997 年第 2 期，第 5-9 页。

3　唐纳德·巴塞尔姆：《白雪公主》，周荣胜、王柏华译，哈尔滨：哈尔滨出版社，1994 年。

4　张国清：《中心与边缘》，北京：中国社会科学出版社，1998 年，第 46 页。

为一种"叙述方式",即把散乱的符号表意行为用一种自圆其说的因果逻辑统合起来,组织起来。因此,从本质上说,它们无非也是与小说相似的虚构。而在这些价值体系控制下的生活方式,也就是虚构的产物。用这种观点来描写生活的小说也就成了关于小说的小说,具体地可称之为"类文本元小说"或"寓言式元小说"。巴思的短篇小说《夜海之旅》以奇妙的构思、独白的形式,讲述了一个精子游动的神秘旅程,这个旅程是极富象征性的,表现的是"作者"在叙述的过程中逐渐产生了自我意识,最后悟到了一个真理:"载着我漂浮过这恐怖之海的,只是一个单纯的希望……理性并不存在,只有无谓的爱,无谓的死"。[1] 这是一个对后现代人类社会生存状况的哲学思考。

5. 反体裁

后现代主义作家是勇于颠覆旧秩序、以从事消解游戏为业的一代人,他们消解自由解放之类命题的同一性,代之以一种多元性的无中心的离心结构。他们切断与传统的前辈作家对自己的影响,走一条文学范式彻底创新的道路。于是,与前辈的"严肃小说"相对立,后现代主义小说家被逼进既不同于"严肃小说"又不同于"消遣小说"的胡同,"一方面,竭力摆脱其影响,另一方面却努力把从一个普通但劣等的公分母中产生的分化作为一种不断发展的谋略。……为了讽刺消遣小说或古典小说,他们有意创造一种其特征不是建立在它摧毁过的某种残骸之上,而是建立在反对其消遣小说的程式化成功之上的截然相反的作品。……反体裁已成为我们时代主导的模式……"[2] 小说写作成为一次大胆的冒险,边界不复存在,只要写作即可命名为"小说"。这样,小说势必侵占其他体裁的领域,表现为"种类混杂","在这多元的现时,所有文体辩证地出现在一种现在与非现在、同一与差异的交织之中"。[3] 如巴塞尔姆的小说《玻璃山》形式奇特,用从1到100这样的数字编号顺序排列的词组、句子和段落构成。它是对一篇斯堪的纳维亚故事《玻璃山上的公主》的反写。巴塞尔姆小说的主人公虽也追求公主,在一只鹰的帮助下爬上了山顶,但他却把公主拎起来,头朝下扔下玻璃山,扔给他的相识,"可以放心地让他们去处理她"。小说突然以这句密码似的文字作结:"100. 就是许多鹰看上去也不足为信,一点也不,一刻也不。"巴塞尔姆用当代城市为背景重写传统故事,扰乱了传统故事的真假值。他不是用古典情节来显示某

1　巴思:《夜海之旅》,鲁余译,《外国文学》,1997年第2期,第10-15页。

2　Charles Newman, *The Postmodern Aura, The Act of Fiction in an Age of Inflation*, Evanston: Northwestern University Press, 1985, pp. 87-88.

3　Ihab Hassan, *The Postmodern Turn: Essays in Postmodern Theory and Culture*, Columbus, Ohio: The Ohio State University Press, 1987, p. 170.

些持久的人类价值与关怀的存在，而是侮没古典情节，以展示在处理后现代状况时传统叙述是怎样的无能。巴塞尔姆的主人公一边在追寻他的目标，一边却又在拆毁它，最后一无所获。这里不存在荣誉和尊严。巴塞尔姆不仅在内容上削弱了传统的价值观念，而且在形式上打破了小说写作惯例，使其小说呈现为从 1 到 100 的语言碎片的集合。这种反体裁的写作产生两种结果：首先，作家突出的是技巧而不是内容，突出的是外表而不是深度，突出的是人为性而不是可信性，从而贬低了传统叙述所关心的如性格化与"模仿"幻觉之类的东西，也打碎了通常的阅读结构。其次，这些带编号的词组、句子和段落表明，成为惯例的传统文体已变得如此乏味，如此空洞，如此轻而易举地就可以复制，在某种程度上，可以用数字来写。小说最后一句密语般的结语意在暗指：传统的信条与结构没有能力处理当代经验。巴塞尔姆的《玻璃山》成为一篇拆毁公主所象征的超验所指的寓言。

6. 语言游戏（Language Play）与读者解读

在后现代世界里，思想家、文论家们的运思活动基本都是在语言层面上，他们的语言表述只是一种纯粹受语言自身逻辑左右的语言建构，与实际的存在、客观的社会现实并不是一回事。在后现代主义作家们看来，一切都不确定，世界上本来就不存在什么先验的、客观的意义，只有寄情于写作本身。写作不过是作者"内省的符号化过程，亦即指示自身的一种信息"，[1] 指望在写作本身的探索过程中逐渐建立起自身的意义。价值来源于虚构；意义产生于语言符号的差异，即符号的排列组合所产生的效果。因此，写作（特别是虚构文本的写作）仅仅是一种语言游戏。在每种不同性质的"话语"中，都可以用说明其性质和用法的随意游戏规则去设定语言游戏，但是，这些游戏规则本身不能给自己提供自身的合法性，它们只能是游戏者之间的契约式产物；规则是游戏得以运用的关键，其任何变化都将改变游戏的本质；每种"话语"的发言都如同游戏一样，具有对抗竞争的意味，因此具有一种不断推陈出新的特征。[2] 后现代主义作家不是运用语言作为工具来表现自己的思想、表达自己的情感或表现自己的想象的人，而是"一个思考语言的人，一个思想家兼语言家（换言之，既不完全是思想家，又不完全是语言家）"。[3] 当代写作已经使自身从表达意义的维度中挣脱起来，而只指涉自身。写作犹如游戏，在不断超越自身的规则和违反其界限中展示自身。

按照后现代语言哲学（话语理论）的一个重要观点，语言符号日益失去其表

1　特伦斯·霍克斯：《结构主义和符号学》，上海：上海译文出版社，1987 年，第 145 页。

2　王岳川：《后现代主义文化研究》，北京：北京大学出版社，1996 年，第 181 页。

3　罗兰·巴尔特：《文本之快感》，巴黎：色伊，1973 年，第 81 页。

征能力，即再也不能切中意义本身；我们说和写的话语，包括写作本身，都迷失在无穷无尽的能指的链中。这意味着，任何后现代文本都没有统一的意义核心。文本的意义不是来自作者对文本的创造，而是来自读者对文本的解释。任何人都可以对文本做出自己的解释。后现代的读者以一种批判性和创造性的姿态，通过主观地建构意义，探索文本的言外之意或弦外之音，最终重新书写了原文本。后现代作者在写作过程中，首先，主体经历着自身的解构与重构过程；其次，在潜意识层面上渴求着读者的理解与帮助，渴求与读者建立一种对话式的机制。文学作品是一个生产与再生产的过程，读者由消费者改变为参与这一生产与再生产过程的生产者。作品的意义并非由作者所决定，只有通过读者重现文本的生产过程、参与这一过程来创造出作品的意义。后现代主义小说的阅读方式注重审美的快感而非审美的愉悦，注重在文本的能指的无限运动中发掘出无限多元的意义，强调象征思维，强调行动与参与、直接体验与顿悟，致力于潜意识活动对于理性思维、形象思维的突破。[1] 在后现代，阅读活动不再是一种把握作者原初意图的活动，而转换成寻译本文逻辑、追踪语言自身价值的本文拆解和重新组合活动，从而发现意义的多重性和本文意义无限多样的解释。

纳博科夫小说《微暗的火》整个文本可被视为后现代主义语言游戏的范例。这个文学大文本由两个次文本构成，一个是希德诗的文学文本，另一个是金保特包括前言、注释和索引的批评文本。这两个文本极直观地、夸张地体现了法国解构主义哲学家雅克·德里达所宣称的在结构概念历史上发生的"重大事件"："它的外在形式是一种断裂又是一种重叠"。[2] 德里达认为，在结构构成中"根本没有中心，中心不能看作是一个正在出席者的形式，中心没有天然的所在处，它不是一个固定的地方而是一种功能，一种无处（nonlieu），在这无处中，符号替换进行着无穷尽的游戏。……正是在中心或起源缺席的情况下，一切都变为言语的时刻……一切都变为系统，在这系统中那中心的所指（the signified），那起源的或先验的所指，从来不绝对地出现在一个由差异构成的系统之外。这先验的所指的缺席就使表意的领域及表意的游戏无限制地扩展了。"[3] 德里达的理论认为，符号并非是能指（the signifier）与所指的紧密结合，符号不能在字面上代表其所意指的东西，产生出作为在场的所指：一个关于某种东西的符号势必意味着那种东西的不在场（而只是推迟所指的在场）。德里达将法语动词"to differ"（区分）和"to

---

1　罗兰·巴尔特：《语言的噪声》，巴黎：色伊，1984 年，第 67 页。
2　雅克·德里达；"人文科学语言中的结构、符号及游戏"，刘自强译，《二十世纪文学评论》，戴维·洛奇编，葛林等译，上海：上海译文出版社，1993 年，第 534-535 页。
3　同上，第 537-538 页。

defer"（延搁）合并为"differance"（分延），表明符号总是"区分"和"延搁"的双重运动。"分延是一种在在场和不在场两相对立基点上所无法设想的结构和运动。分延是各因素相互关联的区分、踪迹和分离体系的游戏。"[1]文字的分延使意义的传达不可能是直线传递的，不可能像在形而上学那样由中心向四周散开，而是像撒种子一样"这里播撒（dissemination）一点，那里播撒一点，"[2]不断地以向四面八方散布所获得的零乱性和不完整性来反抗中心本源，并拒绝形成任何新的中心地带。所指被延搁所造成的符号残缺不全，使其永远成为指涉其他符号的一组踪迹（trace）。踪迹指向分延，它永远延搁意义。踪迹使得本文意义的寻求活动成为本文自我离心解构的运动，本文总是指向本文自身之外的本文群体，总是在意义的分延中和踪迹的暗示中走向不确定性。德里达视这种意义自身解构的运动机制为替补（supplement）。替补既是一种增补，又是一种替代，它由存在的虚空而起，又是存在不完善的证明，它的根本指向是彻底否定存在的根源和形而上学绝对真理的神话。德里达用分延、播撒、踪迹、替补等概念，宣告了本源的不复存在，本文的永不完整性。对"原"文的阅读是一种误读，是以新的不完整性取代本文原有的不完整性，因为替补成为另一种根本上不完整的本文。综上所述，在德里达看来，作者并不创造意义，因为作品没有所谓的原意，意义也不是作品现存的，必须无止境地在本文之外去寻求。每篇文本必须置于更多的本文之中才具有意义。[3]

　　按照德里达的观点，"解释"这一概念必须抛弃，因为据说这个术语错误地设定了对一个隐蔽的，但仍在场的意义进行阐释。批评家再也无权躲在"解释"与"说明"等术语后面，批评即阅读，阅读即无限地寻求踪迹。这一过程永远不会完结。每次阅读都是一次复述，一次解谜和形成更大的谜的活动，对一篇本文的阅读必然成为对整个本文系统的阅读，意义永远无法完全确定，因为它总是在这些本文之间游荡。"本文不再是完成了的作品资料体，内容封闭在一本书里或字里行间，而是一个区分的网络，一种踪迹的织体（a fabric of trace），这些踪迹无止境地涉及它自身外的事物，涉及其他区分的踪迹。"[4]在小说《微暗的火》中，金保特的注释从一开始就是"无限地寻求踪迹的阅读"，主要是寻求他自己赞布拉故事的"踪迹"。希德全诗的主题是死亡，并以连雀之死开始。但金保特并不

1　Jacques Derrida, *Position*, Chicago: Chicago University Press, 1981, p. 27.

2　Derrida, *Dissemination*, Chicago: Chicago University Press, 1981, p. 32.

3　王岳川：《后现代主义文化研究》，北京：北京大学出版社，1996 年，第 90-103 页。

4　Derrida, "Living On," in Bloom and P. de Man, J. Derrida, G. Hartman, J. Hills Miller, *Deconstruction and Criticism*, London: Routledge and Kegan Paul, 1979, p. 83.

去解释诗人为什么说他是撞死在窗玻璃上的鸟的"影子",只是从字面上描写一下死鸟的形象,就迫不及待地转去介绍自己是希德的邻居、自己对鸟类的兴趣,经常和希德讨论赞布拉国王可爱的查尔斯。

金保特对希德诗的阅读表明,符号只是所指东西的替代品,必然意味着所指东西的不存在。符号与所指既相异又相斥,符号是"区分"和"延搁"的双重运动。因此,符号并不是单纯的有声意象与单纯的概念或意义的完美结合,符号不可能有单纯的含义。"这一方面意味着文学文本和它的意义之间总有差距,评注和诠释正是文本本身具有本体不足而产生的。这同时意味着文本不可能有终极的意义:在诠释过程中,文本所指成分被一层层地展示,而每一层次又转化成一个新的能指即表意系统,因而阐释过程严格说是一个永无穷尽的过程。"[1]这样,解释就摆脱了企图找出本来的终极意义的幻想,说明文学并不表示存在的真理,文本是符号的游戏,并邀请读者参加这样的游戏。

7. 通俗化倾向

后现代主义宣布:"我们不需要天才,也不想成为天才,我们不需要现代主义者所具有的个人风格,我们不承认什么乌托邦性质,我们追求的是大众化,而不是高雅。我们的目标是给人以愉悦……"[2]在后现代,文化已经完全大众化,高雅文化和通俗文化,纯文学与俗文学的界限基本消失。"后现代主义填平了批评家和读者之间的鸿沟,更为重要的是,它弥合了艺术家与读者的裂痕,或者说,取消了内行和外行的界限。"[3]相当一部分后现代主义小说体现了这种"通俗化"倾向。它们情节离奇、怪诞、曲折、可读性较强。但这些作品大多并非取材于生活现实,即使取材于某个历史事件,也是用非现实的表现手法,因此完全是幻想和虚构的产物。美国后现代主义小说家罗伯特·库弗(Robert Coover)1977 年发表的长篇小说《公众的怒火》(*The Public Burning*)[4]虽取材于美国 50 年代罗森堡夫妇被无辜处死的政治丑闻,并选择当时的副总统尼克松作为核心叙述人,但作者运用非现实手法,使事物神话化,将真实和虚构有机地交织在一起,亦庄亦谐,挥洒自如,既有对政治事件的严肃的叙述,又有对虚构场景的粗俗的描写。作为冷战牺牲品的令人同情的悲剧人物罗森堡夫妇、与此案件有关的事情、人物、日

---

1 雅克·德里达:"人文科学语言中的结构、符号及游戏",刘自强译,《二十世纪文学评论》,戴维·洛奇编,葛林等译,上海:上海译文出版社,1993 年,第 534 页。
2 弗雷德里克·杰姆逊:《后现代主义与文化理论》,唐小兵译,北京:北京大学出版社,1997 年,第 165 页
3 弗里德里希·基特勒:《后现代艺术存在》。转引自《从现代主义到后现代主义》,柳鸣九主编,北京:中国社会科学出版社,1994 年,第 19 页。
4 罗伯特·库弗:《公众的怒火》,潘小松译,南京:译林出版社,1997 年。

期都是真实的，朝鲜战争、华盛顿政界阴谋以及当时的雅俗文化都得到了生动的再现。而"山姆大叔"则是一个神话般虚构的人物，他是美国的化身，是野蛮、粗俗、邪恶和投机的混合物。在与幽灵斗争的冷战时期，他教条，过分依赖僵化的体制，未能应付不断变化的现实，使罗森堡夫妇成为国家机器发疯时毁灭的牺牲品。山姆大叔玩这个游戏的目的就是要"把大家拢到一块，创造一个秩序"，制造了一种虚构的历史现实。小说叙事形式的创新更是丰富多彩：有机智、流畅、幽默、诙谐的散文叙述，有滑稽的、不伦不类的自由诗，有似一锤定音的评论，如"美国是世界的笑话"，有突然出现的表示强调的黑体字，有从报刊上摘录下来的时事评论，为了加强视觉效果，作者将《时代》评论文字排成菱形◇，有戏剧性的对话和二幕歌剧。小说的艺术性与消遣性、语言的精巧和易于理解融为一体，既能引起读者对历史的严肃思考，又给读者提供阅读上的愉悦。审美层次较高的读者和文化水平较低的读者都可以欣赏这部小说，可谓雅俗共赏。

8. 戏仿（Parody）

戏仿是互文叙事手法之一，它是对原有文学进行转换，要么以漫画的形式反映原文，要么挪用原文。无论对原文是转换还是扭曲，它都表现出与原文之间的直接关系。戏仿是一种"最具意图性和分析性的文学手法之一。这种手法通过具有破坏性的模仿，着力突出其模仿对象的弱点、矫饰和自我意识的缺乏。所谓'模仿对象'可以是一部作品，也可以是某些作家的共同风格"。[1] 戏仿是后现代主义小说家的一个常用技巧。他们在作品中对历史事件和人物，对日常生活中的某些现象，对古典文学名著中的题材、内容、形式和风格进行夸张的、扭曲变形的、嘲弄的模仿，使其变得荒唐和滑稽可笑，从而达到对传统、对历史和现实的价值和意义以及过去的文学范式进行批判、讽刺和否定的目的。巴塞尔姆的《歌德谈话录》[2] 是对历史上真实的《歌德谈话录》[3] 的戏仿。原书篇帙浩繁，内容庞杂。这部流传甚广的作品以日记的形式详细记录了 1823 年 6 月 10 日至 1832 年 3 月 22 日歌德去世之前他的一些言论与活动，是他的崇拜者、青年诗人兼秘书爱克曼辑录的。歌德谈论的范围以文艺、美学、哲学和当时欧洲一般文化动态为主，略微涉及政治、宗教、自然科学和日常琐事。巴塞尔姆也用短短的 7 篇日记的形式写成了他的小说。原著中的伟大导师在巴塞尔姆的小说里变成了一个不折不扣的"庸俗的市民"（恩格斯语），如他认为："音乐……是历史冰箱里面的冰冻木薯

1　王先霈、王又平：《文学批评术语词典》。上海：上海文艺出版社，1999 年，第 212 页。

2　唐纳德·巴塞尔姆：《白雪公主》，周荣胜、王柏华译，哈尔滨：哈尔滨出版社，1994 年，第 299-302 页。

3　爱克曼辑录：《歌德谈话录》，朱光潜译，北京：人民文学出版社，1978 年。

淀粉……"当青年诗人把他的最后一句论断纠正为"不……勿宁说他们是概念进程之有篷大马车上多余的行李"时,歌德表现出的不是文学师长应给予后辈的宽容、理解和鼓励,而是浅薄粗鲁的家长式武断批评:"'爱克尔曼,'歌德说,'住嘴。'"巴塞尔姆的这篇小说表现了后现代主义对权威的嘲笑、修正或颠覆,对元叙事的废除,对知识神秘性和神圣性的取消,对权力语言、欲望语言和欺诈语言结构的消解。

9. 拼贴〔Collage〕

拼贴是一些后现代主义小说家模仿约翰·多斯·帕索斯(John Dos Passos)的新闻短片方法,将其他文本,如文学作品中的片断、日常生活中的俗语、报刊文摘、新闻等,组合在一起,使这些似乎毫不相干的片断构成相互关联的统一体,从而打破传统小说凝固的形式结构,给读者的审美习惯造成强烈的震撼,产生常规叙述方式无法达到的效果。在后现代主义小说中,零散、片断的材料就是一切,它们永远不会给出某种意义组合或最终"解决",它们只能在永久的现在的阅读经验中给人一种移动组合的感觉。这种彻底的零碎意象堆积反对任何形式的组合。巴塞尔姆的小说《白雪分主》整个一本书像是片断的一个持续的集合,这些片断以拼贴的手法,围绕着白雪公主童话松松散散地组织起来。

10. 蒙太奇(Montage)

蒙太奇不同于拼贴,不是偶然拼凑的无意识的大杂烩,而是后现代主义小说中有意识的组合。但它又与拼贴一样,表现的都是后现代的一种"非连续性"的时间观。杰姆逊认为,后现代时间特点是一种"精神分裂症",或如法国结构主义精神分析学家、哲学家雅克·拉康(Jacques Lacan)所说的"符号链条的断裂"。因为在精神分裂症者的头脑中,句法和时间的组织完全消失了,只剩下纯粹的指符,亦即在后现代人的头脑中只有纯粹的、孤立的现在,过去和未来的时间观念已消散殆尽,只剩下永久的现在。[1]蒙太奇这种手法将一些在内容和形式上并无联系、处于不同时空层次的画面和场景衔接起来,或将不同文体、不同风格特征的语句和内容重新排列组织,采取预述、追述、插入、叠化、特写、静景与动景对比等手段,来增强对读者感官的刺激,取得强烈的艺术效果。巴塞尔姆的短篇小说《辛伯达》[2]使现实时间与历史时间随意颠倒,使现实时间不断被分割切断,形成了一种充满错位式的开放体写作。从时间上看,小说表现了两个人

1　弗雷德里克·杰姆逊:《现实主义、现代主义与后现代主义》。转引自《后现代主义文化研究》,第239页。

2　唐纳德·巴塞尔姆:《白雪公主》,周荣胜、王柏华译,哈尔滨:哈尔滨出版社,1994年,第291-298页。

物，一个是过去的第八次航海幸免于难的水手辛伯达，另一个是现在的 20 世纪 80 年代大学教师"我"。小说用电影技法蒙太奇使两个不同时期的片断像镜头一样交替闪回（小标题后为笔者概述）：

> 经历：过去。辛伯达不是一个谨慎的人，他从不吸取教训，八次航海，每次都是死里逃生；辛伯达是一个无所畏惧的人，被认为是一个"冒险家"。
>
> 教学：现在。水手辛伯达与大学教师"我"合为一体——听过华尔兹，见过剑杖和耀眼眩目的漂积海草的辛伯达终于带着宽慰的心情把学生们吸引到了他关于浪漫派诗人的讲解中。

小说文本中片断与片断互不衔接，各个相对独立，意义、人物行动和情节都不连贯，读者随着它们忽而跳到过去，忽而跳回现在。这种"中断"式的非连续性所造成的荒诞不经感，给人以世界本就是如此构成的启示。

11. 黑色幽默

黑色幽默虽受存在主义哲学影响极深，把世界视为荒诞不经、不可理喻、悲观之极后，只是付之一笑，但不主张存在主义的解救之道——"参与"，"选择"，或呐喊抗议，或奋力抗争，或哀鸣悲叹，因为那只能把荒谬弄得更加混乱，更加难以忍受。对黑色幽默小说家们来说，生存的荒谬只能忍受，因为它是世界不可改变的一部分。他们冷漠地把荒诞视为世界本质性闹剧之一部分。他们不再作以使命责任或悲天悯人之类价值替换价值的努力，而是用语言接着进行生存不按理出牌的游戏。黑色幽默的写作特点一般表现为：滑稽甚至怪诞地处理内在的悲剧题材；单维性格，荒原背景；松散、往往脱节、不讲时间的叙事结构；事实与虚构混淆不清，表现了现实的不可靠性；讲求技巧，讲求形式设计；对令人绝望、异想天开、蛮横残暴的事件冷眼旁观；嘲弄性的天问语气，常有无意于惩恶扬善的笑声，而这一特点的根源则是作家对传统哲学和科学的怀疑。[1] 如冯内古特的小说《囚鸟》（*Jailbird*，1979）[2] 中的主人公瓦尔特·斯代布克，1975 年因不自觉地卷入尼克松"水门事件"而被捕。这是一个对环境无可奈何、无法保护自己的可笑可悲的小人物，虽历尽折磨，任人摆布，却又悠哉游哉，乐意把牢底坐穿，常常在心头默诵一首"莎莉放屁"的荒诞不经的歌儿，然后击掌三下来聊以自慰。"日子还是过下去，是啊——不过一个傻子却很快就要同他的自尊心分手了，也

1　陆凡、蒲隆："库尔特·冯尼格简论"，《美国当代小说家论》，钱满素编，北京：中国社会科学出版社，1987 年，第 432-433 页。

2　库尔特·冯纳格特：《囚鸟》，董乐山译，桂林：漓江出版社，1987 年。

许到世界末日也不会碰头。"主人公在当代荒诞的社会中无能为力,悲观绝望,只好以自嘲寻求一点精神解脱。

12. 迷宫(Labyrinth)

迷宫是指作者在小说中营造的错综复杂、乱人眼目且又不给予出路的结构。它不像侦探小说虽扑朔迷离但总会找到柳暗花明。统治这种迷宫的是无序,是缺席,有象无意,有筌无鱼。托马斯·品钦(Thomas Pynchon)作品中一个反复出现的主题是写西方世界在本质上的混乱和解体。他用隐喻式的手法把热力学和信息论中的一个重要概念"熵"(entropy)引入文学创作。在物理学的热力学中,在一个与外界没有物质和能量交换的封闭的热力系统中,分子的运动将越来越混乱,最终达到混乱的极点,形成温度相同的热平衡状态。在他的作品中,品钦把这一观点作为一个隐喻,把自己所处的世界看成是一个封闭系统,指出西方社会内在的混乱、腐败和最终不可避免要死亡的命运。品钦小说的迷宫结构所表现的正是这种永远也无法解决的混乱。在小说《拍卖第四十九批》[1]中,作为遗产执行人之一的奥狄芭·马斯太太为履行义务,先去南加利福尼亚"熟悉"死者的遗产。她发现,无人知晓皮尔斯·尹维拉雷蒂究竟有多少遗产,仅在圣纳西索市,他的财产就无以数计。在调查核实皮尔斯"产业"的过程中,奥狄芭发现越来越多的线索表明,存在着一个被称作特里斯特罗的地下无政府组织,它试图通过一个名为WASTE并以一个弱音邮递喇叭为秘密通邮标志和传递方式的邮政系统,来破坏和颠覆美国官方邮政系统,从而实现自己的"无声的特里斯特罗王国"。她还发现,几乎所有的线索又都与尹维拉雷蒂的产业有关。这些无限增多的线索虽然给人以越来越多的暗示,但它们却从不产生任何结论。奥狄芭对信息的感觉增大了她周围的熵或混乱,她逐渐感觉到处都有WASTE符号和与特里斯特罗有联系的事物。这种混乱远远强过她通过有关特里斯特罗的确定信息所创造的秩序,感觉在努力地制造混乱,熵在不断增长,直到最后她分辨不清现实与幻想。在小说的结尾,没有传统阅读所期待的明晰和真实,而只有混乱、模糊、复杂的迷宫般的世界本身。

三、后现代主义左翼小说家多克特罗

作为美国后现代左翼文学的杰出代表,多克特罗是美国当代公认的一位富于社会责任感的后现代主义小说家,他带着明显的社会主义意识进行小说创作,善

1　托马斯·品钦:《拍卖第四十九批》,林疑今译,上海:上海译文出版社,1989年。

于运用马克思主义的阶级分析方法，表现后现代人类经验。他的作品多数以包括
工人阶级在内的社会底层劳动人民的生活和资本主义社会历史为题材。在小说创
作中，多克特罗以独特的后现代主义艺术手法，深刻探讨政治主题。他改变并增
加历史事实，使文学政治化，使政治历史化，使历史小说化，系统表达了对资本
主义的激进批评和对资本主义社会权力政治的有力抨击，表达了他的进步的社
会主义政治观点。在艺术上，他不仅文字绘声绘色、技巧高超，而且在形式、布
局、格调上也变化无穷，有力地深化了作品的主题。

多克特罗 1931 年出生在纽约市一个有强烈的激进思想的家庭里，显然当时
他的祖辈或父辈受到了左翼思潮的强烈影响或参与了激进主义运动。用他自己的
话说，他出生在"一个中下阶级家庭、有知识、有社会主义思想意识的环境里"。[1]
一家人住在纽约市最北端在当时属于中产阶级的布朗克斯区。30 年代的经济大
萧条时期，多克特罗的父亲失去了在曼哈顿区销售收音机、录音机和乐器的商店
后，靠推销家庭用具、电视机和立体声音响设备来养家糊口，一家人居无定所，
生活每况愈下，落入贫困的阶层里。

1948 年，多克特罗从布朗克斯区理科高中毕业后，上了俄亥俄州的凯尼恩学
院。他在短篇小说集《诗人传》（1984）一书中这样谈到他的母校："校园里有很
多诗人，他在凯尼恩学院里做的事是写诗，而俄亥俄州立大学的学生们做的事就
是踢足球"。[2] 他的本科专业是哲学，而不是英语。他参加校园里的戏剧表演，尚
未从事文学创作和学术研究事业。1952 年他以优等成绩获得文科学士学位后，进
入研究生院开始研究戏剧并在哥伦比亚大学做导演（1952-1953）。从 1953 年到
1955 年间，他在驻德国美军中服役。1954 年 8 月他与海伦·赛泽尔结婚。

退役后，多克特罗没有回到研究生院继续研究戏剧，而是独立工作，以在纽
约的电影和电视制作公司做专家审稿人谋生。这是一种按件计酬、使人精疲力竭
的工作，但却是一种极好的教育，大大有助于提高他的创作能力和文学素养。他
每天要读一本书，一星期要读七天，每天要为一本书写出一份 1200 字的梗概评
论，为视觉媒体评价该书的潜在价值。1959 年，多克特罗为新美国图书馆主编
维克多·韦布莱特写了一份非正式评价，得到韦布莱特的重视，聘他为副主编。
到 1964 年，多克特罗成为资深编辑，同年被聘为《日暮报》主编，后来成为该
报社的副社长，在那里一直工作到 1969 年。离开《日暮报》后，他成为加利福

1　Douglas Fowler, "E. L. Doctorow," *Dictionary of Literary Biography, Volume 173*：*American Novelists Since World War II*, *Fifth Series*, James R. Giles and Wanda H. Giles eds., Detroit/ Washington, D. C. / London: Gale Research, 1996, p. 55.

2　E. L. Doctorow, *Lives of the Poets*, New York: Plume, Penguin Books USA Inc., 1997, p. 133.

尼亚大学厄温分校（1969-1970）、莎拉学院（1971-1978）、耶鲁戏剧学院（1974-1975）、犹他大学（1975）和普林斯顿大学（1980-1981）的住校作家或教师。自1982年起，他担任纽约大学路易斯和洛蕾塔·格鲁克曼美国文学系主任。

美国后现代左翼小说家多克特罗不仅重视社会价值和思想价值，在小说中深刻地表现社会革命，而且十分重视艺术价值，形式创新，创作了许多既有高度思想性又有高度艺术性的经典作品。多克特罗在小说中用不断创新的多元变化的叙事技巧和多样杂糅的文本结构深刻地表现后现代政治左翼思想，揭示人被资本主义经济和社会力量所异化的命运，激进地批评资本主义权力政治，提出社会主义主张，强烈地追求社会公正。

多克特罗在其系列小说中明确表现了他的后现代政治左翼思想及其现实观和历史观。他反传统、解构和颠覆既定思维模式，主张变革，以对后工业时期资本主义新发展的洞察，以作家的良心，以对受剥削、受压迫劳动群众的深刻同情，在小说创作中批评资本主义制度，宣传社会主义思想，追求社会公正，主张重构现实和历史。多克特罗认为，我们生存在一个多元的原子化的现实文本中，一个无秩序、无定形的充满暴力的世界里；历史是知识话语与权力话语加盟的产物，是虚构的不确定的文本，任何历史命题都是指当前需要和当前形势，我们永远无法重现史实，只能以一种叙述的散文文体表现的诗性的话语结构描述和解释历史。

多克特罗用寓言体和科幻体小说解构美国梦，表现资本主义社会中人的内在的邪恶和权力机构的险恶。自其文学生涯一开始，就深深投入到对人类社会的政治思考中，探寻人类社会不能持久地令人满意地发展甚至自我毁灭的主要原因：一是寓言体小说《欢迎到哈德泰姆斯来》（*Welcome to Hard Times*, 1960）所揭示的以剥削和自私为特点的资本主义社会中人的内在的邪恶，二是科幻体小说《像真的一样大》（*Big as Life*, 1966）所暴露的资本主义社会权力机构的险恶。

在《但以理书》（*The Book of Daniel*, 1971）中，多克特罗用历史编撰元小说和创伤叙事重构和重新解释历史，暴露把人民当成敌人的资本主义统治思想本质。他用真实的历史事件与虚构的情节结合构成的历史编撰元小说和创伤叙事重构和重新解释历史，展现20世纪60年代中期美国的社会风貌：社会主义思想的传播、汹涌的反战浪潮、反传统文化的学生运动、风靡全国的摇滚音乐、人民对政府的不满和反抗、嬉皮士的出现、进步人士遭到政治迫害等，暴露资本主义统治思想的本质是把人民当成敌人，对人民实施政治暴力；同时强烈呼吁实行真正的人道主义民主政治。

多克特罗用历史人物与虚构人物的生活相互交织的文本结构揭示人被资本主

义经济和社会力量所异化的命运。在《拉格泰姆时代》（*Ragtime,* 1975）中，他用历史人物与虚构人物的生活相互交织的文本结构将作者对资本主义社会政治和阶级斗争的思考与历史的不确定性结合，揭示人被资本主义经济和社会力量所异化的命运；用蒙太奇等多元叙事技巧和语言实验，用拉格泰姆音乐的旋律、节奏和结构重写美国 20 世纪初期历史。小说表现了多克特罗反对资本主义剥削和种族歧视，主张取消阶级和等级的政治观点，宣扬承认差异、相互包容、人人平等、相互关爱的后现代伦理。

在《鱼鹰湖》（*Loon Lake,* 1980）中，多克特罗用成长小说、无产阶级教育小说和政治小说构成的后现代主义种类混杂，将政治与艺术构为一体，暴露和讽刺美国资本主义社会中的互利关系和社会犯罪。他以三角恋爱的惊险故事为叙述框架，用成长小说、无产阶级教育小说和政治小说种类混杂的叙事文本，散文和诗歌两种文体，第一人称和第二人称两种叙事形式，大量亮晶晶的语言碎片拼成的文本结构使历史小说化，暴露和讽刺 20 世纪初期美国资本主义社会中的互利关系和社会犯罪，批评资本主义剥削造成的社会不公正，重写工会斗争的历史，表现苦思冥想与探索追求、男性与女性、儿子与老子、统治者与被统治者、压迫者与被压迫者、剥削者与被剥削者等二元对立的事物。

像其他后现代主义文学作家一样，多克特罗也在其小说中用后现代伦理的叙事，表现后现代伦理思想主张和自己对后现代人类社会的后现代伦理关怀，揭示文学文本通过虚构的人与社会所表现的后现代被接受和认可的伦理关系，以及在这种关系的基础上形成的后现代道德秩序和维系这种秩序的各种规范，揭示后现代（或后工业、晚期资本主义、全球化时期）人类经验中伦理关系和道德秩序的变化及其引发的各种问题和导致的不同结果，为后现代人类文明进步提供教诲。在艺术创新方面，多克特罗在其小说中消解作者的权威，去除叙述者中心，从多角度观察，多声音叙述，用多样杂糅的结构和多元变化的技巧构成狂欢化叙事，用平行结构、戏仿和直接引用构成互文叙事，用这样的后现代伦理的叙事表现和深化作品的主题，讨论作品中的后现代伦理思想和作家的后现代伦理主张。这种后现代伦理的叙事形式与作品中所表达的后现代伦理主张相得益彰，实现了深刻的主题思想与创新的艺术形式的辩证统一。

多克特罗在《世界博览会》（1985）中，将小说与回忆录混合构成后现代伦理叙事，用多声部互文叙事，用后现代主义元小说对传统小说这一形式和叙述本身进行反思、解构和颠覆，但他坚信语言和文学形式具有指涉对象的自主性，因此他用小说与回忆录混合的叙事技巧，消解形式虚构，表现生活的可实际触知感，以一个纽约男孩的视角描述美国企业资本主义的失败以及美国激进过去的消失。多克特罗在小说中关注他者，关心移民和底层大众，呼唤社会的公平正义，是一名社会责任感很强的小说家。

多克特罗在《上帝之城》中，运用巴赫金狂欢化理论中的戏仿、杂语、反讽、加冕与脱冕、复调等狂欢化叙事手法，跨越了虚构与历史真实的边界，打破了形而上学的逻各斯中心主义的话语系统，实现了不同文学体裁之间的融合，描述了 20 世纪人类经历的战争灾难和西方社会中人的生存困境。这种狂欢化叙事风格契合了后现代主义不确定性、零散性、断裂性、多元化的特征，是对当代西方社会意识形态的模仿和反映。多克特罗以他的狂欢化叙事嘲讽了战争，揭示了社会的荒诞，表达了对正义和道德的关注，对西方社会深切的人文关怀。多克特罗用多语类、多形式和多体裁杂糅构成《上帝之城》（2000）的后现代狂欢化伦理叙事，揭示现实文本的多元性和历史文本的不确定性。《上帝之城》提供了一种由语言碎片式的传记概略、荷马韵文式史诗、宗教祈祷和按流行标准爵士乐模式的即席创作等构成的混杂物。小说以这种非线性叙事解构现实，重构历史，描述科技，探讨哲学，质疑上帝的存在，重组宗教和家庭等。这种多样杂糅的文本结构表明现实是一个多元的原子化的文本，一个无定形、充满暴力的世界；历史是知识话语与权力话语加盟的产物，是虚构的不确定的文本。

第一章
多克特罗的左翼思想及其后现代
主义现实观与历史观

作为后现代左翼小说家，多克特罗反传统、解构和颠覆既定思维模式、主张变革，以对后工业时期资本主义新发展的洞察，以作家的良心，以对受剥削、受压迫劳动群众的深刻同情，在小说创作中批评资本主义制度，宣传社会主义思想，追求社会公正，主张重构现实和历史。多克特罗认为，我们生存在一个多元的原子化的现实文本中，一个无秩序、无定形的充满暴力的世界里；历史是知识话语与权力话语加盟的产物，是虚构的不确定的文本，任何历史命题都是指当前需要和当前形势，我们永远无法重现史实，只能以一种叙述的散文文体表现的诗性的话语结构来描述和解释历史。

一、后现代左翼小说中的乌托邦思想与后现代主义叙事

在 20 世纪 60 年代以来的美国后现代主义文学中，"乌托邦思想和后现代主义被视为典型的、表示特性的美国现象"。[1]在 19 世纪南北战争前一段时期，即美国乌托邦思想的全盛期，许许多多乌托邦社团兴起和发展，其中一些社团的名

1　Marianne DeKoven, "Utopia Limited: Post-Sixties and Postmodern American Fiction," *Contemporary Literary Criticism, Vol. 214*, ed. Hunter W. Jeffrey, Detroit/ New York/ San Francisco/ San Diego/ New Haven, Conn. / Waterville, Maine/ London/ Munich: Thomson Gale, 2006, p. 115.

字至今留在美国文化历史的中心，例如最著名的有：布鲁克农场、震颤派教徒[1]、伊卡洛斯人、奥奈达人、亚麻那人等。像欧文主义社团主张的社会主义平等主义和女性主义的平等主义对于这些乌托邦社团来说都是至关重要的思想。这种历史上乌托邦的繁荣与奴隶制的全盛期同时发生。乌托邦运动与废奴主义部分时期相同，乌托邦运动有时包含鼓励，致力于废奴主义，布鲁克农场就是一个最好的例子。显然，乌托邦思想与废奴主义共同拥有主张人类平等和自由的普救主义和启蒙运动理想。激进的南部重建（Radical Reconstruction）希望甚至试图实现乌托邦思想和废除奴隶制，南部重建的毁灭至少对那一历史时刻而言，标志着乌托邦社会目标和幻想的失败。南部重建最终失败后的 19 世纪 70 年代和 80 年代是一个后乌托邦历史阶段，它见证了南北战争前兴起的大多数乌托邦社团的崩溃和消失，也见证了通过做佃农耕种的南方黑人地区和全国系统的经常是谋杀性质的种族主义等其他手段继续的奴隶制度。同时，这一时期包括城市化北方工业资本主义令人吃惊的发展，这种发展伴随着日益加剧的社会痛苦，然而这种社会痛苦也未被随后出现的激进的改良主义运动所抑制。

美国乌托邦思想在 20 世纪 60 年代出现另一次复兴，许多社团又一次在全国兴起和发展，但没有一个像 19 世纪先驱们那样著名和成功。这些社团致力于平等主义，并且与社会主义的复兴紧密相关，尽管在他们之间存在许多差异：60 年代社团一般被打上社会主义的无政府工会组织主义者形式的标记，强调群体团结或群体一致（共同利益）为代价的私人的、个人的自由、快乐和愿望实现。因此，他们比一般较群体导向的、按章程管理的 19 世纪社团更加短命和脆弱。但是，除了这种突出的差异外，60 年代社团变化多样、松散，但始终如一致力于公有制理想、公正分配的工作和一种在新左派共享民主制（等级制的、宗教教师管理的宗教公社除外）理想基础上的平均主义权力结构。政治新左派与反文化的嬉皮乌托邦公社之间的对抗有文件很好地证明，但这些对抗不应该遮掩这样一个事实：新左派与反文化是一种宽阔的全面运动的两个方面，其核心是对社会主义的平等主义——自由、平等、共有（包括种族、阶级和有时性别的平等）的承诺。这些问题及其复杂和混乱，因为大多数嬉皮士和大多数嬉皮团体都是白人和中产阶级。此外，在 60 年代最后一个阶段第二波女权运动（从 60 年代的废墟中）出现之前，由于激进主义与反文化运动都是夸张地以大男子气概为特征的和受男性控制的，尽管它们坚持平等主义的意识形态，但它们通常再生出占优势的性别的不平等，而且这种不平等经常以夸张的形式出现。

1　Shaker，震颤派教徒：1747 年起源于英格兰的基督教组织中的成员，过着公社式的生活并信奉独身。

像后南方重建时期一样，60 年代结束和失败之后时期———一段继续到今天的时期——也是一个后乌托邦历史阶段。"这个后乌托邦历史阶段就是我们现在所称的后现代主义或后现代性时期"。[1] 许多研究都指出了后现代主义中平等主义的、以社会主义为基础或受社会主义激发的乌托邦思想的衰退或结束。E. L. 多克特罗的后现代主义小说《自来水厂》(*The Waterwork*，1994) 就是以后乌托邦的 19 世纪70 年代初期为背景，运用后现代主义叙事策略，表现乌托邦思想的状况和幻想情景。在这两部小说中，后乌托邦历史阶段被用来同时解释和平行于当代情况。

多克特罗是美国 20 世纪后期代表性后现代主义小说家。作为一位犹太作家，多克特罗时刻不忘二战期间纳粹对犹太人的大屠杀、战后犹太人继续受到的歧视。他们都以对受压迫和受剥削阶级的深刻同情、在小说中暴露资本主义社会制度的不合理，表达强烈的乌托邦理想，寻求社会公正。多克特罗的《自来水厂》深刻地表现了作家暴露社会黑暗、批判资本主义社会制度、发出生活在最底层的人民群众的痛苦呼声，表现了那个时代的乌托邦幻想。在这部小说中，历史破坏或扭曲了潜在的或尝试的乌托邦（空想的社会改良计划）。小说用后现代主义叙事策略，使小说创作的通俗模式与高雅的文学模式相互交织。多克特罗的《自来水厂》揭示，乌托邦的失败与乌托邦工业资本主义的变形及其伴随的政治腐败同时发生。

多克特罗将小说置于 19 世纪 70 年代后乌托邦背景下，描绘后现代性的当代。在多克特罗的小说中，那个年代的纽约充满残酷的不平等，那些具有超人的智力、优越的社会或经济地位的一群或一类人拥有以不正当手段获得的巨额财富，与其形成对照的是劳动群众的极端贫困、悲惨和可怜。这与公共政治的彻底腐败和堕落有关，到处都暗示当代的弗雷德里克·杰姆逊在《后现代主义或晚期资本主义的文化逻辑》(1991) 中所称的最纯粹形式的资本主义的全球胜利。《自来水厂》明确表现了资本主义公共政治所产生的社会不公正。

《自来水厂》运用一种典型的后现代主义叙事策略来表现强烈的乌托邦愿望和关于该愿望不可能实现的彻底的怀疑主义的困境。这一后现代主义叙事策略就是使感伤性的耸人听闻的通俗体裁重新发挥作用。多克特罗用侦探小说连同传统的异性爱浪漫情节，来解决或拒绝解决或解除处在每部小说中心的丧失和失败的悲剧。多克特罗小说中启示录小说素材使用的过度推进了小说的结局，这种过度

1　Marianne DeKoven, "Utopia Limited: Post-Sixties and Postmodern American Fiction," *Contemporary Literary Criticism, Vol. 214*, ed. Hunter W. Jeffrey, Detroit/ New York/ San Francisco/ San Diego/ New Haven, Conn. / Waterville, Maine/ London/ Munich: Thomson Gale, 2006, p. 115.

与小说中的反传统写作相关，这是后现代主义重新装配的形式惯例中对现代主义形式的乌托邦思想的坚持。

《自来水厂》以 19 世纪 70 年代为背景，十分清楚地再现了 19 世纪 60 年代乌托邦思想。多克特罗使用耸人听闻的侦探情节剧形式，在《自来水厂》中建构了 19 世纪晚期城市资本主义与 20 世纪晚期城市资本主义之间的相似——都一样的残酷。小说中的反面角色之一奥古斯塔斯·彭博顿是小说主人公之一马丁的父亲，最初因非法贩卖奴隶发财致富，然后又从南北战争牟取暴利：将劣质货物卖给同盟军。就像一个强盗式资本家所做的那样，他在哈德逊河边为自己建造了规模宏伟、反常畸形的庄园。在他妄想自大狂的精神病心理状态中，他异常相信自己刀枪不入，这与鲍思·特威德致命的傲慢一致（坦慕尼庄园的崩溃是小说的陪衬情节之一）。奥古斯塔斯·彭博顿伪造他的死亡，将他所有金钱都交给了毫无道德意识的天才萨特里斯博士，萨特里斯许诺他享受无限期长寿。因此，他使年轻的第二个妻子和孩子陷入贫困，成为这部赤裸的道德情节剧中典型的感伤人物。

萨特里斯博士是一个科技现代性形象，多克特罗深深地怀疑这种所谓的科技进步。萨特里斯博士向彭博顿许诺一种永恒的生命，或至少一种能不确定延长的生命，他希望通过他的医学"实验"来实现这种许诺。这些残忍的实验就是从贫穷孤儿的身上吸取生命的精华，将其注入有钱的老人体内。马丁开始揭穿这个阴谋，他将父亲的假坟挖开，发现里面没有父亲的尸体，而是一个奇怪的干瘪的孩子——"一具非常皱缩的尸体……身穿古怪的衣服……微小的皮革般的脸，眼睛紧闭，嘴唇噘起"。[1] 彭博顿通过南北战争牟取暴利，来巩固自己的财产；萨特里斯以类似的方式，通过南北战争确立了他杰出军队外科医生的医学声誉："他经历了南北战争最艰难的阶段，行军，受折磨，但未收损伤……既未被大炮炮弹炸伤也未被战争的问题难倒。表面上无止境的流血就在他战场手术室里眼前的桌子上结束了……由于不断有引人注意的、伤残到惊人程度的、垂死的躯体运进手术室里，他有无穷无尽的事情要处理"。[2]

萨特里斯的实验是在秘密的实验室里进行的。实验室建立在小说标题所说的"自来水厂"——纽约市水供应的北部泵站（活力源泉的心脏）里。他在那里建立了一个马丁直接称呼的"对应面的伊甸园"。[3] 与叶芝不明确的乌托邦拜占庭不同，它是一个专为老人——年老邪恶的富豪而建立的国家，他们想依靠贫穷孩子的生命所提供的东西永远活着。下面是马丁对这种邪恶的乌托邦的描写：

1　E. L. Doctorow, *The Waterworks*, New York: Random House, 1994, p. 107.

2　Ibid., p. 213.

3　Ibid., p. 188.

　　它本质上是一座室内花园，有用砂砾铺成的小路，有种植的花草和用铸铁制成的长凳。整座花园建在用玻璃和钢筋制作的拱状屋顶下面，这种屋顶将澄绿色的光投在所有东西上。这座温室被布置得非常奇妙，它产生能忍耐的和谐和宁静。[……] 巨大的黏土瓮里长出丰富的植物体和叶子，我一看见就立刻知道它们不是自然的。一种温热的蒸汽或一种有水的空气嘶嘶作声地从嵌在地板下面的端口和阀门里发出并扩散，结果使气氛显得令人倒胃口地潮湿。我能通过地板感觉到发电机的振动，是它制造了这种潮湿的气氛。[……] 好像我走进了另一个世界，上帝创造的天地……一座正面的伊甸园。[1]

　　作为不加抑制的贪婪和剥削的 19 世纪晚期资本主义，与作为没有道德意识的工具主义的妄自尊大的现代科技结成邪恶联盟，使美国伊甸园转变为其对应面的反伊甸园，在这座人造的花园里，机器发电机发出复仇的振动。

　　多克特罗的后乌托邦思想在小说的其他地方更加明显。萨特里斯在自来水厂建造的恶魔般的对应面伊甸园的前站是他的"小流浪者之家"。在这座表面上仁慈实际上残忍的孤儿院里，孩子们被安置在这里是为了死，他们生命的精华将被转入富豪们延长的生命里。叙述者兼主人公记者麦克伊尔文陪伴警察主人公多恩，监视坐落在东河边上第 93 大街的孤儿院。麦克伊尔文对在城市化进程中仍然还是田园生活的风光做了长篇的钟情的描写：

　　这时，第 72 大街的城北已不再是乡村，但也还不是城市。房子很少，稀稀落落。整块整块的街区已经挖成了并且用测量员的细绳安排好了，但是里面还什么都没有。[……] 紧靠牧场的边缘有一条有铺路石的街道，有一幢有脚手架的建起一半的公寓住宅，你透过它无边框的窗户看见天空。[……] 从公园大街和第 93 大街那条没有铺柏油的路沿着缓缓的斜坡向下通往一条河。在路两边的田野里，南瓜散落在地里，树开始扭动。城里的喧闹声很遥远，几乎感觉不到。多恩和他的人在第一和第二大街之间一片黄色垂柳下面扎营。[……] 在我们周围的田野里，鸟儿迅速溜走，扑扑拉拉带着烟尘，或者从灌木丛跳到树上。在河岸的高处，一群波浪起伏的鹅如箭般地射出，直奔南方。[2]

1　E. L. Doctorow, *The Waterworks*, New York: Random House, 1994, pp. 187-188.
2　Ibid., pp. 154-156.

从这幅牧歌景象中暴跳出来并猛烈地否定这一景象的是小流浪者之家：

> 一幢罗马式红石结构建筑，用花岗岩装饰，有塔楼和军械库小窗户。房子的下半部被一堵砖墙遮掩。一扇铁门朝向一个庭院。它看上去是这幢建筑的一部分——一座坚固的建筑物，为住在那里的人提供物质。它是我们先进文明的前哨……像我们所有其他建在外面边缘地带的机构——救济院、堕落妇女的收容所、聋哑人的避难所。[1]

麦克伊尔文极其厌恶"我们先进文明"的这种表达方式，他激动地做出下面的反思："我热诚地希望在这个岛上没有任何种类的建筑。我想象最初来到这里的荷兰水手因为蚊子大批孳生的沼泽而放弃了这个地方，乘坐他们的大艇回到船上……"。[2]

在这里，多克特罗显然暗指菲茨杰拉德的小说《了不起的盖茨比》（1925）的著名结尾，尼克想象荷兰水手对美国的幻想，特别是对纽约的幻想，把美国想象为新世界的新鲜绿色的胸部，它与人追求奇迹的能力相称。对于现代主义小说家菲茨杰拉德的叙事幻想来说，长岛无关紧要的房子能够消失，这样他就能够再次看见那曾经让荷兰水手眼睛开花的新世界的新鲜绿色。与现代主义的菲茨杰拉德不同，"后现代主义的多克特罗并非把那些荷兰水手看做替代的亚当们，乌托邦的目睹者，而是把他们视为破坏乌托邦'先进文明'的使者"。[3]菲茨杰拉德能通过荷兰水手想象的眼睛再次看见乌托邦，而多克特罗只能希望那些眼睛看到的不是乌托邦，而是"蚊子大批孳生的沼泽"。乌托邦能被多克特罗和麦克伊尔文重新想象出来，不是通过欧洲人的眼睛，而仅仅被想象为前哥伦比亚时期土著美洲人的家，他们被认为是"精神上野蛮的多神教徒"：

> 自从那天（上面引用的看到小流浪者之家景象的那天）以后，我有时梦想……我，我灵魂中的一个过街老鼠，甚至现在也梦想……如果可能从地球上捡起这条乱丢垃圾的铺砌的曼哈顿大街……及其所有破裂的滴水的导管、管道、隧道、轨道和电缆——它的一切，就像从下面新皮肤上揭去一个疤——树苗将会萌芽，水流会冒泡，灌木和草将在起伏的丘陵上生长。

1　E. L. Doctorow, *The Waterworks*, New York: Random House, 1994, p. 156.

2　Ibid.

3　Marianne DeKoven, "Utopia Limited: Post-Sixties and Postmodern American Fiction," *Contemporary Literary Criticism, Vol. 214*, ed. Hunter W. Jeffrey, Detroit/ New York/ San Francisco/ San Diego/ New Haven, Conn. / Waterville, Maine/ London/ Munich: Thomson Gale, 2006, p. 120.

[……] 这种有声和无声事物的一个或两个季节过去，埋藏在房屋和工厂下许多工业年的抗议文化将会再次出现……宽宏大量的地球上那些信奉宗教的瘦削的印第安人，他们过着没有钱或没有结实建筑物的生活，总是在庄严的感恩节为他们在这安静世界里干净而短暂的生命磕头祈祷。我如此热爱这些精神上野蛮的多神教徒……那些光和叶的朋友……那些自由的男人和女人。[1]

值得注意的工业资本主义的曼哈顿像一个疤那样被捡起，从而允许前欧洲新世界伊甸园再生，充满自我意识的无可否认的前理性主义者和因此自由的"光和叶的朋友"的幻想。这一意象标志着多克特罗后乌托邦的乌托邦思想：乌托邦，像对莫里森而言那样，只能在历史之外而且以对历史明确的否认想象出来。

多克特罗的小说强烈地坚持乌托邦愿望，《自来水厂》的叙事结构主要由通俗小说惯例控制，这种惯例既能使小说成为畅销书，也能使小说影响广泛的读者。多克特罗使用侦探小说的传统手法（揭露自来水厂的罪恶，使犯罪受到审判，控制情节；小说的"主人公"多恩是一名警察侦探），用封闭的或巧妙解决的异性爱浪漫情节（在小说或多或少是快乐的结局中，多恩娶了奥古斯塔斯·彭博顿年轻的遗孀，马丁最后与其能忍耐的孩童时期的情人结了婚）。小说《自来水厂》的启示录素材的使用过度与传统手法所安排的封闭结局相矛盾。在最明显的层面上，麦克伊尔文本人不可能被吸收进异性爱接合的封闭结构中。同样，就像这里引用的长段文字所清楚表现的那样，在整部小说中，麦克伊尔文的语言和小说本身的散文被省略的无规律的使用所打断。像福克纳在《喧嚣与愤怒》中所使用的斜体字一样，多克特罗小说中的省略也是不一致的——有时明显地有根据，有时没有。它是一种不可言说之事物的标志，它侵占、破坏我们另外期待的流畅的散文表面，它标志着一种缺席的、被怀疑的、历史上失败了的、但仍然坚持不懈的乌托邦愿望的处境。像尼采的现代主义者的深渊一样，这不可言说之事物使叙事惯例变形并对其进行了改革。"正是这种通俗惯例与反传统的、现代主义的或实验性的叙事成分不可判定的聚合，标志着严肃的或挑战性的后现代主义小说的领域"。[2]

小说《自来水厂》的结局被启示录小说素材使用的过度所继续或附加。在这一实例中，有一段强烈唤起读者回忆往事的诗意的散文，它令人回想起伟大的现

1　E. L. Doctorow, *The Waterworks*, New York: Random House, 1994, pp. 163-164.
2　Marianne DeKoven, "Utopia Limited: Post-Sixties and Postmodern American Fiction," *Contemporary Literary Criticism, Vol. 214*, ed. Hunter W. Jeffrey, Detroit/ New York/ San Francisco/ San Diego/ New Haven, Conn. / Waterville, Maine/ London/ Munich: Thomson Gale, 2006, p. 121.

代主义者小说家和莫里森的小说过度：

> 当我从教堂向住宅区走去时，我想起那天下午这座城市是多么的宁静。它阳光充足灿烂却极其寒冷，大街上空空荡荡。立足处是危险的。一切都被厚厚地装上了玻璃……。轨道马车被冻结在铁轨上，就像机车被冻结在冰冷的高架铁路上……。码头上轮船的桅杆和帆脚索被插在冰鞘内……。大块浮冰躺在黏性的河面上……。在阳光下，百老汇建筑物的钢铁正面像是在冰里面燃烧……。大街两边的树像是水晶饰品。[……] 我的幻想是这座城市在时间上被冻结了。[……] 一切都是静止的、不动的、丧失能力的，好像整个纽约市将永远是被装入箱内的、冻结的、闪闪发光的、受上帝惊吓的。[1]

这座冻结的、受上帝惊吓的城市被其外在于时间和历史的启示录的外形和散文标志为失败的、缺席的、不可避免地反复出现的乌托邦愿望的场所。

在多克特罗看来，父性是乌托邦可能性遭到背叛或失败的原因：《自来水厂》是一部寻父小说，它不是寻找一位理想化的去世的父亲，而是寻找一位被鄙视的犯了罪还活着的父亲。《自来水厂》的过度被安置在被上帝——父亲造成的结冰的水的诅咒上。但是，在典型现代的恋母情结结构及其伴随的性别二元论的后现代不稳定方面，差异（《自来水厂》中的父性定位）失去了起决定性作用的重要性。作为历史牺牲的代理人，多克特罗的父性的男性欧洲裔美国人世界能够超越自身（仔细分析，批判，但不是超越历史）。

在后现代主义叙事中，与之对立的现代主义写作与通俗小说惯例共存。作为后现代主义叙事，《自来水厂》选择和制定了一种后现代的内部抵抗形式。它超越了现代主义的、先锋派的大规模对立模式。在这种模式中，新的美学充当对一种创新世界的表现、先驱和具体化等。这种现代主义的、先锋派的、整体反抗的乌托邦模式得到了马尔库塞最有力的鼓吹。马尔库塞可能是反现实主义美学释放的变化力量最衷心的现代信仰者。他把现代主义的、先锋派的美学革命看做"新敏感性"化身，这是一种沮丧的人类意识，它将会形成一种"自由领域，它不是现在的自由领域……而是一种必须先于自由社会建构的自由，这种自由社会使与过去和现在的历史决裂成为必要"。[2]

1　E. L. Doctorow, *The Waterworks*. New York: Random House, 1994, pp. 252-253.

2　Herbert Marcuse, *The Aesthetic Dimension: Toward a Critique of Marxist Aesthetics*. Boston: Beacon Press, 1978, p. viii.

在后现代性中，我们超越了想象革命政治的美学意图性能够产生与过去和现在全然断裂的那一时刻。但是，我们生活在一种深刻的历史断裂的后果之中，即后现代性本身之中。这种断裂不仅打破了革命的（或任何其他的）意图性所念念不忘的路线。后现代性中的乌托邦是以多种方式失败的，是不足信的，然而它在形式上不仅坚持消除统治、不平等和压迫的愿望，而且坚持超越自身的愿望。多克特罗这部使其后乌托邦体裁发生变化的畅销书中充满了高度现代主义的情感和形式。同样，对后现代性的政治想象不能包含一个普遍的乌托邦，但它能包含"一件一件地"建设"一个像生活于其中的人们那样有缺点的民主社会"：一种为地方的、部分的、总是准备好妥协的各种形式的自由、公正与平等而斗争的想象，这种想象标志着乌托邦的计划。

一个苏联式乌托邦受害者在 1968 年苏联入侵捷克斯洛伐克两天前在首都布拉格给他的朋友写了一封信，他在信中表示他对 60 年代晚期西方激进的乌托邦思想的浪漫的非现实，特别是马尔库塞的浪漫的非现实，感到作呕：

> 我所遇到的人全都厌恶独裁统治的现实，但他们继续鼓吹这相同的令人厌烦的导致虚无的乌托邦意识形态。他们生活在一种浪漫的梦幻世界里，在那个世界里他们亲爱的激进的修辞学著作与他们表面上对自由和公正的严肃信仰完全地一致。但他们真的认为他们能够在一个真实的世界里应用他们激进的乌托邦吗？他们真的认为，如果他们的革命不是在纵容的校园里上演的喜剧性歌剧政变而是权力运用的冒险，他们的乌托邦能够是仁慈的吗？……直到我开始访问西方我才开始懂得某个萨特或马尔库塞能够提供大量的幻想。你们都生活在一个不同的时代里——你们仍然相信乌托邦……。我们已经厌倦了乌托邦。不再想要它了。现在，我们在一件一件地建设，建设一个像生活于其中的人们那样有缺点的民主社会。它将是社会主义的，因为它是一个工业的民主的社会——它只是不从相反方向运转。它将不是一个乌托邦，但它将是一种适合人民在其中生活的人类社会。[1]

多克特罗认为，对布拉格的那位朋友来说，乌托邦不仅是不可能实现的而且是被怀疑、被抛弃的，它属于一个不同的时代。他不仅满足于而且更喜欢有限的可能性。然而像他们一样，他也依然拼命地期望自由和公正，期望自由的社会主义民主。自由、公正和社会主义民主建构了现代性的世俗乌托邦的核心幻想。在

1　Erazim V. Kohak, "Requiem for Utopia," *Mills*, 1969, pp. 389-390.

"一种适合人民在其中生活的人类社会"里，被想象为对乌托邦的确定的批判和可供选择的替代物的明确表达———一种伟大的有助于解放的启蒙 – 人文主义计划，发出了回声。多克特罗的乌托邦愿望在将其文学创作推向后现代主义的超越时是很明显的，这种强烈的乌托邦愿望在他的全部散文作品中、在他辛辣的语气中也是十分明显的。

二、多克特罗的后现代主义现实观和历史观

作为一位后现代主义左翼作家，多克特罗的小说创作表现为老左翼与新左翼激进思想的融合：他在小说中既关心贫穷劳动群众的生活与命运，表现他们反对统治阶级压迫和剥削的斗争、表现工人阶级反对资本主义从而改变资本主义制度的斗争，为无产阶级和劳动人民服务，也注重个体性和马克思主义中的人道主义，坚持底层民众的民主权利，维护社会的公正，主张非暴力性质的社会斗争，重新阐释世界，强调文化斗争，崇尚非理性主义。作为左翼政治小说家，多克特罗所主张的政治既有老左翼倡导的推翻资本主义制度的政治经济革命，也有新左翼主张的对当代资本主义社会的系统批判，塑造激进的社会意识的文化革命，对人的自由和平等的关注，强烈的道德与正义诉求，对跨越种族和国家的"人"的平等权利和个人自由的追求。"他虽然经常表现政治左翼的价值观，但他也一直批评老左翼。作为一个解构和重塑美国文化神话的后现代小说家，他被描绘为纳撒尼尔·霍桑和埃德加·艾伦·坡的文学后代：他讲述的故事既反映作家的时代和传统，又邀请读者用批判的眼光来了解那一时代和传统"。[1]多克特罗认为在晚期资本主义、后工业社会、信息社会时期，现实发生了根本的变化：后现代的现实既不是现实主义所能模仿和再现的生活表面的现实，也不是现代主义用象征主义和意识流手法所能表现的超验的现实。关于历史，多克特罗认为历史是文本，文本就是历史，历史是官方的。关于历史与现实的关系，他的观点是任何历史命题都是指当前需要和当前形势。于是他得出结论：我们永远无法重现史实，我们只能去描述它，阐释它——这才是小说家的主张和责任。

现实是一种复杂的符号建构，是不断变化的，不确定的，可以改变或重构的。后现代世界充斥着形象、照片、摄影的复制、机械性的复制以及商品的复制和大规模生产。后现代的世界，从文化上来说是没有任何现实感的，因为我们无

1　Jeffrey W. Hunter, Deborah A. Schmitt and Timothy J. White eds., *Contemporary Literary Criticism Volume 113*，Detroit / London: Gale Research, 1999, p. 129.

法确定现实从哪里开始在哪里结束。多克特罗认为我们生存在一个多元的、原子化的现实文本中，一个无定形的、充满暴力的世界里，这个世界就像宇宙创造它自己的时候一样"没有特性、没有容量"，它杂乱、片段性、零散、不确定、无秩序、信息过量，因人类灾难性历史而不堪重负。这就是当代生活、当代历史及整个人类世界的现实。

多克特罗的小说揭示，历史是一种特殊的存在方式，历史意识是一种独特的思维方式，而历史知识则是人文和自然科学光谱上的一个自治领域。历史作品是一种话语结构，以一种叙述的散文文体表现出来，这种散文文体通过将过去的结构和过程分类，通过它们所代表的模式来解释历史到底是什么。历史学家借用已经发生的事件来创造出一个故事。因此，所有历史都是人们写出来的，所有历史都是当代史，这就是为什么人们要一代又一代地不断地重写历史。历史话语本身实际上是事实与意义的结合体，这种结合使话语获得了意义的特殊结构层，这使我们能将此话语看作某一类而非其他类历史意识的产物……话语的潜在意义层与描述的事件所使用的语言有着密切关联。这种语言运用充当一种"代码"，它要求读者采取某种态度来看待在话语的明显层面上显示出的事实及对事实的阐释。小说家通过突出那些史实，让人们能够察觉到它们。既然一切历史都是现代史，对历史的批判也就当然包含着对现实的批判。这种批判的目的不在于马上颠覆现存的社会制度，而在于对此制度所依存的原则进行质疑。

1. 虚假的文献与建构的现实和历史

多克特罗在其"虚假的文献"（False Documents）[1]一文中深刻论述了文学与现实、文学与历史之间的关系，明确地阐明了他的现实观与历史观。多克特罗开门见山，首先提出小说是什么的问题。他指出，小说不完全是话语的理性手段。它给读者提供的不仅仅是信息，还有更多的东西。间接的、直觉的和不用语言的各种复杂的理解，均起源于故事的话语。通过读者与作者之间仪式性的交易，有教育意义的情感通过读者阅读过程中所遭受的一种非他自己经历的幻想，在读者身上产生出来。一部小说是一种印刷出来的电路，读者自己生活的力量通过这个电路而流动。尽管读者可能怀疑说话者的场合，无法检验句子所陈述的事实，但是读者一读完这个句子，他就会立刻清楚句子揭示了何人或何机构的目的，至于句子暴露了何人或何机构的事实就无关紧要了，因为现实本身是不确定的，读者也不必期待确切的现实。

1　E. L. Doctorow, "False Documents," *Poets and Presidents*, New York: Random House, Inc., 1994. 105-164.

在作为一个小说家的多克特罗看来，一个凭想象编造的句子，例如一个作为谎言而写出来的句子，赋予作者一定程度的认识或敏锐、提高了的意识，起到某种额外的作用；以对事实最严格尊重而写出来的句子是做不到的。多克特罗从历史唯物主义的角度指出，真实的情况是，我们生活在一种工业社会里，这个社会认为其成就来源于科学的发现，它按照经验的思考和准确的计算来运转。在这样的社会里，语言主要被认为是事实得以沟通的手段。语言被看做是事实本身的所有物，而且是有说服力的所有物。有学者认为，事实应该与情感区分开来，情感是当事实使我们沮丧时我们为了休息和娱乐才被允许有的。这是科学方法的偏见和经验主义。根据经验主义的观点，世界揭示自身并将自身交给我们控制，直到我们承认事实 – 现实为首位的程度。因此，**政体的力量**首先指的是现代社会对敏感性的一致同意，这种情况可称之为**现实主义**。既然关于认识世界的问题不仅只有认识论，那么现实主义可被定义为生活和满足人们需求的交易——用衡量标准、市场研究、合同、检验、民意测验、训练手册、办公室备忘录、新闻稿和大字标题等来做的这种交易。

但是，更进一步考虑：如果我们能够认可并确定任何对敏感性的显著的一致同意，那么我们就是在承认它的规则。统治我们的任何事物必定是自我本位的，而且是有组织地去延续自身。因此，可以推断，事实的政体并非来自上帝而是人造的，因此它自然是可以无限地违反的。例如，人们通常认为女人在情感上不如男人稳定而在智力上不如男人有能力这种情况是一个生物学事实。我们所宣告的已被发现的事实世界可能被质疑为我们自己所描绘的有问题的世界，它是一个存放我们的价值观、教条和假定的文化博物馆，它不仅为我们规定了我们可以喜欢和不喜欢什么，相信和不相信什么，而且还为我们规定了我们可以看见和不可以看见什么。其实，这就是一个人造的事实的政体，人造的现实，控制这个世界的显然是一种政治的暴力。因此，可以说有一种政体的语言，其力量来自我们假定是的事物；还有一种自由的语言，其力量在于我们认为可能成为的事物。对语言虚构的使用和非虚构的使用具有一种政治特性，因为在这两种使用之间存在冲突。

在多克特罗看来，可能有一个历史时期，在那时语言的指示和唤起功能被认为是一致的。在希腊神话中，太阳是阿波罗的战车，这是虚构，也是事实，因为战车同时是隐喻，也是起作用的科学，它告诉人们宇宙的构成。在荷马史诗那里，众神都有各自特殊的名字、力量和情感。他们做各种不同的事情，例如使箭头偏斜、引起人们的愤怒、转变心情和控制历史等。不过，现今的史学界普遍认为，在历史上确实有一个特洛伊城，而且确实发生过一场特洛伊战争。在各种艺术中，只有使用语言的文学混淆事实与虚构。例如在《圣经》故事中，自然与超自然相互流入，人与上帝手拉手一起行走。虽然如此，对我们自己的时代来说，我们有看得见的火山，它们夜里是火柱，白天是云柱。

多克特罗推断，一定有一个世界，在那里讲故事的行为在本质上是一种对真实的假定。那个世界不一定比我们自己的这个世界好，但是那个世界有小说家职业的优势：没有读者对小说家表示怀疑，问小说家写的事情是否真实，是否真的发生过。在我们的社会里，除了在孩子们的头脑里，在讲故事的艺术中没有对真实的假定。我们对语言的指示和唤起的不同功能有复杂的理解，我们都能认知审美的场合并把它与"真实的"事物区别开来。这意味着文学不再像它曾经那样是生存的工具。例如在古代，讲故事的人可能在火的附近找到一个地方，因为他讲的故事详细解释了听故事的人所不能不服从的自然的力量，并暗示人们应该如何忍受这些力量。文学像一根棍棒或像一根削尖了的骨头那样有实用的价值。它将现在与过去、看得见的与看不见的连接起来，帮助人们组成共同体，这对于维护其成员持续的生活是非常必要的。

多克特罗认为，《唐·吉诃德》确实做了说教，其说教方法并非它特有的。特别重要的是，塞万提斯古怪地声称他不是《唐·吉诃德》的作者。在第一部分第九章，塞万提斯声称他在美国港市托莱多一个市场上偶遇一份对唐的历险的叙述，他就是根据这份叙述来介绍唐随后的历险。那份叙述是一个阿拉伯历史学家写在羊皮纸上的。他吐露他用半个雷阿尔[1]就买下了全部的羊皮纸。但如果那商人有点见识并且知道他是多么想要它们，那商人就可能要高价，得到比6个雷阿尔还要多的钱。除《唐·吉诃德》外，多克特罗又举了另一个作者有意使自己脱离作品文本的例子——伟大的早期小说《鲁宾逊漂流记》。小说告诉读者，有一个名叫鲁宾逊·克鲁索的人，这是他的回忆录，丹尼尔·笛福仅仅为他编辑此书。作为编辑，笛福以其职业自然具有的全部诚实向我们保证，这个故事是真实的。他说，编辑相信故事里讲的事情只是真实的历史。其中没有任何虚构出现。这两位经典小说家都使自己与作品分离，显然是作为一种手段以得到那份叙事的权威。他们在写作中使用其他声音而非自己的声音，把自己作为文学的执行者而非创作者介绍给读者。在多克特罗看来，这是塞万提斯和笛福这两个经典作家的手法——采用"虚假文献"的惯例。

今天的读者可能不熟悉那两部经典作品的出版历史，也不知道这些虚假文献最初被读者以多大的轻信度接受，但仍能在阅读中发现《唐·吉诃德》的戏仿骑士精神的浪漫传奇和田园生活爱情的意图是清楚的。但是，不时打断叙述的骑

1　西班牙和拉丁美洲旧时曾使用过的一种银币。

士精神的浪漫传奇和田园生活的爱情与唐·吉诃德蒙受的现实主义羞辱形成对比。塞万提斯在小说第二部分的开始抱怨说，在第一部分的巨大成功之后，其他作家也写了他们自己的关于唐·吉诃德这同一个人的历史。事实上，他让唐·吉诃德和桑丘·潘扎评论那些作家在他们自己剽窃来的作品中的表现，这样就赋予他们自己一种额外的用虚假文献证明的现实。但是，多克特罗有趣地指出，让我们同意塞万提斯和笛福读者的轻信：为了产生效果，虚假文献仅仅需要可能的真实——这是一种相当于反讽评价的轻信。一个名叫亚历山大·塞尔柯克的人，曾经是一个坐船遇难者，在笛福所在的伦敦很有名，要读懂《鲁宾逊漂流记》并相信它是真实的，所有的英国读者们都需要知道还有其他可能有塞尔柯克经历的人……。

多克特罗明确指出，每一部小说都是一部虚假的文献，因为文字的合成物不是生活。但是，小说家使自己脱离文本的手法是一种创造性的否定行为，这种手法使他所提供的文本具有某种额外的权威，因为他说这个文本不是他写的，后来，又因为他宣称写这个文本是不可能的。例如《鲁宾逊漂流记》，作为一部虚假的文献，是在亚历山大·塞尔柯克的生活历险在伦敦广为人知几年后出版的。事实上，塞尔柯克的自传已经出版了，有理由相信笛福实际上采访过他。塞尔柯克是一个明显性情不稳定的备受折磨的个人。他孤独一人在一个岛上的几个月严重破坏了他原有的稳定性情，当他受人救助回到伦敦时，他立刻在花园里为他自己建了一个山洞，他生活在那个山洞里，莫名其妙地生气和大怒，对他家人来说他是个困窘，而对他的邻居来说他是个威胁。而笛福却把这个心理失常的人变成一个勇敢、坚定、顽强、坚决的英国人（克鲁索），一个通过信仰上帝的仁慈和恩典而幸存的天才，属于欧洲白人种族。

但是，作为重要的英语虚假文献的第一部，《鲁宾逊漂流记》的要点是在其出版的那一时期在真实的生活中有一种艺术的内在；在伦敦，每一个阅读《鲁宾逊漂流记》的人都听说过塞尔柯克，小说文本中存在一种历史与美学、真实与可能真实的混合。重新获得的是在事实与虚构被本体论区分之前就存在的智慧状态。

多克特罗借鉴塞万提斯和笛福的做法指出，小说家处理孤立的办法是把自己一分为二：作家和文献记录者，讲述者和听者，用其自己的进步偏见把自己伪装起来，通过这两种身份共谋，用自己的语言传递事实世界的集体智慧。

然而，无论诚实的小说家如何绞尽脑汁，调动自己全部的聪明智慧去应对他生活于其中的不确定的现实世界，他总是可能陷入尴尬的处境。因此，多克特罗指出，虽然小说家把自己一分为二的做法不是一个糟糕的系统，但它使作家陷入麻烦。他为想象的目击者提供事实并假装它们是真实的，这无异于一种回归的离经叛道。像一种宗教信条一样，政治家、历史学家、记者和社会科学家的语言总是假设一个被发现的事实的世界，这种假设被支持得越狂热，它就越被认为是虚幻的。与他们相比，小说家遇到的麻烦是最多的，作为小说家的多克特罗可能体会最深。他说，小说家就像某个配错了裤子和夹克的老亲戚，在一次宴会进行的时候敲我们的房门，他的出现使我们想起我们的出身。社会有几种处理这种麻烦的办法。在西方最先进的工业化民主国家里，作家被给予最大的回旋余地。在这些经验主义盛行以至于无懈可击的国家里，作家的麻烦事被移交给现代美学或文化的阴影世界，这是一个非整数的反宇宙，它有对力量的反思而自己没有力量，它最多有一种萨满教[1]的力量，这种力量服从于神灵的幻想，一种用话语对行为、事件和雷声可触知的真实世界的模仿。

　　而在那些非先进的工业化民主国家里，作家受到较多尊敬的对待。在缅甸、伊朗、智利、印度尼西亚或苏联，人们懂得那些用政治话语或新闻稿或报纸社论的表现方式来开玩笑地构成事实的作家有一种损害性力量。他们被认为发现了政治家天生就知道的秘密：善与恶被结合起来，暴行、荒诞都能变成合理的、有逻辑的和有道德的，任何闪光的行动都能变成耻辱——所有这些都是用语言完成的。因此，国际笔会的美国中心——小说家、诗人、评论家、编辑和出版家的组织，发现有必要每年都分发一份标题为"坐牢的作家"的海报。这份非常大的海报仅仅列出全世界各种各样国家里最近被关进单人牢房或精神病院或拷问室的作家们——他们被认为以其存在和职业威胁国家政治制度的安全。

　　根据上述情况，多克特罗得出结论：在世界上大多数国家里，文学是政治。所有作家的创作都与政治相关。即使他们是在遥远的农场里写田园诗的胆小温和的人，探照灯也会把他们搜出来。在美国这个国家里，作为美国公民之一，多克特罗感到公民们为美国政府过度压制外国小暴君和杀人的官僚机构而感到困窘。但是，除了这种过度外，美国人的观点几乎不是史无前例的。伊丽莎白时代的作家生活在城堡的阴影里，当柏拉图提出他的理想共和国时，他宣告诗人将被宣布为不合法。多克特罗反讽地指出，美国人未能理解艺术与政治之间关系问题的一部分当然是国家的好运气……。在美国，国家对作家的主要控制不必要是暴力的——它是在美学是一个有限的舞台这样的假设上面运作的，根据这个舞台规则，作家可能受到震惊或威胁，但仅仅是开玩笑。小说家不需要认真对待，因为他的作品主要引起年轻人、女人、知识分子和饮食过量的少数民族的兴趣，缺乏

1　萨满教是分布于北亚一类巫觋宗教，包括满族萨满教、蒙古族萨满教、中亚萨满教、西伯利亚萨满教。萨满 (Shaman，巫师) 曾被认为有控制天气、预言、解梦、占星以及旅行到天堂或者地狱的能力。

任何真正的流通，并非国家相关事务的一部分。

在多克特罗看来，如果这些思想是一个故事，这个故事就将讲述一个真实的可触知的世界和作家对那个世界的亲眼所见。在那个世界里，一些作家承蒙上帝的仁慈和恩典，偶尔使这个真实的世界根据作家的亲眼所见构成自身，就像我们的脸在镜子中构成自身一样。但是，多克特罗以其自己的看法察觉一种对传奇文学的模糊假设，怀疑自己对非小说类文学作品话语的各种形式不太善于接受，好像它们是一支来自另一城市的工作队。多克特罗认为，在本质上一个发现的事实世界的非虚构前提是一个与塞万提斯的阿拉伯历史学家一样久远的惯例。法庭上的罪犯审判原则上绝对依靠非虚构的证据，为了尽可能地做到公正审判，社会设法用它所有的调查机构来了解事实真相。法官根据经过检验的证据原则及其法律系统积累的智慧，来判定被告有罪或清白，进而做出最终审判。然而，多克特罗遗憾地指出，美国历史上在人们生活中产生反响并对人们的未来具有最大意义、最重要的审判，却是那些被提出异议的审判：斯科普斯、[1] 萨柯和万泽蒂、[2] 罗森伯格夫妇[3] 等。在对这些人的审判过程中，事实被掩埋、被掘出、被违背、被放弃，为了维护资本主义社会制度，他们被称为这个制度的敌人，无论如何他们必须得死，最后法院以虚构的符合逻辑的证据链条使他们成为冷战和社会不公正的牺牲品。当时的审判在形式上确有一个陪审团的决定，但当历史和引起偏见决定的背景得到调查时，就有了后来历史的审判。这个审判永远都以那种复杂的模糊性而闪闪发光，那种复杂的模糊性正是一部真实小说的特征。

上述荒谬的审判意味着在本质上没有事实。对于事实的存在，人们必须首先提出意义。当一个物理学家发明一种用于调查亚原子现象的令人难以置信的复杂工具时，他必须首先想知道在多大程度上这件工具将会改变或创造它所报告的现象。这个问题被沃纳·海森堡[4] 阐明为测不准原理。在审慎和报告的公正无私的最高水平上，有一种有组织的意识的侵入因素。在较低水平上，在法律上，在政治

1　约翰·托马斯·斯科普斯（1900-1970）：美国一教师，因在田纳西州的一所中学里讲授进化论而违反了州法。对他的审判（1925 年 7 月）是辩护律师克拉仑斯·达柔和原告律师长威廉·詹尼斯·布赖恩之间公开的高度对抗。斯科普斯被确认为有罪而且被罚了一点微不足道的罚金，但对他的判决后果由于技术方面的理由后来得到平反。

2　尼古拉·萨柯（1891-1927）：意大利裔美国无政府主义者，与巴托洛梅奥·万泽蒂一起因被控双重谋杀而判死刑（1921 年）。尽管详尽的证据利于他们并且在国际上也广泛抗议出于政府偏见的判决，两人还是在 1927 年被处死。

3　朱丽叶斯·罗森伯格，美国间谍，和他的妻子艾瑟尔·格林格拉斯·罗森伯格（1915-1953）被指控向苏联传送有关核武器方面的情报。尽管有人对他们审判的公正性提出质疑，且国际上也恳请对他们以宽大处理，但这对夫妇仍被处死。

4　维尔纳·卡尔·海森堡（1901-1976）：德国物理学家，量子力学的奠基人。因其测不准原理而荣获 1932 年诺贝尔物理学奖。

历史上，这种侵入不是工具的，而是道德的：意义必须首先要提出，因此任何审判都必然带有法官的激情。

像事实一样，历史也是人们根据需要建构的。多克特罗列举了几个不存在的历史的例子。人们都知道，俄国人在他们的百科全书中认为每一个重要的工业发明都是他们完成的。人们还知道俄国人把他们失去特权的伟大领导者的名字都从历史文本中抹去了。多克特罗也同样毫不留情地批判了美国人：美国的中学和大学的历史学家们对在这个国家里生和死的所有民族做了同样的事情，因此他们在美国的历史文本中也都缺席了：非洲裔美国人、本土美国人、中国人等。多克特罗严肃地断言，除了写下来的文本以外，没有历史。没有失败的革命，只有违法的阴谋。全部历史都是现代史。多克特罗揭示了历史的本质，无论事件在时间上看可能有多么遥远，每一个历史的判断都与现在的需要和现在的情景有关。这就是历史不得不被一代又一代人写和重写的原因。写历史的行为永远不会完结。

多克特罗对什么是历史事实做了界定。它可能是一个失去效能的炮弹，一幢被炸毁的大楼，一堆鞋，一次胜利游行，也可能是一次长征等。它一旦被人们经历过，它就使自己继续留在目击者或受害者的头脑里。如果它要被其他人所了解，它就要被人们用话语或在电影上传达、转送，它就变成了一个形象，这一形象与其他形象一起构成一个判断。作为一个犹太人，多克特罗清楚地知道二战时期由纳粹和其他附庸国有计划有步骤执行的对六百万犹太男人、女人和孩子的大屠杀这样一个事实，这场大屠杀极为凶暴、恐怖、前所未有。但是，历史与小说共有一个为提出意义而调停世界的模式，这个模式就是由它们所起源的文化权威来阐明这些事实，使它们能够被察觉。事实是历史的形象，就像形象是小说的事实一样。

在传统观念看来，历史是一种非虚构学科。然而，最怀疑历史作为非虚构学科的人正是历史学家们自己。多克特罗在其"虚假的文献"一文中列举了历史学家 E. H. 卡尔[1] 在其著名论文"历史学家与其事实"中提出的观点：历史是历史作者与其事实之间的一个连续的互相作用的过程。卡尔还引用了美国历史学家卡尔·贝克尔[2] 的观点：对任何历史学家来说，在他把历史事实创造出来之前，它们都不存在。这两位学者都不会为结构主义批评家罗兰·巴特的试验性的结论而感到惊讶，巴特在一篇题为"历史话语"的文章中试图发现将事实的叙事与想象的叙事进行区分的特殊语言学特征。巴特做出结论：仅依据结构，历史话语本质上

1　E. H. 卡尔（E. H. Carr, 1892-1982）：英国历史学家，专长国际关系史和苏联史，作品有《苏维埃俄国史》和史学理论方面的代表作《历史是什么？》。
2　卡尔·洛图斯·贝克尔（1873-1945）：美国历史学家，因其对故事情节出色的哲学分析而著名。其著作有《我们在民主方面的伟大实验》（1924 年）。

是意识形态的产物，或更正确地讲，是想象的产物。换句话说，来自另一个行星的访问者不能通过研究话语技巧来区分创作的小说和创作的历史。创作的历史的重要文体策略是使用纯洁的声音或客观的声音，客观的声音不给叙述者的个性提供线索，巴特说，这种策略证明是一种小说的特殊形式（即现实主义）。

因此，作为思考这种特殊的非虚构学科的小说家，多克特罗断言：历史是一种充满虚构的小说，我们在其中生活并希望继续存在；小说是一种不确定的历史，或许是一种超历史，通过这种超历史，写作可用的数据在它们的原始资料中被发现，这些数据比历史学家推想的更重要、更多样。

新思想观念的产生不容易，创新观念的建立也是十分艰难的，因为传统思想观念已经在人们的头脑中根深蒂固。关于人的头脑，人们的意见是不一致的。在多克特罗看来，它必须被震惊、被吸引或被唤起，使它走出习惯的麻木。甚至《圣经》的预言家们都知道他们必须创新思想。他们呼喊着并手指天空，但他们也是诗人，是剧作家。以赛亚[1]赤身走到国外，耶利米[2]绕着脖子戴着一副轭，他们分别对同胞们做出将被驱逐出境和将遭受奴隶制压迫的预言。道德价值观不可避免地被归于美学。在现代世界里，是现实的实际道德政体影响艺术领域。新闻杂志将世界的事件作为正在进行的每星期连载小说呈现给读者。天气预报以对冲突（高压地区与低压地区的冲突）、悬念（明天天气预报的高潮出现在商业广告之后）和其他基本叙事要素的精确关注在电视上构成。事实产品的制造、广告、包装、销售毫无疑问是小说的工作。当事实主义者到处挪用小说家的技巧，甚至通过不断地利用戏剧模式而给戏剧模式带来枯竭时，不断环顾四周的小说家必然想知道为什么他被他的职业孤立了。

作为小说家，多克特罗十分推崇记者写作的客观性，社会学家和社会心理学家较少个人主义的事实写作。多克特罗认为，在记者的性格中有某种我们尊敬的东西——重视报告文学的客观性并同时使我们确信那是难以达到的理想。我们承认并信任那种激情与谦卑的结合。社会科学的美德对我们甚至有更大的吸引力。社会学家和社会心理学家不仅用事实交流而且展示处理事实的科学方法。社会科学家所讲述的故事即所给的忠告，是非特定的、比较的并服从于确认，因为他们相互修改作品并自我监控，像一个有这种规则那种规则的民主国家一样。小说家不这样做。严肃的理论家服从于每隔几年的新选举，他们坦白并值得信任。今天，就像我们惯常阅读狄更斯和巴尔扎克一样，我们为获得快乐和教诲阅读康拉

1　以赛亚（Isiah）：公元前 8 世纪希伯来的预言家。
2　耶利米（Jeremiah）：公元前 6、7 世纪时希伯来的预言家。

德·劳伦兹或奥斯卡·刘易斯、B. F. 斯金纳[1]或埃里克·埃里克逊等完全根据经验而创作的小说。心理学家和社会学家的事实写作似乎较少个人主义，因此比小说家所能做出的任何任意固执的幻想更加可靠。他们建议理解人的性格或将其定义为种族背景、年龄、经济阶层的功能，他们创作那些像警察局做的复合的人物描写——蹩脚的艺术，但能帮助我们发现我们想找的某人。将人类作为人口统计学的特征收集或作为文化、种族和经济事件地点的想法，在我们的工业社会里为保证机器运转是完全必要的。心理学家和社会学家给我们提供了各种概念，例如联合体、升华、压制、身份危机、对象关系、边界线等，帮助我们认识到我们所有人都是可互换的部件。在这个意义上，现代心理学是讲故事的工业化。

因此，多克特罗提出这样一种主张：没有小说或非小说这种我们一般理解的区分，只有叙述。在小说家做的事情与每个人做的事情之间没有差异。当每个人都被拉到镜子里小说家这一侧时，大家会看到，在特定的世界与小说家要调停它的企图之间什么都没有，没有真实的力量，只有我们否认自己的可能性的某种希望。

在对文学与其他学科、小说与其他文类、小说家与政治家、记者、历史学家、社会学家、心理学家做了比较研究的基础上，最后多克特罗提出了一个挑战性的观点：文明的发展基本上是隐喻的发展。今天的小说家发现，能做自己事情的机会被与自己对立的政体增加了。像马戏团里的小丑模仿高空杂技师和缆索步行者那样，先是为了逗乐，然后让观众看到他们做得更好，小说家的表演是把虚假的文献写得比政治家或记者或心理学家的"真实"文献**更有根据、更真实、更说实话**。小说家们清楚地知道，他们在其中生活的世界仍然需要建构，现实服从于任何置于其上的建构。小说家将受到信任，因为他们的职业是唯一被迫承认说谎的职业——他们被给予一件诚实的斗篷。爱默生[2]曾说过："在一个作家的眼里，能被想到的任何事物都可以写出来；作家是报告的才能，而世界则是被报告的可能性"。小说家独立于所有机构，从家庭到政府，他们没有保护机构不受虚伪和谋杀侵害的责任，他们是一种有价值的资源和一种生存的工具。没有不排除人类精神要素，不限制、不束缚人类活力，不排斥人类存在的恐怖幻影的非虚构学科。与政治家们不同，小说家们先就职上任，然后创造自己的选民，那是一种比政治家更大的幽灵。但是，小说家们的正当理由和救赎就在于他们竭力仿效他们普遍称为其梦想的虚假文献。梦想是第一位的虚假文献。当然，它们绝不是真

1　斯金纳·布（鲁斯）·腓（特烈）（1904-1990）：美国心理学家。作为新行为主义代表人物，斯金纳以他关于刺激–反应行为的理论影响了心理学和教育领域。他的作品包括《华尔登第二》（1961年）以及《超越自由与尊严》（1971年）。
2　拉尔夫·沃尔朵·爱默生（1803-1882）：美国作家、哲学家和美国超越主义的中心人物。其诗歌、演说，特别是他的论文，例如《自然》（1836年），被认为是美国思想与文学表达发展的里程碑。

实的；"然而它们控制我们，使我们净化，调解我们较卑鄙的本性，预言我们的命运"。[1]

2. 对历史的批判包含着对现实的批判

根据新历史主义的观点，历史是一种特殊的存在方式（以各种文本的形式存在），历史意识是一种独特的思维方式（受主导意识形态价值观影响），而历史知识则是人文和自然科学光谱上的一个自治领域（是权力运作所建构的一个文类）。历史永远是官方的历史。历史是为了统治阶级服务的。历史是一代又一代人按照主导意识形态的价值观反复撰写的文本。历史作品像历史文本一样，其作者从特定的政治立场出发，出于某种特殊的政治需求和特殊兴趣，从历史长河浩如烟海的事件中精心挑选能有效服务于自己的需求和兴趣的几个或若干个，用语言符号将它们连缀起来，加入必要的想象和虚构，形成一个连续的叙事体。为了能接近最大可能的历史真实，作家必须依靠更多的文本（传记、自传、传说、野史、道听途说等）来考察历史的真实。历史话语本身实际上是事实与意义的结合体，这种结合使话语获得了意义的特殊结构层，这使我们能将此话语看作某一类而非其他类历史意识的产物……话语的潜在意义层与描述的事件使所使用的语言有着密切关联。这种语言运用充当一种"代码"，它要求读者采取某种态度来看待在话语的明显层面上显示出的事实及对事实的阐释。历史是人们从现实需要出发而反复撰写的，对历史的批判包含着对现实的批判。

多克特罗的历史题材小说无一不表现鲜明的政治主题。但他怀疑任何宏大的政治体系，知道"任何体系，无论它是宗教的或是反宗教的或是经济的或是国家主义的，似乎对于人类的性欲、贪婪和疯狂都不是无懈可击的"。[2]他的政治激情基本上是一种呼吁社会公正的道德激情，它产生于像《圣经》和宪法这样基本的历史的明确表达，这种激情将他置于丰富的有变化的美国哀史的传统之中，这种哀史"一种仪式，设计它的目的是参与旨在精神复兴的社会批评，它对个人身份来说是公开的，对于某些传统的隐喻、主题和象征来说它是变动的'时代的符号'"。[3]在20世纪历史失去了其作为产生客观真实话语的特权地位。像新历史主义者海登·怀特所指出的那样："欧洲大陆思想家们——从瓦莱里和海德格尔到萨特、列维－斯特劳斯和米歇尔·福柯——都对特定的'历史的'意识的价值表示严重的怀疑，强调历史重构的虚构特性，挑战历史在各种科学中有一地位的要

1　E. L. Doctorow, "FALSE DOCUMENTS," *POETS AND PRESIDENTS*, New York: Random House, Inc., 1994, p. 164.

2　Richard Trenner, ed., "E. L. Doctorow Interview with Larry McCaffery," *E. L. Doctorow: Essays and Conversations*, Princeton: Ontario Review Press, 1983, p. 65.

3　Sacvan Bercovitch, *The American Jeremiad*. Madison: University of Wisconsin Press, 1978, p. xi.

求"。[1] 语言理论家们使历史的证明和真实变得非常不固定和难以捉摸。特里·伊格尔顿认为："20 世纪'语言学革命'的特点，从索绪尔和维特根斯坦到当代的文学理论，就是承认意义并非完全是语言中所'表达的'或'所反映的'事物：它实际上就是语言所产生的"。[2] 因此，随着历史越来越靠近虚构——靠近海登·怀特除了别的以外所称的"元历史"，一种自觉意识到其作为叙事地位的形式——虚构，对于许多当代作家来说，越来越靠近历史，在多克特罗对语言、话语、叙事的政治性关注和敏感中，在他对不同时期和美国历史转折点上的美国梦的许诺所做的批评性、预言性洞察和探讨中看到这种接近历史的虚构。

有趣的是，当 20 世纪 60—80 年代"语言学转向"导致怀疑的解释学和对逃离"语言的牢房"（弗雷德里克·杰姆逊的术语）的怀疑时，同一时期的美国小说表现了从各种各样的限制系统中争取自由的斗争，包括语言本身。正如英国批评家所认为的那样：

> 美国文学中有一个持久的梦，梦想未形成模式的、无限制的生活是可能的，在这个梦里你的运动和静止、你的选择和拒绝都是你自己的；还有一种持久的恐惧，担心别人在设计你的生活，有各种看不见的阴谋正在剥夺你思想和行为的自主权，那种限制是到处存在的。这种自我与各种模式之间成问题的和不明确的关系——社会的，心理的，语言学的——困扰着当代的美国作家们。[3]

因此，小说的叙事过去是，现在仍然是争取自由的战场。正是在这个地方，或更正确地讲，在过程或事件中，如米歇尔·福柯所说，"权力的体制"可能受到挑战。叙事的任务就是要瓦解或拆毁流行的"真理体制"，包括它们的压抑性影响。福柯这样写道："这不是一个将真理从每一个权力体制（这可能是一个虚构怪物，因为真理已经就是权力）中解放出来的问题，而是一个将真理的权力从社会的、经济的、文化的霸权形式中分离的问题，因为目前真理在这些霸权形式中运作"。[4] 这个计划很好地描述了多克特罗小说中对自由的关心。

小说家的根本政治工作就是阻止政权垄断真理的写作，阻止政权建立对文

1　Hayden White, *Metahistory: The Historical Imagination in Nineteenth-Century Europe*, Baltimore: Johns Hopkins University Press, 1973, pp. 1-2.

2　Terry Eagleton, *Literary Theory: An Introduction*, Minneapolis: University of Minnesota Press, 1983, p. 60.

3　Tony Tanner, *City of Words: American Fiction*, 1950-1970, New York: Harper and Row, 1971, p. 15.

4　Michel Foucault, *Power / Knowledge: Selected Interviews and Other Writings*, 1972-1977, New York: Pantheon, 1980, p. 133.

的垄断性控制。独白式的文化是独裁的、专制的，它否认"他者"或"差异"的存在和合法性。用米哈伊尔·巴赫金和肯尼斯·博克的术语讲，文化最好被视为复调的，被视为一种有不同解释的对话或会话，这样的文化允许说出和听到构成它的许多声音。根据巴赫金的观点，这就是在一个竞争的语言时代散文能够做得最好的。在其重要的论述陀思妥耶夫斯基的著作里，巴赫金描述了何为"复调小说"：

> 一种独立的、未合并的声音和意识的复数，一种由充分有效的声音构成的真正的复调……在作家的作品中展开的不是由一个单一著者的意识所阐释的一个单独客观世界里的许多人物和命运；而是一个意识的复数，这些意识有平等的权利，每一个意识有其自己的世界，它们在事件的统一体中联合但不是合并。陀思妥耶夫斯基的主人公们，就其创造性设计的本质而言，不仅是作者话语的客体而且是他们自己的直接能指话语的主体。[1]

复调小说的一个含意就是人们通过对话形成意识，每一个人都拥有一部多声音的"用数种语言写的书"；我们在我们是"我"之前是"我们"。我们通过我们世界里他者的声音和观点而获得自己。另一个含意是这种对话的或复调的小说既是对权力政体的破坏或颠覆，也是对被忽视或被遗忘或未被听到的声音的恢复。破坏与恢复的双重目的成为 E. L. 多克特罗复调小说的特点，因为他的复调小说致力于表现构成我们文明的称之为"隐喻的发展"。[2]

像其他后现代主义小说家一样，多克特罗也发现现实主义和现代主义都无法表现多元化的现实世界；对历史的解释应该是多元的，文学通过改写、重写现存历史来实现真实历史的重构，参与历史意义的建构过程。因此，多克特罗在小说创作中坚持后现代主义的现实观和历史观，用多元创新的后现代主义艺术技巧和多层次、多声音、多样杂糅的文本结构，有效地表现了后现代资本主义社会现实与资本主义社会历史的真实，严肃地批判资本主义社会制度，提出社会主义的主张，表达被压迫、被剥削的劳动人民的心声，寻求社会公正。作为一个思想进步、艺术高超的后现代左翼作家，多克特罗实现了思想深度与艺术创新的辩证统一。

1　Mikhail Bakhtin, *Problems of Dostoevsky's Poetics*, ed. and trans. Caryl Emerson, Minneapolis: University of Minnesota Press, 1984, pp. 6-7.

2　Richard Trenner, ed., "E. L. Doctorow Interview with Larry McCaffery," *E. L. Doctorow: Essays and Conversations*, Princeton: Ontario Review Press, 1983, p. 26.

第二章
资本主义社会中人的内在邪恶与权力机构的险恶

　　多克特罗是在 20 世纪 60 年代初期美国小说开始转向变速时，开始他的小说创作的。另一位重要的后现代主义小说家约翰·巴斯在他 1967 年发表的一篇文章"枯竭的文学"中认为，传统的小说模式"已经用完"，需要探索新的表现形式。[1]1969 年，莱斯利·费德勒发表了"越过边界，填平鸿沟"一文，他在文章中也表达了同样的观点，认为严肃的作家正告别传统形式，转向非文学、通俗形式，例如用流行的西部小说和科幻小说等通俗文学形式表现思考后现代人类经验的重要主题，实现严肃的目的。[2]巴斯在其小说《烟草经纪人》（1960）中戏仿历史小说，库尔特·冯内古特在小说创作中运用各种科幻小说手法表达他对后现代人类世界的人道主义思考。同样，多克特罗的第一部小说《欢迎到哈德泰姆斯来》是一部模仿西部小说的政治寓言作品；第二部小说《像真的一样大》是用科幻形式创作的，提出对资本主义权力政治的批评。多克特罗自其文学生涯一开始，就深深投入到对人类社会的政治思考中，探寻人类社会为什么不能令人满意地持久发展甚至走向自我毁灭，他找到两个主要原因：一是寓言体小说《欢迎到哈德泰姆斯来》所揭示的资本主义社会中人的邪恶，二是科幻体小说《像真的一样大》所暴露的资本主义社会权力机构的险恶。

1　John Barth, "The Literature of Exhaustion," *Atlantic Monthly*, August 1967, p. 220.
2　Leslie Fiedler, "Cross the Border, Close the Gap," *Playboy*, December 1969, p. 16.

一、《欢迎到哈德泰姆斯来》：资本主义社会中人的内在邪恶

约翰·巴斯在"枯竭的文学"一文中对模仿性作品做了这样的评论："'历史以闹剧的形式重复自己'——当然，以闹剧而非历史的形式所表现的意义是滑稽可笑的。尽管模仿有其闹剧的外表，但它……还是新东西，可能非常严肃和充满激情。这是模仿其他种类文献的小说或故意模仿传统小说的小说与严格意义上的小说之间存在的一个重要差别"。[1] 这一有趣的评论很适用于多克特罗的小说。出于修正西部神话的严肃目的，多克特罗的第一部小说《欢迎到哈德泰姆斯来》(1960) 模仿西部小说这一当时声名狼藉的文学种类，结果并未表现约翰·F. 肯尼迪所期待的"新边疆"，而是深入触及旧边疆的神话层面。这部小说是在 20 世纪 50 年代后期写的。50 年代是艾森豪威尔时代，那是在政治上和文化上令人窒息的 10 年。多克特罗的小说挑战那个时代的压迫和压抑。小说家面对一个坚定地拒绝历史邪恶和在核时代易产生希望错觉的美国，忧郁地表现人类社会中反复出现的邪恶，以一个虚构的蛮荒西部小镇的兴衰象征人类社会的同样命运。多克特罗以经历被破坏——重建——再被破坏的小镇哈德泰姆斯作为资本主义社会的缩影，暗示资本主义社会中人的邪恶使人类不能建立一个持久的社会，更不能建立一个令人满意的社会。由于人类社会中自然存在着好人和"坏人"、建设者和破坏者，人们实际上生存在一种无可奈何的困境中，他们感到的唯一安慰似乎只是记录保存。多克特罗以其风格独特的寓言体小说记录资本主义社会的兴衰。

（一）后现代主义政治寓言体小说

寓言是故事、诗歌或图画中人物或事件表现或象征思想和观念的一种方法。因为寓言具有以具体易懂的方式举例说明复杂思想和观念的巨大力量，所以它在整个艺术史上和在所有艺术形式中被广泛使用。在寓言中，教训或寓意通过象征性的人物、行为或象征性的表示法传达出来。寓言一般被视为一种修辞法；带修辞色彩的寓言是一种表现深刻意义的形式，它用巧妙说出的词语传达发人深省的教训。作为一种文学手法，寓言在其最一般的意义上是一种扩展了的隐喻。寓言体小说是指以寓言的形式写成的小说，它是一种通过假托的人物（动物、植物、无生物等）形象和带有劝喻或讽刺性质的故事阐明某种事理的小说文体。它既有寓言的特点，又有小说的艺术，其主题不限于寓言本身，而是借此喻彼、借远喻

1　John Barth, "The Literature of Exhaustion," *Atlantic Monthly*, August 1967, p. 275.

近、借古喻今、借小喻大、借物喻人、借具体喻抽象，使深奥的道理从简单的故事中体现出来，使精深的思想和隽永的哲理得以通俗、平易、畅达的表现。寓言体小说不是说教性故事。作为小说雏形的寓言故事是原始形式意义上的寓言；而在现当代文学中，寓言体小说有着新的形式和意义。它不再只是创作简单的、非现实的模式化的故事以说明复杂的、现实的、难以把握的生活现象；不仅是从多种多样自然现象中，找出一些事例加以改装，证明人的行为带有普遍性概念，而是赋予寓言形式充分的艺术创新意义，"在高级艺术形式中以比较复杂的形态出现的一切艺术心理学规律，都适用于寓言"，[1] 这是现代具有完整诗学意义的寓言。莫里斯·迪克斯坦在论述 20 世纪 60 年代美国文化的发展和巨变时，这样强调寓言体小说的意义："传统寓言和当代寓言相会在一起，仿佛为了现实的事业，要对现实主义发动一次联合的颠覆行动。"[2] 迪克斯坦的这句警语包含着几层意思：寓言有新的当代的形式；寓言作品有强烈的现实意义；寓言体小说与传统的现实主义小说有巨大差异。许多外国小说作品被评论者定义为寓言小说，例如乔治·奥威尔的《兽园》（1945）、厄纳斯特·海明威的《老人与海》（1952）、库尔特·冯内古特的《五号屠场》（1969）等。多克特罗的小说《欢迎到哈德泰姆斯来》也是一部典型的后现代主义政治寓言体小说，它表现为以下两个主要特征。

　　1. 意蕴深远、复杂：借小喻大——借西部小镇哈德泰姆斯喻人类社会

　　普通寓言指归单一且非常明确，作者往往把他的观点、对事物的态度直接明白地告诉读者，是非判断一目了然，导向性和训诫性十分明显。因此，普通寓言的说教意味浓厚，随之而来的是回味不足、缺乏令人咀嚼的余韵，读者想象和再创造的空间较小。而寓言体小说则与之不同，它意蕴深远、复杂，借此喻彼、借小喻大、借具体喻抽象，作者的观点深藏在情节之中，指归不明确，有时又是多义的。因此，它更具开拓性和参与性，内涵也更加丰富。寓言体小说《欢迎到哈德泰姆斯来》寓意深远，借小喻大——借虚构的最后被毁灭的西部小镇哈德泰姆斯喻正在走向自我毁灭的人类社会，以哈德泰姆斯的兴衰经历为缩影隐喻人类社会存在的艰难，探寻小镇——人类社会走向自我毁灭的原因。

　　在美国的历史上，西部就是边疆。它有海图上未标明的、无人居住的大片地域，它期待人们的开发从而进入文明的版图。对拓荒者而言，荒野的西部既是天堂也是挑战，他面对自然、面对黑暗和各种看不见的隐秘力量。在那里，一个人的过去或历史无论多么辉煌都是不重要的，很快被人们忘记，那里只有现在和

1　林焱："论寓言体小说——小说体式论之六，"《小说评论》1988 年第 2 期，第 73 页。
2　同上。

无限的未来，他可以用真正英雄的行为证明自己。西部在时间和地域上代表自由——即可能性，代表梦幻的实现。但早在 19 世纪后期西部神话就遭到了挑战。1890 年，理查德·哈丁·戴维斯在他西部旅行归来后说那是"温和的西部"，因为除了得克萨斯巡逻骑兵外再无他人带枪，从而揭穿了蛮荒的西部神话。1893 年，美国历史学家弗雷德里克·杰克逊在他的报告《美国历史上边疆的重要意义》中指出，在个人主义和民主发展的过程中，边疆对美国人性格的形成产生了重要影响，但是美国历史上的边疆时代已经成为过去，因为定居者已经填满了西部大部分地区。斯蒂芬·克莱恩在 1898 年发表的两个短篇小说"新娘来到了黄色天空"和"蓝色的旅馆"更是揭穿了西部神话。第一个故事中，人们看见元帅的新娘来到之后，醉酒的枪手斯科拉齐·威尔逊被派来聚众捣乱，但新娘的出现结束了斯科拉齐的野蛮世界。"蓝色旅馆"中，一个瑞典人死在了一家酒吧间的收银机下面，这象征他因相信神话而付出的代价，故事表明在他想象之外并不存在神话。艾伦·特拉奇坦伯格在他对西部发展的研究报告中指出："作为神话和经济实体，西部证明它与国家的社会形成和文化使命是分不开的：通过团体组织（政治的和经济的）和暴力用文明填充西部地域的空白。神话与剥削、团体组织与暴力；这些过程同步进行"。[1] 小说《欢迎到哈德泰姆斯来》是一部反神话作品，表现了神话与剥削、团体组织与暴力同步进行的过程，以对哈德泰姆斯镇被破坏、重建、最后被毁灭的悲剧性叙述否定了西部神话。

小说《欢迎到哈德泰姆斯来》以 19 世纪后期美国西部为背景，故事的叙述者受到破坏者的致命伤害，他努力地记录和叙述一个人类共同体试图扎根在西部达科他地区一块辽阔的平原但最后失败的故事。故事描述这块拒绝生命的平原上"一种既贫瘠又险恶的自然，一种被贪婪和利己主义败坏的文明"。[2] 叙述者名字叫布鲁（Blue），其英文意思是蓝色，这种颜色暗示适合讲述失败和幻灭故事的语调或语气。布鲁亲身经历并目睹了哈德泰姆斯镇的兴衰过程，其严酷的经历导致他怀疑和放弃幻想——即怀疑和放弃宣扬复兴和希望的西部神话。在小说的尾声部分，矿业公司决定不修筑穿过小镇通往矿山的那条路，从而背叛了哈德泰姆斯。因此，以追求利润最大化为主要目标的资本主义工业忽然化为乌有，哈德泰姆斯镇复兴的希望也随之成为泡影。记录哈德泰姆斯镇兴衰过程的历史学家一样的人物布鲁为西部神话的失败而感到极度痛苦，他写道："像西部，像我的生活一样：这颜色（蓝色——笔者注）使我们眼花缭乱，但当我们看出它是一个欺骗时已经

1　Alan Trachtenberg, *The Incorporation of America*, New York: Hill & Wang, 1982, p. 17.
2　John G. Parks, *E. L. Doctorow*, New York: The Continuum Publishing Company, 1991, p. 23.

太晚，一个多么可怜的被掐灭的主张"。[1] 布鲁的故事中死亡与新生的复现及其明显的不可避免的循环表现出一种悲观主义的情绪，小镇的失败使人们陷入深深的绝望和痛苦之中。带着对美好未来的希望来到西部小镇哈德泰姆斯的人们认识到被欺骗了，甚至对自己愚蠢的希望感到愤怒："那永远不会实现的事物我们等待了多久？"[2] 布鲁也大声抱怨："这个小镇失败了。镇里的每一个人都被欺骗了！"。[3] 他催促朋友们赶快离开这里，不要迟疑。在跟着发生的混乱中，名曰克雷·特纳的"来自博迪的坏人"回到哈德泰姆斯完成了破坏、重建、再破坏这一循环，再一次摧毁了哈德泰姆斯镇。破坏、重建、再破坏这一循环暗示仅仅建立在经济利己主义之上的共同体与其道德崩溃之间的联系。这两个方面使小镇的毁灭成为必然。镇上的人们对此不知所措。布鲁的一个年轻朋友在离开时问："布鲁先生，我们一直做得很好，……我们这是怎么了？现在我们应该去哪儿？"[4] 唯一的答案可能是：在经济利己主义与道德崩溃的资本主义社会里，人们去哪里都是一样的，都躲不过人类自我毁灭这一劫。

在"坏人"第一次将小镇破坏之后，布鲁带领从事色情业的老板扎等人用从其他已经无人居住的死城搜集的废弃木料将哈德泰姆斯镇重建起来。当他们从一个名叫"泉水小溪"的鬼城（居民们都死了的城镇）收集破旧木料和钉子时，扎警告布鲁一定要谨慎地为他们的城镇命名："朋友，你要注意这种危险。鬼城总是有充满希望的名字。不是这样吗？我们必须小心给我们的镇命名，不要再犯这样的错误"。[5] 扎的想法是错误的命名可能招致他们自己的毁灭。像"泉水小溪"这样含有希望的美好名字会给居民们带来灾难，而像"哈德泰姆斯"（意思是"艰难时世"）这样的名字可能保护他们免遭厄运。当然，这种不可思议的想法根本不能提供任何保护，小镇"哈德泰姆斯"最终还是遭到"来自博迪的坏人"的第二次破坏。作为小说的名称，"哈德泰姆斯"有丰富的暗示性和不确定性。"哈德泰姆斯"可以是精神世界中的任何一个地方，它邀请和激发人们为其梦想的意义和价值而奋斗。但重建小镇的梦想和小镇遭受的重复破坏表明很少有人懂得那一邀请和激发的真正含义。多克特罗这部小说的名称会使人们想起狄更斯的小说《艰难时世》。小说文本分析可提供充分的证据表明，狄更斯的小说《艰难时世》是对英国工业资本主义最猛烈的抨击。同样，多克特罗的小说《欢迎到哈德泰姆

1　E. L. Doctorow, *Welcome to Hard Times*, New York: Bantam Books, 1960, p. 183.

2　Ibid., p. 189.

3　Ibid., p. 190.

4　Ibid., p. 193.

5　Ibid., p. 65.

斯来》的名称也充分地暗示了这一政治目的。

在"来自博迪的坏人"第一次破坏小镇时，他虽然向"坏人"开了枪，但是当"坏人"还击时，他却吓得躲藏起来，他目睹着"坏人"侮辱妇女，杀人放火，哈哈大笑地扬长而去。他对这场破坏所能做的工作就是回到他的办公室，把他目睹的整个破坏过程记录下来。这场灾难之后，他受到茉莉的极大蔑视，认为他是个懦夫，不是个男人，整个镇里只有那个"来自博迪的"坏人"才是个男人。布鲁承认他的"弱点总是在文献、契约和诸如此类的事物上"[1]，他是一个文本和阅读的热爱者，他热衷于记录事物。当镇上的人们得知布鲁写东西、做记录、编年史时，他们开始称他为镇长，[2]向他求教，发生冲突时请他仲裁。他是分类账和分栏记载商业交易的特大型账簿的保管者，布鲁在这些账簿里记录下表现小镇运气上升的"交易"的名字、日期和数字。当小镇经济失败、被第二次破坏时，布鲁用这些账簿作为一种新的"叙述"形式。这些文献不大符合事实，因而不十分可靠。总之，布鲁用表现哈德泰姆斯经济"事实"的许多数字和条目来写（或试图写）哈德泰姆斯的兴盛与衰败的历史。布鲁用三个账本铺陈的叙事是非常自我意识的和自我指涉的，反映了所谓事实与历史或叙事之间的紧张。

作为一个历史的记录者，布鲁追求成为一个诚实的历史事件的见证人，但实际上他却绝望地意识到那是根本无法实现的。他写道："我一直在努力地真实记录发生的事物，但那只是一件按照愿望去做而实际上非常艰难的工作。对我来说，时间开始流逝，而记忆赋予事物的形式本身创造自己的时间，用我不信任的方式操纵我的笔"，[3]形成文字的历史不可避免地含有来自记忆的主观建构。像20年代的现实主义作家菲茨杰拉德的小说《了不起的盖茨比》（1925）中追求实现梦想（但最后失败）的主人公盖茨比一样，布鲁也是一个梦（美国梦——笔者注）的承载者，他希望历史将证明他这一身份。但是，布鲁又与盖茨比不同，布鲁意识到他在过去的某处失去了梦，他试图通过历史叙事发现他在何时、何处失去了梦："一定有一个我们的生活达到完美的时刻……那一时刻是何时，我不知道，用我的全部记忆我也找不到它……生活如何进展真的是个秘密，你仅仅知道你的记忆，它创造自己的时间。真正的时间引导你向前，你永远也不知道它何时发生，它的最佳存在就是发生和消失"。[4]实际上谁也不知道一生中哪些时刻重要，那些时刻不重要。对真实叙事的追求把布鲁引向根本的怀疑："我为我像傻瓜一样所做

1　E. L. Doctorow, *Welcome to Hard Times*, New York: Bantam Books, 1960, p. 100.

2　Ibid., p. 12.

3　Ibid., p. 147.

4　Ibid., p. 138.

的全部记录而蔑视自己；好像账簿中的符号能固定生活，好像书中的符号能控制事物似的"。[1]现实告诉布鲁，生活是变化的，事物是发展的。

小说《欢迎到哈德泰姆斯来》是一部否定西部神话的作品。多克特罗在描写失败的叙事中改变了陈旧的西部公式，提出了对美国梦本质的质疑。美国梦试图实现人的完全性、人的至善至美，使邪恶成为外在于自我的事物，使文明成为经济和道德成功的保证者。小说表明，美国梦是一种轻率的乐观主义，它鼓励一种幻想，这种幻想只能导致失败，给社会和个人带来灾难。[2]布鲁意识到其追求真实的叙事中存在高度的冒险。他清楚地知道不仅他准确、真实描写过去的能力是成问题的，而且更重要的是，他对人类社会进步和希望的信念也是成问题的。因此，他对自己做出了严格的判断：

我可以原谅每一个人，但不能原谅我自己。我告诉茉莉我们应该对"坏人"做好准备，但我们从未能做好准备。任何事物都未被隐藏，地球在自己的轨道上向前转动，它从不去别的地方，它从不变化，只有早晨和夜晚的变化，只有期待的上升和下落。为什么在破坏发生之前必须做出许诺？除此之外我还能做什么——如果我过去不相信这些，他们可能今天还活着。[3]布鲁忍受着历史的痛苦，他为自己虽有愿望但实际上却不能阻止破坏、拯救人类共同体而过分严厉地谴责自己。公平地讲，布鲁不应该因为降临到哈德泰姆斯的一切而受到谴责。因为在资本主义的世界里，他并非生活和行动在一个道德或社会真空里，其他人追求实现比他更自私的梦想。但是，布鲁的历史叙事给任何以为自己能比布鲁更自由地创造自己命运的读者提出一个警告：我们当中任何人都"未重新开始，我们承受着所有负担：唯一发展的事物是动乱，灾难变得更大，如此而已"。[4]

尽管小说《欢迎到哈德泰姆斯来》的叙事中有内在的模糊性，表现出对历史重复的悲观主义，但小说的结局还是提供了希望的光亮。布鲁这位垂死的历史见证人并没有向天启的虚无主义投降。当然，他是无助的，但他"此刻唯一的希望是将来会有人阅读这些账簿"，[5]他相信"未来某个时候会有人来，他可能想使用这块木料"。[6]布鲁希望他留下的这些成为历史文献的账簿能帮助人们了解情况，汲

1　E. L. Doctorow, *Welcome to Hard Times*, New York: Bantam Books, 1960, pp. 184-185.

2　Frank W. Shelton, "E. L. Doctorow's *Welcome to Hard Times*: The Western and the American Dream," *Contemporary Literary Criticism Volume 37*, ed. Daniel G. Marowski, Detroit / Washington, D. C. / London: Gale Research, Inc., 1986, pp. 88-89.

3　Doctorow, op. cit., pp. 211-212.

4　Ibid., p. 184.

5　Ibid., p. 185.

6　Ibid., p. 212.

取历史经验，使人们能够在美国的荒野中重建一个更持久的梦。多克特罗的小说《欢迎到哈德泰姆斯来》是个政治寓言，它借虚构的西部小镇哈德泰姆斯的兴衰喻指资本主义社会可能的结局。

2. 人物形象丰满、复杂：既有鲜明的个性特征，又有普遍的代表意义

普通寓言中的人物形象简单，一般都是类型化的，分为正、反两类，作者褒贬情感鲜明。而寓言体小说《欢迎到哈德泰姆斯来》与普通寓言不同，它塑造的人物形象不仅性格各异，而且都是圆型人物，各个丰满、复杂，既有鲜明的个性特征，又有普遍的代表意义。

"从博迪来的坏人"：邪恶的化身　小说中"从博迪来的坏人"克莱·特纳被多克特罗塑造成一个食人魔鬼，小说中对他毁坏小镇行为的叙述使人想起那种来自噩梦底层边缘的神话暴行。故事一开始，身躯庞大、容貌凶恶、性情暴戾的"从博迪来的坏人"虽然一句话也没说，但他给人们带来了巨大的死亡威胁。他一人占满了"银太阳"旅店的酒吧间，只为清一清喉咙里的大草原灰尘就一口喝掉半瓶劣质威士忌酒。他猛然撕开红发的酒吧妓女芙洛伦丝的紧身胸衣，将她的乳房暴露给拥挤在酒吧里的男人们看。片刻后芙洛伦丝被他强奸并杀死；另一个妓女茉莉·李奥丹的后背被他烧伤。之后，四个男人和几匹马相继死在他的手里。12岁的骨瘦如柴的吉米·费成为孤儿，因为他的父亲愚蠢地反击这个残忍的魔鬼而被他杀死。最后，他燃气大火，将整个边疆小镇烧毁，夷为平地。完成了对小镇的毁灭之后，"从博迪来的坏人"克莱·特纳哈哈大笑着消失在深山里。在他离去之后，一个血腥的复仇计划开始在小镇受害者的心中酝酿。

在哈德泰姆斯镇被"从博迪来的坏人"破坏之后，人们带着复兴的希望做了很多重建小镇的工作。但作为哈德泰姆斯经济基础的矿业公司突然宣布决定，不修筑穿过小镇通往矿山的道路了。这个决定无疑等于宣告了小镇必然灭亡的命运。就在哈德泰姆斯的人们经受这种对未来绝望的痛苦期间，"从博迪来的坏人"克莱·特纳的归来给已经内乱的小镇雪上加霜，他再次破坏了镇民们艰难恢复的一切。在跟着发生的枪战中，扎和一个瑞典人探矿者被特纳杀死。这一次，布鲁和其他人做好了伏击他的准备。他们布好了一个带刺铁丝网的陷阱，成功地将他诱入陷阱。"坏人"因身中数弹并遭到枪托猛砸后几乎失去知觉。就在"坏人"处于完全无助的半死状态中，一心复仇的茉莉用匕首在他身上乱刺。她向"坏人"复仇的情景使吉米感到恐怖，难以忍受。吉米举起散弹猎枪向"坏人"射击，结果同时打死了特纳和茉莉，结束了特纳的痛苦也结束了茉莉令人毛骨悚然的复仇情景。"坏人"对哈德泰姆斯再次破坏的结果是除他自己受到应有的惩罚外，被他杀死的七人横尸街头。在整部小说中，"坏人"的个性被表现得十分鲜

明，他面目狰狞，道德败坏，手段残忍，给读者留下了清晰的印象。他是邪恶的化身，他代表着人类社会中的确存在的那一类少数心黑手辣的"坏人"。

茉莉：自私的复仇者 在哈德泰姆斯镇遭受"从博迪来的坏人"第一次破坏之后，布鲁为小镇复兴、共同体重建呕心沥血，辛勤工作，为镇民们的合作奔走协调，为人们之间任何一个关爱的表示拍手喝彩。但小镇的企业家们只考虑他们个人的安全和繁荣。遭受"坏人"伤害的茉莉所关心的唯一一件事就是培养一个枪手，当"坏人"回来时能为她向"坏人"复仇，而且她知道，"坏人"一定会回来的。她对愚蠢的步枪射手詹克斯投其所好，让他教会吉米打枪，培养吉米喜欢暴力。茉莉经常谴责布鲁在"坏人"第一次来破坏小镇时的懦弱，但在布鲁与她和吉米组建一个新的家庭之后，她对布鲁的态度逐渐变得温和，内心暗暗期待着"坏人"下一次来破坏时布鲁一定会杀了他，替她报仇。布鲁为茉莉的复仇心理非常担忧，意识到她的"甜美微笑""充满了仇恨"。[1] 甚至扎也注意到"她尖利的指甲是为相信她的人准备的"。[2] 在整部小说中，茉莉经常穿着扎的一个妓女送给她的一件结婚礼服，这件礼服是她与布鲁、最后与"坏人""结婚"的一个反讽的处女象征。茉莉作为新娘的妓女形象不断出现在我们的眼前。在冬季的一天当吉米生病时，茉莉以模仿麦当娜的姿势把吉米抱在怀里，布鲁说为她这样做而脸红，"她目不转睛地看着我，好像期待着我嘲笑她"。[3]

茉莉是小说"一开始从小镇的焚灰中再生的不死鸟，但在最后她是一个死亡承办商"。[4] 她一心要复仇，她对十字架的祈祷被理解为复仇心重，结果她把詹克斯、吉米，甚至布鲁（最后成为她"最后一个受愚弄的人"[5]）都牺牲给了她的复仇欲望。布鲁观察到茉莉将她复仇的"钩子挂在了木匠的儿子吉米身上"。[6] 吉米很听茉莉的话，好像在听她讲"福音"，[7] 他"像忠诚于一种信仰一样不断地履行对她的义务"。[8] 她带着吉米去墓地，想将一个十字架放在他父亲（在第一次骚乱中被"坏人"所杀）的坟上，结果他们把十字架错误放在一只手臂的杰克·米莱的坟上并向他致敬。

曾经认为自己实际上与茉莉结婚的布鲁最后意识到，与茉莉象征性结婚的不

1　E. L. Doctorow, *Welcome to Hard Times*, New York: Bantam Books, 1960, p. 35.

2　Ibid., p. 43.

3　Ibid., p. 95.

4　Marilyn Arnold, "Doctorow's *Hard Times*: A Sermon on the Failure of Faith," *Critical Essays on E. L. Doctorow*, ed. Ben Siegel, New York: G. K. Hall & Co., 2000, p. 157.

5　Doctorow, op. cit., p. 202.

6　Ibid., p. 208.

7　Ibid., p. 151.

8　Ibid., p. 157.

是自己，而是那个"坏人"："她一直在等待着他，一个严格意义上的忠诚的妻子。任何事物对她都不重要，我不重要，吉米也不重要，只有她自己和'从博迪来的坏人'重要"。[1]当布鲁最后智胜了"坏人"，把半死不活的他拖到茉莉的桌子上时，茉莉开始对"坏人"实施复仇行动，用她的细短剑在"坏人"身上反复乱刺，她"几乎是以报复的优雅姿态跳着舞"。[2]她一直用手抓着那位喜欢她的老少校送给她的十字架项链，但她最后以十字架形状的细短剑替代了那条十字架项链。像布鲁观察的那样，当她看到已经受了重伤的"坏人"被放到她眼前的桌子上时，她"不需要摇动十字架来保护自己，一把匕首就够了，就用这把从博迪来的"。[3]在她用那把细短剑对"坏人"乱刺复仇时，在"特纳的双臂紧紧抱住茉莉好像拥抱的时刻"，吉米近距离向他们两人开了枪，他的枪"发出了诞生的隆隆声"。[4]茉莉与特纳在死亡中邪恶结合的后代是一个魔鬼，是一个曾经名叫吉米的男孩；他骑马飞奔，消失在荒野中，成为下一个"从博迪来的坏人"。茉莉从一个受害者变成了一个自私的复仇者，她利用了布鲁的善良，她把帮助、关心她的人都变成了她复仇愿望的牺牲品。茉莉这一形象代表着人类社会中由极端自私最后也走向邪恶的人。

布鲁：集懦弱、崇高、智慧、人道、勇敢、善良于一身的建设者 作为历史的记录者、故事的叙述者、哈德泰姆斯镇的保护者和建设者，布鲁的形象非常复杂。他因为记录小镇发生的历史事件而受到人们的尊敬，大家称他为镇长，向他求教，他成为人们危险时刻依靠的保护者。但他未能扮演好他的角色。在"坏人"特纳第一次破坏小镇的场景中，布鲁的懦弱行为给读者留下了一个失败了的、使男性气概蒙耻的、难以洗刷的印象。布鲁这样描述他在酒吧里在可能杀死特纳的机会面前退缩了："当时我的手开始移动，我本打算掏枪。但我却拿起了桌上的酒杯；在那一时刻我感觉我想讨好他"。[5]此刻的布鲁是一个不折不扣的懦夫。布鲁虽向"坏人"开了一枪旦没有打中。当茉莉与"坏人"搏斗时，布鲁未挺身上前施以援手，因为担心"坏人"一定会杀了自己。于是他就跌跌撞撞地跑着躲避"坏人"的回击，心里想着保护他那些记录小镇历史事件的账簿，直到安全地离开"坏人"的射击范围，与其他人一起躲进公寓里。后来，布鲁因为在邪恶面前退缩不前的懦夫表现，受到茉莉的极大蔑视和深切痛恨。

在"坏人"将小镇变成废墟并消失在山里之后，布鲁主动承担起拯救世界的

1　E. L. Doctorcw, *Welcome to Hard Times*, New York: Bantam Books, 1960, p. 197.

2　Ibid., p. 209.

3　Ibid.

4　Ibid.

5　Ibid., p. 18.

义务。多克特罗暗示，布鲁不能自制地想在"坏人"大屠杀造成的烧黑的废墟上重建一个微观的文明社会，这是一种在本质上完全来源于积极的人类本能的冲动。因此，多克特罗在小说中间的五分之三部分对人类生存的能力极尽赞美之辞。布鲁用半破损的工具、废旧的木料、礼仪、言辞、关爱和无限的耐心，在哈德泰姆斯的残骸上重建了这个小镇。在重建哈德泰姆斯新的人类共同体的过程中，布鲁同时组建更微观的文明社会——家庭：他将被火烧伤的妓女茉莉·李奥丹转变成他自己的妻子，使可怜的孤儿吉米·费成为自己的儿子。他对自己说："一个人如果不寻找好的征兆，他就不能生活"，"如果我相信我们将成为一个真正的家庭，那么好吧，我们就建立一个这样的家庭：如果一个好的征兆如此重要，那么就你就能虚构出这样一个征兆，以那样的方式欺骗你自己继续生活"。[1]他就这样努力地使一个脆弱的小镇在达科他地区辽阔又残忍的荒原上存活了下来。

　　布鲁重建哈德泰姆斯的努力一度进展非常顺利，运气颇佳，获得了成功。一个名叫扎的俄罗斯人来到了这个小镇，他是一个生性快乐但玩世不恭的拉皮条者，一家妓院的业主。他带来的两个妓女把一些矿工从哈德泰姆斯镇周围荒凉的大山里吸引出来，将他们辛苦挣来的砂金耗尽在这里。一个名叫利奥·詹克斯的饭桶突然变成一个有用的人，成为一名令人惊奇的步枪射手，他为整个小镇的居民猎取野味。布鲁挖了一眼风车动力井，水从井口涓涓流出，供全镇人使用。一个名叫艾萨克·麦普尔的寻找哥哥的佛蒙特州人因迷路来到了这里，布鲁说服他留在了哈德泰姆斯并办起了一家干货店。约翰·比尔是一个聋哑的波尼族印第安人，懂得医术和萨满教，因此成为小镇的内科医生和萨满教巫师。布鲁征求镇民们的意见后，起草了一份为哈德泰姆斯申请州地位的申请书，请大家在上面签字。小说中，资本主义被人格化为采矿公司的官员，他们戴着干净的圆顶窄边礼帽，挥动着柔软的白手绢对哈德泰姆斯镇民们说，他们考虑将把这个镇作为通往他们新捣矿厂的路址。这条路将成为哈德泰姆斯镇的生命线，矿业公司就成为哈德泰姆斯镇的经济基础。达科他地区的冬天并未真正冻死哈德泰姆斯的居民，他们度过了严冬，迎来了又一个春天。春季里生命的躁动提供了一种许诺，这种许诺几乎与理性无关但却完全与原始的人类冲动有关。原始的人类冲动用仪式、象征、言语将生命与生命联系起来，出现了家庭、社会。在重建哈德泰姆斯的过程中，布鲁思忖着："茉莉是正确的，如果有逃犯来到这里，我也应该欢迎他。我认为每一个新来的人都有助于埋葬过去"。[2]任何人、任何事物都不应该被拒绝接

1　E. L. Doctorow, *Welcome to Hard Times*, New York: Bantam Books, 1960, p, 89.

2　Ibid., p. 123.

纳——欢迎到哈德泰姆斯来。布鲁身上体现了很多文明成就，它引发布鲁用历史书写对文明冲动做出最后的明确表达。

历史书写是布鲁日常生活的重要内容之一，他在三个大型账簿里将镇里发生的所有人类事件都记录下来。"通过在纸上匆匆地写下文字从而固定现实的冲动是布鲁的，也是站在布鲁身后的多克特罗的，这种冲动是吸引人的、反讽的，也是必要的，但它也是完全徒劳的。这种自相矛盾将在多克特罗的作品中反复出现。现实世界的力量和动力不可能在作家的言语中被捕捉住，但作家不能抵抗试图捕捉它的冲动"。[1]布鲁在小说的高潮中认识到，相信话语有魔术般的力量是一种可怜的反讽，实际上账簿中的符号不能固定生活，书中的符号也不能控制事物。[2]尽管如此，在布鲁被吉米散弹猎枪的子弹击中身负重伤后，一直到他死前的最后时刻，他还想要匆匆记下对邪恶、惩罚邪恶和变成邪恶的暴力循环的叙述，这一暴力循环构成了哈德泰姆斯的真实历史。历史书写是他的责任和命运，也是他的愚蠢。布鲁叙述的哈德泰姆斯的真实历史——邪恶、惩罚邪恶和变成邪恶的暴力循环揭示了整个人类社会的发展轨迹，发人深省。

布鲁欲在哈德泰姆斯的废墟上重建人类共同体的追求始自家庭的重建，他希望他能与茉莉和吉米将他们自己变成一个"真正家庭"的成员。很长时间布鲁相信茉莉鼓励他们的朋友詹克斯教吉米打枪，是以西部大丈夫气概锻炼吉米，是教给孩子生活的技能。布鲁以为既然他已合法地娶了茉莉为妻并收养了吉米为自己的儿子，用文字在纸上将他们三人结合在一起，这孩子将会放弃对杀死他生身父亲的人进行复仇的愿望。但是小说中阴暗的高潮就是来自茉莉和吉米对"来自博迪的坏人"的不顾一切的复仇。布鲁用左手捂住吉米的枪口，试图阻止吉米开枪或使枪口偏斜，结果吉米还是开了枪，在把布鲁的左手打碎的同时打死了茉莉和特纳。布鲁为自己面对茉莉和吉米的复仇激情时无力阻止死亡的发生而感到耻辱，最后他自己也不得不服从无意义的死亡。因此，布鲁在账簿中记下的最后几个条目只是几个单词——他的礼物、他的困扰、他的愚蠢。

分析表明，作为人类共同体的重建者布鲁这一形象集懦弱、崇高、智慧、人道、勇敢、善良于一身，丰满、复杂，既个性鲜明，又代表了大多数善良、乐于助人、智慧、富于人道主义精神的人。总之，作为哈德泰姆斯破坏者的"从博迪来的坏人"克莱·特纳、一心想对"坏人"复仇的茉莉和作为哈德泰姆斯重建者

1 Douglas Fowler, *Understanding E. L. Doctorow*, Columbia, South Carolina: University of South Carolina Press, 1992, p. 15.
2 Doctorow, op. cit., pp. 184-185.

的布鲁都是寓言体小说中才有的既有鲜明的个性又有广泛代表性的丰满、复杂的人物形象。

（二）资本主义社会中人的内在邪恶

作为一个政治寓言，小说《欢迎到哈德泰姆斯来》通过复杂的人物关系和深入发展的情节，深刻揭示了人类社会内在的邪恶，特别是以剥削和自私为主要特点的资本主义社会内在的邪恶，它体现在某些个人的身上。正是资本主义社会中人的内在的邪恶使人类社会走向自我毁灭。

1. 人的权力追求

小说是以哈德泰姆斯镇遭到第一次破坏开始的。这次破坏完全是一个匿名的"从博迪来的坏人"独立完成的。他的全部行为特点是愚蠢的暴力、不顾后果的兽行、疯狂的放纵。"从博迪来的坏人"是一个原型的坏人。他"代表一种外在的邪恶，它不断侵蚀所有的乌托邦梦想，不断减小人们的希望，最后使希望变成怀疑主义和玩世不恭"。[1] 在反思自己来到西部的经历，特别是与"坏人"首次遭遇后，布鲁认识到"坏人"大大超过了人性的因素："当我乘坐四轮马车来到西部时，我还是一个有许多期待的年轻人，但我不知道我的期待是什么。我把我的名字用油漆写在密苏里州小路边的大石头上。但随着时间的推移，就像我的名字慢慢从大石头上消失一样，我的期待最后由于恶劣的环境也渐渐消逝。我懂得了能坚持活下去就足够了。那些类似的'从博迪来的坏人'不是普通的恶棍，他们与这块土地一起来到世界上，就像你对付尘土或冰雹一样，你很难除掉他们"。[2] 小说揭示，"坏人"看上去就像一个瘤，一种恐怖的但自然生长的瘤。他是这块土地存在的证明和化身，也是这块土地潜在的有巨大破坏性的力量。他一人就能使镇上所有试图对抗他的人死的死、伤的伤。"坏人"很强大，就像难以克服的恶劣天气，在它面前你无可奈何。作为故事的叙述者，布鲁有意地使其名字从石头上的慢慢消失与其年轻时喧闹、模糊但个人主义的希望受到的侵蚀平行叙述，从而表明一种对"坏人"的初步认识：自然有一种巨大的破坏可能性，"坏人"就是自然的破坏可能性的发泄途径。在"坏人"扔下七具尸体走后，布鲁开始为这场大屠杀的受害者挖掘坟墓。他边干活边回忆"坏人"杀害这些人时的情景，甚至想起20年前他妻子被自然灾难夺去生命时的情景，人与自然制造的灾难使他

1　Herwig Friedl, "Power and Degradation: Patterns of Historical Progress in the Novels of E. L. Doctorow," *E. L. Doctorow: A Democracy of Perception*, eds. Herwig Friedl and Dieter Schulz, Essen, Germany: Verlag Die Blaue Eule, 1988, p. 23.
2　E. L. Doctorow, *Welcome to Hard Times*, New York: Bantam Books, 1960, p. 7.

怒不可遏："'坏人'那张露着牙齿笑的狰狞面孔在我的记忆中重现⋯⋯20 年前霍乱夺去了我年轻妻子的生命,我无可奈何地将她放入地下。此刻,由于某种非常强大的我不能对付的事物存在,一种同样的愤怒在我的喉咙里上升"。[1] 对霍乱和"坏人"的联想赋予布鲁一种预告世界末日的勇敢骑手的品质,后来"从博迪来的坏人"第二次来到哈德泰姆斯并再次施以破坏这一事件本身又使布鲁在一个不信神的世界里获得了一种反向的、反常的救世主地位,他从一个怕死的懦夫变成了不惧怕邪恶、当然也不怕死的小镇拯救者。但是,如果把"坏人"视为一个脱离了人类存在并且处在所有人类存在对立面的人物,那将是对"坏人"的误解。小说暗示,"坏人"不仅是自然的强大破坏潜力的化身,而且也是人类自身的激进化表现,例如人们对控制世界权力的争夺势必以对世界的毁灭而结束。

人类是自然的一部分,自然的强大破坏潜力也属于人类。世界上大大小小的战争多数起源于那些渴望得到权力的个人野心家,这种人一旦得逞,独裁、专制就是他们的统治形式,政治暴力就是他们的统治手段。无论谁不服统治,谁的下场就会像吉米的父亲那样被代表专制的"坏人"处死。人类对权力的欲望和对权力的羡慕在第一章一个小小的情景中就可看得一清二楚。在"银太阳"旅馆里"从博迪来的坏人"强迫大家与他一起喝酒。布鲁努力地保持冷静,把酒藏起来不喝,等待向"坏人"发起进攻的机会。但是"'坏人'最后发现了我没喝酒,于是他又拿起一瓶酒,打断瓶颈,慢慢地把我的酒杯倒满,然后端起他的酒杯,看着我的眼睛。他是一个年轻人,比我以为的还要年轻些,他胡茬下的皮肤有点红,一侧面颊上有一块白斑,长着一对疯马眼"。[2] 布鲁发现,高大威猛的"坏人"在力量上显然要比自己强大得多。当时,布鲁本打算掏枪的手却拿起了桌上的酒杯,从心里想要讨好他而且做出很高兴喝酒的样子。显然,布鲁屈服了,这是因为"坏人"控制着局面,换句话说控制局面的权力把握在"坏人"手里。对权力的崇拜暴露了布鲁本质上的无助,同时也暴露他本人对权力的欲望、他对管理的秘密渴望。他记录小镇的历史,因此被人们称为"镇长";他渴望有一间"镇长"的办公室,实际上他更渴望真正拥有镇长的权力。他为小镇作历史记录和他对小镇的重建工作都是为了实现权力欲望所需要的文明伪装。这是小说提供的又一个暗示:"坏人"可能仅仅是一个体现人类权力欲的真正一般性的例子。

在"坏人"第二次来破坏哈德泰姆斯之前,"坏人"暴行的受害者和布鲁的不情愿的'妻子'茉莉一直为"坏人"将要重现的前景而惊恐不安,为了保护自己,她越来越多地转向暴力性格。她喜欢没头脑的带手枪的詹克斯,支持她的

---

1 E. L. Doctorow, *Welcome to Hard Times*, New York: Bantam Books, 1960, p, 27.

2 Ibid., p. 18.

"儿子"吉米明显表现出的残忍。她一直在鼓励詹克斯教吉米打枪，把吉米培养成为她报仇的杀手。茉莉和吉米一心复仇的心态日趋严重。这时，布鲁对于"坏人"的现象有了新的认识，对这种现象的解释也有所提高，他这样警告吉米："吉米，你可以扣动扳机，打倒一个'坏人'，你肯定还能向另一个像他一样的"坏人"射击。他们喜欢这块土地，总共不过几个人将会养育他们，他们不需要制造一点喧闹声，他们一喝完杯里的啤酒就会跳起来走开"。[1]这时"坏人"不仅被理解为自然力的一种人性的实在化，而且被视为社会的副产品。布鲁所希望的也是他致力于重建的社会将会提供预防"坏人"的保护。"坏人"既是人内在的自然破坏力的化身，也是人自己的不可避免的暴力。布鲁和茉莉"养育的"吉米在"坏人"第二次来破坏哈德泰姆斯时将茉莉和"坏人"一起打死，使茉莉和"坏人"在死亡中结合。吉米成为人内在的自然破坏力和人自己的不可避免的暴力的化身。吉米像"坏人"在他第一次破坏哈德泰姆斯后那样骑着马，拿着枪，消失在荒野中，成为未来的"坏人"，人类社会未来的破坏者。

在"从博迪来的坏人"第二次造访哈德泰姆斯时，叙述者给他起了名字：克莱·特纳，布鲁在与他打斗时喊叫着他的名字。这时"坏人"被叙述者未加解释地赋予了个性。布鲁隐蔽在旅馆里，悄悄地观察他："从门上面看过去，我只能看见他的肩膀和帽子。但这时他抬起了头，他的黑色映像出现在扎立在吧台后面的奇特的镜子里。两个'坏人'，'坏人'增殖了。我想起当时的感觉：他从未离开哈德泰姆斯镇，我们一直在等待能看见他一直待在何处的适当的光亮。[2]在"坏人"第一次来访期间，人们并非确切知道他来自何处，因为人们不知道博迪为何处，也许他来自荒野或深山。他在外表上和在布鲁的解释中都是一个神秘的人。现在他第二次来访，在布鲁看来，"坏人"是他所属社会自身破坏性潜力的一个表现形式，因此他可以有一个名字。布鲁相信有一种可能性，即可以使用社会秩序抵御自然的破坏性力量，社会秩序是抵御非理性暴力的壁垒。这是布鲁的一个根本的错觉。"他必须辩证地认识到，这里也有自然和权力，正是这里的自然和权力残忍地培育着破坏性力量的化身，用这种化身来抵制控制它的社会秩序"。[3]像斯蒂芬·克莱恩的《蓝色旅馆》中的东方人一样，他必须认识这样一个事实，即在我们所有人身上都存在着破坏社会的根源。

1　E. L. Doctorow, *Welcome to Hard Times*, New York: Bantam Books, 1960, p. 165.

2　Ibid., pp. 194-195.

3　Herwig Friedl, "Power and Degradation: Patterns of Historical Progress in the Novels of E. L. Doctorow," *E. L. Doctorow: A Democracy of Perception*, eds. Herwig Friedl and Dieter Schulz, Essen, Germany: Verlag Die Blaue Eule, 1988, p. 25.

虽然布鲁为在哈德泰姆斯重建一个新的人类共同体做了大量辛苦的工作，但小镇复兴后，他却意识到小镇的发展和他与妻子茉莉的关系的顶点都过去了。"从博迪来的坏人"特纳证明了这一点，他再度出现并毁灭了这个小镇。但在此之前，哈德泰姆斯镇民们之间的关系就已经因为资本主义所固有的私利追求而发生了分裂，且日益恶化，直至发生内部骚乱，给未来的繁荣罩上了阴影。显然镇民们希望"从博迪来的坏人"回来，因为他们有着一种死亡的愿望，即使没有外人来破坏，他们也将自己毁灭自己。多克特罗暗示，在资本主义的社会环境中，人们对一己私利的追求势必导致尔虞我诈，互相倾轧，为争夺控制权而不顾一切。人类因为自私和贪婪的天性，似乎根本就不能建立一个持久的社会，更非一个令人满意的社会，最终是走向自我毁灭。来自这种困境的唯一安慰似乎是记录保存，这使布鲁忙忙碌碌：他对小镇崛起和毁灭的记录构成了小说的叙事。布鲁引人注意的、有个性的叙事风格引起人们对这种补偿性行为的注意。小说中破坏、重建、再破坏表明，权力与实现权力而诉诸暴力的现象，无论是以"坏人"的形式还是以肆无忌惮的矿主或那一地区的残酷气候的形式出现，都带来大破坏，造成永远不稳定的秩序，并使这种秩序继续恶化。人类社会中的个体对权力的追求、为实现权力诉诸暴力、为了维护权利实施暴政，为实现利益最大化而进行压迫和剥削等行为造成人自身的内在的邪恶。

2. 以剥削和私利为主要特征的资本主义社会

作为一个政治寓言，小说《欢迎到哈德泰姆斯来》以一个小镇的重建、发展和最后的毁灭演绎了一个资本主义社会的兴衰历程。故事同时讲述小镇的生活和布鲁的个人生活，这两种生活交织在一起。"从博迪来的坏人"首次在小镇肆虐时，被大家敬称为"镇长"的布鲁不敢正面对抗暴行，而是选择了躲藏，暴露了自己不够一个有活力的男人。像小镇大多数其他居民一样，他也不能抵御"坏人"在物质方面的威胁和破坏。他的怯懦深深地留在自己记忆里，他为此感到非常惭愧。但这一记忆反过来刺激他做出重建小镇的承诺。他希望新的小镇就像它能掩藏"坏人"暴行留下的伤疤一样，也能埋葬他自己感到耻辱的过去。实际上，他的所有行动都是为了补偿过去的懦弱和抹去对过去失败的记忆。在个人生活方面，布鲁主动承担起家庭的责任，与茉莉和吉米这两个被"坏人"留下伤疤的幸存者组成家庭，使茉莉成为他的妻子，将孤儿吉米收养为他们的儿子，他尽心竭力地关心、爱护、照顾他们。

同时，布鲁竭力吸引人们，留下那些因事路过小镇的人，激起他们兴办商业和企业的热情，与他们一起重建新的小镇。多克特罗十分关注小镇的商业气候，表现出他对经济因素的兴趣，这暗示边疆企业与其后期小说《拉格泰姆时代》中的摩根和福特、《鱼鹰湖》中的本奈特等资本家的紧密联系。《欢迎到哈德泰姆斯来》所描述的边疆企业也是靠剥削穷人和劳动者谋求发展，因此与传统西部小说格格不入。传统西部小说中的个人在想象上不受剥削，而《欢迎到哈德泰姆斯来》也像《拉格泰姆时代》和《鱼鹰湖》一样，以充分的事例证明，资本家是靠剥削个人而致富的。在这部小说中，具有反讽意义的是，哈德泰姆斯镇的第一个商业关怀是建一家妓院。这是一个商业的完美例子，它把人变成动产，事实上其中的一个妓女就是像物一样为业主所拥有。在多克特罗的小说中，非常突出的人物是移民。妓院老板扎是一个俄罗斯移民，他被描写为一个完美的商人，他很有眼力，看到了西部市场经济的发展潜力。在扎看来，西部的发展潜力不适合个人展示英雄的行为，而只适合商业的成功。扎是受私利激发，兴办妓院这一企业，而布鲁则是小镇新共同体建设的推动者，他的办公室成为商业代表议事的会议室。他不为自己谋利益，而对文明建设的需要做出了巨大的奉献。

布鲁满怀信心地率领大家一边谋划经济发展，一边设计建筑房屋，小镇的繁荣初露端倪。布鲁的乐观态度是以对美国梦的信仰为基础。美国梦意味着邪恶是外在的，是他者；个人能够获得完善；文明能够保护个人。对于资本主义经济背景下实现美国梦的可能性，多克特罗严肃地表示怀疑。甚至当布鲁和其他人最乐观的时候，一种灾难感就已经笼罩在他们的生活上面。在茉莉身上，在旧街道的伤痕上面，布鲁都感觉到灾难的存在，那伤痕从未远离他的思想。甚至在小镇建设获得最大的成功期间，瓦解的种子就一直存在着。在小镇的圣诞节聚会上，在扎和艾萨克·麦普尔之间爆发了一场关于商业惯例的激烈争论，他们的争论把一个交流和庆祝的时刻破坏了。当春天来到，矿工们回来时，哈德泰姆斯镇资本主义商业气候的竞争和剥削本质变得更加清楚了。尽管布鲁的井足以供应镇上的每一个人用水，但扎还是计划要打自己的井；当布鲁努力动员所有的生意人帮助清理街道时，只有一个人愿意合作。生意人不像布鲁，他们只关心自己，不把全镇看作一个合作的大企业。多克特罗暗示，这种近视的自私是美国资本主义的特点，它将造成自己的毁灭。哈德泰姆斯镇就在人们为一己私利而进行激烈竞争中慢慢瓦解了。

在哈德泰姆斯镇瓦解的同时，布鲁的个人生活也随之崩溃了。虽然茉莉对布鲁的态度由切齿痛恨变得有些温和，但她怎么也忘记不了那个"从博迪来的坏人"，她相信他一定会回来，甚至盼望他快点回来。她远不是传统西部小说中典型的爱家的文明女人，她对"坏人"怀有一种狂热的仇恨和复仇的强烈要求。对布鲁而言，茉莉这个人本身就是对他的懦弱行为的不断谴责。尽管布鲁一再向茉莉表示真诚的爱，茉莉在实际生活中也是接受了，但她把吉米培训成一个对付

"坏人"、为她复仇的枪手，这表明她不指望布鲁在"坏人"再次出现时会有什么惩治"坏人"的勇敢表现，这实际上是对布鲁的拒绝。就在小镇繁荣之时，茉莉退缩进自己对"坏人"的仇恨之中，她的行为削弱了布鲁为小镇的进步而产生的任何成功感。在个人家庭组建和共同体发展两个方面，人们期待的有希望的生活实际上在它开始之前就土崩瓦解了。布鲁曾经有过这样的感觉："在她变得温和的令人兴奋的那个夜晚和我们一起跳舞的那个白天之间的某个时候——必定有过那样一个我们达到了留给我们生活的完美的时刻"。[1] 具有反讽意义的是，那个得到承认的完美时刻远远地留在了过去，布鲁再也体验不到，它和哈德泰姆斯镇一样脆弱，渐渐消失。

哈德泰姆斯镇未来繁荣的经济基础是一家资本主义矿业公司的扩张。实际上，人们知道这个矿业公司将不会进一步发展它的矿场已有一年了。在经济学意义上，哈德泰姆斯镇是建立在一个空虚的希望上，一个不牢靠的梦幻基础上。矿业公司首先是一个商业关怀，小镇的繁荣依赖于矿业公司的扩张，结果满怀期待来到原本以为充满希望的哈德泰姆斯的人们都成了无望经济环境的无助受害者。实际上是对这一事实的认识促成了哈德泰姆斯镇的骚乱，这场骚乱是人的破坏性本能的释放。在从外面来的"坏人"再度破坏哈德泰姆斯镇之前，镇民们身上内在的破坏潜力已经使哈德泰姆斯名存实亡了。

小说开始时，"从博迪来的坏人"显然是破坏哈德泰姆斯的外部力量。但到了小说的结尾，情况发生了彻底的变化：当"从博迪来的坏人"如期而至，回来重复他对哈德泰姆斯镇的破坏时，他明显地体现了小镇居民内部的破坏性力量。实际上，布鲁已经意识到，"坏人"从未离开，一直待在哈德泰姆斯镇，邪恶的幽灵一直徘徊在这里，他已经内在地存在于资本主义社会中人们的身上。好像是镇里的骚乱唤起了"坏人"赶紧行动，使哈德泰姆斯由里到外走向崩溃。其实，"瓦解的种子可在商人们的竞争和剥削的社会思潮中找到，商人们认为他们没有责任为小镇做出建设性的贡献"，[2] 因为在资本主义社会里商人的目的只有一个，那就是赚钱，牟取利润，更大的利润。表面上看是"坏人"的暴力最后毁灭了小镇，但实际上它与小镇居民内部同样的暴力一起才使毁灭得以完全实现。在个人生活方面，布鲁终于意识到茉莉从未真正地嫁给他，而是实际上嫁给了"坏人"，"她一直在等待他（'从博迪来的坏人'——笔者注），一个忠诚的可敬的妻

1　E. L. Doctorow, *Welcome to Hard Times*, New York: Bantam Books, 1960, pp. 137-138.

2　Frank W. Shelton, "E. L. Doctorow's *Welcome to Hard Times*: The Western and the American Dream," *Contemporary Literary Criticism Volume* 37, ed. Daniel G. Marowski, Detroit / Washington, D. C. / London: Gale Research, Inc., 1986, p. 89.

子"。[1] 因此，邪恶、暴力和破坏都不是人们能够集合起来就可以挡住的"其他的"力量；它们就在资本主义社会里的个人身上，它们将在文明中并通过文明表现它们自己。多克特罗在这里揭示，在资本主义社会里，人们生活在一个虚构的变化的现实文本中，一个充满暴力的世界里。

斯蒂芬·克莱恩曾在像《蓝色旅馆》等短篇小说中首次使用黑暗色调，严重损毁美国期待的它自己在未来的最喜欢形象，在多克特罗的小说中这种黑暗色调变得更加阴郁。多克特罗把严酷的怀有敌意的环境、19 世纪 80 年代淘金热之后的达科他地区的无希望的经济状况、克莱恩的严酷的自然主义精神因素——贪婪、无知和无力的、可怜的说教——结合起来创造了《欢迎到哈德泰姆斯来》这样一个政治寓言，一个关于某个世界，甚至所有世界的构建方式的警戒性故事。一个表面上大于生活的形象，一个神话般身材比例的人物，使其西部电影风格的外貌正当地出现在小说的第一阶段："我想芙洛伦丝从未见过如此高大的男人"。[2] 这就是"从博迪来的坏人"，他醉酒后的狂暴行为留下了一连串的死尸和伤残的身体，小镇被烧毁，几乎没有任何恢复的希望，但"那是它被破坏和复兴的方式"。[3] 故事的叙述者、哈德泰姆斯未来的镇长、小镇记录的保存者布鲁讲述哈德泰姆斯从灰烬中再生的故事。小说中，小镇被毁之后的新开始和木匠费（"他是我曾遇见过的知道什么是生活的少数人之一"[4]）所制造的一种秩序的恶化，不吉利地令人想起霍桑在《红字》（1850）开头第一章中对新世界人性新开始的幻觉品质所做的表示怀疑的论述。布鲁说："我们得到了一块墓地。无论如何那是一座城镇的开始"。[5] 在布鲁自己犹豫地建立家庭、城镇、经济和真正的共同体的新试验失败之后，在小镇的经济基础——由强大的匿名的东方人控制的矿业崩溃之后，在随后的"坏人"第二次破坏之后，布鲁在对一个想象的城市读者的谈话中做了一番哲学探讨："你父亲的所作所为体现在你的身上，就像他父亲的所作所为体现在他的身上一样，我们永远也不能开始新的作为，我们承受所有的负担：唯一生长的事物是动乱，灾难会变得更大，没有别的了"。[6] 布鲁的这番话传达了多克特罗对人类状况的准圣经分析，也表现了多克特罗对有关边疆复兴的基本的美国神话的激进解构和指控。这种指控又得到了一种退化理论的简洁陈述作补充：所有

1　E. L. Doctorow, *Welcome to Hard Times*, New York: Bantam Books, 1960, p. 197.

2　Ibid., p. 3.

3　Ibid., p. 71.

4　Ibid., p. 5.

5　Ibid., p. 28.

6　Ibid., p. 184.

事物全然如此，"灾难会变得更大"，其主要原因是以剥削和私利为主要特征的资本主义社会中内在的邪恶。

二、《像真的一样大》：资本主义社会中权力机构的险恶

多克特罗在其第二部小说《像真的一样大》中尝试新的小说体裁：后现代主义科幻体小说。阿尔迪思指出，科幻小说旨在揭示人类发明"另一个世界"的需要和能力。通过科幻小说的创作，作家试图寻求对人类及其在宇宙中的地位的界定，并且这种界定将在我们先进但混乱的知识结构中保持不变。阿尔迪思同时指出，科幻小说的创作模式大多为哥特式或后哥特式。[1] 18、19 世纪的科学传奇通常以科学知识为点缀，主要强调离奇的故事情节，在刻画人物性格方面也有独到之处。玛丽·雪莱的《弗兰肯斯坦》（*Frankenstein*，1818）确立了最早的西方科幻小说的创作模式，[2] 小说中的怪物更是让人难以忘怀。在他们之后，儒勒·凡尔纳注重科学普及和探险的结合，表现出一种前所未有的科学乐观主义，即认为由于科学技术的发展，没有什么是不可能实现的，或者说有了科学，未来的世界将更加精彩。H. G. 威尔斯作为将"科幻传奇演变为现代科幻小说的关键性人物"，[3] 把科幻小说从对传奇叙事模式的依赖中解放出来，指出了后来的科幻作家可以继续探索的所有道路。威尔斯本人也是一位著名的社会活动家，他批判资本主义制度，始终持有"资本主义必将导致灾难"的政见。他发表的一百多部作品使他成为 20 世纪上半叶西方重要的社会思想家之一，对社会制度、道德和宗教改革都产生过重要影响。在这种意义上说，威尔斯的科幻小说也是一种"哲理小说"，他的作品总是通过幻想中的社会来影射当时的社会和政治。作品整体上充满了对人类社会未来命运的关照。在 30 和 60 年代，以艾萨克·阿西莫夫和 C. S. 刘易斯为代表的一部分作家继续遵循科幻小说创作应该遵循娱乐性和科学性并举的原则，在商业上获得了巨大成功。但同时也有一些作家注重科幻小说的政治性，他们借描绘未来而抨击现实社会，以唤起人们对社会弊病的关注。还有一部分作家则聚焦于科学技术的发达给人类带来的负面影响，竭力描绘和渲染未来社会的可

1　J. A. Cuddon, *Penguin Dictionary of Literary Terms and Literary Theory, 3rd Edition*, London and New York: Penguin, 1976/1991, p. 839.

2　刘海平、王守仁：《新编美国文学史》第四卷，王守仁主撰，上海：上海外语教育出版社，2002 年，第 523 页。

3　Patrick Pinder, *Science Fiction: Its Criticism and Teaching*, London and New York: Routledge, 1980/2003, p. 10.

怕，以起到警醒世人的作用。如在《美丽新世界》（*Brave New World*，1932）的前言里，A. L. 赫胥黎对自己的写作目的就作了这样的阐释："《美丽新世界》的主题不是科学的进步，而是科学进步给人类造成的影响"。[1] 应当指出的是，与科学传奇相比，虽然现代科幻小说的政治性有所增强，但对人物的塑造力度却明显不足。以《1984》和《美丽新世界》为例，小说中的人物不再具有鲜明的个性，而是变成作家用以表达个人观点的工具。

从 60 年代末开始，随着后现代主义小说的异军突起，科幻小说进入了后现代科幻小说时期。在"后现代主义与消费社会"一文中，詹姆逊认为，最值得注意的后现代主义文化特征是"传统的高雅文化和所谓的大众或通俗文化之间的区别的消弭"。[2] 文森特·里奇（Vincent B. Leitch）则更准确地归纳了后现代主义的重要特征，其中包括：摈弃完整叙述，摈弃广泛或基础的理性，把语言再现和文本阐释问题化，主体不再是中心，高雅文化与大众文化之间界线消失，批判现代主义和启蒙运动，等等。[3] 詹姆逊和里奇都把打破高雅文化与通俗文化之间的鸿沟作为后现代主义的一大亮点，而科幻小说恰恰符合后现代主义的通俗化主张。因此，科幻小说被注入了新的活力，成为后现代时期的一朵奇葩。布赖恩·麦克黑尔（Brian McHale）在《后现代主义小说》（*Postmodernist Fiction*，1987）一书中指出，在后现代时期只存在两种平行的小说创作模式：后现代主义小说和科幻小说。它们彼此取长补短，从而形成了后现代主义小说的科幻化和科幻小说的后现代主义化趋势。麦克黑尔充分肯定科幻小说的功能，甚至认为它也许是唯一杰出的、本体主义的文学样式。[4] 麦克黑尔所说的科幻小说的后现代主义化指的就是在汲取了后现代主义的部分艺术表现手法之后，当代科幻小说已转变为一种新的文学样式——后现代主义科幻小说。

后现代主义科幻小说保留通俗的科幻小说主题，选择性地采用后现代主义的创作手法，既有对传统的借鉴，也有对科幻小说形式的创新——把后现代主义和科幻两个不同的小说样式进行整合，使科幻小说焕发出新的生命力。后现代主义科幻小说《像真的一样大》表现为以下特色：对神话模式的戏仿和对现代诠释学的反讽。

1　Aldous Huxley, *Brave New World*, New York: Harper & Row, 1946, p. xi.

2　弗雷德里克·杰姆逊：《文化转向》，胡亚敏等译。北京：中国社会科学出版社，2000 年，第 2 页。

3　Vincent B. Leiteh, *Postmodernism—Local Effects, Global Flows*, New York: State University of New York, 1996, p. 133.

4　Brian McHale, *Postmodernist Fiction*, New York and London: Methuen, 1987, pp. 59-72.

（一）对神话模式的戏仿：与人类相敌对的权力机构纽约研防部

当代科幻小说的一大特色是对神话模式的戏仿。戏仿意即作家在形式、内容或细节上对已存在的文本（主要是经典作品）进行颠覆性的模仿或改写，以达到讽刺的效果。多克特罗的小说《像真的一样大》是对 18 世纪英国著名讽刺小说家乔纳森·斯威夫特的小说《格列佛游记》（1726）中神话模式的戏仿。

小说以纯粹的科幻小说开始：两个来自时空连续统一体，长得像人、身高几千米的动物出现在纽约海港。这两个巨人，一男一女，自然一个是亚当，一个是夏娃，人们叫他们"泰山 Tarzan"和"简 Jane"，他们来自另一个时空王国。在这个世界里，他们看上去很无助，几乎是静止的。他们通过某种宇宙的纤维织品落到这个世界里，但是他们所受限制的时间数值范围不是地球的时间数值范围。虽然这两个动物几乎在每一个方面都像人，但他们不仅在大小方面比地球上的人大几千倍，而且在动作速度方面也比地球人慢几千倍。他们的一次心跳需要 48 分钟。一架黑玉色的客机闯入亚当的太阳穴里，但他对这一碰撞触及点的反应直到来年夏天的中期才能完成，几个月后人们才能听到他痛苦的喊叫。世人可在这两个巨人身上建脚手架，可设计通过他们的体热为曼哈顿电路获取电能，可用无危险的悠闲方式在他们的身上钻孔，探查或探究他们的躯体。不像斯威夫特的小人国居民，地球居民不需要束缚从遥远的地平线那一边来的巨人。这两位格列佛一样的巨人不能威胁这里的地球人，因为他们自己仍被限制在冰河时间数值范围内而固定不动。这两个巨人不是威胁；他们是化石。

在《像真的一样大》里，多克特罗将注意力集中在曼哈顿一个无拘无束的名叫雷德·布卢姆的爵士音乐家，雷德的女朋友，一位天真的姓苏佳布什（名叫苏珊）的印第安农民姑娘以及他们的朋友，一位中年的名叫华莱士·克莱顿的单身的历史学教受身上。像《欢迎到哈德泰姆斯来》中布鲁、茉莉和吉米构成一个假的家庭一样，《像真的一样大》中这三个人物也将成为小说中一个类似的家庭成员。雷德和苏佳布什是有同情心的能引起读者兴趣的人物，但克莱顿似乎是一个依然在寻找他的历史叙事而且将不得不等待直到他在《但以理书》中被重新塑造为艾萨克·但以理，从而作为小说的敏感性而获得重要性为止。虽然雷德和苏佳布什是一对有魅力的情侣，他们世俗，对生活持肯定态度，但这种科幻小说不是他们的合适背景。这种文类的要求不适合多克特罗的主题的和情感的关怀。但是《像真的一样大》既不是像赫伯特·乔治·威尔士的《星际战争》（1898）那样纯粹文类历险的情节剧，也不设法成为入侵小说类型唯一的另一种真正可供选择的叙事形式：一种教育性的寓言，在这种寓言中人的本质被用非人的事件来说明，就像乔治·奥威尔的《1984》、皮埃尔·布里的《猿的行星》、罗伯特·海因莱因的《陌生国土上的陌生人》（1961）或 E. M. 福斯特的不知名的关于未来震动的中篇小说《机器停转》那样。多克特罗似乎并不以讲述一个必须以外部的行为或以提高的说教进行的娱乐故事而感到舒服。

　　当然，纽约海港的那尊阿波罗神巨像的出现在世界历史上制造了一场危机，作为对此危机的回应，美国创建了一个险恶的超级办公署——纽约研究与防卫司令部（New York Command Research and Defense），可简称为纽约研防部（NYCRAD）。纽约研防部是一个未证实的权力机构，它用巨人的物质化证明它将其触角插入美国生活的每一根纤维的正当性。纽约研防部颇像英国小说《1984》中的独裁者"老大哥"，是对新的副政府（para-government）的生动描写。"在小说中纽约研防部起平衡作用的行为在很大程度上是与人类相敌对，其荒诞与反讽就在于纽约研防部是为了保护人类而被创建出来的一个权力机构"。[1] 联邦政府原本打算用这样一个机构来摧毁威胁人类的巨人，科学家和政治家们提出了 17 种完全破坏这两个类人动物的办法，而不是试图与他们建立精神上的联系。小说的第四部分即最后一部分甚至被定为这样的标题："实用的体系，破坏"，因为美国的军事工业思想反映美国公众的愿望，公众似乎希望消灭这两个巨人。如果大街上的美国人由于迷信的敬畏而害怕巨人，那么穿着军服的美国人就愿意消灭任何能够消灭的东西，因为那是他的本性。甚至科学团体也屈服于一种恐慌的要清除亚当与夏娃的世界的愿望，而不是努力与他们建立联系，因为多克特罗对实验室里的美国人的看法是，他们担心这两个巨人可能会以灾难性的后果适应这个世界的时间安排，突然注意到人类；于是就积极地准备好了破坏和处置巨人的计划。多克特罗塑造的最有威胁的人物，一个名叫 J. G. 普特南的科学家、物理学者，滔滔不绝地讲着五角大楼（美国国防部）的陈词滥调，向克莱顿冷酷地详细说明了 17 项可启动用于毁灭巨人的不同计划，科学家们将这两个巨人视为宇宙的令人讨厌的东西。当然，有这样一种可能性，也许那两个巨大的生物体已经在繁殖人类将没有医学防卫的疾病。

　　像《欢迎到哈德泰姆斯来》一样，《像真的一样大》也表现一个繁荣的人类共同体受到一种强大的外部力量的威胁，人们被迫努力寻找应对危机的办法，也在混乱和暴乱的状况中结束。像布鲁一样，《像真的一样大》中的主人公华莱士·克莱顿是事件真实的目击者并承载着新共同体的希望。历史学教授克莱顿十

1　Douglas Fowler, *Understanding E. L. Doctorow*, Columbia, South Carolina: University of South Carolina Press, 1992, p. 25.

分清楚他的作用："无论发生什么，无论哪有多么可怕，我都要全神贯注于手边的工作，将事件如实地记录下来。即使那是世界末日"，[1] 他的话与布鲁的情感共鸣。也像布鲁一样，克莱顿承认他做客观分析的能力被他的乐观主义和希望所削弱。

《像真的一样大》使人想起库尔特·冯内古特编造的寓言故事《泰坦星上的女妖》和《自动钢琴》，小说探讨纽约市人民对五月份一天早晨纽约海港两个裸体巨人出现的反应。尽管政府说他们的到来是"时空连续统一体的一个事故"，[2] 这是一种无意义的臆说，但实际上那是一个无法解释的事件。这两个 2000 英尺高的巨人看上去一动不动，因为他们生活在一个与他们的身材成比例的不同的时间世界里。他们的官能和运动按照我们的标准都很慢。眨一下眼需要几分钟来完成，心跳要用几小时。当那个男巨人被一架黑玉色的客机撞在前额上时，他竟用了一年的时间才把手举到额头上，发出一个痛苦的声音。虽然他们没有造成突然的威胁，但他们的出现给这座城市带来一场大混乱。许多人完全由于恐惧而突然死去。许多人住在地铁设施里。更有数千人逃离这座城市。当然，市政府动员所有力量应对这场突如其来的混乱，很快成立了纽约研究与防卫司令部。这是一个为应对危机而创建的新组织。华莱士·克莱顿被任命为记录和数据组高级成员，他的主要任务是书写这些史无前例事件的历史。

这部科幻寓言的主要问题是"一种文化和建构这种文化的人们是否并在多大程度上具有一种察觉全新现实到来的精神和认识智力资源的能力——这种现实从根本上改变了其科学和神学的假设——一旦察觉，就学会与那种挑战一起生活。这部小说的回答很适当，是不明确的"。[3] 所有当前科学的规律和理论都不能解释这两个巨人生物的出现。神学家们都感到困惑，态度不明朗。一份罗马教皇的通谕发表了，通谕说："上帝把我们引向一种新的感知秩序，这种秩序反过来又被指向上帝的不能预测的仁慈的目的"。[4] 甚至没有人能够解释那个通谕。作为一位历史学家，华莱士本能地知道他的旧世界结束了。在他第一个看见那两个巨人的那天，他告诉一个报刊经售人："昨天的新闻死了。今天以前的一切都死了"。[5] 稍后，当华莱士受到一个安全事务官员检查时，他把巨人出现的重要意义历史地与哥白

1　E. L. Doctorow, *Big as Life*, New York: Simon and Schuster, 1966, p. 153.

2　Ibid., p. 67.

3　John G. Parks, *E. L. Doctorow*, New York: The Continuum Publishing Company, 1991, p. 30.

4　Doctorow, op. cit., p. 151.

5　Ibid., p. 13.

尼证明地球绕太阳转的证据做了比较。因此，华莱士始终与"理解的痛苦"[1]作斗争，在团结一致维护现实与新的未知的可能性之间备受折磨。当历史结束时，你如何写历史？你如何生活在一个新的世界里？华莱士想知道："我担心的是历史吗？还是我自己的拯救？"[2]

帮助华莱士解决问题，给他的性格提供一个对应物的是雷德·布鲁姆与他的红发情人苏佳布什这两个人物。雷德是一位爵士乐音乐家，一位即席创作专家。他唯一关心的是他的音乐和艺术，音乐和艺术给了他活下去和坚持下去的精神手段。雷德鼓励华莱士的角色扮演能力。在混乱的早期，华莱士扮演一个将军，将雷德和苏佳布什带回他们的公寓，使他们感到安全了。雷德说，成功偷窃的秘密是使用这个制度，让它为你工作。雷德就是在这个新的世界里接受这样的训练，他把这个世界视为"每一个犹太人在外聚居的地方"。[3]雷德和苏佳布什参加拯救军，显然他们是模仿救世军（基督教的一种传教组织，编制仿部队形式——笔者注），为的是能在他们的乐队里表演。在几个星期的期间里，雷德设法将"雷德·布鲁姆四重奏"整理出来，这个四重奏在一家新近重开的俱乐部里以演奏爵士乐开始。雷德告诉华莱士他的活下去哲学："你假装相信存在某种秩序，将要发生的事情由你决定"。[4]雷德和苏佳布什身上的创造性生命力给华莱士留下了深刻印象，他告诉他们："你们是不受侵犯的。我的意思是你们不向这种巨大的贬低人身份的生活状况屈服"。[5]但是，尽管华莱士钦佩雷德和苏佳布什的品格，但他不能放弃对这种制度的旧安全设施的归属。

高耸屹立在这座城市海港的两个巨人使人想起英国小说家乔纳森·斯威夫特的小说《格列佛游记》（1726），该小说是对人类邪恶和愚蠢的严厉讽刺。多克特罗小说中的巨人就像访问小人国居民的大人国居民。他们粗俗，肮脏，散发着臭味。他们的皮肤变换着颜色。他们头发里爬出来的虱子像青蛙那样大。他们魁伟的存在使读者想起他们自己粗俗恶臭的肉体，所以他们是对我们的骄傲和尊严的冒犯。在另一个意义上，他们高耸入云，显而易见是人，或是被崇拜，或是被毁灭。雷德恰当地把他们视为巨大的镜子，他们反映了我们为世俗利益所束缚的行为。

退休的将军休·D. 洛克尔迈尔这个人物是一个有趣的讽刺，是对前将军道格

1　E. L. Doctorow, *Big as Life*, New York: Simon and Schuster, 1966, p. 46.

2　Ibid., p. 161.

3　Ibid., p. 145.

4　Ibid., p. 143.

5　Ibid., p. 140.

拉斯·麦克阿瑟的戏仿，是通过即兴创作而活下去主题的另一个变种。这个人物也指向小说《拉格泰姆时代》中的人物 J. P. 摩根。像摩根一样，洛克尔迈尔也以无限扩大的术语看自己，把自己视为历史和民族命运的代理人。当巨人出现时，这位老将军努力担当司令的角色，但是这位积极的军人被草率地解职了。后来，洛克尔迈尔身着拯救军的红色制服再次出现，他把拯救军组织成一支战斗单位，进攻城市里的一座军事要塞。老将军把自己看做组织原则的最高体现，以自己能够澄清善恶之间的区别而骄傲，他认为近年来善恶已经混合在一起了。当然，老将军宏大的摩尼教自我陶醉的计划未获成功，但是他的性格确是清楚地表现了一种对新历史情形的危险的返祖性的反应。

在华莱士·克莱顿能够学会在新的世界里活下去之前，他必须放弃旧的历史和他自己对既定的社会制度盲从的信任。在他试图治愈心理的溃疡过程中，华莱士自然地转向他旧的信仰寻求支持。当他观察政府对巨人出现所做出的反应时，他有了一种"对社会的恢复力的幻想"。[1] 他相信"在这个国家的智力资源中有她的历史学家'。[2] 他在纽约研究与防卫司令部的工作给了他地位和安全，大量传出的数据将他的注意力从对这两个巨大的生物的思考上偏移。但是纽约研防部专心于公共关系、民心控制以及对公共态度的操纵，这使他很沮丧。他渐渐明白了纽约研防部的主要目的是作为一个组织，在损害人民利益的情况下，促进自己，支撑自己。具有反讽意义的是，这个资本主义社会权力机构是以人民的名义创立的，但人民要为它服务。作为对男巨人抬起手臂的反应，狂热的宗教崇拜引起乌合之众的狂热行为，他们欢呼跳跃。在此期间，华莱士看到纽约研防部和他自己在其中的工作未能妥善地处理这一新的历史情况。他认识到政府可能作为恢复公共秩序的途径而摧毁这两个巨人。当华莱士的科学家同事普特南博士告诉他，他们正设计一个巨人将发现他们的时刻时，华莱士暂时地屈服于一种无理性的恐惧，希望这两个巨人被摧毁。他觉得，只有在那时他才会从"理解的痛苦"[3] 中解放出来。爵士音乐家、即兴创作大师雷德使他从无用的状况中走出来。

在许多科幻小说作品中，对外来威胁问题的解决经常取决于竞争的权威——科学家、政府官员、军事领导者之间的冲突。有时一个英雄或一个英雄行为会从这样的人群中出现并扭转败局。有时，会有一个与既定权威没有关系的独立或叛逆的小集团或一个英勇的个人来解决这一问题。在多克特罗的小说中，没有清晰的坏人，英勇的派别既在政治团体内也在政治集团外出现。

1　E. L. Doctorow, *Big As Life*, New York: Simon and Schuster, 1966, p. 61.

2　Ibid., p. 68.

3　Ibid., p. 46.

尽管有混乱的存在和大规模破坏的可能性，但小说还是以希望结束。华莱士与其他人合作，抗议政府任何想毁灭巨人的企图。他这样做是出于一种确信，"毁灭巨人将可能打破某种生死攸关的联系"。[1]华莱士愿意学会在新的世界里跳舞。他告诉雷德：

既然他们在这里，我们需要他们。我们与他们结合，他们在我们的世界里，他们就是我们的世界，如果我们毁灭他们，我们就是在毁灭我们自己。不论他们给我们带来什么，至少我们有一个机会。我相信，这是我们真实历史的开始。我认为，让这开始通过，给我们自己那个机会，将是美好的。[2]从现在开始，历史将基于角色扮演和即兴创作——这是在一个变化着的、经常是动乱不定的世界里活下去的品质。此外，即兴创作可能会避免历史重复的厄运，多克特罗将厄运和破坏的循环视为美国文化神话不加批判的永存的部分。

（二）对现代诠释学的反讽：纽约研防部的科学研究——最终的毁灭

后现代主义科幻小说的目的不仅是描绘未来世界的恐怖，更要揭露当代社会的弊端和现代人的精神空虚。为此，反讽就成为后现代科幻小说警示人们的最佳工具。对神话戏仿的最终目的也是为了达到反讽的效果，与此同时，在关于"过去"的章节中，我们可以看到当前存在的种种弊病。后现代主义科幻小说《像真的一样大》的反讽技巧还体现在暴露诠释学对后现代世界解释的无效。

在《像真的一样大》中，两个巨人，一男一女，出现在纽约海港上，他们站在那里一动不动。小说描绘公众的反应，特别是四个主要人物的反应，他们是：爵士乐低音乐器的演奏者雷德·布鲁姆、他的女友后来成为妻子的苏佳布什、博士和历史学教授华莱士·克莱顿、军队退休将军休·D. 洛克尔迈尔。几乎用了一年时间，政府试图通过它的一个部门"纽约研究与防卫司令部"恢复公共秩序。在开始的恐慌之后，秩序是恢复了；虽然恢复了表面的常态，但对巨人的忧虑还在继续，因为那位男巨人发出的声音被解释为痛苦的叫喊。宗教的恐慌和社会的放弃（失业、酗酒）在增加；一般公众并未受到纽约研防部公共关系努力的抚慰。作为回应，政府重新制定市内的宵禁令和旅行限制，这些措施激怒了组织朝圣队伍去瞻仰巨人的宗教团体。洛克尔迈尔将军率领大规模的激烈的示威游行，反对纽约研防部和其他被认为是亵渎者的人。在复活节那天，雷德·布鲁姆的爵士乐四重奏遭到一群宗教原教旨主义者乌合之众的攻击。被一顿严重殴打

1　John G. Parks, *E. L. Doctorow*, New York: The Continuum Publishing Company, 1991, p. 33.

2　E. L. Doctorow, *Big as Life*, New York: Simon and Schuster, 1966, p. 216.

之后，他回到公寓住宅。军队几乎不能容忍市内不断发展的无政府状态。在雷德走在回家的途中，洛克尔迈尔进入了雷德的公寓住宅。在一个令人迷惑的长篇大论中，他使苏佳布什充满恐惧，她担心自己将被洛克尔迈尔强奸。当雷德最后回到家时，他发现了克莱顿博士和他的同事们普特南和卡恩以及洛克尔迈尔都在自己家里。"纽约研究与防卫司令部"相信毁灭巨人的计划将被实施是不可避免的。"巨人的出现所招致的对社会秩序的颠覆是较重要批评的一部分，它不仅挑战社会，而且挑战包括写作在内的所有表现方法"。[1]

毫无疑问，当代诠释学充分的重要性及其被认为是表现的理性的附随原则在"纽约研究与防卫司令部"内得到证明。当物理学者兼管理者普特南引导华莱士对该机构进行一次指导性的游览时，组织的意义变得很明显。[2] 华莱士参观一个监控巨人运动的跟踪摄影站；他观察生物化学家使用提取、蒸馏、气相色谱分析、生物测定等技术。他了解"纽约研究与防卫司令部"的计算机化图书馆、染色研究及其预报巨人缓慢运动的企图。这次游览似乎确定普特南的自夸：纽约研防部"拥有国内最优秀的人——来自东部和西部的大学校园，也有不少来自工业"，[3] 但是普特南只懂得他自己的当代大学概念，在这样的大学里研究被完全定向为对表现的应用。这种假设在普特南给华莱士的关于电的来源的解释中表现得很清楚，普特南告诉华莱士，研究人员电梯用电来源于巨人的体热。他声称"一旦使用他们（那两巨人）的想法自我建立，这想法就成为具有许多实际应用的理论"。[4] 认为知识是"应用理论"的假设不仅是纽约研防部自然科学家的特点，而且也是它所集合来的所有知识分子的特点，不论他们的学科是什么。因此，华莱士的同事社会学家卡恩用社会控制的精炼技术的对象来进行调查。于是，罗马天主教教士贾斯廷神父为人类关系团队工作，该团队的任务就是制造社会安定。那么，普特南关于知识是应用理论的假设——包括表现中的诠释学信仰——在整个"纽约研究与防卫司令部"盛行。

在"世界观时代"里，海德格尔认为作为研究的知识或科学的定义与关于表现的特殊假设分不开：

> 作为研究所得的知识表明，存在说明了如何的问题和该问题在多大程

1　Chistopher D. Morris, Models of Misrepresentation on the Fiction of E. L. Doctorow, Jackson and London: University Press of Mississippi, 1991, p. 42.

2　Doctorow, op. cit., pp. 104-123.

3　Ibid., p. 108.

4　Ibid., p. 109.

度上可被交给有用的"表现"来支配。如果研究能够或事先在未来进程中
计算存在物，或在事后计算作为过去的存在物，那么研究就支配存在物。
自然——在预先的计算中，历史，在回顾中，计算——好像被像猎物一样
围住。自然和历史成为说明性表现的对象，而后者依靠自然并认真对付历
史。只有因此而成为表现对象的东西才被承认为存在物。作为研究的科学
只有在探索存在的客观化中才出现。[1]

　　海德格尔的文章富有小说《像真的一样大》隐藏的含意。纽约研防部在追求
其表现的诠释目标时，似乎将自然作为猎物一样围住，并将自然和历史都当作
研究的对象（海德格尔把历史学家比做研究科学家显然与对华莱士这个人物的
创造有关）。在纽约研防部军事行动的许多细节里，科学家们对表现的愉快的信
心——他们对表现的依赖——是不可否认的。例如，当普特南想要给华莱士解释
纽约研防部军事行动时，他首先指向表示下游的曼哈顿区和有颜色编码建筑物的
纽约港的成比例的模型。研究团队在四个分开的电视机屏幕上研究巨人的眼睛。
在跟踪站，数字"像不能理解的比赛的得分那样"闪现在"大型电子板上"。[2]
在"纽约研究与防卫司令部"要发现巨人的准确颜色的决心中，人们对用"表
现"来研究巨人的着魔显而易见。心电图和示波镜产生其他的表现。三个人的外
形图表被用来图解"纽约研防部"预言的男巨人手臂的运动。声音工程师们通过
使巨人的喊叫微型化来制作他们自己的"模型"，用电子传动装置将巨人的喊叫
转变为人类的术语。[3] 所有这些模型制作或尝试的表现都服务于控制现实的努力，
因为现实是以政府官员对巨人的反应描绘出来的。
　　在海德格尔的指引下，德里达看到现代大学错误地相信表现，视表现为掌握
世界的企图、现实向客体的转化、自我幻觉的源泉，视自我为独立自主的笛卡尔
哲学的主体，与在场的真理面对面："现代理性原则的统治不得不与对客体存在本
质的阐释结合在一起，客体作为阐释而在场，一种被置放和安置在主体面前的客
体。后者，一个说'我'的人，一个确信自己的自我，因而保证他自己对存在整
体性技术上的掌握"。[4]
　　纽约研防部研究员们凝视着他们努力要掌握的巨人，他们的形象可以作为一

1　Martin Heidegger, "Die Zeit des Weltbildes," *Holzwege*, Frankfurt: Vittorio Klostermann, 1950, trans.
Marjorie Grene, Measure 2，1951, pp. 269-284.

2　E. L. Doctorow, *Big as Life*, New York: Simon and Schuster, 1966, p. 119.

3　Ibid., p. 154.

4　Jacques Derrida, "The Principle of Reason: The University in the Eyes of Its Pupils," *Diacritics* 13 (Fall
1983），pp. 9-10.

幅寓言般的图画，它表现了海德格尔和德里达都公开指责的现代错觉：相信主体与其表现的客体面对面地存在，简而言之，这是诠释学的根源。纽约研防部研究员们的研究对象是实现对表现的控制，他们的研究对象是表现或符号，他们假设表现或符号与某种指涉物有必然的联系。当然，他们相信被表现的对象也给研究员们提供对其自我的确定性。普特南直率的自信和永恒的微笑与科学的乐观主义相关，只要纽约研防部的研究继续，这种乐观主义就驱动着他的信念：对象的真实就将最后被发现。

诠释学的研究是纽约研防部任务的一半。它遵循理性原则，按照这一原则，对现实结构或模式（纽约研防部的无穷的文件、报告、测量法、数据）的信心是一种幻想，但它对于研究工作的继续却是必要的。尽管纽约研防部的工作与诠释学类似，但其防卫功能却是一种不吉利的必然结果，就像《欢迎到哈德泰姆斯来》一样，它暗示某种最终的破坏，这种破坏就内在于阐释结构的形成过程中。这种内在性非常明显地表现在只取首字母的缩写词 NYCRAD（纽约研防部）中，在这个缩写词中，代表重建的 R 和代表破坏的 D 的能指符号永远在场；该词在小说书页上不断地复现暗示，重建和破坏这两种功能甚至在词的层面上、在语言本身中就是固有的。在任何情况下，建设和破坏的不可避免的共存就像在《欢迎到哈德泰姆斯来》一样，也在《像真的一样大》的情节中得到证明。保罗·莱文注意到了两部小说的类似："两部小说都以一个破坏性的陌生人的突然出现开始，又都以天启的暴力情景结束"。[1]如果我们把莱文的讨论扩展，我们就能看到两部小说都是以公然的无政府状态和破坏构成的，其中间部分表面上的和平是欺骗性的：就像布鲁逐渐相信"从博迪来的坏人"从未离开哈德泰姆斯一样，对纽约研防部的描写也表明该部门的防卫成分在研究工作假设的"正常"期间也从未消失过。在后面的情节中，诠释学中潜在的破坏性能力不仅在纽约研防部长期的智力任务中得到分析，而且在其根本的反对者洛克尔迈尔将军身上也得到分析，他无意地分享了纽约研防部的预想。

在游览纽约研防部机构的过程中，普特南向华莱士清楚地表明了该机构防卫成分的基本性质。来自兰德公司和海军研究院的"精华之精华"都在辩解实验室里工作。他们的任务是发展实用破坏系统，从而保证政府拨款的继续。[2]研究是自我无限期延续下去的，它的存在是基于破坏。就在游览纽约研防部那天，辩解实验室生产出 5 个实用破坏系统；仅仅几个月后，17 个实用破坏系统得到批准。这

1　Paul Levine, *E. L. Doctorow*, New York and London: Methuen, 1985, p. 32.

2　E. L. Doctorow, *Big as Life*, New York: Simon and Schuster, 1966, pp. 122-123.

样，智囊团的破坏成分与其研究成分解不开地结合在一起，继续工作。尽管在游览过程中，普特南似乎认为防卫功能在智力上低于科学探究（"我们使军队士兵们永远快乐"[1]），在最后，他对第 17 个实用破坏系统最终整体性的卓越技术表示钦佩。在小说的结尾，普特南相信计划的起码存在保证了其最后的实施。显然，小说对纽约研防部防卫功能的自我无限期延续下去和自我实现的描写与核武器研究领域类似；但在纽约研防部，研究与防卫这两个功能不能分解地结合在一起，因为这两者都是受到方向或应用驱策的。研究与防卫都天真地假设智力的探究只有在世界的某种代表性结果中"被证明是正当的"。此外，德里达在讨论康德的"组织"知识高于"技术"知识的某些核优先配子化作用时，为理解小说中防卫在研究里的嵌入提供了一个极好的上下文：

> 现今，在研究的定向或"完成"——请原谅我假设记起这明显的两点——中，区别康德的两套目标是不可能的。例如，将人们愿意承认"有价值的"甚或在技术上对人类有利可图的计划与其他可能是破坏性的计划区分开来，是不可能的。这并不新鲜；但是此前所谓的基础科学研究却从未如此深深地致力于同时是军事的目的。[2]

防卫成分基于诠释学这一点也在对纽约研防部作战室的描写中表现得很清楚。在作战室里，华莱士看到军队企图镇压洛克尔迈尔的造反。像研究实验室一样，作战室里也充满了模型和表面上的表现。在一张巨大的橡皮泥地图上，画着绿的、橘黄的和红的圆圈，明显指示市内的动荡地区。军队和示威者之间的冲突在电视上播映了。单位之间的沟通通过发言人在广播中进行。当华莱士听着这些无实质的声音时，像我们已经熟悉的《欢迎到哈德泰姆斯来》中的拟人法谎言一样，这种必要的拟人法谎言又生效了："秩序与战术信息的交流成功了……声音的幻想，属于这些声音的各种各样的面孔，有痛苦的、倔强的或残忍的或正直的，立刻浮现在人们的脑海中"。[3] 华莱士根据声音想象的面孔是他自己的模型制作，是他对在场的授予，是一种权威的任意扩大，但是它与研究和防卫成分都得以实行的原则是一致的。

从一开始，令人误解的权威授予就被视为与纽约研防部的防卫成分一致。例

1　E. L. Doctorow, *Big as Life*, New York: Simon and Schuster, 1966, p. 11.

2　Jacques Derrida, "The Principle of Reason: The University in the Eyes of Its Pupils," *Diacritics 13* (Fall 1983), p. 12.

3　Doctorow, op. cit., p. 179.

如，华莱士关于市政对巨人有何反应的好奇心，只能在他戴上市民防卫权威人士的伪装——红十字工作者的头盔时，才能得到满足；甚至他自己的非官方研究，只有通过把他自己解释为防卫网络的一部分，才是可能的。以同样的方式，在旅馆中洛克尔迈尔将军行使权威是因某未暴露退休身份的制服而成为可能。在这两个例子中，伪造的权威是真实地"装出"来的，是由进入符号世界的通道创造的。但是，这种假设的权威依然不断地易于被暴露；这种必要的幻想总是隐藏着内在的毁灭前景。在华莱士接受第二个虚构角色时，这一弱点变得更加明显，这第二个虚构角色是他穿上将军的制服，伪装成军人，目的是把雷德和苏佳布什用军事小汽车送回家里。诠释学的死胡同在这几个例子中被戏剧性地表现出来：虚构的权威并能使其继续下去的假设，首先需要持续的免遭暴露的"防卫"。

这样，当华莱士得知防卫需求的满足是其官方研究的先决条件时，这就不足为奇了。他的体格检查以一次安全访谈而结束，这次访谈是由一个他起初以为是心理医生的人引导进行的。访谈者有力地暗示权威人士防卫的任意性特点，但他的身份却从未暴露。华莱士对纽约研防部任意的和不可避免的防卫的接受，是他在研究诠释学的开始所付出的代价。当他的工作不停被打断时，他告诉自己他必须暂时忘掉他在纽约研防部的奇怪加入，并且"在他的翻领上戴上身份证，好像他生来就享有它似的"。[1]

但是，诠释学全部建设中所潜在的这种毁灭是诠释学最后的死胡同。就像《欢迎到哈德泰姆斯来》中"从博迪来的坏人"那样，《像真的一样大》中的洛克尔迈尔表明了这种毁灭的威胁；就像特纳的归来暴露布鲁的历史记录的无用一样，洛克尔迈尔暴露纽约研防部阐释努力的空虚。像"从博迪来的坏人"那样，洛克尔迈尔出现在小说开始的社会无政府状态的情景中，也出现在小说结尾的社会骚乱中；也像"坏人"那样，他的出现是幽灵式的。例如，当他走出电梯时，他看上去是个"幽灵"。[2] 当他凝视苏佳布什时，"好像是他的照片在看着她"。[3] 但洛克尔迈尔并非一个天真的小丑：他在对苏佳布什的未遂袭击中藏有强奸她的冲动；当他率领一队队的宗教狂热者反对纽约研防部的权威时，他重复了"坏人"的天启的暴力。从一开始，洛克尔迈尔对权力的要求仅仅停留在他现在失去功能的将军制服上——用他自己的话说，这是一个错误传达的典型。这样看来，洛克尔迈尔像特纳那样表明，建立在谎言基础上的官方表现系统必定崩溃。

洛卡尔迈尔也通过戏仿纽约研防部的基础主义，清晰明白地说出该部门诠释

---

1 E. L. Doctorow, *Big as Life*, New York: Simon and Schuster, 1966, p. 92.

2 Ibid., p. 3⸱.

3 Ibid., p. 25.

学的矛盾。他成为"美国精神"的发言人，"美国精神"被松散地定义为开国者的价值观，也成为神学的"原教旨主义"的发言人，因为那些价值观可与他率领的拯救军队伍联系起来。当然，洛卡尔迈尔首次出现就表现了对权力的要求，他对"美国精神"这种"基础"的依靠，也扰乱了纽约研防部计划的基础。洛克尔迈尔的救主即将降临的信仰是明显无根据的，这就像纽约研防部的理性实际上是非理性的一样。经仔细检验我们看到，洛克尔迈尔的偏离常轨来源于同样的纽约研防部假定的常态原则。在洛克尔迈尔将恐惧的苏佳布什囚禁在她自己的房间里时，他发表了一段散漫的自传体独白，揭露了他军事生涯的原初动机："哦，你知道，那是一个祝福，生活，它真的有。最大的快乐是组织，它是对荒唐生活进行一点一点地堆砌的建筑学的极好的整理。它是用一个涂了油的平滑的目的引擎并以上百万全异灵魂为材料的建筑。并非许多人都有使用如此大量材料的好运气"。[1]

事实上，洛克尔迈尔与纽约研防部一样，也相信诠释学目标导向的组织和建构的效力。洛克尔迈尔追求的目标是宗教的和沙文主义的，而不是科学的。他为原教旨主义将巨人解释为宗教偶像的权利辩护，而纽约研防部则把巨人解释为以观察或实验为依据的客体，但在这两种情况下，站在海港的神秘的巨人都是探求或朝圣的目标。他们是统治者、基础概念，或是为那些向他们走来的人提供存在确认的"所指"。因此，在小说的结尾，三个主要的诠释者范例——普特南、洛克尔迈尔和华莱士——都被吸引到雷德的房间里，凝视着电视，观看对已经内在地存在于他们"建构"之中的暴力的表现。

纽约研防部的科学研究和华莱士的历史研究也以不被承认的方式暗示最终的毁灭，洛克尔迈尔公牛般侵犯的行为是对这种方式的衬托。华莱士作为人道主义者的知识分子，他是读者的替身，他在每一个最终必定崩溃的阅读行为中假设一个意义，他因此而遭到谴责。作为读者兼作者的历史学家，他必须首先用平民和军事防卫的制服表现自己；相应地，在小说的结尾，洛克尔迈尔只有通过用他的制服换穿华莱士的平民衣服才能够得以逃脱。这一对称暗示历史学科与防卫的原教旨主义者诠释学疯狂欺骗之间的类比。

在华莱士这个人物身上，读者可能注意到当代历史中诠释学的失败。海德格尔将当代历史描写为一个学科，它的任务是满足解释的需要和将独特性减少到可理解、可比较的程度。因此，当代历史被描写为与科学研究共有类似的假设。当然，华莱士认为他的历史学科所包含的视角比实证主义视角更广阔。在他与物理

1　E. L. Doctorow, *Big as Life*, New York: Simon and Schuster, 1966, pp. 186-187.

学者普特南一起游览纽约研防部时，华莱士内心里对物理学者表现出的傲慢、物理学者对人类维度的忘却（明显表现在他对共同工作者麻木不仁）以及物理学者未能察觉自己在管理上的官僚荒诞性而感到非常恼怒。在这些方面，华莱士体现了传统的人道主义，它将科学研究放在一种大的社会和政治语境中去阐释。然而同时，他却无意识地分享了普特南与纽约研防部所拥有的关于表现的相同假设；结果，虽然他作为历史学家的工作表面上脱离科学的努力，但它实际上是科学努力的一部分。正像华莱士在纽约研防部里被分配了一间办公室和一份职责，所以历史在小说中被认为是一个学科，对于较大的研究努力来说，它是一种辅助的、从属的学科，历史学教授克莱顿的任务就是将纽约研防部的工作历史写下来。

海德格尔的"世界观点的时代"一文中有一段话详述了当代历史思想被吸收进这同一个支配研究思想体系的方式：

> 正像在自然科学中，历史学科中的程序也是旨在表现永久不变性，使历史成为客体。关于历史的永久性，历史的解释评估历史的独特性和多样性，因此这种永久性实际上是指总是、已经、曾经发生过的事物，是可比较的事物。在将每件事物与每件事物的不断比较中，可理解的事物就被领会到，被表现为历史的平面图。历史的范围紧随着历史解释的延伸而扩大……。只要历史解释意味着对可理解事物的改变，只要历史始终是研究，即解释，那么就不存在任何其他的历史解释。[1]

当然，《像真的一样大》检验了历史学家对历史的"独特性和多样性"的反应，正像海德格尔假设的那样，反应将独特性变为可比较的事物。在与匿名的治安防卫官员会面、接受他的身体检查时，华莱士被问道："据你看来，历史上什么事件可与这个事件相比？我的意思是在实质上。"他的回答具有充分的重要性，他揭示："'这个，当然，瘟疫、战争、宗教革命都在历史上发生过。'华莱士感觉这样毫无掩饰的专业性讲话很特别。'但是我应该认为，'他说，清了清喉咙，'如果有来自过去的具有完全、永远破坏性的重要事件的话，那就是哥白尼在他的笔记本上写下地球围绕太阳转的证据'"。[2]

华莱士的专业性反应立刻接受了发问者的假设：历史根据可比较的事物来解

1　Martin Heidegger, "The Age of the World View," Measure 2 (1951): 269-284. Rpt. *Boundary* 24 (1975): 346.

2　E. L. Doctorow, *Big as Life*, New York: Simon and Schuster, 1966, p. 90.

释独特性。他的扼要表达（他对具有完全、永远破坏性的重要事件的选择）是海德格尔论点的一个显著的例子，海德格尔认为当代的历史学家被历史向可比较事物的变化所束缚。华莱士对哥白尼的选择将自己表现为一个转变范式的历史学家，一个不首先求助于系统分类就不能明确表达主题的阐释者。小说在历史与科学之间建立连接的重要性明显表现在这样一个事实上：问题和回答是调查过程的一部分；它们是在现代世界里对历史认识的先决条件或没有夸张的前言。好像当代历史学家如果不同意将历史作为对独特性的解释、表现和抑制的诠释学的话，那么他就不能写历史。

在华莱士的回答中还有一个简单的反讽，他的回答表现了被认为是诠释学的历史的傲慢自大；在他以大规模的历史评估回答问话者的问题时，他是毫无掩饰的。这个事实使他感觉"奇特"并向诠释学事业里注入了某种滑稽可笑。但是也创造出另一种效果：华莱士很像那位浑身赤裸、一动不动、始终使科学家和历史学家深感困惑的巨人。这两个赤裸的例子都与被认为是衣服的诠释学状况形成对照；在许多方面，这一简单的对照以将诠释学的普遍神秘化与其他更加明显的赤裸的神秘化并置的方式，产生了与儿童故事"皇帝的新衣"同样的效果。遮盖在巨人身上的帆布缠腰带暗示，这种赤裸成为对经验主义诠释学的公开侮辱。人类与这两个巨人可能同样都是无法说明的，但在接受身体检查时和整部小说中，在克莱顿的回答中，他是代表当代的一个学科讲话，这个学科的假设排除了人类与这两个巨人可能同样都是无法说明的这种可能性。

作为诠释学者的历史学家有一个相关的错误，它就是这个前提：历史是被表现的历史。这种假设的错误在华莱士与乔托先生（或"红眼睛"）的讨论中被清楚地表现出来，乔托先生是一个买下雷德宝石的收赃者，他显然与有组织的犯罪有联系。在大阿尔俱乐部，华莱士听乔托先生解释他的工作："'多年前，我学会了与警察打交道，'老头说，'我从未有过一点儿麻烦，甚至与联邦调查局人员也不。我从不争论，也从不粗暴对待任何人。我支付我的盈利。我从未被解雇。在所有这些年里，我没有任何不良记录'"。[1]

华莱士一刻也未思考过一个"无记录的"罪犯如何逃出将真实定义为表现的历史学家的领域。以同样的风格，华莱士或卡恩也从未想到"对这个城市里犯罪成分的存在做一些研究"。[2] 历史与被表现的历史之间的等式使华莱士失去了判断力，未能认识到历史像小说一样具有同样的叙述程序。有启迪作用的是，华莱士

1　E. L. Doctorow, *Big as Life*, New York: Simon and Schuster, 1966, 137.

2　Ibid., 134.

是重构时期的专家；[1] 重构一词也描写了一般写作的冗余，对此华莱士像他前面的布鲁一样，也一定始终都未意识到。

这种盲目性的一部分就是华莱士能被表现理性地加以肯定的信念；这是福柯在笛卡尔身上发现的同样的错误。[2] 这种盲目性在一个早期情景中就已暴露出来。首先，当华莱士凝视着巨人时，他给自己提出这样一种认识，即对历史诠释——用海德格尔的术语"解释"或疯狂来说，这两个巨人是可供选择、可以利用的事物。华莱士用大家熟悉的假设历史的自明之理来介绍这些可供选择的事物："他认为，这意味着在整个世界历史上我们一直什么都不是，我们只不过是一大群被欺骗的阴险的小害虫。这个城市是某人花园里的一块泥土。若不是那样，那就是我完全疯了"。[3] 提出这两个意义或疯狂的可供选择的事物后，华莱士接着就用一个表现的手段来检验他是否心智健全：他抓起一个宝丽来相机，给巨人照了一张相。这一反立给诠释学的假设提供了一个谎言："不知何故，他手里拿着照片，期待着这两个模特消失或继续前进。但是他们却没有像他期待的那样或消失或继续前进。然后，这张像本身变得令人恐惧。现在是四个巨人了。他想象他们在世界的每一个海港增生扩散成一个种族。华莱士打开电视机"。[4]

华莱士对表现的信念与其对表现的需要相对应，从而肯定他的理智健全，但是照片仅仅是另外一个死胡同。它以无尽的冗余——无限的新的表现的可能性的前景令华莱士充满恐惧。那种可能性——德里达称之为重复[5]——是表现的条件。这里，似乎在这一时刻华莱士的宝丽来相机快照对他来说，将巨人从谜一般的他者转变为摄影的"模特"。华莱士抑制这种表现中所固有的迅速变化前景中的恐惧，对他理智健全的威胁，但是作为一个历史学家他毕竟没有可供选择的事物。他没有意识到这种矛盾性，于是转向另一种表现，他的电视机。华莱士请教的表现并未肯定他的理智健全，仅仅加强了已经被他历史学家的职业所托管的错觉。

华莱士最珍爱的幻想是他与所有其他人物共有的：对其自我的信念。回想德里达的观点：一种对表现的错误信心给那些如此感觉的人提供一种安慰性的与被表现客体面对面的自我的幻想。显然，华莱士在纽约研防部的导师——自我中心

---

1 E. L. Doctorow, *Big as Life*, New York: Simon and Schuster, 1966, 40.

2 Michel Foucault, *Les Mots et Les Choses* (Paris: Editions Gallimard, 1966), translated as *The Order of Things*, New York: Random House, 1970, pp. 322-328.

3 E. L. Doctorow, *Big as Life*, New York: Simon and Schuster, 1966, p. 40.

4 Ibid.

5 Jacques Derrida, "Signature Event Context," in *Margins of Philosophy*, trans. Alan Bass. Chicago: University of Chicago Press, 1982, p. 315.

的普特南，很好地充当了这种幻想的例证。但是，华莱士也成了这种普遍性诡计的受害者。很明显的是，这种情况发生在他决定给纽约研防部提供帮助时。华莱士听着总统对全国人民让大家放心的讲话，总统赞美为对付巨人而集中起来的非常卓越的智力和军事资源。他在两个方面对总统的讲话有所反应，一方面他以一种表现作为一篇表示信仰的论文："'哎呀！我相信总统的讲话，'华莱士对着电视机说。'我一刻也不怀疑他的讲话'"。紧接着，这种表现加强了华莱士对其自我的信念："华莱士不再关注电视机。他在考虑总统的用词。他在考虑在全国的智力资源中有历史学家。在电视机荧屏明亮的蓝光中显示出他苍白的脸色"。[1]

华莱士为纽约研防部的工作给他提供了当代历史学家的幻想，即一个单独的自主的作家能够掌握此刻在他眼前构成的事件的意义，但是这个骄傲的历史学家的幻想与一个傲慢的物理学家的幻想没有什么不同。他们都屈服于任意模式——记录和数据、照片和技术工具——安排的引诱，这种任意模式的安排提供所有太人性的许诺，即意义和存在可能被赠给安排这些模式的人。

《像真的一样大》中最突出的模式制作涉及两个巨人：纽约研防部的调查试图发现他们是谁或是什么。但是巨人的意义却躲避纽约研防部的诠释学；到小说结束时，这两个生物继续隐隐呈现为对意义的沉默的挑战，所有人类想要给他们命名和下定义——解读他们——的企图都被暴露为武断的。就像在《欢迎到哈德泰姆斯来》中一样，这些企图最后都走向死胡同。试图解释巨人的无结果的努力成为一种重复的过程，一种解读寓言中另一种永恒的回归。

这两个巨人起初被叫做"他们"；[2]这一代词的使用压缩了随后全部的命名问题。代词被分类为语言学的转换机制，其功能是以二元的术语表示话语被使用之处或语言成为言语之处。在小说中，巨人所起的作用就是不变的"他们"，从未获得一个真正的先行词或名字，因此对在小说其他地方命名的合法性表示怀疑。像在《欢迎到哈德泰姆斯来》中一样，人物与其名字经常以它们的多重涵义暗示符号的任意性本质。在这一有利位置上看，起初只被认同为"他们"的巨人应该使人类世界里的命名非神秘化了。

另一方面，如果不给巨人命名，研究就不能继续进行；普特南称有时叫他们"甜心"，或"泰山"和"简"。举办给巨人命名的比赛，人们在比赛中提出很多建议，例如：亚当与夏娃、杰克与吉尔或佩莱斯与梅利桑德等。[3]这三套名字的联系——从《创世记》、神话故事到歌剧——扰乱了"规范的"名字并强调任意性，

1　E. L. Doctorow, *Big as Life*, New York: Simon and Schuster, 1966, p. 68.

2　Ibid., pp. 12, 13, 14.

3　Ibid., 1966, p. 177.

但这是纽约研防部研究的必要一步。有时，这两个巨人只是被叫做"生物"——也是一个小说中使用的冗余的术语。更经常的是，人物回到原初的代词使用，就像《欢迎到哈德泰姆斯来》中雷德·布鲁姆对被骚乱破坏的报摊业主的反应："我不再知道。我不知道该想什么。看他们对我做了什么"。[1]

值得注意的是，在这段话中"他们"变得模糊不清，既指巨人也指骚乱的人群，涵义的模糊暗示一种人类与非人类之间潜在的相同，好像对人类而言，"他们"比"专有名词"的混乱较少神秘化。巨人与匿名的人群之间的这一类比被卡恩扩展到比喻意义上的匿名的纽约研防部官僚机构，卡恩让华莱士放心："'你将纽约研防部拟人化是犯，犯了个错误，'他对华莱士说。'把人，人们忘掉。除非你与组织打交道，否则你通不过'。它有其自己的生，生命。就像我们在海港的朋友"。[2]

这段话中卡恩的口吃强调了它所表达的悖论的关键术语：拟人法是生命的错误的归属；另一方面，它是必要的，它既对于巨人的认识是必要的，也对于纽约研防部的工作是必要的。

将巨人拟人化对于纽约研防部最重要的研究目标而言是重要的，它是对巨人要做的事情的预言。当然，非人类的巨人只通过手势和声音来"表达"：男性巨人的手势之后是手臂伸出、扭曲的脸、暴露的牙齿和怪异的喊叫。女性巨人转身看男性巨人。纽约研防部将人类的意义赋予这些运动：男巨人在祝福；他感到痛苦；女巨人关心男巨人。但是，到最后巨人的符号依然是模糊的。纽约研防部的解释是一和人类对无声现实的建构，但这一点从未得到肯定。像在《欢迎到哈德泰姆斯来》中一样，拟人化（或人类对现实的建构）似乎是表达的不可避免的前提；无论作为"他们""甜心"，还是作为"泰山"和"简"，实际上什么也不代表的巨人必须被给予一种代表人类认识的意志。因此，如果不使海港的巨人拟人化，诠释学就不可能继续命名和解释的行为。从这一角度上看，纽约研防部的研究者们只是重复了普通的阅读行为中所固有的进退两难。如果巨人在某一方面，在只能用人类术语解释的谜一般的符号意义传播方面，像作者们那样，那么纽约研防部的计划就像诠释学的文学批评，在这种符号的后面安置了一个未来的作者。

小说通过许多类比暗示，对巨人解释的同一个死胡同也等待着对人类的解释。除了华莱士在浑身赤裸接受身体检查时对巨人的意义做了专业性的判断这一情景之外，还有其他情景也表明对巨人的无法解释与人类对自己解释能力错误的

1　E. L. Doctorow, *Big as Life*, New York: Simon and Schuster, 1966, p. 182.
2　Ibid., p. 89.

相信很相似。当华莱士观看纽约研防部的公共关系分部，即公共关系队所创作的电视喜剧时，出现了一个显著的例子。纽约研防部公共关系队的任务是平息公众舆论，这是一个"给研究定向的"目标，也是社会学家伯尼·卡恩的研究目标，其目的就是维持社会秩序。为达到这一目的，巨人的独特性和他者性就受到抑制——就像华莱士将他们与哥白尼进行比较那样，这样有利于对巨人的解神秘化。这一电视节目通过对巨人的"造型"成功地实现了这一目的：

> [华莱士] 休息一下，观看电视上最熟悉的喜剧演员之一表演的节目。喜剧演员与嘉宾明星，一个姑娘，穿着有条纹的、邋遢的、世纪之交的泳装，非常有趣。他们站在纽约市天空轮廓的后面，就他们下面这座城市的时事问题开玩笑，就他与她妈妈发生麻烦、就昨天夜里桥牌社交会上她对他的行为生气开家庭玩笑。喜剧演员和他的嘉宾女明星让他们自己爆发大笑，使电视节目演播室里的观众非常愉快。[1]

这场表演是模式之模式；它通过使巨人人性化而实现了教化的目的。人性化过程是通过其强调的代词（这些代词模仿喜剧的语调但也强调拟人法）而构成的，但是现在出现了新的问题：人类如何在根本上将自己与巨人区分。如果巨人的拟人化对学术研究来说是必要的虚构，那么大街上的人类所做的有关现实的"常识"或"正常的"假设是什么呢？此外，对表现的信心带有群众的，即愿意出席在场集体的自我隐蔽的沾沾自喜。将人类原则扩展到谜一般的他者的想法假设人类的合法性。电视喜剧的观众可以在他们归化这个世界时打消对自己存在的疑虑。

但是，这种放心是空虚无力的，因为人类基本上被表现为像巨人一样是不能解释的。在离开雷德和苏佳布什前，喝醉了的华莱士慢慢抬起手臂，模仿男巨人的手势，"好像祝福这黑暗。"[2] 在另一个要义上，巨人痛苦的叫喊——如果那个假设被允许片刻——与骚乱者的叫喊声混合在一起。在朝家里的苏佳布什跑去时，受了伤的雷德听见混乱的声音并竭力把这些声音想象为音乐。他"听着这可怕的音乐、尖叫声、警报器声、呼叫声、催泪瓦斯手榴弹的温和的喘息声。每种声音都从持续低音 A 起，这是今天巨人的痛苦音符。'复活节即席创作，'我要这样称它，他对自己说"。[3] 在他者看来，"巨人的痛苦音符"变得与噪音和人类的叫喊声

1　E. L. Doctorow, *Big as Life*, New York: Simon and Schuster, 1966, p. 167.

2　Ibid., p. 144.

3　Ibid., p. 177.

无法区分。在这种情况下，人性化过程在两个方向扩展，从人类到他者，从他者到人类。在每一种情况下，人性的建构都是被放在任意的声音上面，巨人的作用就是暴露这种幻想。

后来在小说中，当雷德从长时间的睡眠中醒来之后凝视着巨人时，他突然想到巨人的这种作用："他们还在那里。他们看上去跟昨天一样，但是在同一时刻他们看上去更冷静了。不那么痛苦了。好像他们是大镜子，反映着下面进行着的事物。'那很愚蠢'，他告诉自己。但是他为他们还在那里而感到高兴。它们证明了某种事物。它们证明了他们自身是什么而非别的事物"。[1] 雷德片刻认为这两个巨人是反映现实世界的镜子，这是承认他们有传统艺术的功能，他们是充当世界的解神秘者。在某种程度上，这种解释与对他们在这里作用的描述是一致的（他们的存在强调世界人性化中固有的幻想）。但是在思维的双重运动中，雷德一有这个想法，立刻就又拒绝了它。他认为艺术表现功能是不能言明的，于是就立刻抛弃了他自己的类比；但同时他又承认巨人的权威。这种思维的双重运动的确是一个悖论：巨人要么能教导人类，要么不能。雷德未能解决这个悖论，而是用同义反复替代了它，它们证明了他们自身是什么而非别的事物。小说在此刻几乎详述了艺术的进退两难的局面：它似乎要表现世界，它好像要教导人类，但是，毕竟关于艺术能说得最多的就是它是艺术，它只不过是艺术。巨人是这部小说最充分描写的失实陈述的模式；他们所激发的同义反复是诠释学的死胡同。

在雷德·布鲁姆身上和他与苏佳布什的关系上，小说《像真的一样大》给永久的失实陈述和必要的虚假世界提供了一种严肃的可供选择的事物，这种事物似乎能给诠释学下定义。雷德与苏佳布什是小说中两个最早出现的人物，小说在他们的身上提供了确实生活的前景，他们善良、乐观、自信、富于创造，对未来充满信心，因此他们不再受诠释学循环论证的欺骗。这样的人物检验了小说的普遍适用性：它否定语言和世界的无处不在。似乎小说转向其自身，用一种新想象出的肯定的可能性对抗自己的怀疑主义。事实上，雷德·布鲁姆与苏佳布什的关系表现了类似的哲学家（尼采、海德格尔、德里达）所评估的一种存在模式或风格，这些哲学家对任何这种"形而上的"可供选择事物——形而上到可能暗示可表现事物在场的程度——进行无情攻击，这种攻击似乎在小说中得到支持。对这种假定的可供选择事物的讨论可能因此暴露那些哲学家身上的矛盾，多克特罗的小说正是经常与这些哲学家的著作类似。

雷德·布鲁姆是一个音乐家，一个低音乐器的演奏者，他的生活有两个充满

1　E. L. Doctorow, *Big as Life*, New York: Simon and Schuster, 1966, p. 204.

热情的目的——他的音乐和苏佳布什。他的男子气概和音乐上的精湛技巧使他与禁欲主义知识分子华莱士区分开来。虽然叙述线在雷德与华莱士的生活故事之间转换，但在许多其他方面，音乐家的生活似乎"包含"或超越历史学家的生活，因此雷德的思想是小说最初和最后的话语。雷德的生活是丰饶的、生殖力旺盛的，至少在对后代的指望上，而华莱士的生活却是不育的；雷德的生活毫不犹豫地忠于音乐学科，而华莱士却以某种反讽的态度看待自己的职业。当他们在大阿尔俱乐部雷德首次演出相遇时，这一显著的对照不言自明。在那里，华莱士喝醉了酒，醉得很厉害而且感情脆弱，雷德和苏佳布什则像撒马利亚人那样，开车将他送回家。[1] 这一事件颠倒了较早的一个情景[2] 中的角色分配，华莱士身穿将军制服，伪装成假权威，送雷德和苏佳布什安全回家，在这一过程中，雷德和苏佳布什不得不承认承认他的"权威"。在这两个情景对照中，雷德以至少与华莱士以平等的身份出现，而且对于诠释学谬误来说，他是潜在的引人注意的可供选择的事物。

此外在雷德这里，整个世界能够在音乐上理解的前景中想象出来。雷德被一个奉伪装成将军的华莱士之命的下士开车送回家，他听着引擎，"被其节奏弄得昏头昏脑，他把这节奏当成 six-fourths 来听了"。[3] 雷德在去卖他偷来的钻石的途中，在电梯里得到一个胖子的陪伴，那胖子演奏一种呼吸音乐："他负担过度的肺奋力地吸进空气，然后再奋力地将空气排出。随着那音乐循环很困难地呼吸和咆哮般地呼出，雷德听见巨大的呼吸声。这种和声是一种奇迹"。[4] 瞬间的现象转化为审美的刺激，这不仅标志着雷德音乐家身份的强度，而且标志着一种存在的模式，这种模式显然避开了表现的问题。似乎雷德、世界和音乐未经调节就融为一体。

这一印象在对雷德四重奏首次演出夜演奏的描写中得到了加强。[5] 作为根据确定的乐谱即席演奏的爵士乐的概念被阐述到非常详细的程度，似乎它暗示一种新的存在论的可能性，一种忽视表现的方式。当雷德在演奏时，他好像经历着仅使华莱士和纽约研防部感觉痛苦的悖论。他的音乐似乎毫不费力地、直接地、未对任意性和偶然性进行调解地表现了悖论。这一对雷德独创性音乐作品"为大众的忧郁的布鲁斯音乐"[6] 的叙述，概括了他的美学目的："那是一件他非常骄傲的带有赋格曲的复杂的音乐作品；那是他正在努力做的事情的一个例子。情感被紧紧地

1　E. L. Doctorow, *Big as Life*, New York: Simon and Schuster, 1966, pp. 143-144.

2　Ibid., pp. 47-55.

3　Ibid., p. 53.

4　Ibid., p. 78.

5　Ibid., pp. 129-132.

6　Ibid., p. 131.

锁在形式里，仪器的使用都不是随便的。在其最激烈的有许多声音的时刻，那完美的充满热情的声音听上去十分强烈，几乎是敌对的，就像纠缠在一起的四个舞女相互挣扎着跳出舞步"。[1]

在这一段里，有几点是值得注意的。"赋格曲"一词是一个意义丰富的双关语，它意味着倦怠、沮丧或绝望，因为它同时使这些否定转变为一种原来是神学的而现在是世俗的音乐赞美形式。"为大众的忧郁的布鲁斯音乐"这一名称包含一种献身精神的事实，它在添加一种新变化的同时，回忆赋格曲的指示性历史。尽管当代艺术尊敬神学是不再可能的——雷德不相信宗教，但艺术尊敬人类仍然是可能的，甚至慷慨地尊敬危险的、受欺骗的人类。这种人类是雷德在目睹洛克尔迈尔将军阴茎勃起，俯身站在熟睡的苏佳布什身旁时看到的，"把他那苍老但显然加载了炮弹的大炮指向她"。[2]根据这一视角，雷德的音乐可能在深层次上是基督教的或人道主义的。它将诠释学呆板的重复归入一种难懂的但精巧的赞美艺术中，因而成为一种追求超越诠释学呆板重复的艺术，因为重复是创造性和艺术的敌人。那首歌表示奉献的题目可能对华莱士也是适用的，他假扮将军并受到纽约研防部防御功能的任命。当然，雷德音乐中利他性主张的美学也与他的个性自然产生的慷慨一致。

音乐可能由于另外一种原因对诠释学的困境构成一种可供选择的替代物，因为它好像给"工具"或"手段"的概念提供了一种不同的反应。我们已经看到纽约研防部假设语言作为工具的观点；换句话说，语言对主体而言是使客体得到表现的工具。这种谬误的假设对于研究行为来说是必要的，但注定导致错误的传达。在音乐中，反向就是一个例子。现在的"工具"并非是实现目的的手段；相反，它将手段与目的相结合，或者它混淆手段与目的之间的差别。雷德的低音乐器（或任何乐器）与语词不同，它直接构成它所产生的表现意义；实际上，用大家熟悉的叶芝的比喻来讲，就像难以将舞蹈与身体和舞者分开一样，也难以将音乐与乐器和演奏者分开（描写雷德音乐的上面那段话就包含了叶芝的比喻）。在小说的结尾，当苏佳布什邀请雷德去客厅与华莱士、普特南和洛克尔迈尔一起看电视时，这一音乐与诠释学中不同概念之间有意义的而且重要的对比被引了出来：

> 他没有回答。他想起他的愤怒。他喝完了咖啡，杯子在托盘里发出卡
> 嗒卡嗒声。

1　E. L. Doctorow, *Big as Life*, New York: Simon and Schuster, 1966, pp. 131-132.

2　Ibid., p. 39.

　　"你会吹奏吗？"

　　"目的是什么？你们这些家伙当中有人会吹奏吗？"

　　"亲爱的，我不知道。"

　　她令他厌恶。"这些人当中没有一个人会演奏乐器。因此，目的是什么？"[1]

　　在雷德的目中无人的回答中有一种看法，即音乐能够挑战诠释学并使诠释学对意义的要求非神秘化。

　　此外，这段话指向另一个视音乐为诠释学替代物的理由：游戏的重要性在于音乐得到承认。像对哲学困境的反应一样，对游戏的求助有一种从尼采扩展到德里达的当代起源。以许多不同伪装出现的游戏被诉诸为对难题的肯定的反应，被视为生产性的、建设性的活动，它至少使哲学问题开放，最多可能产生许多新的疑问。爵士乐被承认为一种先有的乐谱，但却又被坚决主张为即席创作，它可谓一个游戏的合适的音乐实例。小说中，雷德对苏佳布什的预想的关心、对她恐惧的关怀，似乎与他的音乐有存在的相关性：他们的孩子将成为游戏的化身。正如保罗·莱文所指出的，他们"在灾难的中期"要当父母的决定"证明他们对生命的承诺，并且给小说提供了一个希望的缄默的音符"。[2]

　　雷德的生活似乎还以其他方式担当小说其他方面主要不确定性的平衡物。在与苏佳布什的关系中，雷德似乎是在（甚至在尼采所规定的场合中的）狄俄尼索斯的冲动与（巴赫金和海德格尔所规定的场合中的）对话或会话模式之间实现了一种结合。雷德与苏佳布什之间的爱情被与雷德的音乐联系起来。在第一章，在一场夜晚爵士乐演奏之后，雷德与苏佳布什的早晨谈话和做爱是用强调音乐、语言和性行为丰富的相互性、独立性的语言叙述的。雷德与其乐器的现象学统一在他对这种统一的不变的注意中得到强调。这些暗示某种先于或不顾语言困境存在的真实性的行为模式，在其他场景中被重复，特别是在那些涉及救赎军乐队的场景中被重复。

　　雷德与苏佳布什的出现对文本所形成的智力的挑战应当得到评价。如果这些人物能够起到抵销甚至胜过这部小说在其他方面普遍性怀疑的作用，那么一种令人惊讶的发展将会跟着发生。一部从《欢迎到哈德泰姆斯来》开始，起初似乎继续对诠释学进行攻击的小说，可能反过来会成为一部带有可定义的可传送的诠释

1　E. L. Doctorow, *Big as Life*, New York: Simon and Schuster, 1966, p. 206.

2　Paul Levine, *E. L. Doctorow*, New York and London: Methuen, 1985, p. 33.

学意义的小说，这种意义能够在这里简述的思想或类似思想的复杂性中做出解释。作为检验这样一种可能性的手段，这种意义将有助于探讨小说形式的组织，既包括纽约研防部和巨人也包括雷德·布罗姆和苏佳布什等人物。

《像真的一样大》由标题和四个部分组成，在前三个部分之前有几个章节前引语。小说的标题是一个比喻和一个陈词滥调，它可能会起到修辞学中一句平常话所能起到的作用，其目的是开始一个谈话。"像真的一样大"[1]这个短语起初可能是指那两个巨人，但毕竟因为他们比真的要大得太多，那个所指就是可疑的了。甚至在普通谈话中，那一短语的意义也是使人莫明其妙的；在"像真的一样大"这个短语中，它在真实面前能传达一种惊奇感，但也能传达一种反讽。但是在这一使用中，这个短语变成一个比喻，因为为了表现字面意义上的真实，它必定指的是无生命的、生命以外的某种事物。当然，与"生命"形成最普通对照的两个抽象概念是"艺术"与"死亡"，但若宣称这两者都是"像真的一样大"则是胡说八道。这种不确定状态可能完全受反身阅读小说标题所限制，因为那个标题指随后出现的小说。这样小说的标题表示对全部艺术的看法，即艺术实质上是真实的或外观上是真实的，但事实上无论在实质上还是在外观上都不是真实的。就像《欢迎到哈德泰姆斯来》一样，《像真的一样大》这一标题也是对其指示物表示怀疑。

小说为四个部分的每一部分都加了标题，这些标题（三个带有章节前引语）都以同样的方式起到了小说主标题的作用。事实上，第一部分的标题与小说的标题相同，这是小说第二次对其指示物表示怀疑。给作品与其一部分相同标题的做法在美国后现代主义文学中是很普遍的：约翰·巴思在《迷失在开心屋中》给其中一个短篇小说用同一个标题；弗拉基米尔·纳博科夫也在《微暗的火》中给作为小说组成部分的那首诗命名"微暗的火"；多克特罗在《鱼鹰湖》和《诗人传》中又重新使用了这个技巧。这一技巧具有使标题成为修辞提喻法（用局部代表整体）的效果，它自然地促使渴望获得小说整体意义的读者可先通过探究局部了解其基本的意义。在《像真的一样大》这一个案中，对意义的探究在一开始就是令人莫名其妙的，因为第一部分"像真的一样大"的情节是高度不确定的：主要人物在巨人出现后相遇，暂时聚在一起（在市中心塔下），然后就分开了。于是，这种不稳定就成为整部小说的特点，甚至在其结尾关于是否毁灭巨人的问题根本未得到解决。第一部分以华莱士模仿退休将军洛克尔迈尔结束，向他征用吉普车的下士保证："所有这一切都将产生好处，下士，"他说。"等着瞧吧"。[2]这种

1　Paul Levine, *E. L. Doctorow*, New York and London: Methuen, 1985, p. 30.

2　Ibid., 1966, p. 55.

对模棱两可的希望的表达也出现在结尾处，当雷德与苏佳布什决定"我们就待在这里，等到混乱结束"[1]时。这种局部与整体之间、开始与结尾之间的类似创造了一种循环结构，这种结构向介于其间的书页中完成的发展投去了怀疑。这样，第一部分的提喻就暗示了一个阅读的死胡同，它使人想起《欢迎到哈德泰姆斯来》。

　　第一部分的章节前引语又使那种冗余加倍了。像所有的章节前引语一样，第一部分的章节前引语暗示标题的功能紊乱。第一部分长长的章节前引语按照推测是来自一份特别参议院紧急事件调查委员会抄本的摘录；在这份摘录中，一位渡船引水员密茨凯维奇船长为他在海港与"障碍物"的相遇作证。在首次阅读时，证词的一些细节是神秘的（"我发现自己紧紧握住我以为是绳索的东西"），这些细节激发读者的好奇心。这份抄本也通过一份起誓宣布的公共记录目击者叙述的手段给予事件以逼真性。这样，这份抄本起到了"虚假的文献"的作用，这是多克特罗在他的一篇题为"虚假的文献"[2]的论文中所分析的一个文学手段。证词中最初的模棱两可的话（例如"这不是没有船"）很快被文本澄清；船长的符号找到了假设的指示物。但是，这些"指示物"一被确定，读者就懂得了阅读的最初的错觉，允许虚构的"证词"作为跟着发生的虚构的正当理由的错觉。运转的过程是对在《欢迎到哈德泰姆斯来》中所确立的盲目性和洞察力的同一替代物：深入文本的"洞察力"只有以对虚构的盲目性为代价才是可能的。

　　第二部分的标题"让我们忍受一切"和章节前引语起同样的作用。第二部分的标题重复《欢迎到哈德泰姆斯来》的标题技巧，它以一种循环的方式，既给第二部分也给该部分中的一个标牌命名，紧急事件广告委员会的海报登上了公共汽车和地铁车厢。就像"像真的一样大"中具有简洁的品质一样，这个短语也一样言简意赅。这种叙述的自嘲被这一短语的重复（被雷德和这一部分每一页顶部的重复）所加重，它奇妙地冷嘲小说中生存的问题。从某个其他有利的角度看，好像小说所提出的严肃问题都容易受到嘲笑似的。第二部分标题下面的章节前引语宣布纽约研防部的研究与防御的功能；这种并置具有使纽约研防部的诠释学与紧急事件广告委员会的劝告相等的效果。也许一个暗示是，虽然对大多数人来说诠释学的错觉对生存而言是必要的，但是那一假设并非一定为小说的叙述者所共有。

　　第三部分的标题"祝福"和章节前引语通过将纽约研防部另一份请人们对男巨人发出的声音放心的文件与在小说中几个上下文中被使用的"祝福"一词等

1　Paul Levine, *E. L. Doctorow*, New York and London: Methuen, 1985, p. 217.

2　E. L. Doctorow, *Poets and Presidents*, New York: Random House Inc., 1993, pp. 151-164.

同，捡起这一暗示。对这一术语的突出使用是因为纽约研防部认为该词适合男巨人的第一个手势，这一命名的行为仅仅是纽约研防部所做的许多无根据假设的第一个。当然，就像纽约研防部反讽地使用"泰山和简"一样，它也讽刺地使用"祝福"这一术语，但是男巨人的手势到最后也是无法说明的。另一方面，对于洛克迈克尔将军率领的宗教朝圣者们来说，毕竟"祝福"可能是正确的解释。对世俗的和宗教的阐释学来说，对生存而言，符号的辨认都被认为是绝对基本的。因此，标题与章节前引语的并置，使不论是宗教还是纽约研防部提供的使众人放心的欺骗相等。"祝福"是第三部分的标题，这一事实暗示小说并不一定共有这些欺骗；也就是说，纽约研防部与宗教的逐渐加强和聚合的欺骗叙述本身可能是一种"祝福"，或安置在近于一种话语末端的文字可能是一种"祝福"。这些文字无疑不是祝福，这增加了在第二部分开始就已经很明显的叙事自嘲的语气。

第四部分没有章节前引语，只有标题"实用的方法，毁灭"。章节前引语的缺席可能暗示，作为前三章章节前引语来源的政府和纽约研防部，在针对巨人的预言的攻击之后消失了。另一方面，这种缺席的解释就像小说中摇摆的盲目性和洞察力的许多时刻一样，立刻自我取消了。标题对纽约研防部防御计划的涉及可能暗示一种诠释学中所固有的毁灭的必然性，但再一次说明，即便这种解释被小说开放的结尾所阻碍，它也依然如此。如果前三部分标题的自反特点被当做语境，那么"实用的方法，毁灭"可能指小说的自我毁灭过程以及其匿名叙述者特点、语言、文本结束后空白空间中情节的删除过程，一种最终的自嘲形式。但是小说走向结束的运动具有极深层动摇的解释活动，结果甚至自嘲的一个最后姿态似乎也是对其努力解释的非常稳定和有限的描写。而小说的结尾却代之以一种极端的不稳定性，这是因为受到（普特南、华莱士和洛克尔迈尔等人物所代表的）诠释学退场和雷德与苏佳布什逗留的影响。他们对小说死胡同的挑战必须受到应有的评价。

雷德与苏佳布什从诠释领域显然的独立性从未将他们从话语的负担下解放出来；在普特南、华莱士和洛克尔迈尔离开后，雷德立刻拿起电话，召集他的四重奏成员。没有人回应。他最后与苏佳布什的谈话再一次既是平实的又是比喻的交流，但并未给他们所目睹但从不理解的知性的崩溃提供解决方法。就像在《欢迎到哈德泰姆斯来》结尾布鲁对重建的思考一样，雷德重新开始的问题似乎既是希望又是绝望，但也是必然性的开始，正如这个句子所解释的那样："无事可做，除非从头开始"。[1] 换句话说，重复最终不可避免地被人们再次经历，这是读者在阅

1　E. L. Doctorow, *Big as Life*, New York: Simon and Schuster, 1966, p. 218.

读《像真的一样大》时所注意到的那种重复。从这一角度看，小说的最后场景将雷德与苏佳布什对重复的挑战结合到建设——破坏——建设的较大的重复循环之中。在小说的结尾，雷德暂停在这一循环的若干片刻之间。他希望有一把新的低音乐器来代替旧的。创造的幻想的一把乐器一被破坏，另一把就必定被想象出来。一部小说一结束，在一个"毁灭的实用的系统"中，另一部小说必定很快在永恒的返回中"再次开始"。在这个死胡同中，雷德未给这一过程提供任何形而上的可供选择的办法；相反，他成为该过程无限继续的一部分。具有正要讽刺意义的事，虽然现代的诠释学未能解释后现代的不确定变化着的荒诞世界，但在试图解释的过程中却深刻暴露了资本主义社会中权力机构的险恶：以保护社会秩序之名，行破坏人民生活之实。

作为一个政治寓言，多克特罗的小说《欢迎到哈德泰姆斯来》借此喻彼、借小喻大、借具体喻抽象，以虚构的西部小镇哈德泰姆斯这一微观世界的兴衰提出了对美国西部资本主义社会全部邪恶的深刻观察，揭示了以剥削和自私为主要特点的资本主义社会中人内在的邪恶。多克特罗的科幻小说《像真的一样大》以对神话模式的戏仿，以对现代诠释学的反讽，讽刺和批判了资本主义社会中以保护人民名义而创建的权力机构实际上与人民为敌，并将导致人类最终的毁灭，同时指出科技发展对人类世界持续存在的巨大威胁。

第三章
《但以理书》：美国民主制度下的政治暴力与精神创伤

    《但以理书》（1971）用真实的历史事件与虚构的情节结合构成的历史编撰元小说和创伤叙事重构和重新解释历史，展现20世纪60年代中期美国的社会风貌：社会主义思想的传播、汹涌的反战浪潮、反传统文化的学生运动、风靡全国的摇滚音乐、人民对政府的不满和反抗、嬉皮士的出现、进步人士遭到政治迫害等，暴露资本主义统治思想的本质是把人民当成敌人，对人民实施政治暴力；同时强烈呼吁实行真正的人道主义民主政治。

    20世纪的人类社会多灾多难，发生了数不尽的创伤性事件。这些创伤性事件种类繁多，有自然灾害、技术灾害和社会灾害。最为严重的是人为的社会灾害，它包括规模巨大、性质恶劣、持续长久、不可预期、无可逃避的、涉及人身伤害的政治暴力和战争暴力，还包括抢劫、杀人、强奸、以强凌弱等的犯罪暴力以及涉及肉体、情绪和语言的家庭暴力等。创伤分为有形的和无形的两种。有形的创伤指身体遭受的外伤；无形的创伤则指精神上遭受的破坏和伤害。精神创伤是灾难性事件导致的、在心理过程中造成持续和深远影响甚至导致精神失常的心理伤害。精神创伤会导致受害人永远无法走出创伤的影响，不能摆脱过去，面对现实，走向未来，而是永远沉迷于回忆之中。受害人只有把创伤性经历从无意识转入意识，理解其成因和蕴含，才有治愈的希望。著名的奥地利神经学家、精神病医学家、精神分析的创始人西格蒙德·弗洛伊德通过"谈话治疗"，帮助病人使潜意识中的创伤经历回到意识中来，从而让病人意识到病源，这样就能治好心理创伤。与弗洛伊德的治疗方式类似，作家在文学作品中强迫性地使创伤者重现过去的创伤情景，将创伤与历史记忆联系起来，用创伤叙事治疗人们的精神创伤。美国后现代左翼小说家多克特罗用多元变化的叙事技巧和多样杂糅的文本结构表现后现代左翼思想，揭示人被资本主义经济和社会力量所异化的命运，批评资本主义制度，提出社会主义主张，追求社会公正。在其小说《但以理书》中，多克特罗从左翼作家的视角，再现 20 世纪 50-60 年代美国政府对共产党人和政治进步人士所实施的残酷的政治迫害，暴露残酷的政治暴力给受迫害者的后代留下的精神创伤，从而用创伤叙事抚慰、治疗年青一代的精神创伤。

一、政治暴力与精神创伤

创伤（trauma）是引起持久病变的身体损伤或能导致情绪异常的精神打击。它既包括生理创伤或身体创伤，又包括心理创伤或精神创伤。弗洛伊德认为："一种经验如果在一个很短暂的时期内，使心灵受一种最高度的刺激，以致不能用正常的方法谋求适应，从而使心灵的有效能力的分配受到永久的扰乱，我们便称这种经验为创伤的"。[1] 他把创伤神经症（traumaticneuroses）的病源归因于"创伤发生之时的执著"，即病人"执著"（fixed）于过去的某个时间点而无法摆脱，以至于与现在和将来发生了脱节。病人在梦里召回创伤事件的情境，他们不仅在创伤事件发生的当时，而且在此后病情发作时都无法完全应付和接受这个情境。与文学相关的创伤主要是精神创伤。精神创伤是灾难性事件导致的、在心理过程中造成持续和深远影响甚至导致精神失常的心理伤害。精神创伤会导致受害人总是停留在某个时间点上，永远无法走出创伤的影响，不能摆脱过去，面对现实，走向未来，而是"对现在和将来都不发生兴趣，永远沉迷于回忆之中"。[2] 这是因为受害人无法理解创伤性经历的原因和蕴含，便将这种经历深深植入无意识之中。

暴力是一种激烈而强制性的力量。通常是指个人或犯罪集团之间的殴斗以及凶杀。国家、民族之间也往往会发生暴力事件。权力的形成也往往要诉诸暴力威胁，强制对方服从。政治暴力是指政治行为体出于特定政治目的、针对统治关系实施有组织的物质力量，对自我、他人、群体或社会进行威胁和伤害，从而产生重大政治后果的活动。专制政权违反民主制度，破坏公民自由，出于政治的目的

---

1 西格蒙德·弗洛伊德：《精神分析论》，高觉敷译，北京：商务印书馆，1984 年，第 216 页。
2 同上，第 217 页。

滥用国家权力，对自己的国民施以滥杀无辜的行为亦属于政治暴力。在美国历史上，20世纪冷战时期50年代在麦卡锡主义影响下，美国政府诉诸政治暴力，对大批共产党人和政治进步人士进行疯狂迫害，给他们的后代留下了巨大的难以治愈的精神创伤。1953年美国联邦政府出于"冷战"的政治需要，在证据不充分的情况下，将一对年轻科学家朱利叶斯和伊瑟尔·罗森堡夫妇以向苏联泄露原子弹机密的间谍罪电刑处死。受这一历史事件的启发，多克特罗在小说《但以理书》中，将历史与虚构混合，以正在参加60年代变化不定的政治斗争的但以理为主人公兼主要叙述者，将但以理的回忆与想象结合起来，生动地表现了20世纪50年代但以理的父母艾萨克逊夫妇被国家政府以间谍罪电刑处死的创伤事件。

在60年代末，哥伦比亚大学博士研究生但以理·艾萨克逊·列文努力地重构其父亲保罗和母亲罗谢尔·艾萨克逊10多年前被美国政府以叛国罪处死的故事。构成小说中心的是但以理父母被电刑处死的情景，它是小说最主要的场景之一。小说以电的多重隐喻（"她头发没梳，乱蓬蓬的，电波像通电的金属丝，令人震惊地从她的披肩中窜出来"[1]）和关于死刑形式的大量描写，使艾萨克逊夫妇被电刑处死的创伤事件在小说中到处出现。尽管但以理没有目睹父母被处死的场面，是一个被从历史中排出的主体，但他被迫继承这一精神创伤的痛苦。他也同样是国家建立叛国罪法律的代表性国民，他同时既是家庭创伤遗产的继承者，又是国家政治暴力的受害者。但以理的母亲罗谢尔·艾萨克逊把欲陪伴她接受处死的拉比打发走："今天让我的儿子了解法庭戒律吧。让我们的死成为他的法庭戒律"。[2]可见，多克特罗的小说文本"是对国民和国家相互依赖幻想的迷恋，是'心理政治的'，既然这样，同时又是对被称为'美国'的奇特的现代民主的迷恋"。[3]因此，同样作为最主要场景之一的但以理，成为丧失了主体性的后现代主体的一个例证，用弗雷德里克·杰姆逊的话来说，受到震惊，从而意识到"一种新的独创的历史情景，在这样的历史情景中如果我们用自己的方式考察历史，我们就被宣告有罪，……这种情景是历史的幻影"。[4]小说《但以理书》以分离的形式、比喻的模式，最重要的是，以其不可能的场景讲述了叛国罪留下的创伤遗产的故事。

1　E. L. Doctorow, *The Book of Daniel*, New York: Random House, 1983, p. 79.

2　Ibid., p. 314.

3　Naomi Morgenstern, "The Primal Scene in the Public Domain: E. L. Doctorow's *The Book of Daniel*," *Contemporary Literary Criticism, Vol. 214*, ed. Hunter W. Jeffrey, Detroit/ New York/ San Francisco/ San Diego/ New Haven, Conn. / Waterville, Maine/ London/ Munich: Thomson Gale, 2006, p. 158.

4　Fredrick Jameson, *Postmodernism; or, The Cultural Logic of Late Capitalism*, Durham: Duke Unuiversity Press, 1991, p. 25.

小说中，保罗与罗谢尔被他们一个智力迟钝、受到恐吓的朋友、前共产党员、牙医塞利格·敏迪什出卖，送上了死刑电椅。敏迪什害怕因为自己的公民身份文件不全而被驱逐出境，在美国联邦调查局虚构压力的驱使下，被迫坦白自己的共产党员身份，出卖了艾萨克逊夫妇，说他们是向苏联提供科研机密的间谍组织策划者。小说中并没有表示苏联由于没有外援就不能发展自己的原子能，俄国的核研究成就对美国的政治迫害者来说简直就是一个事故，艾萨克逊夫妇就成为美国国家偏执狂——政治暴力的牺牲品。敏迪什也为自己在所谓间谍组织中的作用服刑10年。

尽管但以理从未弄清楚他的父母到底犯了什么罪，但是他提出一种"另一对夫妇理论"，即真正从事间谍活动的是"另一对夫妇"，而保罗和罗谢尔仅仅是这对真正间谍夫妇的替罪羊。小说以几种不同的方式表明，保罗和罗谢尔没有参与盗窃和传送原子研究机密的共谋，是无辜的。但以理推测，苏联间谍组织的首脑之所以允许美国联邦调查局和美国司法系统逮捕、审判并电刑处死无辜的艾萨克逊夫妇，目的是将人们的注意力从一对真正的间谍夫妇转移到保罗和罗谢尔夫妇身上。那对夫妇在许多方面都很像艾萨克逊夫妇，也有两个孩子并住在布朗克斯区艾萨克逊家附近。按这个描述，敏迪什并非为了自己的安全而出卖艾萨克逊夫妇：他实际上牺牲了但以理父母的生命和他自己的10年，使另一对真正的间谍夫妇逃之夭夭。但以理告诉牙医的成年女儿琳达·敏迪什：另一对夫妇"大约与我父母同龄"，为了保护他们，"为了使美国联邦调查局远离有真正价值的人"[1]而逮捕并处死了他的父母。这可能就是敏迪什的动机、美国共产党的动机、苏联的动机。但以理找到塞利格·敏迪什并向他了解真相时，他已经过于衰老，不能肯定或否定但以理的理论，因此艾萨克逊夫妇为什么被出卖仍只能是一个不确定的猜测。

在历史上真实的审判中，伊瑟尔·格林格拉斯·罗森堡的弟弟大卫·格林格拉斯为了保住自己的性命，做出了不利于他姐姐和姐夫的证明，将他们送上了死刑电椅。格林格拉斯曾经是一名娴熟的机械师，在新墨西哥州洛思爱拉莫斯绝密的曼哈顿计划中工作过，他很熟悉长崎式原子弹的设计。格林格拉斯证明，罗森堡夫妇负责一个间谍网，多年将同盟的核研究成就传送给苏联，他们不仅指挥这项工作，还把他吸收进了这个间谍集团。在历史事实中，被联邦调查局怀疑而卷入核间谍集团的几个人在最初几次逮捕期间真正地永远消失了，就像多克特罗小说中的"另一对夫妇"那样。尽管美国联邦调查局和美国司法系统为罗森堡夫妇

1　E. L. Doctorow, *The Book of Daniel*, New York: Random House, 1983, pp. 293-294.

通过虚构和捏造制定了一个证据链条，实际上证据不足，漏洞百出。但出于政治游戏的需要，罗森堡夫妇必须被处死。多克特罗小说中没有与大卫·格林格拉斯对等的人，牙医塞利格·敏迪什没有接近核武器研究秘密的机会，他的供词根本不足以凭信。因此。多克特罗通过使艾萨克逊夫妇比罗森堡夫妇更加无辜的办法，使他们孩子的困境更加悲惨。

但以理在心理上被这一悲剧的重压和反讽所扭曲，但是这种扭曲使他做出让步并幸存下来。未被扭曲的苏珊只能绝望和崩溃。他们兄妹二人，一个是受梦幻折磨的哈姆霍特，另一个是花一样脆弱的奥菲利亚。多克特罗所表现的但以理远非一个消极的或单向度的受害者，但他也并非一个善意可爱的孩子气的人。备受创伤折磨的但以理不是一个同伴，一个战士或像圣人一样的人，他不会原谅别人。多克特罗对但以理敏感性的发现使小说虚构的故事变得可能，在哥伦比亚大学图书馆单独研究室里进行恶魔般沉思的但以理，必须将内心的愤怒倒空在纸张上，否则他就可能在内心里被毁灭：或把创伤事件写下来，或在沉默中等待死亡。但以理本应为他妻子和学校的好处而装模作样地写一篇博士学位论文——一篇至少在理论上是讨论高尚理性与责任本质的博士学位论文，而实际上他创作了一篇扭曲的散文独白，这篇独白以其自我嫌恶、残忍、令人吃惊以及丑陋的诚实经常出现在小说文本中。

但以理被扭曲了的个性特征交替地表现为品性不端、庸俗、异常讨厌和极度痛苦，这是一种滑稽、残忍、心智不很健全的敏感性——像一个孩子的敏感性，这是一幅看上去亲切、令人震惊、可读性很强的人物肖像。它部分是研究生，部分是反叛者，部分是不够疯狂但过分假装的哈姆雷特。这些古怪的特征是但以理用以维持其不稳定心智的手段，通过他所做的小邪恶来排出他人对他所做的大邪恶。这种接地的意象能打动读者，给人留下一种反讽的和不可避免的效果。对但以理来说，任何事物都不是神圣的。苏珊因为不能进行这种个性变化和灵魂净化而身心崩溃，患了紧张性精神症，最后离开了这个疯狂的世界。她具有完美的正直，然而还有圣人的脆弱。但以理认为，他和琳达·敏迪什都是用与苏珊不同的材料制成的，一种虽受到污染但不能破损的材料——他们能使用手边的任何手段幸免于羞辱和创伤的痛苦：

> 这是发生在我们身上，发生在受审判父母的孩子身上的事情；我们的心趋向狡猾，我们的头脑像爪子一样锋利。这种机灵不得不烧进眼睛的灵魂中，它仅仅在火中形成。在这个世界上 [琳达或我] 谁也不会愿意耗费我们悲伤的生命；不可能有对我们痛苦的背叛；没有人利用我们没有价值的

遗产。如果苏珊仅有一小份，那该有多好！但是苏珊绝不缺乏无辜：无论
她如何高声，如何苛求，如何鲁莽，如何自我毁灭，苏珊绝不缺乏无辜。[1]

因为父母亲被国家政治暴力迫害致死，但以理感到他小小年纪就被剥夺了父
爱和母爱，在家庭情感中受到严重的伤害，于是被扭曲的但以理不惜伤害他的妻
子、孩子、养父母和与他分享痛苦与羞辱的妹妹，那完全因为他们是一家人。对
多克特罗而言，国家的政治暴力对这一家人的侵害是一个近于致命的打击，给他
留下一个正好位于接合点的中过毒的伤口，在这个接合点上不能独自幸存的个人
性格从家庭那里得到呼吸，家庭是个人性格的呼吸系统：他对访谈者拉里·麦卡
弗利说："当然，在这种事情发生在作为孩子的你身上之后，接受这种关于家庭的
思想需要巨大的意志和行为"。[2]

与哥哥但以理相比，苏珊只能努力限制她所能应对的真实，她无力减小悲剧
的维度。她不仅相信她父母是无辜的，而且她还相信产生于美国民族良心的某种
东西即将出现，为她父母的毁灭提供法律根据，为他们实际上的自我牺牲做出补
偿。但是，她终究不能承受国家对她家庭做出的毁灭行为而自杀身亡，成为杀害
她父母电椅的替代受害者。但以理必须在没有了妹妹支持的情况下继续前行，寻
找历史的真实。但实际上这样做的并非只有他自己，与他同时行动的有千千万万
呼吁社会公正的正直的知识分子和善良的人民。

如果说政治右翼总是许诺保护一个家庭，而政治左翼却总是表示为我们提供
一个新的家庭。这是一个 20 世纪 60 年代晚期政治左翼对祖先是英国新教徒的美
国人和犹太人受过教育阶级的孩子颇有吸引力的秘密。政治左翼运动在 60 年代
晚期美国也许算是成功了，因为它提出了只能产生于共同冒险和共同历险的归
属意识。不论他们运用语言的技能有多么愚笨，不论他们的政治批评有多么天
真，校园行动团体本能地理解了本应该把美国的家庭生活团结起来的联结物在国
家政治暴力面前显得微不足道，脆弱不堪，于是鼓动人们用更强大的某物——即
人民群众共同冒险和共同历险的归属意识——来替代它。小说后来去五角大楼的
示威游行和学生占领哥伦比亚大学行政大楼的情节都表现了这一替代物。

但以理的养父母，法律教授理查德·列文与他妻子赖斯可谓地位低下、通情
达理的人的生动典范，他们仁慈，慷慨，坦率，有才智，但令人沮丧的是他们也
无法应对和抚慰苏珊和但以理所遭受的精神创伤，是被左翼富有魅力的游击队战

1　E. L. Doctorow, *The Book of Daniel*, New York: Random House, 1983, p. 291.
2　Richard Trenner, ed., *E. L. Doctorow: Essays and Conversations*, Princeton, NJ：Ontario Review Press, 1983, p. 47.

士推到一边的稻草人。在纽约东南部的贫民区，但以理偶遇一位名叫阿蒂·斯特恩里克特的游击队战士，一位"挖掘者"。他们讨论建立一个纪念但以理父母牺牲的"革命基金会"，[1] 由他们的抚恤金资助，但这项计划未产生任何结果。斯特恩里克特曾遭到警察勒索，被迫做了一次血液实验而感染了肝炎，勇敢地忍受肝炎的痛苦。尽管在政治逮捕中血液实验几乎不是例行公事，但警察们威胁要逮捕阿蒂的女友，除非他服从血液实验，当然他们真正想要做的就是用危险的细菌传染他。斯特恩里克特是美国政府政治暴力的又一种受害者。

如果说但以理是一个由于自己的病态外貌而显得病态的哈姆雷特，那么斯特恩里克特则是一个富于机智、粗俗、勇敢、玩世不恭的莫库提欧，一个有才智、有同情心的人，也是一个行动者。但以理厌恶这个世界，而斯特恩里克特则热爱它——因此他愿意改变它。"和平游行适合中产阶级，目的是搬走前进路上的绊脚石，"他在但以理和朋友面前愉快地告诉来自《世界主义者》报的记者。"和平运动是战争的一部分。掷铜板解决问题，是同一枚硬币。印第安人或美洲野牛，是他妈的同一枚五分镍币。对吗？它们都灭绝了"。[2]

斯特恩里克特认为，美国需要用形象的辐射来实现普遍的改变。美国需要经历的革命是一种在镍币正面圆形突出部位的形象革命。斯特恩里克特告诉但以理，"你不宣扬革命，你不谈论贫穷、不公正、帝国主义和种族主义。就像努力使人们阅读莎士比亚，那是做不到的"。[3] 斯特恩里克特意识到，新的后麦克卢恩革命者将用形象进行革命，他的媒介将是独特的美国艺术形式，电视中的广告节目：

> 那是今天的学校，伙计……。电视中的广告节目是知识单位……。打了人就跑。你得看40秒钟，伙计。媒介需要材料吗？给他们材料。像艾比所说的，在这个国家假任何事情的任何人都是名人……。我们将用祈祷、咒语、吹牛角、向五角大楼投去有魔力的看不见的东西使它升空……。我们将用形象推翻美国！[4]

斯特恩里克特的洞察力集中表现了小说包含的政治乐观主义，只要人们团结起来，勇敢斗争，参与意识形态的重构，美国形象的重构，眼前这个荒诞的世界就能够被改变。但以理被激进分子的活泼和才智所唤醒和说服，立刻止住了正在从内部毁灭自己的病态且致命的前进步伐。但以理"突然以斯特恩里克特的视角看见了纽约东南部的贫民区：那是一个孵卵所，那是一个鱼类和野生动植物的保

---

1 E. L. Doctorow, *The Book of Daniel*, New York: Random House, 1983, p. 91.

2 Ibid., p. 150.

3 Ibid., p. 154.

4 Ibid., p. 155.

护区"，[1]仿佛自己已经置身于劳动人民群众之中，从他们身上获得了斗争的力量。小说以学生们关闭哥伦比亚大学巴特勒图书馆而结束，这是左翼运动的第一个著名行动和最卓越的媒介事件。多克特罗描写这种由学生左翼发起的反对权力机构形象的行动，语气根本不是讽刺的或幻灭的，而是实际的和充满信心的。"合上书，伙计，"科学数据系统式的学生之一告诉但以理。"你怎么了？难道你不知道又被解放了？"。[2]在美国这个形象王国里，但以理被形象解放了。左翼思想使但以理明白，他所遭受的精神创伤的根源是国家的政治暴力，他从此走出创伤，勇敢参加学生左翼发起的反对并改变美国权力机构形象的革命行动。

二、创伤叙事

弗洛伊德认为，精神病人的症状是对过去某个时间点的沉迷或对创伤性事件的执著，是一种潜意识的精神历程，病人并不理解它的原因和意义，而病人恢复健康的关键则在于让这种潜意识的精神过程回到意识中来，"使病者把含有症状意义的潜意识历程引入意识，那些症状就随之消失了"。[3]由于创伤经历受到了意识的压制而潜伏在潜意识层面，而且创伤者对自己的一些强迫性重复行为的原因一无所知，心理分析的主要工作就是通过对病人进行"谈话治疗"，让病人意识到病源就能治好心理创伤。弗洛伊德对精神创伤的描述中包含一个延宕概念，认为受伤者在往后的日子里对原初经历的记忆或对事物印象的追踪在时间上产生了一种断裂。卡鲁斯也提出，创伤不只是个病症，而且永远是个"伤口的故事"，这个"伤口"不断地爆发，成为文本。她认为，当创伤变成了叙事，创伤所召唤的历史就失落了准确性和力量，然而通过文字，创伤记忆可以部分抵达真相。尽管存在着创伤得以述说的破坏性力量，尽管加害者的在场要求创伤主体保持沉默，但要求沉默的命令必须被粉碎。[4]后现代主义小说中采用创伤叙事，对创伤进行叙事治疗。在叙事治疗中，作家通过一个叙事性的自我来讲述一个连续不断的故事，故事由过去经验加上当前环境结合而成，表现走出创伤的叙述者对未来的期盼。叙述者主动改变创伤的心态，用有意义的言说方式恢复原有的生活情节，重新述说故事，重建个人历史，再现创伤事件。在伤痛经验的书写中，书写主体产生超越性认知的表现是创伤故事的结构性描述。作者在创作时，已预设了读者

1　E. L. Doctorow, *The Book of Daniel*, New York: Random House, 1983, p. 154.

2　Ibid., p. 318.

3　西格蒙德·弗洛伊德：《精神分析论》，高觉敷译，北京：商务印书馆，1984 年，第 220 页。

4　杨晓霖："叙事学与创伤研究"，《作家杂志》2012 年第 4 期，第 137 页。

的存在，此时，主体间的交流已经产生，正是在这种"诉说——聆听"的过程中，创伤经历的书写者能够透过言说／书写把伤痛经历非个人化，让难以言说的痛苦为人所知并赋予意义。[1]

卡鲁斯将个体的复杂的精神分析用于研究人类历史上暴力事件的讲述，从而揭示对于集体性进程的影响。她总结了著名心理学家罗伯特·利夫顿与贝塞尔等人在研究创伤给幸存者所造成的影响时发现，受伤的个体在创伤性事件发生之后一般需要经历以下过程：一、回到该事件之中，并设法将各种碎片整合起来以获得对于该事件的理解；二、将这一经历糅合到现时该个体对于世界的理解之中，尽管这一理解已经发生了很大的变化；三、用一种叙事语言将该经历描述出来。[2]小说家要做的就是要用叙事语言——创伤叙事，将创伤事件或经历描述出来，从而医治人们的创伤。"创伤"不仅对有关心理分析的争论是重要的，而且更宽泛地讲，对后现代主体性的认识也是十分重要的，这意味着许多作家都或多或少自觉地写创伤叙事。摩根斯坦认为，"如果通俗文化中的创伤感染力产生于其'充分揭示'的承诺，那么一种内向的、能够被悖论地展示和表演的螺旋运动感染力，与历史和虚构、与事件及其对充分表现的抵抗之间所存在的关系相互交迭"。[3]

在后现代主义小说中，"创伤"和叙事成为相互依赖的术语。后现代创伤叙事是对现实主义风格的解构，更重要的是后现代创伤叙事的崇高美学也指明了时间性的中断，按照德里达的说法，只有通过对过去的延宕，记忆才能区分它所包含的内容而具有解构的力量。小说《但以理书》中的主人公被他未曾目击的事件，更宽泛地讲，被他自己错过的感知所纠缠，"我若是在妈妈理解此事的那一时刻注视着她的脸有多好啊"。[4]这一错过感知的时刻在创伤叙事中反复出现，造成目击过去事件的可能性。人们如何能目击已经错过了的经验，那种先于或压倒人们表现能力的经验？人们如何提供因为集体或历史原因而不能被称之为自己经验的证明？多克特罗在小说中提出了一种证明办法，该方法既给这种目击者一种特权——使他成为一个具有特殊洞察力的预言者，也使这种目击者有悖常情——这一目击者是一个刺探隐秘者，他总是远离历史场景但又对历史场景着迷。《但

1　杨晓霖："叙事学与创伤研究"，《作家杂志》2012年第4期，第137页。

2　Cathy Caruth, *Trauma: Explorations in Memory*, Baltimore: John Hopkins University Press, 1995, p. 137.

3　Naomi Morgenstern, "The Primal Scene in the Public Domain: E. L. Doctorow's *The Book of Daniel*," *Contemporary Literary Criticism, Vol. 214*, ed. Hunter W. Jeffrey, Detroit/ New York/ San Francisco/ San Diego/ New Haven, Conn. / Waterville, Maine/ London/ Munich: Thomson Gale, 2006, p. 158.

4　E. L. Doctorow, *The Book of Daniel*, New York: Random House, 1983, p. 116.

以理书》通过思考目击者看见的过多与过少意味着什么，参与对杰姆逊所称的后现代主义"历史性危机"[1]的思考。

1. 不确定的创伤事件

多克特罗小说中的创伤叙事将一系列有关叛国罪以及国民与法律之间关系的问题与一系列有关未被目击的事件和精神创伤继承问题结合在一起，再现艾萨克逊夫妇遭受美国政府政治暴力迫害的创伤事件。在《但以理书》中，美国国家的创建作为一种主人公被迫反复错置的重复而发生，同时作为一种主人公不能与自己的暴力充分区分的暴力而发生。小说对主要场景——艾萨克逊夫妇被国家以叛国罪电刑处死的思考抵制利奥塔所称的"现代主义"原则，主张"有可能、有必要打破传统，开始一种新的生活和思维方式"。[2]在思考主要场景的逻辑中，一切都以不确定的再现开始。

在小说《但以理书》中，年幼的但以理与父母一起听了一场保罗·罗伯逊音乐会，其实那场音乐会的一部分是政治活动，一些左翼人士利用这个场合对政府提出政治抗议。音乐会后，他们乘坐一辆公共汽车回家，乘客中有包括但以理一家人在内的许多犹太人，突然遭到一群白人至上主义者向汽车投掷石块的攻击。但以理看见父亲做出了一种他当时难以捉摸但显然是英雄的行为：保罗·艾萨克逊忍受着胳膊被打骨折的痛苦，奋力挤出公共汽车，请求警察保护车上的群众。但今天记录这一事件的是成年的但以理，他打断关于这一场景的叙述，提出一个问题："我怎么知道这一点？"[3]如果当时但以理是与妈妈挤作一团，藏在座椅后面，他如何知道父亲在胳膊骨折前摘下眼镜，将镜腿折叠好，交给一个朋友？然后父亲又做了什么？这一用现在时叙述的显然不可能的场景回忆，看上去根本不是来自过去。然而对但以理来说，这一场景回忆在许多方面都是至关重要的。在这一场景中，但以理目睹了父亲的英雄行为，一种男子汉的英雄行为："那是一件值得骄傲的事情，那是一件他有能力做的事情。但是，他所做的是一件神秘的、复杂的事情，并非像人们所说的是一件普通的、简单的事情。我对此事想了很久"。[4]这里无法确定的还有他父母这两个成年人之间争论的结果，更具体地讲，但以理父母关于如何教育孩子的不同意见的结果：母亲让他待在家里，父亲却让他跟着去了皮克斯基尔，经历了音乐会前后发生的事件。实际上，但以理在这一

1　Fredrick Jameson, *Postmodernism; or, The Cultural Logic of Late Capitalism*, Durham: Duke University Press, 1991, p. 22.

2　Jean-François Lyotard, "Defining the Postmodern," *Norton Anthology of Theory and Criticism*, ed. Vincent B. Leitch et al, New York: W. W. Norton and Co., 2001, p. 1613.

3　E. L. Doctorow, *The Book of Daniel*, New York: Random House, 1983, pp. 62-63.

4　Ibid., p. 64.

情节之前就"欣赏过成年人隐秘做爱的秘密",[1] 这是一个不可能的场景,一个他不可能目击的场景。在叙述中,但以理用这一场景作为铺垫,展开他对不可能目击的主要场景——艾萨克逊夫妇被电刑处死的思考。但以理成为一个不确定场景的目击者。显然,这种场景的再现需要叙述者回忆与想象的结合。

《但以理书》的叙事不时地被突出的并挑战感知的场景描写所打断,也不时地被主人公目击重要事件的场景描写所打断。在一个简短的场景叙述中,还很年幼的但以理在他家的前门廊玩耍时,碰巧目睹一场事故发生:一位手拎杂货袋的妇女被一辆失控而滑上人行道的小汽车撞死。但以理走过大街看到:破碎的玻璃片和牛奶与那位妇女的血混合在一起。[2] 这一大概是真实的(我们没有理由质疑它的真实性)同时又像是虚幻的场景,似乎是但以理错置的或象征性的家庭创伤的某种形式。以其强度和不够具体化看(此情景何时发生并不清楚),这一场景可能是但以理在事件发生后重构的回忆,或者是一个回过头来帮助储存或表现难以表现的经验(一个较早些的"回忆"掩蔽或代替一个较晚些的"回忆")。像弗洛伊德的回忆与虚构难以区分的主要场景一样,多克特罗的主要场景也不要求我们在回忆和虚构之间做出选择。弗洛伊德承认,他非常希望能知道病人叙述的主要场景是真实的还是虚幻的:"我若能知道我的临床病人案例中的主要场景是他幻想的还是真实的经验,我一定非常高兴;但是,考虑到类似的案例,我必须承认对这一问题的回答事实上并非是非常重要的内容"。[3] 弗洛伊德通过承认这一点来结束他对主要场景最延伸的思考。甚至当我们似乎重新体验过去的历史(用现在时或用回到过去的回忆)时,多克特罗也暗示我们碰到了纯粹的重复或不可能的纯粹的历史。小说《但以理书》表明,虚假的回忆对创伤唯一真实的证明是留有余地的。

类似于弗洛伊德的临床病人案例,病人叙述的主要场景是幻想的还是真实的并非非常重要,对于多克特罗小说中的"主要场景思考"而言,至关重要的是但以理作为刺探隐秘者的身份,一个对不确定事件过量投入的目击者。《但以理书》中对主要事件的思考存在一种确定的文学性,即历史的文学性。这是因为批评的主体绝对不可能接触到一个所谓全面而真实的历史,或他在生活中不可能体验到历史的连贯性。如果没有社会历史流传下来的文本作为解读媒介的话,我们根本没有进入历史奥秘的可能性。历史不是铁板一块,而是充满需要阐释的空白点。那些文本的痕迹之所以能够存在,实际上是人们有意选择保留或抹去它的结

1　E. L. Doctorow, *The Book of Daniel*, New York: Random House, 1983, p. 64.

2　Ibid., p. 101.

3　Sigmund Freud, "From the History of an Infantile Neurosis," *The Standard Edition of the Complete Psychological Works of Sigmund Freud* Vol. 23, ed. and trans. James Strachey, London: Hogarth, 1955, p. 97.

果。可以说，历史中仍然有虚构的元话语，其社会连续性的阐释过程是复杂而微妙的。[1]一方面，当主要场景发生时，但以理还是个孩子。他告诉我们："他们（他的父母）做爱时并未粗心大意到能让我看见他们性交的程度，但无论如何我认为我看见了"。[2]然而，更引人注意的是小说延伸了这一逻辑，为我们提供了一个理解但以理与行为或情景建构之间的麻烦关系。作为目击者和刺探隐秘者，但以理永远是一个历史场景的局外人。因为他不能解救他的父母或被他们所解救，但以理梦想自己有能力解救他的妹妹苏珊/苏珊娜，但实际上却为自己没有行动的能力而烦恼。这里，行动首先是以政治术语来理解的。但以理的行动就是弄清楚创伤的根源，走出创伤，反对政治暴力，追求社会公正，参加改变这个世界的运动。但以理·艾萨克逊·列文与《圣经》中但以理的认同是一种不切实际的幻想，他既想要坚持他自己追求社会公正的目标，又希望被允许成为一个事实上他根本不是的有行动的英雄："一天雨后，一个试图解释并分析自己头脑中可怕幻想的年轻人，去疗养院对他的妹妹做一个普通的访问"。[3]《圣经》中的但以理即使被自己的梦幻弄得目瞪口呆，他也通过为统治者解释梦幻而满足他们。在一个关于但以理的伪经故事里，即关于苏珊娜与高级祭司的故事里，但以理战胜了堕落的权威。善良、美丽的苏珊娜在拒绝了两个权威的性要求之后，被指控犯有通奸罪并被判处死刑。苏珊娜始终忠于她的信仰，最后被充当上帝代言人的但以理所救，但以理斥责同样堕落的宗教法庭："'以色列的儿子们，难道你们不愿费心去查出真相，愚蠢到了要处死一个未听说的以色列的女儿吗？回到审判的场景吧；这些人提供了对她不利的虚假证据。'从那天以后，但以理受到人们的赞颂，名声一直很高"。[4]

与《圣经》中的但以理不同，小说中的但以理被当时的政治现实剥夺了力量。他认为自己的身份是一种"甚至最不成熟的（美国联邦调查局的人）都不能不打着呵欠考虑的职责"。但以理永远都不可能是秘密的，永远都不可能具有一种"私人"身份所具有的秘密。美国政府永远都不可能说："这家伙是谁？……我什么都不能做，无论是温和的还是极端的，我都不能做，因为他们不可能为我计划这样的事情"。[5]在苏珊住院治疗后，但以理试图接管苏珊的政治活动。在他们最后几次相遇中，苏珊严厉指责她的哥哥："回到书架那儿去吧，但以理。世界需要另一个研究生"。[6]但是，但以理既不能在知性上解释她所采取的计划，"我们，

---

1 王岳川：《后殖民主义与新历史主义文论》，济南：山东教育出版社 1999 年，第 185 页。

2 E. L. Doctorow, *The Book of Daniel*, New York: Random House, 1983, p. 41.

3 Ibid., p. 221.

4 Ibid., pp. 13, 48-49, 64.

5 Ibid., p. 84.

6 Ibid., p. 94.

嗯，正在为发展革命的意识而资助出版物。我们将给社区行动，嗯，计划，提供经费。我们将坚持激进的可供选择的办法"，[1] 也不能感觉（除了在五角大楼示威中的一个短暂时刻外）卷入其中："在我看来，实际上每一个人……都以我力不能及的方式拥有这一事件"。[2] 但以理是主要事件的主体，因此与这一定位有关联的焦虑和哲学的复杂性（如何使人们对身份的体验与人们的行为一致，如何使人们在人们的经验之内，如何"拥有这一事件"）对于多克特罗的文本来说是十分重要的。

但以理叙述其父母生活的目的是为了能叙述他自己的生活。事实上，只有但以理才真正了解他的父母，但同时他的叙述又是不可靠的，因为（根据他自己的暗示），他的叙述是一种太细腻、太有偏见的解释，"这描述了这一小感知罪犯仅在一个瞬间的过分敏感的理解"。[3] 但是，不仅是描述的不可靠性唤起我们的注意，而且但以理的感知也是有犯罪倾向的。但以理称自己是"一个小感知罪犯，"而且再一次称自己是"一个幼小的感知罪犯"。[4] 但以理的父母被指控为间谍；但以理焦虑的描述证明，他们的儿子确实犯有此罪（刺探隐秘的小感知罪犯）。小说暗示，但以理作为一个遭受精神创伤的主体和一个作家，他一直未能抛弃这一身份。实际上，但以理是一个刺探隐秘者，一个特殊种类的预言者：他看见了过去。

那么，多克特罗不可能目击的场景与弗洛伊德对过去的叙述之间有什么联系呢？当代对弗洛伊德的阐释倾向于反对弗洛伊德。例如，当我们认识到弗洛伊德以奇特的长篇累牍将心理现实与历史事件联系起来（"起初是行为"[5]）时，我们不能忽视弗洛伊德使任何这种不变过去的意识复杂化了。例如，我们可能想起弗洛伊德早期关于歇斯底里的著作和他关于延宕行为重要意义的系统而确切的陈述（创伤的暂时性）。在早期案例历史记录"凯萨琳娜"（1895）中，弗洛伊德写一个年轻女人在性侵犯具有任何与性有关的特别意义之前曾经历过性侵犯。对凯萨琳娜来说，并未烦扰她的后来经历使她回忆起早期的经历，第一次使她感觉早期的经历是不舒服的："她有两个系列的能回忆起来但却不懂的经历，也不能从中得出推论……。她看见两个人（性交）时并不感到厌恶，但那一场景所激起的（对强奸的）回忆却使她感到厌恶"。[6] 虽然关于性发育或性成熟以前的性经历的想法在弗洛伊德的著作中是很值得怀疑的（他将使性欲理论化），但从这一事例中所

1　E. L. Doctorow, *The Book of Daniel*, New York: Random House, 1983, p. 228.

2　Ibid., p. 270.

3　Ibid., p. 41.

4　Ibid.

5　Sigmund Freud, "Totem and Taboo," 1913, *The Standard Edition of the Complete Psychological Works of Sigmund Freud*, ed. and trans. James Strachey, Vol. 13, London: Hogarth, 1955, p. 161.

6　Ibid., p. 131.

要汲取的要点关系到创伤的暂时状况。创伤既没有现在时，也不在过去有特定区域。在这个意义上，每一个创伤都是一种主要场景，一种不可能的根源。创造关联并制造意义的叙事，最后查出创伤根源的叙事，不一定是虚假的；但它是一种心理分析（或创造）过程的人工制品。实际上，在一部题为"分析中的建构"的后期作品中，弗洛伊德竟然承认，

> 始自分析者建构的小路应该在患者的回忆中结束；但它并不总是引向很远的地方。相当经常的情况是，我们不能成功地使患者回忆被压抑的东西。代替的情况是，如果分析不能正确进行，我们就会在患者身上产生一种对建构之真实的确定的深信，这种建构会像再体验的回忆那样取得同样的治疗结果。[1]

这里，弗洛伊德似乎要给近来的暗示性心理治疗批评家们（即那些主张临床医学家给患者提供一种创伤化过去的批评家）提供他们所需要的全部弹药。但这段话也可以解读为弗洛伊德入迷的地点之一：他对根源十分着迷并同时确信根源不能回归或恢复。

在多克特罗小说的结尾，但以理去西海岸旅行，目的是调查与父母冤案有关的历史真实。他正式地为艾萨克逊基金会（苏珊梦想成立的革命基金会）会见出卖他父母的朋友塞利格·敏迪什。揭露历史真实的场景和与《圣经》精神相一致的和解本身所具有的反讽真是意味深长：这位最年长者已经是风烛残年，这一场景发生在迪斯尼乐园奇妙的幻境里。正是在这一充满奇妙幻想的语境下，但以理发展了他自己的理论——"另一对夫妇理论"：艾萨克逊夫妇代替另一对是真正间谍的也有两个小孩的夫妇——"姓格兰特康考斯的神秘夫妇"——被以间谍罪处死。在阅读但以理的"另一对夫妇理论"时，读者会遇到一系列密集的具有典型特征的意义，这些意义需要进行可能的心理的、元小说的和历史的解释。首先，但以理的家庭冒险浪漫史是反过来的浪漫史：他的父母并非"皇室"成员，而是在"皇室"成员的位置上做出牺牲的普通人父母（这是但以理的纯幻想理论和孩童时期写作的素材）。其次，多克特罗在这里正在从事一部有参考内容的戏剧创作，写一部关于艾萨克逊和罗森堡两对夫妇遭受迫害的剧本（罗森堡夫妇时常出现在但以理和多克特罗表现艾萨克逊夫妇遭受迫害的文本中）。最后，但以理可能知道有另外一对夫妇：莫里斯和洛娜·科恩，两个有小孩的美国共产党

---

1 Sigmund Freud, "Constructions in Analysis," *The Standard Edition of the Complete Psychological Works of Sigmund Freud, Vol.* 23, ed. and trans. James Strachey, London: Hogarth, 1955, pp. 265-266.

员，他们在罗森堡夫妇被捕时消失了。[1] 这"另一对夫妇"也许是，也许不是弗洛伊德所称的错觉中"历史真实的碎片"。[2] 但这里更有启迪作用的是但以理的理论基础，就是说，还有另一个他不能目击的场景。即使但以理在法庭上，他也不可能看到这一情景："当塞利格·敏迪什被叫到证人席时，我妈妈在椅子上坐起来，双臂交叉放在胸前，抬起头。他就在那里。……一股愤怒的电流进入她的身体"。这一场景靠注视的目光而转动："在他说出要将他们送入坟墓的话之前，他转过身来，看了罗谢尔一会儿，注视她的目光片刻……她很惊讶在他的目光中读出的不是一个叛徒的信息"。[3] 在这一场景中，但以理看见的只能是所谓"看见"的，因为母亲成为他叙事中的一个人物。换句话说，主要场景始终与多克特罗作为作家的叙述连接在一起。

小说《但以理书》以牛奶与鲜血、皮克斯基尔的骚乱、法庭戏剧和电刑处死等事件来支持这种不可能的场景。《但以理书》并未要求我们判断这些回忆是否真实（引人关注的问题是小说试图合法地裁定"被压抑的回忆"案例），而是接受回忆永远是不可能的看法："可能这样的回忆都不是真实的"[4]，以及小说与历史并非是完全可以区分的叙事话语这种后现代假设。小说的叙事表明，关于死刑场景的真正目击者叙述（就像关于罗森堡死刑的报道所证明的那样）不会比但以理自己的不可能的回忆或多克特罗的虚构的叙述较少受到幻想的阻碍。也就是说，《但以理书》致力于回到死刑的场景，并非表现，用利奥塔的话说"一个在记忆中重现或反照、反作用的过程"，而是表现一个"分析，回忆"的过程，[5] 从而将过去的不确定的创伤事件叙述出来。

2. 国家的暴力父权

《但以理书》具有表现性暴力的特点，这种特点并非以明显的方式加以说明或解释。当然，但以理的暴力是有症状的，但是这种症状的本质是什么？但以理本人把对妻子的暴力对待作为一个问题提出来：一个有关小说效果的问题，一个有关他证据的吸引力问题："如果人们对我的第一瞥就是这个（几乎对他妻子进行性虐待），我如何建立同情？如果我想要表现瞬间来到的、给我带来不信任的灾难，为什么不从书架开始。但以理来回走动于书架之间，搜索一个论题，直到很晚"。[6]

---

1 Virginia Carmichael, *Framing History: The Rosenberg Story and the Cold War*, Minneapolis: University of Minnesoda Press, 1993, p. 223.

2 Freud, "Constructions in Analysis," op. cit., pp. 267-268.

3 E. L. Doctorow, *The Book of Daniel*, New York: Random House, 1983, pp. 295-296.

4 Ibid., p. 266.

5 Jean-François Lyotard, "Defining the Postmodern," *Norton Anthology of Theory and Criticism*, ed. Vincent B. Leitch et al, New York: W. W. Norton and Co., 2001, p. 1613.

6 E. L. Doctorow, *The Book of Daniel*, New York: Random House, 1983, pp. 16-17.

20世纪60年代女性主义与新左翼政治之间的关系是不融洽的。在"莫宁塞得高地包围（学生接管了哥伦比亚大学，这一幕出现在《但以理书》的结尾）"期间，激进的女性抗议者们被与她们同等的男性"分派"承担家务管理的责任。斯托克利·卡米歇尔告诉女性主义者们，"在大学生非暴力协调委员会（Student Nonviolent Coordinate Committee）中，女性的唯一地位就是俯卧"。[1] 罗谢尔·加特林这样描写该时期的反讽之一：实际上，女性的地位在"独裁的老左翼"那里原本是较好的（共产党至少承认"女性问题"）。在60年代，特别是由于"男子的"反战激进主义的兴起，对卷入政治女性的关心至少是处于次要地位的。性的实用性被视为一种"革命的义务"（"女孩们对说'不'的男孩们说'是！'"），表明小说所关心的女性遭到嘲笑。并非偶然的是，1971年出版的《但以理书》就是在目睹当代妇女运动发展的同一时期创作和发表的（凯特·米勒特的《性政治》和杰曼·格里尔的《女性太监》分别出版于1970年和1971年，《但以理书》这部小说当然可以说是关心妇女解放的可能性及其与身份的联系）。但是，多克特罗在小说创作中的性对待方面遭到质疑。下面这段话是他对一位学生质疑的反应：

> 我想那很可能是一种与性有关的成见，这种成见视性为权力，或者可能用性作为对政治关系的隐喻，或者无助地将性虐待注释为在遭受家长式统治的扭曲的社会里的性。在这一语境中我不由得想起维瑟尔姆·里奇（Withelm Reich），他断定除了其他事情之外，如果不转变20年代的欧洲性偏见就不会有新的社会。我同意他的判断，同意他把工业社会中性行为描述为性虐待狂与受虐狂，只能如此。因此，我认为在现代作家的性事件描写中情况正是如此，这些描写经常意味着或表现人们约会中的性与爱。[2]

在多克特罗的小说里，性是一种"隐喻"，它"无能为力地""注释"其他事物，它仅仅意味着它最明显表示的别的东西。那么，但以理的历史与他对妻子的虐待之间有什么关系呢？苏珊的话"'他们仍在强暴（fuck）我们'，她说"，[3] 听上去像那个时代的俚语，但对小说叙事是十分重要的。性行为暴力隐喻地表现了主要场景思考，使多克特罗文本达到了很大程度的饱和。

---

1 Rochelle Gatlin, *American Women Since 1945*, Jackson: University of Mississippi Press, 1987, pp. 86-87.

2 E. L. Doctorow, "A Multiplicity of Witness: E. L. Doctorow at Heidelberg," *E. L. Doctorow: A Democracy of Perception*, ed. Herwig Friedl and Dieter Schulz, Essen: Blau Eule, 1988, p. 192.

3 Doctorow, op. cit., p. 19.

但以理在幼年因父母被处死而失去了儿童应有的父爱和母爱，这是他曾经历的一种生活的极端形式，他无能力感觉和接受这样的生活。因此，但以理对性暴力的强烈爱好可以被解读为对其早期无能力感觉的逆转。但以理的性虐待可能是一种欲通过暴力克服他自己作为主要场景局限对象（或服从）地位的尝试。弗洛伊德利用男性受治疗者与国家之间的类比，写道："受治疗者的幻想与一个伟大而骄傲的国家用以掩盖其初期的渺小和失败的传说一致"。[1] 在其他场合，弗洛伊德支持精神分析时间的长度，这有助于男性接受精神分析者否定他们对另一（男性！）人类的无抵制力或依靠："在分析工作中，当全部的反复努力都变得徒劳时，人们感觉受到很大的压抑。但人们经常试图说服一个人相信对人们的消极态度并非总是意味着阉割，而且它在生活的许多关系中都是绝对必要的"。[2]

小说中，但以理的性暴力等同于父权的作用，它象征着国家的暴力父权。国家必须击败崛起的革命或"侮辱母亲者"。但以理这样描写美国的第一个"红色恐怖"：

> 就在国际劳动节前在纽约邮局里发现了 16 颗炸弹。这些炸弹是寄送给美国生活中的著名人物的，包括约翰·D.洛克菲勒和司法部长米歇尔·帕默。时至今日也不清楚，谁对这些炸弹负责——是红色恐怖分子，黑人无政府主义者，还是他们的敌人——但效果是一样的。其他的炸弹在整个春季被突然抛出，破坏财产、杀害致残无辜的人民，整个国家都在惊慌地反对红色恐怖分子。人们担心像在俄罗斯那样，红色恐怖分子将要接管国家……想想那种情景吧。[3]

换句话说，但以理的性暴力隐喻绝非是偶然的。

3. 创伤事件的根源

但以理在重述其童年时，看到生活中特殊的恐怖（父母被逮捕）与主要场景（父母被国家以叛国罪电刑处死）紧密相关：

> 我害怕睡着。我经常做噩梦，这些噩梦我都想不起来，除非我从噩梦

---

1 Sigmund Freud, "From the History of an Infantile Neurosis," *The Standard Edition of the Complete Psychological Works of Sigmund Freud Vol. 23.*, ed. and trans. James Strachey, London: Hogarth, 1955, p. 20.
2 Freud, "Analysis Terminable and Analysis Interminable," *The Standard Edition of the Complete Psychological Works of Sigmund Freud Vol. 23*, ed. and trans. James Strachey, London: Hogarth, 1955, p. 252.
3 E. L. Doctorow, *The Book of Daniel*, New York: Random House, 1983, p. 34.

中醒来并感到窒息。我害怕如果我睡着了，我家的房子会被烧毁，或者我的父母会不告诉我们就去了别的地方。由于某种原因，这第二个可能性渐渐变得更加可能。我经常躺在黑暗中想，我睡不着是因为我一旦睡着他们就会离开我和苏珊，去了他们从未告诉我的某个地方，一个秘密的地方。当你偶然发现他们做爱时，你的感觉是一样的，一种被排除在外的恐怖。这些控制你的人，脚步沉重地四处走，不受控制……世界自身为适合我的父母安排得很好……所有的肉体和物体都隐藏着一种情感，那就是他们的激情，这种激情将会把他们从我的身边带走。[1]

这里，主要场景被描写为对一个观察、认识生活的孩子的抛弃或背叛。但这一段也强调孩子对最终也未能保护他们的那些人的依靠。父母的愿望是为了他们自己——不是为了孩子——他们在自己的激情面前是无助的，这种激情与关于他们牺牲的叙事激情混淆在一起。也就是说，《但以理书》将父母的性欲与国家的权利合并在一起。这里，正在运转的幻想逻辑主张，区分国家的秘密与父母身体的秘密是困难的。但以理是其父母的受害者，而其父母则是国家政治暴力的受害者：他们因被政府监禁和处死而背叛了他。当然，但以理被未能保护他的父母所遗弃的幻想并非幻想：他的父母因被国家以叛国罪处死而真的永远离开了他。实际上，就但以理的历史而言，更加悲惨的是：它使幻想（孩童幻想、来自电影的幻想、来自电视和收音机的幻想）与真实事物之间的区分崩溃了。在最私密和最公开之间没有明确的区分：

> 我醒着的时候，生命的每一刻都是紧张的，我准确地知道正在发生什么。一台巨人眼机器，就像海顿天文馆里那台神秘的、长着两颗戴潜水帽的头、黑色的铆钉和虫子一样的腿的黑色器械，正将其行星的光束向我们这个方向照过来。那东西以冷酷的动机出现在黑色的天空中。当它照到我们时，它就像纳粹集中营里的探照灯，要停下来。我们将像那位在学校栅栏上被钉住的妇人，她的血与牛奶和破碎的瓶子碎片混合在一起。我们将会疼痛，好像血里面有玻璃碎片似的。那光束将会变热，我们的房子将会散发气味，冒烟，在边缘处倒塌，在巨大的、未成熟的火舌中突然发出火焰……。[2]

---

1 E. L. Doctorow, *The Book of Daniel*, New York: Random House, 1983, p. 124.

2 Ibid., p. 122.

在《但以理书》中，幻想起到了预言的作用。虽然创伤事件经常被描写为一种闯入，但多克特罗的文本暗示，创伤包括人的内心世界从外部世界的回归。人的症状的恐惧和欲望属于他者：警察（美国联邦调查局）和国家（美国）。多克特罗的创伤叙事显然具有心理和政治的特点。

《但以理书》充斥着各种情景和场景，例如错过目击的情景、不可能的情景、充满幻想的场景和非常仔细观察的场景。但同时在小说中，不仅但以理的眼睛，所有的眼睛（包括"巨人眼机器"的眼镜）都聚焦在艾萨克逊夫妇身上。于是，私密与公开之间的区分似乎加强了，但是彼此不相关了。但以理把家庭生活描写为既"缩小到家庭生活的边缘"又"扩展到大字标题和新闻广播"。[1]在这方面，读者可将多克特罗小说中的两个意象配成一对。苏珊要求但以理"懂得"的画面，应该是私人家庭照片的画面（关于他们父母的海报）变成了一种公开的、政治化的意象。相反，但以理竭力使一张矫揉造作的快照真正地政治化。他将其放大，置入海报中，贴在苏珊床前的墙壁上："这张海报是一张但以理的黑白粒面照片，但以理看上去肮脏，好战，长了胡子，目光明亮，他的手举起来，手指做出和平的手势。这是一张放大的成本为 4 美元 95 美分、矫揉造作的照片"。[2]但以理的家庭冒险故事以及他对父母和妹妹都是非常重要的人的意识，都实现了。[3]就在他的眼前，他的私人生活变成了历史。

但是，但以理的主要场景在多种意义上是在公共领域内，或者说它是一个将最公开和最私密结合起来的场景：就像 1776 年 6 月 27 日，乔治·华盛顿将军命令将叛徒托马斯·希基处死，在托马斯·杰弗逊的著名文献《独立宣言》发表一星期以前就"宣告"了美国的独立一样，艾萨克逊夫妇被电刑处死是对托马斯·希基被处死的移置，是一个对国家创建的重复。就像但以理所声称的那样，这个国家是以要求其公民死的方式来表明身份的："最后的存在条件是公民身份。**每一个人都是他自己国家的敌人……**。所有的公民都是战士。所有的政府都为了自己的利益把它们的公民交托给死亡"。[4]人们也会以艾萨克逊夫妇的死亡来目睹一个国家的（再次）诞生。如果说 1776 年华盛顿将军以忠于代表封建专制的英国国王的希基之死，宣告美利坚合众国———一个民主共和国———的诞生，那么 20 世纪 50 年代美利坚合众国又以艾萨克逊夫妇之死，宣告一个除封建专制国家外什么样的国家的诞生呢？

1　E. L. Doctorow, *The Book of Daniel*, New York: Random House, 1983, p. 136.

2　Ibid., p. 227.

3　Ibid., p. 106.

4　Ibid., p. 85.

当然，但以理没有看见其父母被电刑处死（他更没有看见美国创建）的情景。但是，他还是设法先后描写了保罗和罗谢尔被电刑处死。但以理对读者说："我猜想，你认为我不能描写电刑处死。我知道有你这样的读者。总是有你这样的读者。**你**：我要做给你看，我能写出对电刑处死的描述"。[1] 但以理就以《但以理书》这个文本**成为**其父母生活与死亡的目击者和美国历史骚乱的目击者。但以理的最先回忆包括他在布朗克斯区的家、一个来自第二次世界大战的人工制品的选择、一盘关于红军合唱队的录音带、可能是与总统罗斯福交换的一瞥、关于一颗原子弹被扔在日本的新闻以及这一歌曲片段："我记得在 76 大街看到红色的天空。炸弹在头上爆炸，老国王乔治夜不能寐，在那暴风雨的早晨——老山姆大叔诞生了"。[2] 多克特罗小说中的主要场景其实是一场革命。《但以理书》强烈地反映了这样一个事实，国家在上演失败时诞生了，首先是这种失败使国家的诞生成为可能。对叛国罪的处死将革命转变成阴谋；它在戏剧性地表现现存国家的权威时，防止了新的创建。在这个意义上，叛国罪与创伤事件的根源和主要场景密切相关。多克特罗写道："没有失败的革命，只有不合法的阴谋"。[3]

叛国罪与美国创建之间的联系既可以在历史上也可以在哲学上得到证明。我们已经从历史记录得知，宣告独立预先假设了叛国罪的法典编纂（或者已经由叛国罪的法典编纂完成）。如前文所述，1776 年 6 月 27 日，托马斯·希基被当做叛徒处死。希基之死可以说在托马斯·杰弗逊的著名文献《独立宣言》发表一星期以前就"宣告"了美国的独立。"华盛顿采取了决定性的一步；基于忠诚乔治三世的行为被解释为一种十恶不赦的大罪。通过处死托马斯·希基，华盛顿以不能撤回的方式公开宣告了他作为一个独立国家代表的身份"。[4] 对叛国罪的这一惩罚是一个实际上的独立宣言。[5] 这个例子中有一个奇妙的、重要的含糊不清：这一特殊的处死确定了谁的独立？这里值得强调的是，独立是一种遵循"神话般追溯既往"[6] 的结构，它是用死亡来宣告或产生的。国家的根源不仅不好定位，它也是创伤的。在"法律的力量"中，雅克·德里达写道，"不好把握的革命刹那……（是

---

1 E. L. Doctorow, *The Book of Daniel*, New York: Random House, 1983, p. 312.

2 Ibid., p. 109.

3 E. L. Doctorow, "False Document," *E. L. Doctorow: Essays and Conversations*, ed. Richard Trenner, Princeton, New Jersey: Ontario Review Press, 1983, p. 24.

4 Bradley Chapin, *The American Law of Treason: Revolutionary and Early National Origins*, Seattle: University of Washington Press, 1964, p. 35.

5 Ibid.

6 Jacques Derrida, "Declaration of Independence," *New Political Science* 15 (Summer 1986): 7-13, p. 10.

一个）总是发生和永远也不在眼前发生的时刻"。[1] 仅仅这一时刻才是政治的主要场景，这是一个被用但以理父母的死来重复和防御的场景。如果一个国家能够要求其国民的死，那么其国民当然在根本上依靠这个国家。任何独立的国民对父母的依靠都既假设为了生存又必须否定为了生存，而国民对国家的依靠则是一种比生养育自己的父母更亲密或更根本的依靠。那么，个人与国家都由于两个原因而被他们的根源所困扰：首先，因为他们都是不可把握的，即使是在一开始，人们也不能证明自己的观念；其次，因为依靠的根源掩饰对自给自足和统一的虚构。

艾萨克逊夫妇（或罗森堡夫妇）被指控犯有间谍罪，但是正如但以理通过罗谢尔之口所言："他们将因为叛国罪而被判处死刑"。[2]《但以理书》告诉我们，叛国罪是美国宪法给下了精确定义的一种罪。新的共和国竭力坚持叛国罪只能是反对这个国家的罪而不是反对某个人或某政党的罪，从而把自己与君主政体区分开。此外，叛国罪必须是一个行为，而不是思想或言论。在这一点上，美国国民一直主张对叛国罪的重新概念化与第一特别修正案规定密切相关，该规定表明国会将不会通过剥夺表达自由的法律。[3] 此外，禁止惩罚有罪主体的家庭成员或后嗣。他们对自己的历史享有权利。在这一点上，封建法律（1350 年首次在英国编成法典）与美国法律之间存在重大差别。封建法律不仅"实行血统株连"，而且在轻微的叛国罪和严重的叛国罪之间做出区分。如果妻子谋杀了她应该忠于的丈夫，是轻微的叛国罪，而任何反对国王的罪则被认为是严重的叛国罪，是"原始的"叛国罪。这里所强调的要点是与家庭、国家等级和隐喻有联系的逻辑：妻子与丈夫的关系是国民与其君主关系的微型形式。另一方面，在民主政治中每一个公民与其国家之间存在一种无中介的关系，即法律不承认血统遗传的逻辑："在英国，血统株连作为一种对轻微叛国罪的惩罚，表现为罪犯孩子与父亲断绝父子关系，罪犯财产被没收并归于国王。美国的宪法禁止这种惩罚，从而防止无辜孩子遭受因其前辈违法犯罪而带来的不公正"。[4] 在这方面，《但以理书》是最发人深思的，它探问民主政治中的遗传状况。但以理与苏珊毫无疑问受到了惩罚——英国式的血统株连；他们不能选择拒绝父母留给他们的创伤遗产，即使它仅仅在想象上有点越出法律范围。但以理不得不继承的创伤性遗产破坏了家庭历史可以很容

1　Jacques Derrida, "Force of Law: The 'Mystical Foundation of Authority,'" *Cardozo Law Review* 11, 5-6 (July/ Aug 1990): 920-1045, pp. 1001, 991.

2　E. L. Doctorow, *The Book of Daniel*, New York: Random House, 1983, p. 218.

3　Ralph M. Carney, "The Enemy Within: A Social History of Treason," *Citizen Espionage: Studies in Trust and Betrayal*, eds. Theodore R. Sarbin, Ralph M. Carney, and Carson Eoyang, Westport Connecticut: Praeger, 1994, p. 33.

4　Stephen H. Gifts, ed., *Law Dictionary*, Third Edition, New York: Barron's, 1991, p. 498.

易地与国家权力分离的幻想。此外，甚至国家也不相信自己的公民有独立于国家的幻想，《但以理书》入木三分地讽刺并揭示了美国政体的本质："联邦政府不会不管但以理，即使他能够'忘记'自己的父母曾犯有叛国罪，他也一直被并将永远被秘密警察监视着"。[1]

但以理声称他需要的不仅是"家庭的叙事"，[2]实际上，这是这部小说至关重要的双关语之一。但以理对琳达·敏迪什（出卖但以理父母的牙医塞利格·敏迪什的女儿）声称，他想从她那里得到比过去的家庭解释或过去的家庭叙事更多的东西。但是，小说的重要反讽是，国家既剥夺了但以理的家庭叙事（真实地以对其父母的处死，在比喻上以其叛国罪定罪不会'实行血统株连'的声明），又留给了但以理一种将永远是创伤存在的，因此也是一种特别、特殊存在（以世代逆转，但以理用父亲的名字给儿子取名表示出来）的遗产。但是，如果家庭叙事是一种血统的叙事，那么但以理的政治历史、他的生活故事、毫无疑问不是由血统决定的：尽管电刑处死完全是暴力的，但它绝对是不流血的。事实上，没有血是其表面存在，血被移置了，电是电刑处死文本的生命之血。

三、历史重构

关于为什么写《但以理书》这部小说，多克特罗这样解释说："当我在20世纪60年代后期写《但以理书》时，有许多比一群激进分子的异常行为更有趣的问题值得探讨。我对新左翼和老左翼之间的联系很感兴趣。在美国，激进分子的作用是什么？它就是牺牲吗？为什么左翼运动总是毁灭自己？"[3]左翼亦称左派人士、激进分子，指拥护自由、经常采取激进措施来影响现存秩序的变革者或群体，尤指在政治领域，经常是为了争取一个国家内广大国民的平等、自由及安康。老左翼出现在20世纪初期。在20世纪20和30年代各国无产阶级的斗争中、特别是在共产党领导的反法西斯斗争的影响下，一种关心贫穷劳动群众生活与命运，表现他们反对统治阶级压迫和剥削的斗争，表现工人阶级反对资本主义从而改变资本主义制度的斗争，为无产阶级和劳动人民服务的进步文学也随之蓬勃兴起并在世界范围内发展和繁荣起来。它不仅对受剥削和压迫的穷人和工人阶

1　Naomi Morgenstern, "The Primal Scene in the Public Domain: E. L. Doctorow's *The Book of Daniel*," *Contemporary Literary Criticism, Vol. 214*, ed. Hunter W. Jeffrey, Detroit/ New York/ San Francisco/ San Diego/ New Haven, Conn. / Waterville, Maine/ London/ Munich: Thomson Gale, 2006, p. 164.

2　Doctorow, op. cit., p. 299.

3　Arthur Bell, "Not the Rosengergs' Story," *Village Voice* 6 Sept. 1983: 41-42.

级表示深刻的同情和怜悯，更重要的是，它包含着对资本主义制度及其社会现实的无情暴露和严肃批判。这就是在 20 世纪 30 年代盛极一时的激进的老左翼文学。新左翼出现在 20 世纪 60 年代反对越战抗议浪潮蓬勃兴起期间。20 世纪 60 年代至 70 年代初，美国出现了新激进主义运动。这是一支以青年知识分子为主体的政治力量，他们先是对美国社会存在的各种矛盾，如贫富悬殊、种族歧视和政治不平等发出了振聋发聩的呐喊；接着，他们对美国越南战争中的侵略行径进行无情的揭露。通过民权运动和反战运动，这支青年政治力量吸引了众多的学生群众加入它的队伍，形成一股声势浩大的政治运动。由于这场运动激进色彩浓烈，被美国新闻媒体描述成左派运动。又由于 60 年代的左派与美国 30 年代的左派有诸多区别，所以它被称作"新左派运动"。在老左翼和新左翼之间是所谓的"麦卡锡时代"，这是一个充满恐怖和压抑的时代。当人们以人性的术语失去与过去的联系时，多克特罗清楚地看到左翼自我毁灭的可能性（在《但以理书》中通过苏珊这个人物比喻地表现出来）。

多克特罗用小说艺术来激发读者的政治热情，"我将思想、意象移动一定距离。我努力地使看不见的能看得见。我将痛苦分散开来，这样它就可以忍受了"。[1]"在使看不见的能看得见的过程中，多克特罗强烈地关心社会公正"。[2]在一次访谈中，多克特罗说他的人物，例如比利·巴斯盖特和但以理·艾萨克逊，都在"这个世界里为他们自己寻找某种遗产，某种公正"[3]，寻求社会公正。多克特罗一直强调《但以理书》并非关于伊瑟尔和朱利叶斯·罗森堡的，而是关于"对罗森堡夫妇案件的思考"。小说一直被称为"对美国政治的思考"，"对激进运动的想象性修正，激进运动试图在代沟之间架设一座桥梁，将新的激进主义与其历史联系起来"。[4]多克特罗曾与西德尼·鲁米特关于电影《但以理书》做过一个联合声明，他们说：

> 不追求从历史观点上说的准确性的尝试……通过但以理对其自己记忆中自我发现的寻求，也通过他与卷入他父母案件的人的接触，我们从内部看到了美国持不同政见者生活中的三个十年——从经济大萧条和第二次世

1 Christopher D. Morris, "'Fiction Is a System of Knowledge': An Interview with E. L. Doctorow," *Michigan Quarterly Review 30* (Summer 1991): 439-456, p. 456.

2 Joanna E. Rapf, "Sidney Lumet and the Politics of the Left: The Centrality of Daniel," *Contemporary Literary Criticism, Vol. 214*, ed. Hunter W. Jeffrey, Detroit/ New York/ London/ Munich: Thomson Gale, 2006, 151.

3 Morris, op. cit., p. 441.

4 Paul Levine *E. L. Doctorow*. London: Metheun, 1985, p. 38.

界大战到麦卡锡时期和 20 世纪 60 年代的反战运动。父母对孩子的影响、意识形态对生活的影响、历史对个人的影响是在一个家庭两代人的故事中得到思考的问题，这个家庭的主导激情不是成功，不是金钱，不是爱情，而是社会公正。[1]

正如批评界一直注意到的那样，小说《但以理书》表现了不同层次的社会问题，讲述了许多故事。但故事之一是关于美国左翼及其在美国历史上所扮演的通常是牺牲的角色。20 世纪 60 年代的新左翼忽略历史，反对具有马克思主义研究团体的老左翼比较客观的社会分析，代之以用个人的主观术语来解释政治问题。在多克特罗的小说中，诺曼·梅勒意味深长地以一个孤独的人物形象出现在 1967 年向五角大楼进发的游行示威的队伍中。在他自己的非小说作品《黑夜大军》中，梅勒清晰明白地阐释了两代左翼之间的意见分歧，他把自己描写为与年轻抗议者的反个人主义和忽略历史的做法格格不入。或像莱斯利·费德勒所描写的那样，他们是"历史的退出者"[2]。但是，多克特罗并不把历史视为过去事实的集成物，这对于理解多克特罗的全部作品是至关重要的。

> 我认为历史是虚构的，是写下来的……但是，历史并非是一个可视为我们自己的自我意识来源的学科，因此它是非常重要的，不能只留给历史学家和政治家所独有……既然历史可以是写下来的，那么你就会想有尽可能多的人积极从事历史写作。存在一种感知的民主……目击者的多样性……如果你不经常地重构和重新阐释历史，那么它就开始像神话一样加紧对你喉咙的控制，你就会发现你自己处在一种极权主义的社会里，它或是世俗的或是宗教的。[3]

《但以理书》就是这样一种对历史的重构和重新阐释，它以断裂的时空结构，通过主要叙述者但以理讲述的声音的多样性，成为一个"知识的系统"[4]。多克特罗从这部书开始，

1　Andrew Sarris, "The Rosenbergs, the Isaacsons, and Thou," *Village Voice 6 Sep.* 1983: 45-51, p. 45.

2　Leslie Fiedler, "The New Mutants," *A Fiedler Reader*, New York: Stein & Day, 1977, p. 193.

3　Herwig Fruedl and Dieter Schulz, eds., "A Multiplicity of Witness: E. L. Doctorow at Heidelberg," *E. L. Doctorow: A Democracy of Perception*, Essen: Blaue Eule, 1989, p. 184.

4　Christopher D. Morris, "'Fiction Is a System of Knowledge': An Interview with E. L. Doctorow," *Michigan Quarterly Review 30* (Summer 1991): 439-456, p. 444.

放弃了努力表现对作为 19 世纪小说典型特征的转变的关心。其他作家可能有能力这样做，但是我再也不能接受现实主义传统了。我对现实主义不感兴趣……很明显，像当代阅读的大多数人一样，我的感知节奏被电影和电视大大地改变了……如果没有吸收 80 年或 90 年的电影技巧，我不知道人们如何写作。[1]

多克特罗认为小说的结构就像电影一样，他从电影和电视剧"懂得了我们不需要解释事物……我的作品的力量来自非连续性，来自场景、时态、声音、谁在说话和神秘性的转换……看过电视上新闻播报的人都知道非连续性"。[2] 既然作者身上的"感知节奏"被转变了，那么《但以理书》中的虚构作者但以理本人身上的"感知节奏"也被转变了。据说多克特罗是用传统的第三人称声音开始这部小说的写作的，但他感觉这不恰当，于是他废弃了最初写的 150 页，并且用但以理的声音进行整部小说的叙述。[3] 因此，这部作品成为他所称的"虚假的文献"，即作为"虚假文献"历史的完美范例。在这样的历史中，文本显然是由别人制造的，而不是作者写的。在这种情况下，小说《但以理书》就是"但以理的书"，[4] 一幅作为颠覆破坏分子的艺术家的画像，这位艺术家将学术写作（博士论文）与虚构（这部小说）合并来制造历史，"作为我个人的小说"，一种自我意识。但以理的声音反思了媒介时代，他成长在这个时代里，一幅抽象拼贴画，就像我们在斯特恩里克特的"图画、电影剧照、海报和实物"[5] 墙上看到的，这幅拼贴画里有家庭故事、信件、《圣经》引语、审判抄本，叙述突然从第一人称视角转向第三人称视角，就像电影里的跳跃剪辑。告诉但以理自我意识的电影点缀着他的叙述。

小说以但以理讨论写作本身开始，他的写作"不仅把 30 年代的激进主义与 60 年代的激进主义联系起来，而且把家庭忠诚与政治参与的思想联系起来，这是一种非常具有独创性的联系……但以理想要重建被毁灭家庭的决心导致他重新发现政治行动主义，政治行动代表其父母对他要求的绝大部分"。[6] 但以理列出七

1　Larry McCaffery, "A Spirit of Transgression," *E. L. Doctorow: Essays and Conversations*, ed. Richard Trenner, Princeton: Ontario Review, 1983, pp. 40-41.

2　Ibid.

3　Joanna E. Rapf, "Sidney Lumet and the Politics of the Left: The Centrality of Daniel," *Contemporary Literary Criticism, Vol. 214*, ed. Hunter W. Jeffrey, Detroit/ New York/ London/ Munich: Thomson Gale, 2006, pp. 152-153.

4　E. L. Doctorow, *The Book of Daniel*, New York: Random House, 1983, p. 318.

5　Ibid., p. 150.

6　Stephen Farber, *Film Quarterly 37*，Spring 1987: 32-37, p. 35.

个要表现的题材。第一个题材是一幅关于他们父母的招贴画，上面写着"释放他们"，这是在苏珊自杀未遂后在沃尔沃汽车里发现的。这幅招贴画是现在与过去之间一种看得见的关联，但它也是隐喻的，因为从现在的视角看，此刻是孩子们必须得到释放。随着情节的展开，苏珊只能以死才能从她逐渐加重的疯狂中释放出来，而但以理的解放将是叙事的脊柱。第二个题材出现在但以理说完关于电的开放性独白之后，他去参加的五角大楼游行。在这次游行中，他看到了诺曼·梅勒、斯波克博士、威廉·斯隆·科芬和罗伯特·洛厄尔，意识到了代际之间深深的分歧。第三个题材是"我们的疯奶奶和地下室里的大个子黑人"。[1]第四个题材是但以理和苏珊的养父母列文夫妇。他们的个性未得到充分的表现，特别是列文夫人除了扮演一个无效的和平守护者外，未发挥其他任何作用。但是，苏珊三句重复的抱怨——"他们还在强暴（fuck）我们。你懂得那个画面。做个好孩子，但以理。"——系统地贯穿整个小说文本。苏珊说的"他们"是谁？"那个画面"也指但以理在苏珊汽车里发现、在听着苏珊重复那三句话时紧抓在手里的那幅关于艾萨克逊夫妇的招贴画吗？做个"好孩子"是什么意思？

七个题材中最长的是第五个，这个题材与但以理作为一个研究生的生活有关，他藏身在哥伦比亚大学图书馆里查阅"第二手资料"，回避承诺。小说以但以理驱车去伍斯特州立医院看望妹妹开始，这是一个对 60 年代晚期美国的可能的隐喻，以三个结局结束——（1）但以理回到他在布朗克斯区的老房子；（2）苏珊的葬礼；（3）在哥伦比亚大学图书馆里写作。

第六个题材是游击队战士阿蒂·斯特恩里克特，他受警察们威胁，被迫接受血液实验，是美国政府政治暴力的又一种受害者。阿蒂对于认识 60 年代的美国是十分重要的。第七个题材是艾萨克逊基金会。建立基金会的想法引发了对他内心的暗暗思考，他自问："把全部心思都用在这件事上是不是错了？我的内心出了什么毛病？"。[2]当但以理开始写这部书时，他并没有想得很多。只有在他写到三个结局时，他才发现他的内心、他的人性。多克特罗在接受莫里斯采访时坦白地说："我喜欢为《但以理书》安排的结尾……我认为在赋予但以理性格特征的那一时刻，三个结局对他来说是非常合适的——他会那样做的。这三个结局一起会形成一个很好的结尾"。[3]在他回布朗克斯区看老房子时，他能够释放过去；在苏珊的葬礼上，他透过眼泪看清现在；在图书馆里他通过写作致力于创造未来。

1　E. L. Doctorow, *The Book of Daniel*, New York: Random House, 1983, p. 26.

2　Ibid., p. 27.

3　Christopher D. Morris, "'Fiction Is a System of Knowledge': An Interview with E. L. Doctorow," *Michigan Quarterly Review 30* (Summer 1991): 439-456, p. 444.

多克特罗的小说文本将历史叙事与小说叙事混合。[1] 叙述学家杰勒德·热奈特认为，历史学家将他们对历史的相对、间接、不全面的认识与虚构他们所叙述事件时某些人的定义所享有的灵活的全知之间的对立紧紧绑扎在一起，他研究了这种历史写作的典型特征[2] 热奈特断言不存在纯粹的叙述形式，叙述者有必要将形式重叠："如果我们考虑实际的做法，我们就必须承认没有严格的避免使用'情节编织'和小说技巧的纯小说和纯历史"。[3] 多克特罗依靠关于罗森堡夫妇的各种历史文献来建构小说文本。小说中许多段落都表现了这一点，例如对但以理父母所谓"叛国罪"审判的复杂与古怪，在狱中父母之间信件交流的情感语气等。但以理发现"最荒谬的"[4] 叙事的时间顺序维度使他叙述的事实特征小说化。他频繁提到的电、折磨、电刑暗示他头脑里的可怕的幻想，包括他父母的最后时刻，那是一个但以理只能想象的时刻。他通过想象表现这些时刻，仿佛他是全知的，抛弃了历史学家基于小说所允许的洞察力创造的有限认识的主张，正如关于母亲的勇敢与淡泊混合的比喻所表明的："妈妈的脸上仍然带着奇特的微笑，在电椅上坐下，像在飞机上做好旅行准备的乘客那样观看自己被皮带缚住"。[5] 但以理把他的父母描绘为正直、挑战的英雄，特别是他的母亲，直到最后他们被电击而死身体发生痉挛。但以理通过叙述他们对自愿接受的电刑处死的挑战来取代他对拯救父母，改变他们在美国历史上注定被毁灭命运的无能。但以理对读者说，"我猜想，你认为我不能描写电刑处死"，[6] 事实上，他通过想象做到了。

在但以理历史上的现在时刻，他对情感上患病的妹妹苏珊的怜悯增加了。当苏珊躺在医院病床上时，但以理害怕那些足以杀死他父母的强大电流被有敌意地用在妹妹身上。他试图以愤怒的干涉阻止这种治疗。但以理大概是把休克疗法当成了一种带有转化结果的电的折磨形式，与导致他父母死亡的方式相似。但是在对苏珊的治疗中，他并未感动决策者接受他的干涉，对治疗做出是否正确或正当的证明。由于但以理所说的"分析失败"，[7] 苏珊的早逝未对他认为有正当理由的干涉提供支持。现在，但以理唯一能做的拯救行为就是建构一个关于他的家庭及其在冷战中作用的有意义的叙事。

---

1 Brian Dillon, "The Rosenbergs Meet Nebuchadnezzar: The Narrator's Use of the Bible in Doctorow's *The Book of Daniel*," *Contemporary Literary Criticism, Volume 214*, ed. Hunter W. Jeffrey, New York/ London/ Munich: Thomson Gale, 2006, p. 135.
2 Gerard Genette, *Fiction and Diction*, trans. Catherine Porter, Ithaca: Cornell University Press, 1993, p. 82.
3 Ibid.
4 Doctorow, op. cit., p. 262.
5 Ibid., p. 314.
6 Ibid., p. 312.
7 E. L. Doctorow, *The Book of Daniel*, New York: Random House, 1983, p. 317.

尽管但以理对其父母的描述从对抗转向感伤，但他坚定认为他们是莫名其妙搞起来的歇斯底里的反犹迫害的受害者。在寓所的私人空间被面无表情的美国联邦调查局密探武力侵犯和父亲保罗·艾萨克逊被逮捕之后，但以理暂时把注意力转向众议院非美活动调查委员会的听证公共空间："如果麦卡锡没有做出对国际无神论共产主义与基督教之间重大斗争的描述，可能就不会有人依照乔·麦卡锡的观点来怀疑犹太人的归属"。[1]

多克特罗小说用来自《圣经》的《但以理书》的开篇引语暗示小说将要表现的主题与麦卡锡在全国公众中激起的对抗与一般性的左翼，特别与犹太人的对抗相类似。引语应该对读者的期待起作用。一部小说中的引语应该通过暗示与读者大概知道的另一作品的类似，预告或预报随后故事展开的某种维度。在这段来自《圣经》《但以理书》的引语里，一位巴比伦先驱大声宣布：

> 无论何时你们听到短号、长笛、竖琴、低音喇叭、古代弦乐器、洋琴的声音和各种音乐，你们就跪拜尼布甲尼撒二世（古巴比伦国王）树立的金色偶像：无论是谁不跪拜，他就将在此刻被抛进燃烧的、炽热的火炉里。因此，在那一时刻，所有民族、说不同语言的人们一听到短号、长笛、竖琴、低音喇叭、古代弦乐器、洋琴的声音和各种音乐，就都跪拜尼布甲尼撒二世（古巴比伦国王）树立的金色偶像。[2]

在历史上的罗森堡夫妇被逮捕和监禁时期，麦卡锡受到了美国媒体的热情支持。他指挥的公开审判对他的政治生涯产生了广泛的大众关注。应邀为众议院非美活动调查委员会作证的亚瑟·米勒概括了那一时期的情绪：

> 在 1950 到 1954 年间，在威斯康星的约瑟夫·麦卡锡参议员影响的顶峰时期，一种不可阻挡的力量的幻想包围着他。他使整个国务院瘫痪，吓坏了艾森豪威尔总统，使几乎全美报界感到迷惑，他们以全部的严肃性将麦卡锡这种类似最幻觉小孩所造成的唾液湿纸团当成确实的头版新闻报道。甚至他的名字不仅使先前（20 世纪）30 年代或 40 年代断然拒绝左翼支部的人胆战心惊，而且使那些先前对苏联、对马克思没有表达出强烈仇恨的人或合作团体胆战心惊。[3]

1　E. L. Doctorow, *The Book of Daniel*, New York: Random House, 1983, p. 135.

2　Ibid., p. 7.

3　Arthur Miller, "The Night Ed Murrow Struck Back," *Esquire* December 1983: 460-467, p. 460.

麦卡锡信仰者所崇拜的"金色偶像"就是由对任何以某种方式与共产主义有联系的人的绝对怀疑所组成。

但以理在其父母被电刑处死 14 年后开始了他的创伤叙事。从一开始,他就对那些阴谋陷害他父母的人和含蓄地对那些接受政府对他们做有罪判决的人,坚持一种强烈的厌恶。他创造性地复原了美国联邦调查局对其父母的胁迫、逮捕、审判和电刑处死——他典型地叙述了那段历史,好像他就是一个目击者,甚至在那些历史事件中他自己的童年都被排除在外,使保罗和罗谢尔·艾萨克逊一生最后几年固定在美国历史上的政治迫害时期。不难证明他是在深陷另一个政治迫害时期的同时建构他的历史叙事。他在 1968 年哥伦比亚大学图书馆里写他的这部小说:对越南战争的不同看法将父母与其孩子们分开;将政府以及许多大学行政部门与学生分开;将但以理与其妹妹苏珊分开。苏珊是拉德克利夫大学学生和激进的"波士顿反抗"组织成员,她力劝哥哥捐献他在家庭委托金中的一份,更重要的是,允许使用他们的家庭姓名建立基金会——"保罗与罗谢尔·罗森堡革命基金会"。[1] 苏珊在征兵局门前示威时,遭到警员的棍打。她在 20 岁时就打算超越政治策略,在财力上和象征意义上为新左翼做出更重要的贡献,因为她相信她父母的名字为需要英勇鼓舞的年轻革命运动提供了护身符的力量。"艾萨克逊这个姓名具有重要意义。发生在艾萨克逊夫妇身上的悲剧是给这一代人的一个教训,"她告诉但以理,她认为但以理不愿分享她的政治热情是自私的和固执僵化的。[2] 在关于建立基金会的讨论几个月后,但以理在 1967 年 10 月参加了去五角大楼的示威游行,警员们肆意地对他棍打、脚踢,然后把他关押了一夜。苏珊嘲弄但以理,目的是使他采取反战立场,在大家以为他正在完成学位论文的时候鼓动他写关于父母遭受迫害的叙事。苏珊在马萨诸塞州立医院割腕后被控制住,对前来看望她的哥哥说:"他们还在强暴(fuck)我们"。[3] 她的辩才,更深刻地讲,她的自杀企图,迫使但以理调查她的看法是否正确。一种难以归类的"他们"继续("还在")对孩子们的迫害。但以理在写父母遭受迫害的叙事初期,就从苏珊与此叙事关系重大的个性特征畏缩,他相信她的个性特征是从他们父母那里继承的。

> 苏珊身上存在着致命性的有明确情感的家庭天赋。甚至还是个孩子时,她就总是采取立场。她是一个伦理学者,一个法官。这是对的,那是错的,这是善的,那是恶的。她的个人生活粗心地暴露给大家,她的需要是不害

---

1   E. L. Doctorow, *The Book of Daniel*, New York: Random House, 1983, p. 91.

2   Ibid., p. 93.

3   Ibid., p. 19.

羞的，不像多数人的需要那样谨慎地做出安排。她的身上具有敢作敢为的道德开放性，具有高声的、有才智的、富有对抗性的、诚实的女孩特点。全部都是错的，永远都是错的。[1]

在写其家庭故事的整个过程中，但以理最后指出苏珊看法的"错误"不再那么明显；她对父母和对政治气候的情感反应值得他做出长篇分析。

多克特罗对狂热的、易激动的苏珊这一形象的塑造大胆地偏离了对罗森堡夫妇的历史记录。罗森堡夫妇有两个儿子，而非一儿一女，哪一个也不狂热。多克特罗的艺术创新创造了一个从未公然详细阐述的典故：《圣经》里关于但以理和苏珊娜的伪经故事在小说中起到了一个神圣先驱的作用，这是一个突出但以理纠正法庭对苏珊娜做出不公正判决的故事。在伪经故事中，在巴比伦囚禁期间，一个有钱的犹太人的年轻貌美的妻子苏珊娜，成了两个渴望得到她的犹太长老阴谋的受害者。这两个长老决心要诱奸苏珊娜，当她在花园里准备洗澡时遇到她；他们要求她屈服；她拒绝他们的要求；作为对她的报复，他们公开控告苏珊娜与一个逃跑的不知名的年轻人犯有通奸罪；苏珊娜被送上法庭接受审判；两个长老的证明被接受为事实，法庭裁决将苏珊娜用石头打死，作为对她的惩罚。作为神圣指导的结果，但以理突然出来干预审判。他将两个长老分开，询问苏珊娜在花园里进行通奸行为的准确地点，发现他们的说明相互矛盾。那些参加简短询问的人因为那两个长老作伪证而用石头将他们打死。无辜的苏珊娜被释放了。这个令人紧张的故事是在敌对犹太人的政治气候下，描写了恶毒的犹太人法官。但由于这个故事是对司法系统的严肃批评，而从经典中被排除。此外，但以理的干预突出了目睹审判的会众对长老证据审查的粗心大意。虽然但以理出席在简短审判的现场，但他在获得神圣的启示之前，似乎非常愿意接受迅速达成的判决。没有人问苏珊娜是否有什么要说——她的丈夫、父母，甚至但以理都没有问她。即使叙述者的第一句话宣称苏珊娜保持了清白的声誉，但她被禁止讲话。此外，叙述者未能注意到她在判决修改后的反应。整个焦点转向了但以理的胜利。为了结束对苏珊娜的忽视和虐待，她的故事被从旧约全书作品的主题中退了出来。

苏珊这个名字普通得足以让读者忽略任何她与《圣经》的联系。但是，名字的重复可能是深思熟虑的，尽管这并不归功于叙述者（我们不得不相信他既没有叫错自己妹妹的名字也没有重新给她命名）而是归功于小说的作者。除了对《圣经》文本的明显涉及外，多克特罗还隐蔽地涉及了伪经文本。对那种叙事策略的

1　E. L. Doctorow, *The Book of Daniel*, New York: Random House, 1983, p. 317.

应用可能使读者意识到作者与叙述者之间有一个裂口，这个裂口暗示叙述者松散地掌握其古弋神圣的先驱文本。但以理·列文并未完全使妹妹苏珊沉默。但是，我们在但以理的长篇叙事过程中仅三次听到成年苏珊的声音：在她住院治疗时含义模糊的讲话（"他们还在操我们"）中，在关于她提议创办基金会的争论中，在那次争论之后她写给但以理的一封短信中，在这封信中她基本上是让但以理离开她的生活。多克特罗的小说抵制与伪经作品精确的相似，不管作者或叙述者是否打算有一些相似。《圣经》的但以理在法庭对苏珊娜做不公正的惩罚之前进行了戏剧性的干预。但以理·列文却从未有机会干预国家对他父母所做的不公正的惩罚，而且他与妹妹在政治上团结一致的行动来得太迟。当苏珊在医院里变得衰弱无力时，但以理努力成为她"唯一合法的监护人"，但是与《圣经》的同名人物不同，他要"拯救"苏珊的努力，例如禁止对她的电休克疗法，太小且太迟。[1] 但以理的叙事不仅是在其父母而且是在其妹妹死后的历史追述。在最后几页，我们得知苏珊成功地自杀了。但是，在苏珊的启发下，但以理在对父母为什么和如何遭到迫害的认识方面实现了突破。他乘飞机去加利福尼亚，寻找对他父母做了不利证明的前朋友塞利格·敏迪什。他像伪经故事中的长老，曾经渴望得到罗谢尔，他是一个提供证明犹太人有罪证据的犹太人。但以理想要证明他的"另一对夫妇理论"，[2] 他认为另有一对夫妇，而非他的父母，可能窃取了原子弹机密，而敏迪什有意地或受困惑地将此事归咎于但以理的父母。但以理还怀疑，有一个与"另一对夫妇理论"相矛盾的理论，即敏迪什本人对美国联邦调查局的所有指控都是绝对无罪责的，但作为他无知和人格不完善的结果，他成了陷害艾萨克逊夫妇的密告者。世俗的但以理否定了《圣经》的但以理所肯定的东西："要点是，人们并不经历启示"。[3]1967 年，在父母被电刑处死 14 年后，敏迪什成功地逃避了过去。但以理查到了从前的密告者敏迪什生活的地点，现在他已不知不觉地陷入老迈年高，正待在迪斯尼乐园里他最喜欢的娱乐区"明天乐园"里。但以理想要做出决定性结论：其父母是被得到密告者帮助的同谋者所陷害的。但除了不可靠的当局以外，他的努力也被敏迪什的失忆所妨碍。

　　像伪经里的但以理和苏珊娜一样，多克特罗的小说也指控法律的失败、压倒法律的偏见，以及错误权威不能挽回的影响。[4] 在注意到研究法律的学生揭露国家

1　E. L. Doctorow, *The Book of Daniel*, New York: Random House, 1983, p. 207.

2　Ibid., p. 294.

3　Ibid., p. 285.

4　Brian Dillon, "The Rosenbergs Meet Nebuchadnezzar: The Narrator's Use of the Bible in Doctorow's *The Book of Daniel*," *Contemporary Literary Criticism, Volume 214*, ed. Hunter W. Jeffrey, New York/ London/ Munich: Thomson Gale, 2006, p. 138-139.

政府在对但以理父母所谓叛国罪审判中"正当过程的滥用"后，但以理提出了一个带修辞色彩的问题，这一问题既刺穿对其父母审判的核心，又可应用于但以理和苏珊娜的总结："如果在社会歇斯底里的最坏的可能情况下，公正得不到运作，那么在其他情况下公正如何运作又有什么关系呢？"。[1] 罗谢尔向基本上不允许她和丈夫声明自己无辜的法律挑战，并且批评她自己的律师（杰克·阿舍尔）对法律和美国司法程序的天真的信仰。

> 你（阿舍尔）与我非常正直的丈夫有区别。可是看看你，我的犹太绅士，以你的全部教育和智慧：你在对个人从业者的信仰中很杰出。[……] 我们不是受到从事间谍的指控，而是受到共谋从事间谍的指控。既然间谍本身无须证明，也就不需要证明我们做了任何事情。所需要的就是我们打算做某事的证据。这个证据是什么？[……] 这允许他们将敏迪什先生放在证人席上，根据杰克自己的珍贵法律，敏迪什所说的不利于我们的任何事情都具有证据的重要性。就像枪证明杀人犯有罪那样确定无误。[2]

当阿舍尔为保罗和罗谢尔·艾萨克逊辩护时，他正在写一本书，"证明旧约《圣经》对美国法律做出的贡献"。[3] 即使但以理和苏珊娜的故事是他研究的一部分，他也未能指出敏迪什的虚假证明可能会妨碍联邦起诉案的公正。

作为艾萨克逊家庭唯一的幸存者，但以理建构了他的家庭历史：他们的生平都完成了，但关于他们生平的叙事却抵制完整性。在关于父母被电刑处死的叙述之后，但以理用三个结局结束了这个故事，并非是为了给读者提供最好或最合适的选择，而是因为它们都满足但以理叙事的交叠特征。在第一个结局里，但以理回到他们家先前的住房，从外部观看他父母被逮捕的背景；这一情景并未能激发感情的净化。第二个结局以其父母的葬礼开始，然后无缝合线地继续到苏珊的葬礼。在墓地，但以理自发地雇佣警察"说出年轻犹太人不懂的祈祷……当说完一个祈祷时，我告诉他再来一遍，这次是给我的母亲和父亲……我想我能够哭出来了"。[4] 第三个即最后一个结局戏剧化地表现写作情景的结束。反战运动的大学生们占领了哥伦比亚大学的行政大楼，关闭了但以理正在写作我们阅读的这个文本的图书馆。一个反战抗议者命令他离开："伙计，合上书，你是怎么回事，难道你

1　E. L. Doctorow, *The Book of Daniel*, New York: Random House, 1983, p. 243.

2　Ibid., p. 206.

3　Ibid., p. 133.

4　Ibid., p. 318.

不知道你被解放了吗？"[1]但以理听从了那位显然反对整个校园和政府权威的权威的命令。"我不得不发出微笑。这并非出乎意料。我将走出去，到日规那里看看下面正在发生什么。"[2]但以理·列文忍住了对越战继续的预测。但以理以第三个即最后的结局复原其父母遭受政治迫害，使自己和妹妹受到精神创伤的叙事随意地达到了终点。关于家庭历史叙事的写作经历未能使但以理感到乐观。其严肃的现实主义阻止他断言：他的父母将在政治上或精神上得到释放，保罗和罗谢尔"将会像天空的明亮那样发光"。[3]

　　但以理声称他需要的不仅是"家庭的叙事"，[4]实际上，这是这部小说至关重要的双关语之一。小说的重要反讽是，国家既剥夺了但以理的家庭叙事，又留给了但以理一种将永远是创伤的存在。"生命通过艺术而自救"，[5]文学作品中的创伤叙事通过人在遭遇现实困厄和精神磨难后的真诚的心灵告白，来医治人的心灵的创伤。小说《但以理书》中，但以理重构创伤事件，生动地再现父母因违反民主制度以叛国罪被电刑处死的主要场景，清楚而反讽地揭示，他所继承的精神创伤的根源是国家的政治暴力：在实施民主制度的美国，国民无疑是服从国家的，国民必须为国家的政治需要做出牺牲。作为后现代左翼小说家，《但以理书》的作者多克特罗借主人公但以理之口，质问这个世界上最讲人权、民主和公正的美国："我的国家！你为什么不是你声称的那个样子？"[6]在小说最后，但以理从此走出创伤，勇敢参加学生左翼发起的反对并改变美国权力机构形象的革命行动。

1　E. L. Doctorow, *The Book of Daniel*, New York: Random House, 1983, p. 207.

2　Ibid., p. 318.

3　Ibid., p. 319.

4　Ibid., p. 299.

5　尼采：《悲剧的诞生》，周国平译，北京：生活·读书·新知三联书店，1986年，第28页。

6　Doctorow, op. cit., p. 51.

第四章
《拉格泰姆时代》：资本主义制度下人被异化的命运

多克特罗的小说《拉格泰姆时代》将事实与虚构结合，把历史上真实的人与事件和虚构的人与事件糅合在一起，是一部"介于小说与历史之间"[1]的特殊作品。小说表现出一种时代气息，揭示了20世纪初普通人民群众被资本主义经济和社会力量所驱使的命运。在艺术手法和语言上，小说成功地进行了后现代主义实验：使历史人物与虚构人物的生活相互交织，将作者对资本主义社会政治和阶级斗争的思考与历史的不确定性结合，表现人被资本主义异化的命运；用后现代主义多元叙事，用拉格泰姆音乐的节奏和结构重写美国20世纪初期历史。小说表现了多克特罗反对资本主义剥削和种族歧视，主张取消阶级和等级的政治观点，宣扬承认差异、相互包容、人人平等、相互关爱的后现代伦理。

在传统文学创作中，存在历史与文学的对立。人们认为历史对"具体事物"而不是对"可能性"感兴趣，而"可能性"则是文学著作所表述的对象，所以传统批评一直在小说中寻找"真实"和"想象"的成分，历史则一直是表述的"真实"角色的原型。通常文学批评家们在评论一部文学作品的"语境"——历史背景时，假设这个语境具有文学作品本身无法达到的具体性和易近性，似乎观察从成千上万的历史文件中组合起来的昔日世界的真实性比探究某个文学作品的深层

1　Mel Gussow, "Novelist Syncopates History in Ragtime," *Conversations with E. L. Doctorow*, ed. Christopher D. Morris, Jackson: University Press of Mississippi, 1999, p. 5.

要更为容易一些。"但是所谓历史背景的具体性和易近性——那些文学批评者所研究的本文语境——本身就是历史学家研究这些语境时所制造的虚构产品。历史文件不比文学批评者所研究的本文更加透明。历史文件所揭示的世界也不是那么易于接近的。历史文件和文学本文均不是已知的。实际上,历史文件所表现出来的世界之不透明度随着历史叙事的生产而不断增长"。[1]新历史主义者认为,历史和文学同属一个符号系统,历史"从时间顺序表中取出事实,然后把它们作为特殊情节结构而进行编码",[2]这就同小说的虚构方式是一样的。关于事实与虚构之间的关系问题,多克特罗认为,"认为事实与虚构之间永远存在一个明确的界限,这种想法也许是天真的。我们大家在一生中的每一个时刻都是在构筑这个世界。"他认为,"历史写作也是一种创作。时间使事物变成概念"。[3]同样,小说中的历史事实虽然经过作者精心选择,并有据可查,但它们是为小说虚构服务的,"小说把自己的见解强加于历史,历来如此"。[4]诚如福柯所言:"虚构话语可能产生真理的效果,真实可以产生或制造尚未存在的潜在话语,并对它加以先行虚构。人们在政治现实的基础上虚构历史,也在历史的基础上虚构尚未存在的政治",[5]小说《拉格泰姆时代》写的是第一次世界大战前夕的美国社会,小说中历史上真实的人物与作者虚构的人物一起活动,他们的生活相互交织、相互影响,但他们都没有逃脱被历史(主要是经济)势力所左右的命运,生动表现了 20 世纪初一战前夕美国资本主义社会的历史之真实。

一、历史人物与虚构人物共同活动的世界

小说《拉格泰姆时代》以从 20 世纪最初 15 年中所选取的一系列固定不变的历史材料如公众熟悉的人名、人们的生活方式、传统的价值观念等开始,使历史上真实人物活动的时空成为介绍三个虚构普通家庭中第一个的背景。这是一个中上阶级家庭,其成员名字为"父亲(Father)"、"母亲(Mother)"和"小男孩"。这一家人生活在一个阳光灿烂的爱国主义世界里,"父亲的收入大部分是靠制造

1　海登·怀特:"作为文学虚构的历史文本",《新历史主义与文学批评》,张京媛主编,北京:北京大学出版社,1993 年,第 169 页。

2　同上。

3　查尔斯·鲁亚斯:"埃·劳·道克托罗",《美国作家访谈录》,粟旺、李文俊等译,北京:中国对外翻译出版公司,1995 年,第 188 页。

4　常涛:"多克特罗:对历史独具见解的小说家——序",《拉格泰姆时代》,常涛、刘奚译,南京:译林出版社,1956 年,第 4 页。

5　米歇尔·福柯:引自王岳川《后殖民主义与新历史主义文论》,济南:山东教育出版社,1999 年,第 32 页。

国旗、彩旗、花炮等表达爱国热忱的产品积攒起来的"。[1]这个世界里"没有黑人。没有移民"。[2]小说的信息中心是那个敏感的小男孩。他"对于脱身术大师哈里·胡迪尼的事业产生了极大的兴趣"。[3]碰巧在一个炎热的星期天下午，历史人物胡迪尼因半路车坏而闯进了这家人在新罗歇尔市舒适但幽闭的生活，"被邀到父亲家里小坐，待水箱冷却后再赶路"。[4]这是小说中出现的巧合模式的第一个。小说的一个重要手法就是以虚构的方式让历史人物会面并相互影响，又安排虚构人物与历史人物会面并一起活动。

小说中，父亲是一位业余探险家，他有足够的能力和资金去从事这一事业，参加了皮尔里队长的北极远征。同时，对富有但患有精神病的哈里·凯·索因谋杀建筑师斯坦福·怀特一案的著名审判开始了。索的妻子伊芙琳·内斯比特是个模特兼妓女，一度曾是怀特的情妇，因此也是这个谋杀案的起因。这时她又成了母亲弟弟强烈求爱的对象。伊芙琳厌倦了延期审判，迷恋上了一个偶然发现但未能得到的贫民区小女孩儿。她接受了母亲弟弟强烈但愚蠢的求爱，与他成为情人。那个强烈吸引伊芙琳的贫民区小女孩儿或"小姑娘"是一个犹太移民家庭的女儿。"犹太爸爸（Tatch）"[5]是个街头艺人和社会主义者，"妈妈"因家庭贫困为了支付两个星期的房租而卖身之后，被爸爸赶出家门。这就是小说中的第二个虚构普通家庭。就如同先前把历史人物胡迪尼介绍给读者的那样，多克特罗这时又把历史人物无政府主义者埃玛·戈德曼（Emma Goldman，1869-1940）带入了这组虚构的人物当中。在一次政治集会上，她把伊芙琳从警察手中救出。之后，她不仅给了伊芙琳激进的思想教育，而且为她做了文学中才有的最色情的按摩。

小男孩的母亲在花园里发现了一个被活埋的新生黑人婴儿，婴儿的母亲萨拉被立刻捉住。由于被孩子的命运所打动，而且意识到这位年轻黑人妇女行为背后的悲剧，母亲坚持将这母子二人都收留在家里。这样就有了小说中第三个虚构普通家庭的开始。显然，还是有移民。北极历险打消了父亲统治者的傲慢。爸爸和小女孩儿在中断了与伊芙琳·内斯比特的关系之后逃离了纽约。小说的第一部分以胡迪尼开始，又以胡迪尼为焦点人物结束。这时胡迪尼拼命尝试比得上现代生活事件的表演，他去欧洲学习开飞机并偶然遇上了奥匈帝国的王位继承人弗朗茨·斐迪南大公。

---

1 E. L. 多克特罗：《拉格泰姆时代》，常涛、刘奚译，南京：译林出版社，1996年，第1页。

2 同上，第1-2页。

3 同上，第4页。

4 同上，第5页。

5 Tateh 在意第绪语中意为"爸爸"。为与"白人父亲"（Father）区分开来，本文用"犹太爸爸"指代 Tateh。

在小说的第二部分，父亲从北极归来，得知母亲留下了萨拉和她的婴儿，并且发现母亲在性和社交上获得部分解放。在马萨诸塞州劳伦斯市，爸爸和小姑娘卷入了著名的 1912 年纺织工人大罢工。遭到政府暴徒毒打后，爸爸放弃了社会主义工人斗争。当他把自己的才能献给罢工时，工会负责人却告诉他："我们不需要艺术"。[1] 然而，作为一位艺人，虽然他一直痛恨机器，他现在选择了接受美国经验中固有的个人主义："就这样，老艺人把自己的生活纳入了美国活力的主流"。[2] 他被自己的发现所拯救：他可以到市场上出售动画册来赚钱；他后来成为早期好莱坞电影贵族。

许多历史人物出现在小说中一个最具喜剧性的章节中。在皮尔庞特·摩根的鼓动下，亨利·福特应邀会见摩根，讨论摩根的不断再生、继续充当人类超人领袖的角色概念。之后（小说已过半），作者介绍了黑人拉格泰姆音乐家科尔豪斯·沃克，一位真正优秀的既无种族优势又无财富而获得成功的人。沃克来寻找萨拉和那个显然是他的婴儿；他是回来向萨拉求婚的，这令母亲很高兴。父亲既不邪恶也不像其他与他同等地位的白人对黑人持有传统的偏见，但他对黑人种族的了解还是有限度的，担心沃克会影响他们原本平和的生活。沃克有一辆崭新的福特 T 型汽车。在看望萨拉之后的归途中，沃克被绿宝石岛消防队员们拦住，这是一些代表邪恶的种族主义和民族仇恨的爱尔兰移民。他们对沃克汽车的破坏成为随后悲剧的根源。父亲试图帮助沃克，因为他还是同情沃克的；但他又出于恐惧和自身利益而责怪母亲使全家遭受危险。沃克寻求法律补偿失败。萨拉因幼稚地向副总统詹姆斯·谢尔曼求助而被毒打致死。悲痛至极的沃克为了报复，炸毁了绿宝石岛消防站，杀死了几名队员，并声言除非他的汽车原样归还并把消防队长交给他来伸张正义，否则他就要毁灭整个新罗歇尔市。他组织了一个黑人青年战斗小组，受到无政府主义者埃玛·戈德曼激进影响的弟弟（Brother）也加入了这个小组，成为一名爆破专家，用上了他从父亲烟火工厂学来的手艺。

第三部分以叙述沃克袭击第二消防站、公众对这帮人恐怖活动的恐惧和对消防队长威尔·康克林的愤怒开始。同时，父亲和母亲在他们的关系得到部分恢复后，带着全家人和受赡养的黑人小男孩去大西洋城度夏。在那阳光与海洋的质朴宜人的世界里，他们遇上了变成阿什凯纳兹男爵和电影制片商的爸爸和小姑娘。两家人非常友好，特别是孩子们。但在远离这个由财富、阶级和自然创造的伊甸园式快乐岛的纽约，沃克打算捉住金融家皮尔庞特·摩根并扣他为人质，但却错把他庄严的大理石建筑的图书馆当成了他的住宅，计划并实施占领了这幢豪华大

1　E.L. 多克特罗：《拉格泰姆时代》，常涛、刘奚译，南京：译林出版社，1996 年，第 88 页。

2　同上，第 97 页。

楼。摩根正在去欧洲的路上，后来给警察打来电报："还他汽车然后绞死他"。[1]当布克·华盛顿（Booker Taliaferro Washington，1856-1915）的个人干预未能说服沃克（尽管他的干预使沃克将要求降到了只归还汽车）时，父亲成为使者、谈判者，后来又成为人质。父亲也见到了弟弟，发现他已成为沃克小组有充分训练的成员，他们的相互指责标志着他们之间不可逾越的鸿沟。在消防队长威尔·康克林（应对整个事端负责的种族主义者）被迫在摩根图书馆前修理沃克的福特汽车之后，警察允许沃克的那一小帮追随者逃逸作为对他投降的回报；父亲留在后面保证双方信守协议。

在小说简短总结性的第四部分，沃克投降了，他从图书馆里走出来却进入了枪林弹雨之中，这枪林弹雨或是由于警察头头们执行摩根弄死他的命令，或是因为沃克做了试图取得同样效果的手势所造成。得到了沃克的汽车，弟弟成功地向更远的南方逃去，参加了墨西哥革命，为查巴塔战斗，最后死于一次与政府军的小规模战斗中。摩根去埃及旅行，想直接体验一下金字塔在再生中的作用，并打算在那里建筑自己的金字塔。他一个人在大金字塔的国王墓里度过一夜，结果完全失败，患了感冒，健康突然变坏；但是，他对自己为当选世界领袖之一而再生的信念没有动摇。

小说随着第一次世界大战的来临而走近尾声——"到处都可以看到战争即将爆发的迹象"。[2]萨拉和沃克死后，母亲收养了他们的孩子，但她的婚姻已变得只是个形式。父亲乘"鲁西塔尼亚"号英国客轮航行，因客轮被一艘德国潜水艇鱼雷击中而丧生，他是在去英国的途中交送弟弟参加沃克战斗小组之前发明的战争武器。在大西洋城就相互吸引的母亲和爸爸现在结了婚，将全家迁往加利福尼亚；由于有小男孩、小姑娘和黑孩子，他们讽刺性地构成了一个大融炉的缩影，那是一个天真的、美国经常保证的、但如小说所认为的、从未实现的、而现在永远消失的大融炉。

新历史主义批评理论强调从政治权力、意识形态、文化霸权等角度，对文本实施一种综合性解读，将被形式主义和旧历史主义所颠倒的传统重新颠倒过来，把文学与人生、文本与历史、文学与权力话语的关系作为自己分析的中心问题，打破那种文字游戏的解构策略，而使历史意识的恢复成为文学批评和文学史研究的重要方法论原则。[3]文学与人生、文本与历史、文学与权力话语的关系不仅是文学批评所分析的中心问题，我们发现多克特罗的小说创作就已经在有意识地表

---

1 E. L. 多克特罗：《拉格泰姆时代》，常涛、刘奚译，南京：译林出版社，1996年，第213页。

2 同上，第272页。

3 王岳川：《后殖民主义与新历史主义文论》，济南：山东教育出版社，1999年，第157-158页。

现这些问题。小说中的历史人物不仅相互影响，而且与三个虚构的不同家庭（父亲的中上阶级家庭、沃克的黑人家庭、爸爸的犹太人家庭）人物相互影响。多克特罗运用马克思主义的阶级分析方法，将历史事实与虚构故事结合起来，使文学政治化，使政治历史化。小说中的历史人物和虚构人物都被他们无法控制的经济和政治力量所异化。因此，他的小说表现出浓郁的"文学的政治化和政治的历史化"色彩。[1]

小说的叙述者在介绍历史人物和描写历史事件的同时，对美国的社会和政治生活进行了讽刺性评论。小说讨论了泰迪·罗斯福、威廉·霍华德·塔夫托和伍德罗·威尔逊总统（Thomas Woodrow Wilson，1856-1924）的作用和他们执政时的政治、经济、文化和社会状况。20 世纪初，"老罗斯福当政"时，人们在"爱国主义"这种"靠得住的感情"[2] 鼓舞下，经常举行政治性活动，如游行、政治性野餐、各种娱乐活动等，总有大群的人参加。表面上看，人们的生活充满了政治热情、和平与快乐。然而，在这歌舞升平的背后，也有见不得人的丑事和杀人的枪声：

> 美国上下，偷情与死亡难解难分。私奔的女子在一阵狂欢的战栗中丧了命。有钱人家买通新闻记者把这种风流韵事遮掩起来。人们从报纸杂志的字里行间揣摩着。在纽约，各家报纸都连篇累牍地报道著名建筑师斯坦福·怀特被某铁路兼焦炭大王一个怪癖的后代哈里·凯·索开枪打死的消息。[3]

就这次枪击事件，叙述者借无政府主义者戈德曼之口，对美国社会在整个 20 世纪的混乱做了极犀利的讽刺："尽管报纸上都说这次枪击事件是本世纪最大的一桩罪案，戈德曼却十分明白，那才不过是 1906 年，离本世纪末还有 94 年呢！"。[4] 是啊，仅众所周知的枪击事件在 60 年代就有黑人领袖马丁·路德·金被暗杀、肯尼迪总统和他的弟弟被相继暗杀，1999 年美国中学校园里几次响起枪声，10 多名男女中学生死于非命……，真是不可胜数啊！索的枪击事件何谈得上"本世纪最大的一桩罪案"呢？

"威廉·霍华德·塔夫托当选总统，上任时体重 332 磅"，[5] 他给美国社会生

1　E.L. 多克特罗：《拉格泰姆时代》，常涛、刘奚译，南京：译林出版社，1996 年，第 158 页。
2　同上，第 1 页。
3　同上，第 2 页。
4　同上，第 3 页。
5　同上，第 59 页。

活带来哪些"重大变迁"呢？小说给了读者一幅极富幽默与讽刺性的历史性社会剪影：

> 全国上下的男人们开始注意起自己来。他们一向习惯于饮大量的啤酒，在餐馆便餐柜台前狼吞虎咽地吃下好几只面包和许多杂碎灌肠。那位令人肃然起敬的皮尔庞特·摩根每餐照例要吃下七八道菜，单是早餐就有牛肉、排骨、鸡蛋、煎饼、烤鱼、面包卷夹黄油和水果加奶油。老饕进餐是一种显示成功的圣礼。男人们大腹便便说明他们正处在壮年时期。女人们常常被送入医院，死于膀胱破裂、肺不张、心脏负担过重和脑膜炎。通往矿泉、硫磺泉的路上交通拥挤，人们认为矿泉浴能够促进食欲。于是美国成为一个极爱放屁的国家。但是这一切在塔夫托入主白宫以后开始变化。如此庞然大物登上美国人心目中那个神秘莫测的宝座，把所有的人都压了下去。他肥胖的身体立刻表明这一类人已发展到了顶峰。[1]

多克特罗批评中的幽默与讽刺在最后一个总结句中达到极致："从此以后，时尚发生了逆转，只有穷人有可能是身肥体胖的了"。[2]

谁会想到，原本被人们担心"缺乏战斗精神"[3]的伍德罗·威尔逊总统会于1917年在国会上发表战争咨文！老罗斯福就曾谴责威尔逊认为战争可恨的观点。于是，第一次世界大战开始后，一些美国人就"在进行参战准备尚未成为政府的正式观点之前便公然搞起准备来"，[4]父亲就是那些人中的一员。在国务院参事们的建议下，父亲在损害他国利益的情况下同意与其他国家政府进行交易，出售"弟弟的天才的有害之作"[5]——"弟弟发明了17种军械装置"。[6]父亲只是许多发战争之财的美国军火商的代表之一。

还在老罗斯福执政时期，两位世界著名的心理学开拓者弗洛伊德和荣格来到了纽约，出现在科尼岛，同船穿过爱情隧道。因缺少公共厕所，弗洛伊德缩短了他在美国的访问。弗洛伊德和荣格代表现代生活正在出现的知识复杂性，这种复杂性撞击着"新世界"的神话般的天真。弗洛伊德认为"美国是个错误，是个绝大的错误"，[7]因为在他看来，美国人全都是一些精力旺盛粗野无礼的家伙；他从

1　E.L.多克特罗：《拉格泰姆时代》，常涛、刘奚译，南京：译林出版社，1996年，第59页。
2　同上。
3　同上，第235页。
4　同上。
5　同上，第239页。
6　同上，第234页。
7　同上，第28页。

美国巨富与赤贫的随意混杂中，看到一种变得混乱不堪的纷繁的欧洲文明。这是弗洛伊德眼中的美国，实际上是多克特罗对美国社会的批评。但对美国广大公众来说，弗洛伊德"好像是德国的性行为专家，一个用高深的理论谈论下流事情的性自由的倡导者"。[1]他的学说在美国被拒绝有10年左右，但10年以后他将"有机会为自己雪耻，并看到他的理论开始彻底破坏美国的两性关系"。[2]当然这又是多克特罗对弗洛伊德理论所持的否定态度。弗洛伊德这一历史人物把小说的社会批评与现代知识爆炸联系起来，并以多克特罗的并置方法的逻辑提供了其他有关联系。例如，弗洛伊德是在小说描写脱身术大师胡迪尼之后立刻得到介绍的："他（胡迪尼）是个犹太人……。他热烈地眷恋着年迈的母亲……。事实上西格蒙德·弗洛伊德刚到美国，拟在马萨诸塞州伍斯特市的克拉克大学做一系列的演讲。于是，胡迪尼注定要与另一位演员阿尔·乔尔森一起，成为最后两个名副其实的、伤风败俗的恋母者"。[3]小说中"文学的政治化和政治的历史化"色彩还鲜明地表现在对埃玛·戈德曼和伊芙琳·内斯比特这两个人物的描写上。妓女伊芙琳和无政府主义者戈德曼被不可思议的精神"相通"和被共同的社会现实联系在一起；她们都赞成初期的女权主义运动，这两个人物形象也都暗示更广泛的含义。伊芙琳被表现为"美国历史上第一个性感美人"，[4]一个资本主义的产物，与资本主义经济制度紧密关联的通俗文化的产物，美国性行为本质的产物，这种性行为本身受到资本主义经济和长期建立的性政治的深刻影响。戈德曼实际上鼓吹性爱自由和妇女解放，她是小说中性和政治理想主义的主要源泉。她本人是个移民（在小说结尾处她被驱逐国外），她与伊芙琳的关系不仅对情节而且对美国价值越来越广泛的涉及来说都是至关重要的。既然戈德曼与性和政治有关联，她就与伊芙琳的情人，弟弟，有关联，因为弟弟受其自己的性焦虑和受压抑的欲望的影响与受戈德曼激进理想主义振奋精神的语言学影响一样深。戈德曼的话甚至深深打动了伊芙琳。她不愿再做"资本主义的可怜虫"，[5]要为社会有所作为：她把为索作证和离婚得来的钱向戈德曼的无政府主义者刊物《大地母亲》作了捐献，以维持其出版发行；为全国各地向她发出的激进的政治呼吁提供赞助；她出钱为被投入监狱的工人领袖们进行法律辩护；她捐款给那些在作坊和工厂中因工伤致残的儿童的父母。她"将自己那份来之不易的财富一点点地捐献出去，并且坚持隐姓埋

1　E. L. 多克特罗：《拉格泰姆时代》，常涛、刘奚译，南京：译林出版社，1996年，第25页。
2　同上。
3　同上，第25页。
4　同上，第60页。
5　同上，第41页。

名，因而公众一无所知"。[1]

多克特罗在小说中隐含地表达了他对"我们的历史"的基本成分如何受到美国技术和经济影响的观点。汽车制造商亨利·福特（1863-1947，美国汽车制造商，大规模生产的先驱，福特汽车公司的创建者）把汽车装配线上的各种操作分成一道道最简单的工序，使任何傻瓜都能胜任。"上螺钉的人不用上螺母，上螺母的人不用拧紧，发明人对同事们说，而他是很会说话的"。[2]人变成了会说话的机器部件。这样，福特成功地使一条生产线的机器循环往复地运转不停。他用控制皮带轮的转速来控制工人的生产率。他不希望工人弯腰操作，也不要工人在工作台旁多走一步路。工人必须把每一秒钟都用于操作，决不允许有一点点浪费。"根据这些原则，福特确立了工业制造理论的最后主张——不仅成品的各部件可以更换，而且产品制造者本身也应该是可以更换的部件"。[3]自此，在高科技发展的当代，人为物役，人本身被异化，从而丧失了人格和自我。

科技的高速发展只给极少数人带来财富和享乐，而使"几百万人处于失业状态"，[4]形成了一个"贫穷时代"（Ragging Time，英文 rag 一词有讽刺意味，也包含贫穷的意思，像是用许多块各种颜色的碎布缝成的什么东西）。就在最"懂得赚钱过舒适生活"的福特为他的汽车生产线而"感受到一阵狂喜"时，[5]占据着企业金字塔巅峰的大金融家，"无形跨国资本帝国的君主"[6]皮尔庞特·摩根正在潜心研究如何再生，欲在埃及造自己的金字塔的梦幻时刻，工人们的生活可是悲惨极了。"在煤矿，一个矿工一天挖够了 3 吨煤才可以得到 1 元 6 角钱。他要住公司的棚屋，又要在公司的商店里购买食物。烟草种植园的黑人不分男女老少，一天要摘 13 个小时的烟叶，每小时 6 分钱"。[7]在介绍了成人们遭受的残酷剥削之后，多克特罗又接着说："童工倒是不受歧视性的待遇，反而到处受到看重，因为他们不像成年人那样爱抱怨。……雇用童工可能遇到的唯一问题就是他们缺乏耐力。他们比成人灵巧，但是一天下来就渐渐效率不高。在罐头食品厂和其他工厂里，这是他们最容易丢掉手指、把手臂弄得血肉模糊或被压断腿的时候，需要别人提醒他们时刻保持警觉。……（每年）有上百名儿童变成残废。这类事情似乎都有定额……"[8]表面看来，叙述者的语气冷峻、超然，可我们已经感到富于人道同情

1　E. L. 多克特罗：《拉格泰姆时代》，常涛、刘奚译，南京：译林出版社，1996 年，第 63 页。
2　同上，第 98 页。
3　同上。
4　同上，第 28 页。
5　同上，第 98 页。
6　同上，第 100 页。
7　同上，第 28-29 页。
8　同上，第 29 页。

之心的多克特罗的心在流血，在向罪恶的资本主义作血与泪的控诉！

　　加拿大的原型－神话批评家诺思洛普·弗赖把神话定义为"一种叙述，其中的某些形象是超人的存在，他们的所作所为'只能发生在故事中'，因而是一种与真实性或'现实主义'不完全相符的传统化或程式化的叙述"。尽管如此，他又说，神话是"文学的结构因素，因为文学总的来说是'移位的'神话"；神话是"文化模式，它是对人类所建文明的形成及再形成的表达"。[1] 总之，神话的本质是虚构，它讲述现实中不存在的人与事。多克特罗的本意就是在《拉格泰姆时代》中写下 20 世纪最初 15 年的这段特殊的神话般的历史。"'神话'是一种叙述、故事，与辩证的对话及揭示性文学相对照"。[2] 实际上，他是一位对"猪一般侵入内心秘密的历史"[3]着迷的作家。多克特罗的每一部小说都是以各种方式对过去的再创造。在《拉格泰姆时代》中，多克特罗最明显地接近他的同时代作家——如历史小说《公众的怒火》（*The Public Burning*，1977）的作者罗伯特·库弗——他们否定过去的客观价值，但却坚持过去的神话意义。

　　多克特罗这样说过："一些细节非常美妙，我小心谨慎地将它们处理好。其他细节需要做些改变，人们的生活要求被当作神话。"他还声称，他不再能确定哪些历史"事实"是他编造的，哪些是他取自有记载的历史。[4] 事实上，他的小说完全"蔑视事实"；他的小说是小说家对被悲哀地降低了讲故事角色的"报复"，这是小说家被其他文化力量（例如，社会科学家和电视）所降低的角色，这些文化力量占用了传统的叙事材料，并将小说家逐入"个人经验的领域"。[5] 尽管这种"报复"在实践中被削弱，但它还是暗示了多克特罗对欧洲小说的赞成态度。自从清教徒最初开始探索个人灵魂的戏剧，"个人经验的领域"就一直是美国文学所选择的基础，多克特罗至少在理论上要求小说家接受公开的社会责任。他在其他场合谴责说，不是外来力量迫使而是美国小说家们自己情愿"过一种无声无息的个人生活"。既然"对我们任何人来说未来不属于个人"，他主张"小说应少些润饰和自我意识，而是要写我们社会中权力运作的方式，谁掌握它，它如何创造历史"。[6] 考虑到小说《拉格泰姆时代》一方面有大量润饰（而且可认为有自我意识），另一方面探讨了权力运作的方式和现代历史的根源，

1　E. L. 多克特罗：《拉格泰姆时代》，常涛、刘奚译，南京：译林出版社，1996 年，第 190 页。

2　王先霈、王又平：《文学批评术语词典》，上海：上海文艺出版社，1999 年，第 189 页。

3　E. L. Doctorow, *The Book of Daniel*, New York: Random House, 1971, p. 115.

4　Water Clemons, "Houdini, Meet Ferdinand," *Newsweek*, 14 July 1975, p. 76.

5　Mel Gussow, "Novelist Syncopates History in Ragtime," *Conversations with E. L. Doctorow*, ed. Christopher D. Morris, Jackson: University Press of Mississippi, 1999, pp. 4-5.

6　E. L. Doctorow, "The Passion of Our Calling," *New York Times Book Review*, 25 August 1985, p. 23.

我们就逐渐理解了多克特罗作为小说家的复杂性。[1]

多克特罗这样漫不经心地描述他在小说《拉格泰姆时代》中所运用的历史方法："我看相片，阅读笔记，运用引起我注意的东西。这是一个奇特的过程"。[2]虽然这样的坦白不利于把历史当作原则的人，但它表明这个"奇特的过程"在这个上下文中至少不是神秘的；它是艺术家虚构现实的过程。例如，使我们对摩根相片感兴趣的过去是完全想象的，并非是有记载的；这与用文件证明的过去是不一致的。当然从某种意义上讲，使历史小说化的实践所引起的争论，不过是有关可能的不可能性之于不可能的可能性的优越性这样一个古老争论的逻辑延伸。对于这种被歪曲了的合法性有人持有强烈的保留意见；首要的问题仍然是真实，尽管那个真实的本质和获得真实的手段还有待讨论。我们不应该拒绝艺术家对"现实"的运用。尽管人们对历史知之甚少，但还是可以理解为什么会有一些读者认为在如《拉格泰姆时代》这样的小说中，对于有记载的历史事实的改变或歪曲可能会导致人人知道的知识陷入混乱。美国的文化"既是反历史的，但同时又好像令人激动地相信表面的事实性——这一悖论同时允许贬低文学作为真实源泉的价值，允许坚持'现实主义'的文学价值和通俗历史小说特殊的虚构形式"。[3]进入这一知识真空的严肃的编造神话的历史小说家必须确定他自己的重点，必须决定历史的一致性或富于想象力的重新解释。

多克特罗在《拉格泰姆时代》中编造了一个神话，一种反现实主义的小说模式，它的内容是历史的，但它作为小说作品却"是对历史可以通过对事实的客观调查得以恢复的概念的蓄意挑战"。[4]罗伯特·库弗的小说《公众的怒火》中的一句话是对历史性神话很好的解释："如果我们打破所有的规则，用证据玩游戏，操纵语言本身，使历史成为党派同盟，那会怎样？"[5]多克特罗认为，"事实是历史的意象，就像意象是虚构的材料一样"，"作为小说家"，他"可以宣称历史是一种虚幻，……而虚构是一种推测的历史"。[6]实际上，他直截了当地断言："没有真实的小说或非小说，……只有虚构"。[7]这种说法是正确的，因为"全部历史都是撰

1 E. L. Doctorow, "The Passion of Our Calling," *New York Times Book Review*, 25 August 1985, pp. 21-22.
2 Water Clemons, "Houdini, Meet Ferdinand," *Newsweek*, 14 July 1975, p. 76.
3 Carol C. Harter, and James R. Thompson, *E. L. Doctorow*, Boston: Twayne Publishers, A Division of G. K. Hall & Co., 1990, p. 59.
4 Robert Scholes, "Fabulation as History: Barth, Garcia-Marquez, Fowles, Pynchon, Coover," *Fabulation and Metafiction*, Urbana: University of Illinois Press, 1979, p. 206.
5 Robert Coover, *The Public Burning*, New York: The Viking Press, 1977, p. 136.
6 Carol C. Harter, and James R. Thompson, *E. L. Doctorow*, Boston: Twayne Publishers, A Division of G. K. Hall & Co., 1990, p. 59.
7 Ibid.

写出来的，"所以"当你写人们生活中不掩饰的想象的事件时，你是在建议：历史结束了，而神话开始了"。[1] 不论多克特罗小说中历史人物的事实基础如何，他们主要代表对观念的解释，不是历史的再现。皮尔庞特·摩根代表一种思想，这是一种萎缩或自私和荒诞怪癖的资本主义创造性动力；亨利·福特是福克纳笔下的斯诺普斯家族的一员，一种单纯机械思想的无情力量的代表；埃玛·戈德曼是性与政治理想主义的代表；哈里·胡迪尼则代表现代艺术家的困境。《拉格泰姆时代》是作为音乐撰写的历史，而这些人物就是演奏出小说某些主题的乐器。

从表面上看，小说《拉格泰姆时代》运用的是第三人称视角叙述，这是一种叙述者大于人物的无所不知的视角，叙述者就像上帝，他实际掌控着人物所有的秘密、事件和活动。这种全知全能的叙述角度，划开了文学和现实世界的界限，文学世界在这种视角引导下建立起来，不论以多么现实的场景、多么精确的历史日期和地名装点，都无从否认，文学世界一开始就是以虚幻的东西开场的，其叙述声音具有神秘和超然的特点：

> 1902年，父亲在纽约州新罗歇尔市布罗德维尤大街山顶上建造了一幢房子。这是一幢结实的褐色三层楼房，木瓦屋顶上开着天窗……。在6月的一个晴朗的日子里，全家欢欢喜喜地迁入了新居。[2]

与后边出现的真实的历史人物相比，"父亲"是一个名不见经传的虚构的小人物，所以连名字都没有。但我们逐渐发现，叙述者好像对他所叙述的人与事很熟悉，有某种似乎与第三人称叙述法定距离相矛盾的亲近感。首先，叙述者经常使用复数第一人称"我们"这个代词如："说来在**我们**美国历史上的这段时期，同亡灵的交际并不像以前那样被认为是个与自然相悖的想法"。[3] "**我们**对这段秘史的了解得自弟弟亲笔写下的材料"。[4] "**我们**从弟弟的日记中得知实际计划是要在摩根自己家里把他捉住"。[5] "我们难以肯定他（弟弟）死去时的确切情况……"[6] 这个词安置在文本中，足够明确地暗示，在叙述过程中有一位熟悉自己文化和过去事件的美国读者。此外，小说给读者一种似乎有一位年长的朋友在回忆往事的感觉，

1　Carol C. Harter, and James R. Thompson, *E. L. Doctorow*, Boston: Twayne Publishers, A Division of G. K. Hall & Co., 1990, p. 59.

2　E. L. 多克特罗：《拉格泰姆时代》，常涛、刘奚译，南京：译林出版社，1996年，第1页。

3　同上，第147页。

4　同上，第178页。

5　同上，第198页。

6　同上，第226页。

如他给他的故事断定年代："胡迪尼离开人世至今将近 50 年"。[1]

更仔细地考察一下小说文本，我们意识到叙述者对事物的了解最接近那位小男孩的程度，讲故事时，他已是在回首过去的中年人了。的确，在支持这一假设的诸多线索中，多克特罗安插了两个关键事件。第一个事件就出现在小说的前几页，"穿水手服的小男孩突然显得烦躁不安起来，开始从门廊这头跑到那头"，[2] 突然他看见胡迪尼的汽车撞到他家附近路边的一根电线杆上。脱身术大师胡迪尼的意外出现令小男孩对大师的脱身术事业"发生了极大的兴趣"。[3] 当胡迪尼从他家告别时，小男孩赠给这位著名脱身术大师四个字的建议："警告公爵"。[4] 这几个字莫名其妙地扔在了第一章的结尾，因此在快速前进和扩展的小说中它们可能很容易被忽略或忘记。但是，警觉的读者在读到小说结尾处胡迪尼本人回忆起伴随那几个字的小男孩形象，"那是一个小男孩，他正望着一辆汽车亮晶晶的黄铜前灯中他自己的影像"时，[5] 会受到催促似地回到第一章结尾那段。这时是 1914 年，当胡迪尼身穿束身衣，从一幢高楼的 12 层高处头朝下悬在百老汇上空，正欲表演他的脱身绝技时，他突然想起他曾与之暂短会面的弗朗茨·斐迪南大公最近被暗杀。小男孩的警告及其在汽车前灯里的形象与大公之死的突然联系创造了一种瞬间认识：胡迪尼认为这是"他一生中唯一真正不可思议的经历"。[6]

小说中有充分证据表明，小男孩在扮演一个引人注目的叙述者角色。在第 34 章，作者告诉我们，"他能看透事情，而且留意人们的渲染歪曲，所以从不为某种巧合感到惊讶"。[7] 特别在第 15 章，多克特罗使小男孩成为一个艺术家人物（小说中的四个艺术家之一，另外三个是胡迪尼、爸爸、沃克多少也算一个）：他"过着一种完全秘密的精神生活"，他"对一切弃物都如获至宝"，因为"在他头脑中，事物的意义只有在它被人忽视时才能看到"，而且，"他不仅对别人丢弃的东西反应敏捷，对一切意外事件和巧合的反应也非常敏捷"。[8] 最重要的是，他具有现代艺术家对生活的看法，他认识到，"一切事物，甚至包括语言，都显得无法摆脱变化无常这一原则的支配"；[9] 所以，"在他看来，这个世界显然是在永无止

1　E.L. 多克特罗：《拉格泰姆时代》，常涛、刘奚译，南京：译林出版社，1996 年，第 5 页。
2　同上，第 3 页。
3　同上，第 4 页。
4　同上，第 6 页。
5　同上，第 234 页。
6　同上，第 234 页。
7　同上，第 194 页。
8　同上，第 82 页。
9　同上，第 83 页。

境的不满状态中组合再组合的"[1]——这可能是对多克特罗隐晦的循环主题最清楚的陈述，这一循环主题支配着这部小说而且经常出现在他的其他作品中。

而且，作为叙述者，小男孩有着丰富的、复杂的信息和直感源泉。他的直感包括他对于来自奥维德、相片、动画片、唱片的故事的反应——甚至他对于滑冰者在冰上创造的形象和他自己在镜子中的形象的反应。这位叙述者也引用直接的信息源泉，其中大多数与小男孩的生活有联系：父亲从格陵兰岛写的信和他的北极日记、弟弟（小男孩的舅舅）扔掉的剪影和他从哈莱姆到墨西哥记下的日记、报纸剪辑、沃克写给政府官员的信、胡迪尼私人的未发表的文章和家事档案。

在小说结尾处提到父亲死在被德国潜水艇击沉的"鲁西塔尼亚"号英国客轮时，叙述方式突然从第三人称转到第一人称——"可怜的父亲，我能想象出他最后的探险"[2]——这更肯定了小男孩的叙述者身份。如果考虑明显的技巧原因，小男孩完全不是《拉格泰姆时代》的叙述者——视点在这里包含了从微小特殊到整个宇宙的广阔知识宽度——但是，他可以被看作"小说的有特权的意识，小说的想象力的组织头脑"。[3]换句话说，这不是在现实主义小说的简单年表中我们必须安排的叙述者；多克特罗并不打算制造传统的秘密身份的神秘性。小男孩明显知道一些现实中他不可能知道的东西，但在时间、感觉和知识被打乱的文本中，"现实主义的"小说价值被丢弃，以利于想象的行动。尽管多克特罗宣称他要使广大的不懂文学的读者都能理解《拉格泰姆时代》："我确实想使这本书容易理解。我想使劳动人民，不懂小说的人们都来读它"。[4]但作为一位艺术家，他显然同时设想他的读者有足够的后现代主义阅读训练，能看得出传统小说被自我反省成分所打乱。

我们已经注意到，小男孩是《拉格泰姆时代》中最重要的，但不是唯一的艺术家人物，从不同程度上看，小说的形式和主题产生于另外三个艺术家人物。爸爸是来自拉脱维亚的社会主义者移民，在他变为美国电影的新天才阿什凯纳兹男爵之前，起初靠当街头剪影艺人谋生："他的剪刀不仅剪出了轮廓，而且剪出了质地、心绪、性格和绝望"。[5]这句话也非常适合描写多克特罗在这部小说中的方法和成就。"剪影依靠特殊范围中的前景和后景之间的关系，在时间和听觉的范围

1　E. L. 多克特罗：《拉格泰姆时代》，常涛、刘奚译，南京：译林出版社，1996 年，第 84 页。

2　同上，第 235 页。

3　Anthony Dawson, "*Ragtime and the Movies: The Aura of the Duplicable*," *Mosaic: A Journal for the Interdisciplinary Study of Literature* 16, nos. 1-2 (1983), p. 208.

4　Mel Gussow, "Novelist Syncopates History in Ragtime," *Conversations with E. L. Doctorow*, ed. Christopher D. Morris, Jackson: University Press of Mississippi, 1999, p. 59.

5　E. L. 多克特罗：《拉格泰姆时代》，常涛、刘奚译，南京：译林出版社，1996 年，第 33 页。

中拉格泰姆乐曲（一种切分乐曲）也依靠这种前景和后景之间的关系。简言之，拉格泰姆乐曲似乎是活动剪影的音乐变体"[1] 这种视觉和听觉形式的融合，在叙述者对沃克为小男孩一家举行的斯科特·乔普林（Scott Joplin, 1868-1917）作品独奏会的描写中显得很清楚："这是一首十分强劲有力的乐曲，一刻不停地刺激着人们的感官。小男孩似乎看到一道道光华在空间到处照射，汇集成一幅纵横交错的图案，直至整间客厅都在闪闪发光"。[2]

这首乐曲演奏者，拉格泰姆音乐家沃克，也代表艺术的重要性，尽管他带有更多的社会学性质。很明显，这位通俗艺术家的地位通常而且更特别，按种族的（或者，像胡迪尼的情况，民族的）说法是不明确的，正如动画工业的迅速发展所证明的那样，这是一个应公众大幅度需求，通俗文化开始获得对高雅文化霸权的时代——沃克和胡迪尼无论如何都要受到更有影响的社会成分所低估或轻视。如父亲听完了沃克演奏的拉格泰姆乐曲的"纵横交错的图案"，就问沃克会不会"浣熊歌曲"——"化装说唱团的节目，是白人把脸抹黑了演唱的"；[3] 胡迪尼被有钱人社会女主人斯戴维珊·菲什夫人拉去陪伴畸形人表演。

对小说施加一种非常不同影响的人物是魔术兼脱身术艺术家哈里·胡迪尼。如果说小男孩代表深刻的想象洞察力，爸爸的影响暗示一种风格化的模仿，而胡迪尼则给了我们一种作为魔术师的艺术形象，一种现代艺术家与他的社会之间关系的戏剧化描写的形象。小男孩可能代表某种精神自传；而多克特罗则暗示出一种对爸爸这个人物的个人神入。然而从艺术视点看，多克特罗可能与胡迪尼一致。从表面上看，这种看法可能显得奇怪。在感情上与他的母亲维系在一起的胡迪尼，在某种意义上仍然是个少年。尽管是个犹太人，是移民的孩子，是巨大财富暴发的见证人，胡迪尼"始终没有形成我们称之为政治觉悟的观念。他无法从自己自尊心受到伤害的事情中理出头绪"。[4] 但在某些基本方面，胡迪尼戏剧性地表现了超越多克特罗政治和社会观点的那些艺术上的关心。虽然他的名声随着一次又一次的表演而越来越大，但他对自己的工作却越来越不满意。这个悖论提醒我们，在某种意义上，他是多克特罗的饥饿艺术家。他是对自己的创造性成就从不满足的创造者，他是总意识到以各种经常难以名状的形式获得的丰富经验与已完成的小说之间的鸿沟的作者。很多现代作家感到，在现实的但愈加特殊和不能理解的现代生活与努力试图表现它的作家之间，有着越来越宽的鸿沟。好像是对

1　Susan Brienza, "Doctorow's *Ragtime*: Narrative as Silhouettes and Syncopation," *Dutch Quarterly Review of Anglo-American Letters* 2, no. 3 (1981), p. 101.

2　E. L. 多克特罗：《拉格泰姆时代》，常涛、刘奚译，南京：译林出版社，1996 年，第 115 页。

3　同上，第 115-116 页。

4　同上，第 55 页。

这种感觉做出反应，胡迪尼准确地表达出了这种困境："有一类表演是以现实世界作为舞台，这是他无法比拟的。他纵然有许多成就，也只是一个玩戏法的、耍幻术的，一个魔术师而已。倘若人们走出戏院就把他忘了，他的生活又有什么意义呢？报摊上的头条新闻说皮尔里到达了北极极点，载入史册的是现实世界中的表演"。[1]

胡迪尼的关心代表了多克特罗自己对永远无从捉摸的意义与他自己的解释之间的鸿沟的感觉，而且可能部分地说明了为什么他要对历史进行独特的重新解释。在小说第四章结尾处一段隐喻地有关但看上去无关的文字中，多克特罗表现小说家西奥多·德莱塞（这位想用小说记录现实的伟大的自然主义者）整夜不停但又不成功地转动"椅子，寻找合适的角度"，[2]这是又一个表现小男孩对"永无止境的不满"[3]的意识的例子。虽然是一位非常不同类的小说家——多克特罗坚定地拒绝现实主义——德莱塞也理解艺术家在追求上的被动和在寻找准确视角的无能。选用文体和技巧的复杂性来否定现实主义的多克特罗也意识到魔术师胡迪尼所感觉到的"现实世界"的表演在"史册"中占有优越地位的局限性。多克特罗的神话历史就是要击败这种优越性。尽管多克特罗与这位伟大的脱身术艺术家不同——因为多克特罗当然具有高度的"政治觉悟"——但对于我们理解小说达到它最深的主题层次来说，胡迪尼却是重要的。同样重要的是，是胡迪尼最使作为小说叙述中心的小男孩神魂颠倒并给他以最深印象的。

小男孩、爸爸、沃克和胡迪尼这些艺术家人物都在帮助作者说明叙述视点、通用模式和小说主题的某些方面。爸爸给小姑娘剪下的无尽剪影、胡迪尼以更加拼命的紧张所重复表演的脱身绝技、令小男孩感兴趣的各种"复制"[4]（他喜欢棒球运动，因为"一次一次老是出现同样的情况"[5]）——所有这些都提醒我们注意小说遍布的复制和循环的意象，这是小说想象力所依靠的最基本的意象。

尽管多克特罗以新历史主义小说文本表现了当代小说家"不像以往那样关注语言本体，而是相应地转向历史、文化、社会、体制、阶级和性别局限、社会背景以及物质基础"，[6]但总体上看，多克特罗还是一位为了有效表现后现代人类经验而不断进行艺术技巧实验的后现代主义小说家。在小说《拉格泰姆时代》中，除

1　E. L. 多克特罗：《拉格泰姆时代》，常涛、刘奚译，南京：译林出版社，1996 年，第 72 页。

2　同上，第 19 页。

3　同上，第 84 页。

4　同上，第 83 页。

5　同上，第 168 页。

6　J. Hillis Miller, "Presidential Address 1986. The Triumph of Theory, the Resistance to Reading, and the Question of the Material Base," *PMLA 102* (1987), p. 283.

了把历史事件与虚构情节相结合这一反传统的主要新手法外，多克特罗还做了新闻短片、电影蒙太奇、历史人物速写等技巧实验。

1. 新闻短片 (Newsreels)

新闻短片本是表现时事的电影短片。约翰·多斯·帕索斯（John Dos Passos）在他的小说《北纬四十二度》（*The FortySecond Parallel*，1946）中，模仿这种电影形式，将类似新闻报道的文字置入小说文本中，给人一种生动的时代气息和真实感，也给读者在审美上一种强烈的震撼。多克特罗的小说《拉格泰姆时代》开头一段文字在某些方面就是对《北纬四十二度》[1]开头 20 世纪初新闻短片具有讽刺意义的模仿：

> 在本世纪初，爱国主义是一种靠得住的感情。当初，老罗斯福当政。人们常常成群地聚在一起，不是在户外参加游行、露天音乐会、炸鱼聚餐、政治性野餐、社交性远足，就是待在会议厅、杂耍剧场、歌剧院和舞厅里。好像什么娱乐活动都必须有大群人参加才行。火车、轮船和电车不断地把人们从一个地方送到另一个地方。这就是时尚，人们就是那样生活的。那时候，女人们要比现在壮实。她们撑着白色的阳伞参观军舰。夏天人人都穿白衣服。网球拍是椭圆型的，很笨重。令人头昏目眩的儿女私情甚多。没有黑人。没有移民。[2]

再如作者像新闻记者似地报道了科尔豪斯袭击、轰炸第二消防站事件：

> 在科尔豪斯袭击绿宝石岛的整整一周后，早上 6 点，一辆怀特牌市区车缓缓驶入铁路广场街……这条街的中间是市属第二消防站。……站着的警察被击毙，消防站大门上的玻璃也被打得粉碎。随后一名黑人跑过来把几个小包投进破碎的窗子中。
>
> 下令开枪的人朝着躺在马路上那个惊恐万分的幸存者走来。他把一封信放到那人手里，神色冷静地说了一句话，这封信必须在报上发表。
>
> ……最终发现了四具尸体，全是市消防队员。马路对过的房子里发现了一名也许是受惊吓而死的年迈妇女。一辆雷欧牌消防车和一辆救护车遭毁坏。[3]

1　John Dos Passos, *The Forty-Second Parallel*. Boston: Houghton Mifflin Company, 1946, p. 1.
2　E. L. 多克特罗：《拉格泰姆时代》，常涛、刘奚译，南京：译林出版社，1996 年，第 1-2 页。
3　同上，第 160 页。

接着，多克特罗又原文转载了当地报纸出的号外在显著地位原文刊登的科尔豪斯的第二封信，信中这样说：

> 一、交出名叫威尔·康克林的白人败类由我处置；二、原样交还 T 型福特车及车上定做的潘达索车篷。在这些要求满足之前，就按战争的准则行事吧。临时美国政府总统，小科尔豪斯·沃克。[1]

2. 蒙太奇（Montage）

蒙太奇是剪辑画面的电影制作手段，表现为插入、闪回、平行发展、时空交错、淡出淡入等。电影的镜头是将某种内隐于文学中的东西外化出来。在文学作品中，文学符号所建构的意象客体在一定方向上的改变和跳跃，是时间、空间变换的契机，表现为倒叙、插叙、叙述中的提前、闪回、平行发展、交错等，这种变化使文学世界呈现出五光十色的丰富性。从叙述角度讲，文学符号意象客体的跳跃既是其发展的必然方式，亦是表现并存在于空间中的不同事物的手段，通过意象客体的跳跃（或变换），来表现不相关联的事物。[2]我们在小说《拉格泰姆时代》第四章中看到这样两个联结的镜头：第一个镜头表现的是伊芙琳在监狱外与记者谈话的场面，她告诉记者她要证明她丈夫哈里·凯·索是无辜的。尽管"她比任何人都清楚哈里是否无辜"，[3]但她要这样做，因为哈里答应给她20万美金，而且离婚的赡养费将会更高，她为此而兴奋，心灵里发出胜利的冷笑。另外她是斯坦福·怀特放在麦迪逊广场花园塔顶上的戈登斯雕像的模特，那是一座罗马女神狄安娜的裸体青铜像，面向蓝天，引弓待发，非常漂亮。紧接着的第二个镜头是同一时刻穷困潦倒的小说家西奥多·德莱塞不停地转动木椅，寻找合适角度的情景，"这一夜，德莱塞将椅子转了一圈又一圈，始终没有找到合适的角度"。[4]这两个镜头的联结，实际上就是文学符号的意象客体所呈现的联结，它表现出一种极大的反差，反映了资本主义社会的畸形与不合理：一面是"被资本主义社会逼得只能用色相来发挥自己的天赋"[5]的妓女，因她适应了这个社会，在物质上能生活得很不错；另一面是"感伤的"富有创造力的作家，但作品"遭到评论界贬抑、摆在书架上无人问津"，"失了业，身无分文，羞愧得谁都不想见"，[6]这位资本主义社会的伟大作家此时竟苦于无所适从！

---

1 E. L. 多克特罗：《拉格泰姆时代》，常涛、刘奚译，南京：译林出版社，1996 年，第 161 页。

2 龚见明：《文学本体论》，桂林：广西师范大学出版社，1998 年，第 118-121 页。

3 E. L. 多克特罗：《拉格泰姆时代》，常涛、刘奚译，南京：译林出版社，1996 年，第 18 页。

4 同上，第 19 页。

5 同上，第 39 页。

6 同上，第 18 页。

在小说第二十三章，戈德曼劝告弟弟不要为失去伊芙琳而苦恼，并教育他要认识到男女之间"友谊才是持久的东西。有共同的理想，尊重一个人的完整的人格"。[1] 弟弟听着戈德曼和利特曼（和戈德曼同居的男人，除他外，弟弟还见到了戈德曼过去的两个情人）谈着"刺杀麦金莱的左尔格斯"："利特曼说，他受过教育，是中产阶级。可是看起来是同样的可怜孩子，戈德曼说，同样可怜的危险孩子"。[2] 谈话仍在进行，但谈话的镜头却被一个恐怖场面镜头所取代："弟弟看见自己站在与第二十五任总统威廉·麦金莱握手的行列里。他的手上包着一块手帕。手帕里是一把枪。麦金莱朝后倒去。鲜血染红了他的背心。一片尖叫声"。[3] 听着戈德曼的谈话，弟弟已经受到了她激进的无政府主义思想的影响，在自己内心潜藏的意念中，弟弟在想，我也是中产阶级，受过教育，左尔格斯能干的事我也能干，于是刺杀麦金莱的左尔格斯变成了自己。小说中文学符号意象客体在这里的跳跃为后来真正故事的发展埋下了伏笔：弟弟以爆破专家身份加入了沃克袭击消防站、占领摩根图书馆的战斗小组，后来又去参加了墨西哥革命，并捐躯沙场。

3. 历史人物速写（Sketch）

"速写"一词是从绘画技法借用而来的。这种画法简练的线条在短时间内扼要地画出对象的形体、动作和神态。其目的在于及时记录生活，反映现实。这种功夫要求画家有对生活的观察力及迅速捕捉对象特征的能力。作为文学的一种表现手法，小说中的速写，其内涵与绘画中的速写大致相同。小说家的速写是用简括有力的笔墨描写人物面貌和生活场景，写出真情实意，还要形神兼备，以形写神。在《拉格泰姆时代》中，不仅有许多"真实的"历史人物大摇大摆地走进小说情节中，还包含了许多历史人物速写。多克特罗对小说中许多外围或边缘历史人物的主要行为用速写手法作了表现，笔触洗练，神情宛然。关于大名鼎鼎的北极探险家皮尔里的一出场，作者是这样介绍的：

> 他身材高大，蓄着大胡子，一头浓密的红头发已经开始灰白。由于他以前在一次探险中失去了脚趾，现在走路时步态奇特，脚不离地一步一步向前曳行。他就用这双脚踩钢琴。他有几卷维克托·赫伯特与鲁道夫·弗里默的佳作集锦，还有鲍登学院的歌集和肖邦的《一分钟华尔兹》的改编曲；他只用 48 秒便可以把这首一分钟的乐曲踩完。……经过数次探险之后，皮尔里形成了自己的一套体系。他们在北极生活的每个细节都体现着他深

1　E. L. 多克特罗：《拉格泰姆时代》，常涛、刘奚译，南京：译林出版社，1996 年，第 124 页。
2　同上。
3　同上。

思熟虑的判断。选哪些材料做什么样的雪橇；吃什么食物……野外穿什么
衣裤；……用什么式样的护眼防止雪盲；凡此种种都是这个体系的一部分。[1]

　　这里，皮尔里探险受伤的"这双脚"是表现皮尔里品质的关键：他用"这双
脚"踩钢琴，用"这双脚"走去北极极点。从这段速写我们看到皮尔里身上的几
个特点：皮尔里年龄已近花甲，但身体健壮，有着不达目的不罢休的刚毅性格，
他具有音乐家的想象力和创造力，他凡事深思熟虑。这些品质成为他将美国国旗
插在北极极点最后成功的根本保证。

　　与大金融家皮尔庞特·摩根同时代的资本主义巨头和大亨还有福特、洛克菲
勒、卡内基、哈里曼等十几个当时在美国最有实力的人物。多克特罗非常滑稽、
巧妙地设计了一个有趣的场景，让读者有机会一下子见到所有这些"伟大人物"
的真实面目。摩根有一天在麦迪逊大街的寓所中摆了一次宴席，把这些人都请来
了。他希望这些"天才"头脑中的能量汇集一起，"或许可以震塌他家的墙"。[2]然
而，摩根甚为惊讶，因为

　　　　洛克菲勒称自己有习惯性便秘，常常坐在马桶上考虑问题；卡内基喝
　　了白兰地在打盹儿；而哈里曼则尽说一些无聊的蠢话。这些实业界巨头聚
　　集在一间屋里竟然无话可说，真是令人震惊。他的心为之颤抖，脑海中仿
　　佛听到寥寥空宇间的狂风霹雳。他吩咐仆人在他们每人的脑袋上戴上一个
　　用桂花枝条编的花环，结果这十来个美国最强大的人物的尊容无一例外地
　　恰似马的屁股。但是，随着财富的积累而增长的自负使他们戴这些枝条或
　　许是有意义的，不是为了取笑他们。女眷中也没有一人想笑。她们都是一
　　些老妖婆，袒胸露肩的衣裙衬出下垂的乳房，裹着肥大的屁股。她们的头
　　脑中毫无灵性可言，眼睛里没有一丝光芒；她们是大人物忠心耿耿的妻子，
　　贪得无厌的攫取吸干了她们肉体上的活力。[3]

此情此景，令摩根岂止是惊讶，还有愤怒："摩根的表情凶狠强悍，掩饰着自己
的感情。他召来了一位摄影师；镁光灯一闪，记录下了这一庄严的时刻"。[4]这
段描写，语言精练至极。其中"洛克菲勒便秘""卡内基打盹儿""哈里曼说蠢

1　E. L. 多克特罗：《拉格泰姆时代》，常涛、刘奚译，南京：译林出版社，1996年，第52-53页。
2　同上，第101页。
3　同上，第101页。
4　同上，第101-102页。

话""尊容恰似马屁股""肥大的屁股""眼睛里没有一丝光芒"等词语使这些人物形神兼备，表现的是一个"蠢"字，形象生动，构成了一幅富有立体感的大资本家群丑图。

二、拉格泰姆音乐化的历史

拉格泰姆（Ragtime）又名繁音拍子，是 1890-1915 年间在美国流行的切分乐曲。它是一种采用黑人音乐旋律，按照切分音法（syncopation）循环主题和变形短句等公式写成的着重节奏的器乐曲，主要演奏乐器为钢琴。拉格泰姆乐曲以节奏迅速、拍子清楚为特色，可称为最早的爵士音乐。多克特罗用拉格泰姆为书名，具有多方面的意义。

1. 无常的切分旋律

小说要表现的正是 20 世纪前 15 年第一次世界大战前夕拉格泰姆音乐还正在流行的美国社会。这种黑人音乐是演奏者以右手弹出变化无常的切分旋律，同时左手以沉稳的低音伴奏。它的风格与当时正处于变革时期的美国颇为相似。那是一个繁荣发展的时代，各国移民蜂拥而来寻找希望和机会。福特发明了装配汽车的流水线，生产效率因而大大提高，新事物层出不穷，显示出一个新兴国家那种变幻无常的面貌。而与此同时也潜伏着种种危机，如阶级矛盾、劳资纠纷、种族争端及男女不平等，第一次世界大战的阴影也在逼近。用切分乐曲拉格泰姆为表现这样一段历史的小说命名的确是很"妙"，"它是全书的灵感"，它推动着多克特罗的写作，并把他"带到终点"（鲁亚斯 186）。[1]

2. 明快的节奏

拉格泰姆的特色是节奏迅速，拍子清楚，多克特罗以这种切分乐曲为书名，也暗示了他作品的明快节奏。我们看到小说《拉格泰姆时代》包容了范围非常广泛、内容非常丰富的材料，这些材料的巨大数量和繁杂种类以及小说对这些材料的态度决定了这些材料被表现的速度和风格。作为唯一的书前引语，多克特罗引用了最著名的拉格泰姆作曲家斯科特·乔普林的两句话："这首乐曲不要弹得太快。拉格泰姆是不能弹得太快的。"我们可以把这个引语作为作者的值得注意的警告，但实际上我们发现很难慢慢地、有条不紊地阅读这部小说。多克特罗也说他"有意要写出一种冷峻的叙述文体"（鲁亚斯 185），[2] 一种充满活力的叙述文体。

1　查尔斯·鲁亚斯："埃·劳·道克托罗"，《美国作家访谈录》，粟旺、李文俊等译，北京：中国对外翻译出版公司，1995 年，第 186 页。
2　E. L. 多克特罗：《拉格泰姆时代》，常涛、刘奚译，南京：译林出版社，1996 年，第 185 页。

首先，小说中引用的百科全书式的材料是用 40 个快速传送、平均每个不到 10 页的一系列短小章节表现的。此外，尽管他的话题非常复杂，但多克特罗运用了貌似简单的小说叙述方式。我们从一开始就被作者邀请在某处停一停，仔细地阅读一下他在那儿所叙述的东西。

除了修辞上的原因，这种累积的明快节奏效果还产生于多克特罗拒绝运用圆拱型的线性情节发展路线，以利于灵巧地整理虚构的三个普通家庭成员与真实的历史人物经常相互影响的故事。由于小说情节是用电影蒙太奇技法，由一系列场面、情景和相互交织的故事所构成，因而是变化不定的，经常移动的；它虽然通常在时间上走在前面，但它并不给读者提供任何舒服的线性发展的阅读。[1] 小说中的公众事件也不提供因果连续性。尽管情节开始于 1902 年，结束于第一次世界大战爆发前夕，这种明快节奏效果不是历史记录产生的，而恰恰是小说上下文产生的——这个上下文是一种大致出现在拉格泰姆时代的人与事件的拼贴。拼贴的本质是非连续性、不确定性的。

3. 断奏

受拉格泰姆音乐的影响，多克特罗在语言上做了有意识的变革，形成了一种新颖的文体。这种文体牢固地增强了这种快速节奏感。像章节一样，句子也通常很短（尽管被长段落抵消），修辞简洁，合情合理地陈述，获得一种音乐上断奏（即奏成断音）的效果；这就在多克特罗的文体中产生了一种拉格泰姆音乐的散文变体。我们以第六章第一段开头几个句子为例，便可见一斑：

> Freud arrived in New York on the Lloyd liner *George Washington*. He was accompanied by his disciples Jung and Ferenczi, both some years his junior. They were met at the dock by two more younger Freudians, Drs. Ernest Jones and A. A. Brill. The entire party dined at Hammerstein's Roof Garden. There were potted palms. A piano violin duo played Liszt's *Hungarian Rhapsody*. Everyone talked around Freud, glancing at him continuously to gauge his mood. He ate cup custard. Brill and Jones undertook to play host for the visit. In the days following they showed Freud Central Park, the Metropolitan Museum and Chinatown. Catlike Chinamen gazed at them out of dark shops. There were glass cabinets filled with litchi nuts. The party went to one of the silent films so popular

---

1　Larry McCaffery, "E. L. Doctorow Interview with Larry McCaffery," *Essays and Conversations*, ed. Richard Trenner, Princeton: Ontario Review Press, 1983, pp. 40-41.

in stores and nickelodeons around the city. [1]

（弗洛伊德是由比他小几岁的追随者荣格和弗伦兹陪同乘坐劳埃德公司的"乔治·华盛顿"号班轮抵达纽约的。他们在码头上受到两个更为年轻的弗洛伊德信徒欧内斯特·琼斯医生和埃·埃·布里尔医生的迎接。一行人在哈默施坦屋顶花园进餐。花园中有盆栽棕榈，钢琴和小提琴在演奏李斯特的《匈牙利狂想曲》。大家围着弗洛伊德交谈，不时向他投去一瞥，察言观色。他吃了一杯乳蛋羹。布里尔和琼斯为这次访问充当东道主。在随后的几天里他们带弗洛伊德游览了中央公园、大都会博物馆和唐人街。在昏暗的店铺里，猫一般的中国人注视着他们，玻璃柜台中装满了荔枝。他们去看了一场无声电影，那是在纽约各处的商店和戏院都非常普及的。[2]）

4. 四个主题与四部分结构

拉格泰姆乐曲使小说《拉格泰姆时代》在结构上与之对应。一支拉格泰姆乐曲一般有四个主题，即由四个部分构成。多克特罗的小说亦由四个部分组成，每一部分集中表现一个主题。小说的第一部分主要以小男孩一家人的生活为中心，逐渐展开 1902 年以来的美国社会政治、经济的历史画面：在爱国主义光环笼罩下的歌舞升平的背后，有移民艰难贫困的生活、妇女遭受的双重压迫、黑人生活的悲剧、艺术家遭到的来自上层社会的蔑视等。第二部分以犹太移民爸爸从一个贫困的社会主义者到接受个人主义的过程，揭示了所谓"美国活力的洪流"的构成：资本主义的残酷剥削和疯狂的种族歧视。第三部分是以黑人沃克实施报复为主线，小男孩一家去大西洋城度夏为副线，表现了美国社会的两重世界：一面是黑人的地狱，一面是由财富、阶级和自然为富人创造的伊甸园。这三个部分构成了小说的主体。第四部分最短，只由一章构成。这一全书总结性部分以极快的速度概括了死的必然，尽管是不同途径的死。关于第四部分速度加快的倾向，多克特罗是这样解释的：这"就像弹钢琴弹到最后会越来越快似的。这里存在着一种加强的情况，就像音乐上卖弄技巧的人先用正常的速度演奏，然后加快一倍速度显示他们能演奏得多么快。尽管斯科特·乔普林提出过警告"。[3] 小说的结尾意味深长："这时候拉格泰姆风行的时代随着机器沉重的喘息已经消逝，似乎历史不过

---

1 E. L. Doctorow, *Ragtime*, New York: Bantam Books, Inc., 1975, pp. 41-42.

2 E. L. 多克特罗：《拉格泰姆时代》，常涛、刘奚译，南京：译林出版社，1996 年，第 26 页。

3 查尔斯·鲁亚斯："埃·劳·道克托罗"，《美国作家访谈录》，粟旺、李文俊等译，北京：中国对外翻译出版公司，1995 年，第 189-190 页。

是自动演奏的钢琴上的一支曲子而已"。[1] 美国 20 世纪初期一段蓬勃发展而又危机四伏的资本主义社会的历史,一支由"一组组短促、清脆的切分和弦与砰然撞击的八度和声"[2] 构成的拉格泰姆乐曲和一部节奏明快的新历史主义小说文本,同时结束了。

三、织锦式音乐叙事

《拉格泰姆时代》不仅巧妙地融合了真实的历史事件与虚构的故事情节,"使文学政治化,使政治历史化",[3] 而且读起来如一曲拉格泰姆音乐般流畅。有学者对此评论道,《拉格泰姆时代》"有着抒情诗般的曲调、流水般的结构和欢快、充满活力的节奏,这样一种内在的音乐性已浑然天成,使得任何外部解说都黯然失色"。[4] 这种浑然天成的"内在的音乐性"具体是如何体现出来的呢?这可以从其织锦般的音乐叙事中窥得全貌。首先,小说在语言、结构、写作技巧等形式层面上直观体现了拉格泰姆节奏鲜明的特点。其二,它塑造了黑人音乐家小科尔豪斯的形象,讲述了其人生沉浮。这两种音乐叙事与龙迪勇教授在《"出位之思":试论西方小说的音乐叙事》一文中的精湛总结[5]相呼应。但是让人叹为观止的是,《拉格泰姆时代》还体现了该文未指出的另一种隐性音乐叙事:其双声道主题与拉格泰姆弹奏之时左右手不同的旋律特点相呼应,即左手低音稳定机械的伴奏衬出了时代发展的滚滚巨轮之声,右手变幻多元的切分旋律则表现了种族冲突、女权运动、资本主义的腐朽音符与改革、救赎的呐喊之声。这呐喊之声包括小科尔豪斯的暴力抗争及犹太爸爸艺术层面的温和改良之路。两者道路不同,但都指向了种族平等、和谐共存的美好未来。此两种呐喊之声也使得小说的双声道主题更加厚重,具有深刻的政治意义。如此左右手的主题声音并行、交织,与第一种音乐叙事相呼应,而第二种音乐叙事又内嵌在这第三种之中,如织锦般内外衔接、经纬交织的音乐叙事形象地展现了美国 20 世纪初错杂的社会张力及少数族裔追求种族平等及共存的努力。

1　E. L. 多克特罗:《拉格泰姆时代》,常涛、刘奚译,南京:译林出版社,1996 年,第 236 页。

2　同上,第 115 页。

3　陈世丹:"《拉格泰姆时代》:向历史意义的回归",《厦门大学学报》2003 年第 4 期,第 66 页。

4　R. Z. Sheppard, "The Music of Time," *Critical Essays on E. L. Doctorow*, ed. Ben Siegel, New York: G. K. Hall & Co., 2000, p. 69.

5　龙迪勇:"'出位之思':试论西方小说的音乐叙事",《外国文学研究》2018 年第 6 期,第 115-131 页。这三种西方小说的音乐叙事分别为:一、在内容层面叙述音乐家的故事或塑造音乐家的形象;二、如器乐一样最大限度地缩减了语词的表意性,追求像音乐那样去创作纯粹的美的形式的作品;三、在结构上模仿或借鉴音乐艺术的跨媒介叙事作品。

1. 形式层面的音乐性

拉格泰姆（Ragtime）[1] 于 19 世纪末在美国形成，盛行于 20 世纪前 20 年，[2] 为 1920 年左右爵士乐的兴起奠定了坚实的基础，成为爵士乐的源头之一。拉格泰姆的显著特征是左手为均衡稳定的双拍子低音节奏，右手利用切分音造成强弱拍异位。[3] 由于重音放在左手，右手弹奏部分切分音经常连续出现，旋律节奏变化频繁，而成参差不齐的拍子（ragged time），[4] 因此拉格泰姆也被译为"散拍乐"。

正是这种旋律并置塑造了其独特的对比与张力，拉格泰姆曲子因而变得幽默、活泼、欢快起来，并具有美国黑人及西非音乐独具一格的多元旋律特色。[5] 多克特罗在《拉格泰姆时代》的创作中巧妙地将拉格泰姆乐曲节奏明快、切分频繁、断奏、对位等特点融入小说的语言、结构及写作技巧中，在这参差不齐的拍子之中塑造了小说形式上独特的音乐审美价值。值得注意的是，开头的章节前引语引用了美国非裔钢琴名家乔普林的演奏指示："这首乐曲不要弹得太快。拉格泰姆是不能弹得太快的"，提醒读者要慢慢品味文字的每个细节。

从章节结构来看，小说是由四十个平均每章不到十页的短小章节构成的，如一帧帧电影镜头一般在读者面前飞速闪过，节奏明快。章节连接部分留下了大量空白，中断了线性叙述，形成一种切分和断奏的感觉，给读者留下了大量思索空间。不仅如此，多克托罗将经济繁荣的表象与社会动乱的图景并置，极少数人的财富和享乐与几百万人处于失业状态形成鲜明对比，暴露了时代张力。这种写作手法与音乐中的对位法（counterpoint）十分贴近，即让两条或者更多条相互独立的旋律同时发声并且彼此融洽的音乐创作技巧，[6] 让读者似乎如临其境地听到不同的时代旋律在同时进行，交叉碰撞。

从文字层面来看，全书运用了大量的短语略句，给人一种类似切分音节般的跳动感。在第十三章中，开头是两个"铁轨！"；第二十七章和三十三章的开头：

---

1 在 20 世纪拉格泰姆可指钢琴曲、歌曲、舞蹈、乐队乃至其他混杂式乐曲等多种艺术形式，但是随着时代演变，如今一般指的是拉格泰姆钢琴曲。详见 Edward A. Berlin, Ragtime: A Musical and Cultural History. Berkeley: U of California P, 1980: 5-20.

2 Guy Waterman, "Ragtime," *Ragtime: Its History, Composers, and Music,* ed. John Edward Hasse, New York: Schirmer Books, 1985, p. 44.

3 Terry Waldo, "Ragtime," *Encyclopedia of African American History: 1896 to the Present*, ed. Paul Finkelman, Oxford: Oxford University Press, 2009, p. 171.

4 Edward A. Berlin, Ragtime: *A Musical and Cultural History*, Berkeley: University of California Press, 1980, pp. 5-20.

5 John Edward Hasse, "Ragtime: From the Top," *Ragtime: Its History, Composers, and Music*, ed. John Edward Hasse, New York: Schirmer Books, 1985, p. 14.

6 Kennan, Kent. *Counterpoint: Based on Eighteenth-Century Practice*. Upper Saddle River: Prentice-Hall, 1999, p. 3.

"春天，春天！"[1]"啊，好一个夏天！"[2]这种短句结构及重复与拉格泰姆音乐左手稳定机械的双拍子伴奏效果类似，似乎在引起读者的注意，又似乎在暗示叙述者对于转瞬即逝的时代的感慨。

在叙事技巧上，多克特罗运用复调、非线性叙述方法把三个虚构的家庭和真实的历史人物联系在一起，并且借助拼贴、蒙太奇的手法将众多事件串联起来，迅速呈现，有时场景的转换并未提供明确的因果连续性，其情节跳跃之快让读者目不暇接，仿佛每一处轻描淡写的插曲都有其特别的用意，留给读者自己去解读。"叙述者试图让一系列的图片呈现在读者面前，将对图片进行解码的重任抛给了读者。"[3]其中人物对话都没有引号标注，使得情节叙述与对话连在一起，两者直接切换产生了蒙太奇般的镜头变幻效果。拼贴式写作手法将诸如弗洛伊德的理论、通灵术、对媒介影像的评论等材料穿插入故事情节的叙述之间，"打破了传统小说的凝固叙事，对读者的审美习惯造成了极大的震撼，产生了传统叙事模式难以达到的效果"，零散的、破碎的材料组合给了读者一种"移动的组合感"。[4]这样一种断裂、时空的跳跃和穿梭塑造了迷宫一般错杂的情节，如拉格泰姆右手变幻不定的切分旋律一般扑朔迷离，吸引读者对其解码。

白人、黑人及犹太三个家庭的不同故事线索交替穿插前进，既呼应了音乐中的复调结构，又如不同色彩的经纬线一般缠绕交错，内外衔接，勾勒出纹理，与织锦这种手工艺艺术的空间结构特点巧妙地结合。织锦编织过程中不同颜色的丝线交织进出，宛如社会不同阶层之间碰撞、影响、交互的过程。

综上，《拉格泰姆时代》既呼应了龙迪勇所总结的西方小说三种音乐叙事的第三种类型，即"在结构上模仿或借鉴音乐艺术的那一类跨媒介叙事作品"，[5]但是也在文字、写作技巧上直观体现出了拉格泰姆的韵律和节奏，与龙迪勇所总结的第二种音乐叙事类型有所重叠又不完全一致。龙迪勇指出的第二种音乐叙事是弱化内容而在形式上尽量创造出完美纯粹的音乐感的这种小说，[6]而《拉格泰姆时代》做到了不弱化内容的同时在形式上创造出音乐感的效果，且内容与形式相得益彰。

1　E. L. Doctcrow, *Ragtime*, New York: Random House, 1975, p. 164.

2　Ibid., p. 208.

3　Angela Hague, "*Ragtime* and the Movies," *Critical Essays on E. L. Doctorow*, ed. Ben Siegel, New York: G. K. Hall & Co., 2000, p. 174.

4　陈世丹：《美国后现代主义小说详解》，天津：南开大学出版社，2010，第 30 页。

5　龙迪勇："'出位之思'：试论西方小说的音乐叙事》，载《外国文学研究》2018 年第 6 期，第 125 页。

6　同上，第 120-121。

　　2. 左手稳定机械的低音伴奏：双声道主题之工业发展的滚滚巨轮之声

　　由于小说第二种音乐叙事内嵌于第三种隐性音乐叙事之中，因此本文第二、三部分以探讨其第三种隐性音乐叙事为主，即小说传达的双声道主题与拉格泰姆音乐左右手旋律的紧密契合。在论述第三种音乐叙事的同时，第二种音乐叙事——对黑人音乐家的形象塑造及荣辱沉浮的讲述——的样貌也会水落石出。

　　弹奏拉格泰姆音乐时，左手低音伴奏部分一直保持双拍子，均匀而有规律，如同小说体现的双声道主题中的第一个声道：资本主义工业发展的滚滚巨轮之声。尽管小说开头以 1902 年开始，但是其讲述的故事大致覆盖了 1900 到 1917 年这个阶段，即拉格泰姆时代，这是一个美国在社会、政治、科学与工业上经历了巨大变化的时代。该时期大量移民涌入美国，人口迅速膨胀的同时城市化也在不断发展。这些移民有的发家致富，有的却出乎意料地难以摆脱贫困的魔咒。[1] 世纪之交，美国超过半数的人从事的是体力劳动，劳动时间长，工资少。[2] 后经轰轰烈烈的工人运动，工人们的工作条件和工资得到改善，1900 到 1917 年工会会员人数有了明显的增长。[3] 但是与此同时，工人运动遭受到的来自大企业乃至法律制度上的阻碍并未消失。从一战开始到 20 世纪前 20 年，美国工人运动遭到了政治保守主义和垄断利益集团的打压，陷入了低谷时期。[4] 可见，在那一时期工人阶级的生存斗争中，希望与绝望并存。

　　拉格泰姆时代也与美国的进步时代（Progressive Era）相重叠。美国的进步时代指的是 19 世纪末到 1917 年的二十年时间，它见证了美国历史上的一次改良运动——进步主义运动。其中 19 世纪末的思潮主要表现在民粹主义运动上，而在 20 世纪初，[5] 则集中反映在城市改革上，反对专权、腐化，主张经济民主和政治平等，扩大面向下层的公益服务事业。[6] 进步主义者们通过社会立法改革工业发展和城市弊端，比如出台了工人工伤赔偿法、禁止雇佣童工等规定。[7] 尽管史学界对进步主义运动褒贬不一，但是毫无疑问这些改良的努力推动了美国社会的进步与完善。此外，1914 年威尔逊签署实施《克莱顿反托拉斯法案》，规定禁止商业活动

1　Mark Busby, "E. L. Doctorow's *Ragtime* and the Dialectics of Change," *Critical Essays on E. L. Doctorow*, ed. Ben Siegel, New York: G. K. Hall & Co., 2000, p. 177.

2　Kevin Hillstrom, *Defining Moments: Workers Unite! The American Labor Movement*, Detroit: Omnigraphics, 2011，43-44.

3　Tim McNeese, *The Labor Movement: Unionizing America*. New York: Chelsea, 2008, p. 111.

4　Hillstrom, op. cit., pp. 43-61.

5　Ibid., p. 43.

6　黄安年：《二十世纪美国史》，石家庄：河北人民出版社，1989，第 54-55 页。

7　同上，第 65 页。

中的垄断行为，允许工人以合法、和平的方式罢工。[1] 由于以上措施实行，美国在 1870 年到 1913 年间国民生产总值增加了 8.1 倍。可以说，美国在不到 40 年的时间里，工农业发展就超过了欧洲。

在这样的时代背景下，贯穿《拉格泰姆时代》中的背景旋律就是世纪之交美国经济和文化产业的迅猛发展。小说开头便交代了白人父亲通过制造国旗、彩旗、花炮等表达爱国热忱的产品发家致富的背景。[2] 家中陈设十分阔气："窗上的帘子、深色的地毯、东方丝绸靠垫、绿色的玻璃灯罩，以及铺着斑马皮毯子的躺椅"。[3] 借助工业生产，父亲积累了大笔家产，跻身中产阶级。

另一方面，作为穷苦移民的成员之一，犹太爸爸是一位街头艺人，也是一名社会主义者。历经一系列的打击，他带着女儿离开了劳伦斯。深知工人罢工及社会主义组织的无力，他借助自己的剪影动画手艺加入了资本主义工业的滚滚洪流，后投身电影这个新兴产业而一举成名。进步时代电影产业的发展与个人才华的结合造就了爸爸的成功，他终于可以使女儿摆脱贫民窟的肮脏和危险，并且为自己创立了一个新的身份：从事电影业的阿什凯纳兹男爵（the Baron Ashkenazy）。发家创业的成功使得他对各种事物都保持着天真无邪的喜悦，富于感染力，这也正是他后来吸引白人家庭中母亲的重要原因[4]。犹太爸爸的奋斗史循序渐进，如资本主义工业列车的滚滚巨轮之声一般贯穿整部小说，折射出故事发展的经济社会背景。

3. 右手多元变幻的切分旋律：双声道主题之不稳定音符及改革、救赎的呐喊之声

与左手工业发展的滚滚巨轮之声同时进行的是右手变幻不定的切分旋律，切分音法使得强弱拍颠倒，形成了动感和不稳定的节奏韵律，具有极大的感染力。黑人音乐家小科尔豪斯在白人家庭演奏的乔普林名曲《枫叶拉格》（"Maple Leaf Rag"，1899）就是一个典型的例子。如果说左手演奏的是时代发展的滚滚巨轮之声，那么右手的切分音法则暴露了该时代同时存在的不稳定音符：进步表象之下难掩女权运动、种族冲突、资本主义朽化的声音，然而正是这些不稳定的音符才催化了改革、救赎的未来之声。此为双声道主题之二。

（1）女权运动、种族冲突及资本主义朽化的不稳定音符

伴随着工业革命的迅猛发展，世纪之交的妇女开始以现代女性的形象出现在

1 Priscilla Murolo and A. B. Chitty, *From the Folks Who Brought You the Weekend: A Short, Illustrated History of Labor in the United States*, Illus. Joe Sacco, New York: New Press, 2001, p. 150.

2 E. L. Doctorow, *Ragtime*, New York: Random House, 1975, p. 3.

3 Ibid., p. 3.

4 Ibid., p. 215.

美国历史舞台上。她们追求个性，向往自由，充满信心，敢于创新。[1] 中产阶级妇女怀着浓厚的兴趣和满腔的热忱投身于当时的多种社会改革浪潮之中，成为社会改革运动中一支强大的生力军。[2]《拉格泰姆时代》中白人家庭的母亲、埃玛·戈德曼、伊芙琳·内比斯特及萨拉都体现了世纪之交现代女性的精神气质，发出了女权运动强有力的声音。白人母亲的转变就是中产阶级女性崛起的最显著的微观体现：她从言听计从、依附丈夫决策、毫无主见的女性成长为独当一面的女主人、女经理，还收养了黑人婴儿及其生母萨拉，也因此结识了萨拉的丈夫——小科尔豪斯。她的视野变得开阔，逐渐意识到弟弟投奔黑人英雄小科尔豪斯的伟大[3]。母亲走上了独立进步的思想之路，而父亲在白人中心主义传统思想的泥淖中越陷越深。生活变故带来的困惑逼迫他全身心投入工作，在一次烟火交易中不幸丧命于沉船事故。

埃玛·戈德曼是20世纪早期倡导男女平等的非常活跃的激进派。小说中她作为无政府主义者，借助易卜生的作品作为宣扬解剖社会的手段。其慷慨激昂的宣讲感染了前来围观的白人明星伊芙琳。伊芙琳在帮助犹太爸爸及其女儿的过程中找到了人生寄托，开始关注工人运动，后与一位拉格泰姆舞蹈演员私奔，真正实践了戈德曼传递给她的女性的自由权利。小科尔豪斯的妻子萨拉得知丈夫受辱的事情之后，向政府请愿，却被白人警察暴击成骨折，后患上肺炎，悲惨死去。萨拉用她的生命谱写了一曲黑人女性与种族歧视斗争的感人之曲，她的独立、主动与勇气所彰显的正是世纪之交妇女运动给女性带来的精神气质的极大变化。

此外，尽管在南北战争之后黑人获得了解放，但是在实际生活中仍继续遭受着歧视及不公。多数黑人在获得解放后，依然从事当年为奴时的工作。黑人成为专业人士是罕见的，仅占黑人总数的1%[4]。小科尔豪斯的得体装束和昂贵轿车便遭到了白人消防员的奚落及憎恨。从1877年美国南方重建结束到20世纪头20年，黑人社会和政治地位的持续恶化成为这段时期美国社会黑白种族关系的显著特征。到一战前夕，黑人实际上已经被剥夺了其通过宪法第十四、十五条修正案以及国会和南方重建政府的各项措施已争取到的几乎所有政治权益。《拉格泰姆时代》中黑人的处境印证了以上的史实。"每年都有百名黑人被私刑处死，百名矿工被活活烧死，百名童工变成残废。这类事情似乎都有定额。饿死的人也有定

---

1 王恩铭：《20世纪美国妇女研究》，上海：上海外语教育出版社，2002，第47-48页。

2 同上，第52-56页。

3 E. L. Doctorow, *Ragtime*, New York: Random House, 1975, p. 211.

4 Thomas Sowell, *Ethnic America: A History.* New York: Basic Books, 1981.

额。"[1] 面对种族隔离、私刑和种族骚乱的肆虐横行，黑人知识分子展开了不屈不挠的顽强抗争。[2]

在展现种族冲突的动乱音符的同时，多克特罗在小说中也多次发出了谴责资本主义虚伪、腐朽与无情的声音，并且暗示了资本主义幻象将在未来走向消亡的命运。当犹太爸爸带着女儿参加为劳伦斯纺织工人大罢工做准备的儿童寄宿活动时，毫无预料地遭到了巡警的血腥镇压，昏倒在警棍之下。[3] 历史上官方对此次事件的记载却是：国内其他工业城市通过募捐、安置疏散罢工工人的孩子声援罢工运动，终于取得了 1912 年劳伦斯纺织工人大罢工的胜利，为工人赢得了 5%-20% 的工资增长。[4] 犹太爸爸和女儿的个体记忆再现了官方叙述忽视或隐藏的细节，展现了无产者与权力机构斗争的无力，多克特罗借此"小叙事"讽刺了道貌岸然的资本主义政府蓄意破坏工人罢工的自私自利及虚伪。

无独有偶，资本主义慈善事业的虚伪面孔也昭然若揭：

> 尊敬穷人变得时髦起来。在纽约和芝加哥豪华的建筑里，人们举办穷人舞会。衣衫褴褛的来宾捧着马口铁的饭盒和缺口大酒杯进餐。舞厅用横梁、铁轨和矿灯装点得像矿井一般。还请来了舞台布景公司的人把室外花园布置得像农场，把餐厅布置得像棉纺厂。客人们吸着用银碟端来的雪茄烟烟蒂。杂耍演员涂黑了面孔表演滑稽戏。女主人请大家到屠宰场旁的牛栏内跳舞。客人们围着长围裙戴白帽，又吃饭又跳舞，看着挂钩上的死牛躯体沿着墙边的滑轮轨道不断移动，内脏洒满一地。这种活动的收入是用于慈善事业的。[5]

富人们打着慈善的旗号举办穷人舞会，浪费人力、物力、财力，而活动所得收入的最终去处并不明朗。在描述将孩子送往寄宿家庭之前集体拍照片的时候，多克特罗借助第三人称全知全能的叙述视角评价道：他们"坚定地凝视着前方，仿佛在凝视着工业化的美国带给他们的可怕命运"。[6] 这样的美国如此之腐朽，以至于多克特罗借弗洛伊德评价道：美国巨富与赤贫随意混杂，是一种混乱不堪的纷繁的欧洲文明，"是个巨大的错误"。[7]

1　E. L. Doctorow, *Ragtime*, New York: Random House, 1975, p. 34.

2　易群芳：《黑人知识分子与哈莱姆文艺复兴》，载《社会科学家》2014 年第 8 期，第 143 页。

3　E. L. Doctorow, *Ragtime*, New York: Random House, 1975, p. 106.

4　王恩铭：《20 世纪美国妇女研究》，上海：上海外语教育出版社，2002，第 77-80 页。

5　E. L. Doctorow, *Ragtime*, New York: Random House, 1975, pp. 34-35.

6　Ibid., p. 103.

7　Ibid., p. 33.

资本主义的冷漠、虚伪和物化民众的本质在老罗斯福总统、摩根和福特身上也可见一斑。老罗斯福总统把保护自然资源作为重要国策，曾通过了一系列保护野生动物的法令。[1] 然而小说随即笔锋一转，呈现了报纸上一篇有关他非洲狩猎之行战果的报道："这位伟大的自然保护主义者捕获了不计其数的猎物"。[2] 看似不带任何感情色彩的新闻文本拼贴不动声色地讽刺了资本主义的虚伪面孔。福特的汽车流水装配线通过控制皮带轮的转速来控制工人的生产率，获得了巨大利润，在资本主义工具理性的控制之下，工人被异化为可被随意替换的机器零件。[3] 此外，作为托拉斯大亨的代表，摩根仿佛是无形跨国资本帝国的君主，到处可以行使自己的王权，"他比谁都明白无限的成就使人进入的是一片冷漠和荒芜的疆域"。[4] 只有他是宇宙的中心，其余一切皆为他所用的工具。可见，资本主义这座大厦充满了荒凉、衰朽和死亡的气息，正如本雅明所言，"资产阶级的丰碑在坍塌之前就是一片废墟了"。[5]

(2) 改革、救赎的呐喊之声

面对资本主义的腐朽，本雅明认为最终的应对之策仍然只有一个：革命。只有被压迫者在灵魂深处进行反省和批判，进行意识形态领域内的思想革命，才能真正担负起责任，而不是徒劳无功地进行外部革命。[6] 小科尔豪斯首先振臂发出了改革、救赎的呐喊之声。他在驶往纽约的途中遭到了绿宝石岛消防员的侮辱，车子也被破坏。面对未婚妻为他请愿却最终丧命的悲剧，面对警察、律师的袖手旁观，走投无路的他悲愤之下与追随者一同策划了两起消防站爆炸事件，炸死了八条人命，导致民众的恐慌。最后他们占领了摩根图书馆，向政府发起挑战，要求把他的 T 型福特车原样归还，并且要求消防队长康克林（Willie Conklin）以命抵命。[7]

后来在华盛顿这位黑人教育家的游说下，小科尔豪斯受到感动，放宽了他的要求。华盛顿劝说作为精英黑人代表的他不要败坏黑人大众的形象，以便创造一个更加能包容、接纳他们的社会氛围和环境，为他们提供发展空间。考虑到当时的种族现实，可以理解这是黑人民权事业成功需要铺就的前期道路。19 世纪初

1　E. L. Doctorow, *Ragtime*, New York: Random House, 1975, p. 66.

2　Ibid., p. 93.

3　Ibid., pp. 12-13.

4　Ibid., p. 115.

5　本雅明：《发达资本主义时代的抒情诗人》，张旭东、魏文生译，北京：生活·读书·新知三联书店，1989，第 197 页。

6　于闽梅：《灵韵与救赎——本雅明思想研究》，北京：文化艺术出版社，2008，第 173 页。

7　E. L. Doctorow, *Ragtime*, New York: Random House, 1975, pp. 231-232.

黑人领袖中，华盛顿和杜波伊斯（William Edward Burghardt Du Bois，1868-1963）形成了意见对峙的两派。杜波伊斯代表精英黑人的利益，倡导积极鼓动和斗争，与华盛顿弱化政治斗争、重视基础教育的改良政策形成强烈对比。华盛顿代表广大黑人的利益，认为应该通过黑人整体素质、经济状况的提高赢得政治选票。[1] 科尔豪斯明白由于时代所限，对黑人人格上的平等和尊重的期冀只能在未来才能实现，于是他做出了让步，仅希望将他的汽车完璧归赵且保证其他几位小伙子的人身安全。这位内心悲怆的音乐家终被击毙，如本雅明笔下的新天使（Angelus Novus）一般，面对着眼前灾难性的废墟世界，想要停下来拯救，但是线性历史的"进步之风"却将它的翅膀吹开，将它吹往它不愿意前去的未来。[2]

本雅明认为线性历史观总是把历史描绘成一个不断进步的历史，导致人们普遍看不清历史正在发生的沉沦与衰颓，革命就是要打破历史的连续性。"进步"不是历史主义所说的量变和积累，而是质变和深化，是无限的完成过程。这种完成过程表现为苏醒（变奏）和打断进步过程的停顿。[3] 拉格泰姆音乐的切分和断奏特点正是体现了这样一种断裂和停顿，小说章节之间的空白则象征了革命性思考所需的历史脚步的暂停与反思。对于科尔豪斯来说，消防站受辱事件和萨拉冤死已经让他的人生发生了断裂，站在人生的裂隙，他希望通过一己之力唤醒沉睡在种族主义思想中的政府，让民众清醒地意识到资本主义世界已是一片废墟和荒芜。悲剧的是，他未能冲破时代的局限和制度的阻力，种族平等的未来、闪烁不定的希望只能寄托在青年追随者身上了。

小科尔豪斯以暴力反抗无端摧毁自己美国梦的社会不公和种族歧视的故事只是众多有着类似遭遇的民众的缩影，多克特罗自己也说："这个国家有几十万个科尔豪斯·沃克"。[4] 拉格泰姆时代对美国白人来说是充满了超级大国乐观情绪的一段时期，但是对于黑人来说，却是种族歧视被合法化、私刑肆虐的黑暗时期，他们为种族平等与尊严曾经付出的心血和所得都付之东流。[5]

此外，小科尔豪斯复仇的祭礼并非由于他天性残暴所致，他的本性是快乐的。他留给世界的为数不多的照片都是带有着天真笑容、对未来充满期待的音乐家的形象：'照片上略显年轻的科尔豪斯穿着燕尾服、系着白色领带坐在一架立式

1　Thomas Sowell, *Ethnic America: A History*, New York: Basic Books, 1981, p. 207.

2　本雅明：《本雅明文选》，陈永国、马海良编。北京：中国社会科学出版社，1999，第408页。

3　于闽梅：《灵韵与救赎——本雅明思想研究》，北京：文化艺术出版社，2008，第144页。

4　Mel Gussow, "Novelist Syncopates History in Ragtime," *Conversations with E. L. Doctorow*, ed. Christopher D. Morris, Jackson: University Press of Mississippi, 1999, p. 5.

5　John Edward Hasse, "Ragtime: From the Top," Ragtime: *Its History, Composers, and Music*, ed. John Edward Hasse, New York: Schirmer Books, 1985, pp. 9-11.

钢琴旁。他手抚琴键，朝着照相机露出笑容。[……] 一个蓄着整齐胡髭、笑容可掬的黑人，一张兴致勃勃而坦率的脸，这种阳光形象与杀人犯身份形成极具反讽意义的巨大反差"。他在一次次拜访白人家庭、希望萨拉回心转意的过程中都是一副彬彬有礼的作风，甚至在守旧的白人父亲看来都完全不像黑人。白人母亲的弟弟也把他描述成一个被环境逼疯的生性平和的人，这种环境并非由他本人一手造成。[1]

拉格泰姆右手切分旋律奏响的变幻音符之中，不仅激荡着暴力抗争的声音，也回荡着犹太爸爸通过文化改良运动传达的希望之声。世纪之交，电影作为新兴的娱乐形式，对传统文化的等级制度造成了极大的冲击，受到被传统精英艺术排斥在外的工人阶层的格外青睐，电影院也因此被戏称为"民主的剧场"。[2]这种潜移默化的文化熏陶对于启迪民智、触发历史反思将起着至关重要的作用。犹太爸爸憎恨机器，但是当他发现工人罢工运动对改善底层大众处境收效甚微之后，就加入了资本主义发展的滚滚洪流，借助动画和电影业一举成名。有学者认为犹太爸爸放弃了社会主义的理想，借助资本主义的阶梯实现了自己的美国梦，[3]但是他制作的电影题材实则透露了他并非放弃了社会主义的理想。他拍摄了一系列有关不同肤色的小孩作为好朋友经历的冒险故事的电影，[4]通过文化传播的方式，为观众们描绘了一幅未来种族平等、和谐共处的美好画卷。

同时，多克特罗将科尔豪斯追随者的藏身之处设定为哈莱姆地区，也暗示了随后不久发生的哈莱姆黑人文化复兴运动。黑人在经济上和数量上的劣势使其诉诸武力的民族主义运动不现实，因而老一辈黑人知识分子将自救的目光投向黑人文学和文化领域。逐渐被人们称之为"哈莱姆文艺复兴"的黑人运动通过展示黑人文化和艺术驳斥白人种族分子鼓吹的"黑人劣等"等谬论，[5]对美国历史产生了深远的影响。

拉格泰姆时代死亡与孕育同时进行。小说结尾白人母亲和犹太爸爸喜结良缘，同时收养了科尔豪斯与萨拉的孤女，奏响了种族融合的希望之声。"他们带着白人小男孩、犹太小女孩及黑皮肤的婴儿组成了大熔炉的一个缩影。具有讽刺意义的是，这种大熔炉是过去曾经充满纯真的美国所允诺但从未实现的愿景"。[6]

1　E. L. Doctorow, *Ragtime*, New York: Random House, 1975, p. 182.

2　Russel Merrit, "Nickelodeon Theater, 1905-1914: Building an Audience for the Movies," *The American Film Industry*, ed. Tino Balio, Madison: The U of Wisconsin P, 1985, pp. 86-87.

3　Mark Busby, "E. L. Doctorow's *Ragtime* and the Dialectics of Change," *Critical Essays on E. L. Doctorow*, ed. Ben Siegel, New York: G. K. Hall & Co., 2000, p. 181.

4　Doctorow, op. cit. p. 270.

5　易群芳："黑人知识分子与哈莱姆文艺复兴"，《社会科学家》2014 年第 8 期，第 145 页。

6　Carol C. Harter and James R. Thompson, *E. L. Doctorow*, Boston: Twayne Publishers, 1990, p. 52.

多克特罗在小说结尾强调说："我们打赢了这场战争"，[1] 虽未多加阐释，却给了读者一个未来充满希望的愿景。

4. 双声道主题凸显的隐性音乐叙事

综上可见，《拉格泰姆时代》还体现了一种隐性音乐叙事形式，即其第三种音乐叙事：小说传达的双声道主题与拉格泰姆音乐左右手旋律截然不同的特点紧密契合，也与其第一种音乐叙事——文字、结构和写作技巧层面的音乐特征——内外呼应。这种音乐叙事也可以用龙迪勇对西方小说第二种音乐叙事所总结的"'内容'尽可能地融入'形式'"这句话来概括，但是龙迪勇所指的"融入"主要是"隐入"的意思。与他所举出的弱化内容、凸显形式的小说例子[2]——内容隐入形式——不同的是，《拉格泰姆时代》的内容并非被隐入形式之中，相反，其凸显的主题线条复杂、鲜明，且与其形式所体现出来的音乐感完美契合、交融，如同织锦的正面图案与底层纹样般密不可分，内容与形式相得益彰。《拉格泰姆时代》的第二种音乐叙事——对黑人音乐家的形象塑造及个人故事的讲述——又内嵌于这第三种主题呼应艺术特色的独特音乐叙事之中。

多克特罗之所以选择拉格泰姆音乐作为该小说的主题旋律并讲述黑人音乐家的故事，与拉格泰姆这种黑人音乐所隐含的文化符码不无关系。如今，黑人音乐研究已经成为西方大学一门重要的跨学科研究，它不仅研究黑人音乐的艺术特色，而且探究音乐折射出的黑人历史及文化。[3] 对于黑人来说，音乐是他们非洲世界观的一部分。因此，当他们被贩卖到美洲大陆面临着文化大杂烩的状况时，音乐变成了他们在新环境中互相联结的重要语言及精神纽带。[4] 拉格泰姆的切分特点体现了黑人文化传统中喜欢将音乐塑造得极富韵律感或跳跃感并加入蓝调音乐调性的特色。[5] 在美洲迁徙的过程中，黑人艺术家面对欧洲移民遗留的音乐传统，将自己的民族风格融入了音乐创作中，跨越欧、非两种文化传统的拉格泰姆得以诞生。[6] 因此，作为黑人塑造自我身份、确定文化存在感的一种斗争武器，拉格泰姆所折射的历史文化变迁也是其音乐性的构成成分，不容忽视。

多克特罗选用拉格泰姆音乐作为主题所折射的音乐韵律，就是借其艺术特色影射了社会状况，将政治意义融入艺术特色之中，隐性叙述了当时黑人反抗种族

1　E. L. Doctorow, *Ragtime*, New York: Random House, 1975, p. 270.

2　龙迪勇："'出位之思'：试论西方小说的音乐叙事"，《外国文学研究》2018 年第 6 期，第 121-125 页。

3　William C. Banfield, *Cultural Codes: Makings of a Black Music Philosophy*, Lanham: The Scarecrow Press, 2010, p. 80.

4　Doctorow, op. cit., p. 94.

5　Ibid., p. 113.

6　Ibid., p. 114.

歧视、追求平等尊严的不懈努力。此三种或明或暗的音乐叙事如彩色经纬线一般内外衔接、纵横交错，形成内嵌联结的图案，成为一体的织锦，正如本文开头所提及，"这样一种内在的音乐性已浑然天成"。

在此基础上，更进一步说，西方小说的跨媒介音乐叙事可被简单总结为以下三种。第一种即单纯对音乐进行形式模仿、塑造音乐感的叙事，如文字、结构及写作技巧等形式层面所体现的音乐特征。在追求纯粹从形式层面进行跨媒介模仿的时候，内容的重要性被弱化，内容隐入形式之中，只追求完美纯粹的音乐感。这一种可被概括为"表演模式"（the mode of showing）。[1]第二种即从内容层面围绕音乐这个话题展开，如讲述音乐家的故事、塑造音乐家的形象，也包括对音乐做出评论及思索等，其可被概括为"讲述模式"（the mode of telling）。[2]第三种音乐叙事指的是小说的主题与某种音乐特征相一致，形成一种隐性音乐叙事。效仿西方学者的前两种分类模式，此第三种可被概括为"音乐主题呼应模式"（the mode of thematically echoing music）。此类音乐小说可以只有主题层面的音乐特征，忽略形式；也可如《拉格泰姆时代》一样，将主题凸显的音乐特征与第一种"表演模式"呈现的节奏感内外呼应，或与第二种"讲述模式"呈现的音乐内容相互内嵌。多克特罗笔下三种模式相互嵌套，将音乐叙事发挥到了极致，堪称一曲主题与艺术特色、内容与形式完美呼应的拉格泰姆音乐。

拉格泰姆需慢慢赏析，多克特罗笔下这部表面上节奏欢快、旋律明朗的拉格泰姆乐曲实则蕴含着对时代弊病严肃、忧郁、痛苦的反思与呐喊。小科尔豪斯是新天使的化身，希冀改变白人歧视黑人的丑恶嘴脸，却惨遭折翼；犹太爸爸将种族平等、和谐共存的美好未来写进其电影作品之中。两者无论温和与激进，皆指向了美好的未来。对他们来说，未来种族平等的进步道路是坎坷的，但前进从未止步。这曲拉格泰姆音乐仍在继续，小说结尾，白人母亲与犹太爸爸的结合是其久久回荡着的希望之声。多克特罗的织锦式音乐叙事使小说具有了极高的审美价值，他对繁荣发展的拉格泰姆时代背后的社会弊病如新天使般的忧郁审视和反思具有振聋发聩的启迪意义。

1　Werner Wolf, *The Musicalization of Fiction: A Study in the Theory and History of Intermediality*, Amsterdam: Rodopi, B. V., 1999, p. 52.
2　Ibid.

第五章
《鱼鹰湖》：共生与犯罪结合的资本主义

美国后现代主义左翼作家多克特罗反传统，解构和颠覆既定思维模式，主张变革，更以对工业资本主义新发展的洞察，以作家的良心，以对受剥削、受压迫劳动群众的深刻同情，在小说创作中批判资本主义制度，宣传社会主义思想，追求社会公正，主张重构现实和历史。多克特罗的小说《鱼鹰湖》是经济大萧条时期的成长小说、无产阶级教育小说和对独特的美国共生与犯罪结合的资本主义的反讽评论这三种文类的混合体，用散文和诗歌两种文体、第一人称和第二人称两种叙事形式、大量亮晶晶的语言碎片拼成的文本结构使历史小说化，暴露和讽刺了20世纪初期美国资本主义社会中的互利关系和社会犯罪，批评资本主义剥削造成的社会不公正，重写工会斗争的历史，表现统治者与被统治者、压迫者与被压迫者、剥削者与被剥削者等的二元对立。小说表明，多克特罗对政治问题与对艺术和认识论问题同样感兴趣，其"政治观点与其艺术和认识论观点构成一体，其政治观点部分承认美国梦的承诺和代价都是非常沉重的"。[1]

1　Michelle M. Tokarczyk, *E. L. Doctorow's Skeptical Commitment*, New York: Peter Lang Publishing, Inc., 2000, p. 112.

一、成长小说

成长小说（Bildungsroman）亦称启蒙小说（novel of initiation），此概念最初源于德国，是西方近代文学中颇为重要也常见的一个类型。简单说来，这类小说处理的是主角（几乎清一色为男性，那个年代女性好像不被视为有成长启蒙的可能）自幼年或少年至成年、自天真无知至成熟世故的历练过程：或许进入社会吃亏吃苦而逐渐明白世途艰难人心险恶，或许经历某个或某些重大事件而使人生有所领悟有所改变；而在这番"变大人"的领悟和改变完成之际，故事亦已然到达（圆满的，或虽不圆满但尚称释然的）尾声。《鱼鹰湖》以不同的方式或语言复述了一个多克特罗和许多其他美国小说家以前讲过的故事："伟大的美国情人节。一个天真、孤独、雄心勃勃的（或骄傲的）男主人公（或女主人公）遭到麻木不仁的虚伪社会的腐蚀。为了更清楚地认识这个社会，他（她）不得不装疯卖傻"。[1]《鱼鹰湖》里的主人公起初没有名字，然后被简称为乔（或帕特森的乔），试图逃脱他有限的和限制他的童年，开始他既是实际的也是精神上的旅行，这次旅行展现出 1936 年大萧条时期美国生活最好的和最糟糕的方面。在同时追寻几种经典的美国梦（极漂亮的女人、金钱、权力和他的终极欲望——名声）的过程中，这个被叫作乔的男孩接触到了美国经验的方方面面：令人麻木的贫困、严重的人类剥削、不道德的奢侈、麻木不仁的性行为、违反习俗而拥有的自然和资本主义获得与消费实例的过剩。他还沿途经历了爱的慷慨、诗歌和找到（或创造）自我的机会。

小说《鱼鹰湖》中，阶级问题包含继承问题。上层阶级的父亲将名称、传统和财产留给儿子；工人阶级的父亲则把斗争故事传给后代。父子关系本身是一个发生竞争之处：工人阶级家庭出身的主人公被提供一个选择，即他可以保持无产阶级的一员不变，向造成不公平的富有阶级报仇，与工人阶级出身的父亲认同；相反，主人公乔却选择做本是其压迫者的继承人而进入了压迫者阶级。对于政治左翼来说，问题是他为什么这样做，多克特罗以其成长小说的形式和复杂的散文叙事结构暗示了答案的复杂性。

乔的寻梦旅行开始在经济大萧条最严重的时期，1936 年夏天。这个只知道自己叫作乔的需要什么就偷什么，像追捕猎物一样追逐女孩的街头小流氓，逃离新泽西州帕特森的工人阶级。他的匈牙利移民父母在那里为挣得一份难以糊口的工资而忠实地工作，累得要死，住在技工街一间条件极差的小房子里，油地毡地

1　Peter S. Prescott, *Doctorow's Daring Epic, Newsweek*, 15 September 1980, p. 88.

面，听弥撒，参观收音机展览，做着总是失败的梦。乔想要自由，如果有可能做到，他还想要出名。乔性格多变，很难满足于商店行窃，用折叠式小刀在小巷里行刺，抢夺教堂里的慈善箱，通过一个格拉摩西公园女仆认识了性。他知道他想成为一个重要的人，一个有权力的人，绝不是他现在的自己，但他似乎不能找到那个他要成为的他者的最终版本。在用那个女仆的钱看电影时，他这样描写自己："在我的心里这个不起眼的小伙子正在观察自己，听着他自己想要成为什么样人的心声。他把自己装备成电影明星，但他马上又抛弃他们。我对立刻就知道这种情况需要什么样的人并成为这样的人的方式感兴趣"。[1] 乔感到，在每一次经历中都有某种"无声的秘密的存在紧挨着我长出来，我跟他一样，将与所有人在一起的同一个人强加在我的身上，所有事件中的一个人"。[2] 成年人的世界可能是贫乏、虚伪、假装和恐惧的，但仅仅看穿它是不够的。乔将不会被体面的世界所驯服，但他也必须发现他是什么，于是小说家多克特罗将他送去了北部地区的大森林里，在那里看不见的力量将指导他走向他的命运，也走向他自己。

1936 年，美国是一个车轮的王国：汽车轮、火车轮、游艺团大篷车的车轮。无家可归是大萧条的一个副作用，在数百万的生命中流动是意义的替代物。在远离城市地区的主干道上，在偶然遇到的胡佛村（20 世纪 30 年代经济大萧条时代早期由失业者和穷人建立的简陋城镇），他接受了一位流动工人社会主义者的政治教育。他喜欢他讲的道理，感觉他的话"是一种音乐"。[3] 接着，他在西姆赫恩旅行，在艾迪伦达克斯煤渣灰色村庄的游艺团里找到工作。他与西姆的妻子有一次风流韵事，然后迅速离开。

半夜，在森林深处，乔经历了一个"白炽的壮丽景观"，[4] 一节私人火车车厢就在离他几码远的地方经过，车厢里一个美丽赤裸的金发美女正在试衣服。乔被这美女迷住了，于是他沿着火车轨道奔向了小说重要的戏剧核心——神秘的大富豪 F. W. 贝内特三千英亩的隐蔽处鱼鹰湖和包围他的戏剧角色：受资助并被控制的诗人沃伦·潘菲尔德、靠男人养活的姘妇克拉拉·卢卡斯、受资助并被控制的恶棍汤米·克拉颇和许多其他人，包括最后解决自己身份之谜的乔。

多克特罗用 20 世纪 30 年代听上去很刺激、很突出又非常悲剧的事件做为其故事的背景，这对于故事的精神氛围是至关重要的。因为多克特罗 1931 年出生

1　E. L. Doctorow, *Loon Lake*, New York: Random House, 1980, p. 8.

2　Ibid., p. 9.

3　Ibid., p. 10.

4　Ibid., pp. 31-32.

在美国，他对纽约市布朗克斯区以外的大世界的第一和最深印象可能就是这些事物。小说用后现代主义技巧所表现的最强烈印象是二战、大屠杀和核武器造成的百万人死亡。多克特罗在这部关于经济大萧条时期的小说中描述了社会主义的流浪者、酗酒且把心给了廉价杂货店的荡妇和诱惑已婚妇女并最后死于水上飞机事故的诗人，这些都是他大萧条童年时期电影、收音机和报纸头条新闻展示的时代错误的诱惑力道具，而并非二战时他青年时期或冷战时他大学岁月的事物。《鱼鹰湖》中有一种强烈的暗示：小说是对一个曾被人们匆匆一瞥但却不属于某人自己的世界的赞颂，也是某种想象的重新拥有。他似乎不是修改历史，而更多的是恢复历史。这种恢复的历史事物可能就处在作者想写以最近为背景的过去小说的冲动的核心。实际上，对许多人来说，并非当代的情境而是人们眼前的这个世界提供了英雄的白日梦——这是一个伸手够不着的世界，它用英雄的活力丰富多彩地描写某人的童年，但它将永远是我们仅仅怀念在其中生活过的世界。多克特罗的小说抒发了那种情感，一种小说中无处不在的情感，但它始终是难以定位、难以精确解释的。

到了鱼鹰湖，乔被贝内特看门狗咬伤，在康复期间，神秘地受雇为一个园丁。克拉拉在贝内特夫人露辛达突然回来后想要离开鱼鹰湖，乔决定帮助她逃走。他们偷了贝内特一辆1933款奔驰汽车，出发进入了美国的风景中。尽管乔从一个最无情并拥有巨大权力的人那里偷走了他的汽车和情妇，但这个年轻的流浪者决定要把喜欢单独行动者"做最困难、最危险、最漂亮事情"[1]的准则贯彻到底。在印第安纳州杰克逊镇，他不得不再次为贝内特干活，这一次他用化名在贝内特第六汽车车身钢板厂生产线上当工人。乔称自己为乔·帕特森，与克拉拉一起像夫妻那样住在铁道大街的公司房子里。克拉拉仅在五个月以前还是以色为诱惑骗取男人金钱的女人，现在找到了她的小煤渣平房，这足以补偿她在贝内特的后宫做挂名差事的损失。

尽管从人类心理学方面说来，这个工厂穿插事件是不可能的，但这几章使多克特罗能有机会创造一些好的效果，其中就有令人难忘的生产线画面和它所塑造的几个最真实可信的人物，例如莱尔和桑迪·詹姆斯。生产线片断是一种用机智反讽的风格表达给读者的不幸的经历。多克特罗通过其散文想象的准确性，回到工人们仅仅是可以互换的机器零件的过去，使我们关注美国工厂的生产装置。生产线是亨利·福特留给现代世界的遗产。小说中，这种工作很生动地表现了人们异常的绝望：

1　E. L. Doctorow, *Loon Lake*, New York: Random House, 1980, p. 156.

在我头上的高处，巨大工作棚的窗户像垃圾箱那样悬挂着、敞开着，阳光透过已经破碎的有孔眼的玻璃照射进来，光线的每一个成分都附着在其自己灰尘的原子上。除了灰尘上的光线，工作棚里再无光亮，灰尘上的光线之间是黑暗的空间，就像恒星周围的黑夜。汽车大王贝内特先生是一个雄心勃勃的人，他能那样发出光亮，使宇宙像我们所有人一样打卡上班。[1]

噪音、神经紧张、重复、速度——反复地相同的电线、相同的螺钉穿过相同的孔。在生产线上的乔是这样工作的：

我不停地转动，当传动带对我来说过慢时，我就跳起来在带子上踩踩脚，使它转动更快些，我的手臂张开。很快，工厂里的每一个人都按照我的一套固定动作振作起来——人人都在跳舞！工头沿着生产线旋转走过来，在写字板上的每一个名字后面贴上星号。贝内特先生系着领带穿着燕尾服，从绝缘线旁边的钢椽上下来，舞动着脚步退回到移动着的车体队列旁。他微笑地唱着，像梦幻一样将他手里的钱扔出来。[2]

人类的头脑疯狂地寻找减轻痛苦的办法：“我如何离开这里？”[3]

然后，我决心不再去想……因为我知道我不可能在这锤击声噪音中感到希望。但是我不需要努力不去想，在下午过去一半时，我的骨头像旋转的餐叉一样颤动起来。它欺骗了我，贝内特汽车大王，就在它需要我的地方，我被拧到了这个巨大的工棚里一英里长的机器上（即生产线），那些黑色的汽车是用我们的生命与拇指和食指对抗的天赋一点儿一点儿地组装而成的，那些贵重的交通工具都是一辆辆柩车。[4]

莱尔和桑迪·詹姆斯是多克特罗在这部小说中最有趣的人物塑造。詹姆斯夫妇从南部山林地带来到北方，在“汽车大王贝内特先生”的工厂里工作，试图赚钱过活，他们非常想念他们乡村的家。农村的单纯与城市的腐败是美国想象传统中最重要的对立术语之一，多克特罗以给人印象深刻的观察力把读者带入来自山

1　E. L. Doctorow, *Loon Lake*, New York: Random House, 1980, pp. 163-164.

2　Ibid., p. 164.

3　Ibid.

4　Ibid., p. 165.

区但变成工厂炮灰的人们的世界里。对这两个勇敢的失去产业的南方人的描写是如此的精妙和准确，当读者发现莱尔是一名为老于世故且破坏劳工运动的恶棍汤米·克拉颇工作的反工会间谍时感到非常失望。汤米是贝内特为维护其资本主义生产纪律而设的主要执法人，不久以前克拉拉的情人。克拉拉过去是汤米的女友，她在小说中乔那一部分的高潮时又被汤米收回，而且使一系列怪诞的匆忙结束故事的事件开始运转。

多克特罗曾说过："好的小说对其人物的道德命运感兴趣"。[1] 那是一个无可争辩的主张，但帕特森的乔在《鱼鹰湖》的结束情节中经历了如此急速且任意的道德改变，这一点很难让读者相信作者关于乔的概念。当莱尔被发现是一个探查工会罢工计划的资方间谍时，他被一些原本信任他的工人谴责为犹大（耶稣十二门徒之一，全名加略人犹大，为了30枚银币向犹太官方出卖了耶稣），并将其杀死在一块覆盖着雪的沙地上。乔在遭到毒打而且一只胳膊被打断后幸存，但作为反对工会的资方阴谋的帮凶警察将他拘留并进行审问。乔声称自己是 F. W. 贝内特的儿子而使自己从一开始看上去就像从一场陷害中解救出来。他在其钱夹里拿出一个贝内特在鱼鹰湖的未公开登记的电话号码，尽管他偷了贝内特的奔驰汽车和女友，他仍然要求警察给工业资本家贝内特打电话证实他父亲的身份。难以置信的是，警察可能在幕后往鱼鹰湖打了电话后释放了乔，贝内特显然证实了乔是他儿子的身份。克拉拉在被汤米·克拉颇的一个私人侦探认出后，连一句再见的话都没说就抛弃了乔，回到了恶棍汤米那里。

离开了他在纽约的亲生父母，然后又失去了他与克拉拉的伪婚，现在加入了俄克拉荷马州移民的剩余部分，沿着66号公路一月积雪的荒地，奔向"南加利福尼亚的大蜜罐"。他与15岁的寡妇桑迪·詹姆斯及其母亲一起坐在卡车里。他们现在成为情侣，像多克特罗的所有主人公一样，乔有一种建立家庭的不可抗拒的冲动，而桑迪也像《欢迎到哈德泰姆斯来》中的茉莉急切地接受布鲁那样，接受了乔的求婚。

但是就在乔对贝内特有个人房间的私人火车车厢里无比性感的裸体克拉拉的悲喜剧幻想中，桑迪看见路过的超级首领车里有一个她想不起来名字的非常漂亮的影星，乔从他在加利福尼亚未来的无产阶级的前景回忆到他几个月前自己的"伟人盖茨比"式的梦幻。他意识到他又作为一个匿名的店员或工厂工人，为一个年轻的寡妇、她的婴儿和他自己的未来，出卖了某种神秘的、与生俱来的、最

---

1 Richard Trenner, ed., *E. L. Doctorow: Essays and Conversations*, Princeton, N. J.: Ontario Review Press, 1983, p. 40.

重要的权利，以报纸头条新闻形式的命运给予他的婚姻计划一个毁灭性打击。在一份被人抛弃的几个星期以前的《星期日报》轮转凹版印刷的彩色图片版上，乔在题为"她的最后一次飞行"的头条新闻里发现了露辛达·贝内特的几张图片，他从照片上意识到那个不能辨认的男人是潘菲尔德，他显然在"鱼鹰"号飞机消失在夏威夷和日本之间的太平洋时，与露辛达一起丧生了。

乔对这一消息的反应是令人惊讶的。而贝内特对乔的反应的反应更是令人惊讶。乔抛弃了睡在火车旅客车厢里的快要当新娘的女子及其婴儿，回到鱼鹰湖，伤心的贝内特把以前潘菲尔德的房间给了他。乔进而接受了诗人身后留下的所有作品。接下来，乔就变成了潘菲尔德："我的痛苦就是你的痛苦。我的生命就是你的生命"，[1]这是当潘菲尔德看出克拉拉喜爱新来的人时曾这样预言地告诉乔。现在他们两个人的生命真的融为一体，潘菲尔德在其最后一次飞行前、在其最后一次笔记中这样写道："也许我们都重新出现。也许我们的生命都是相互强加在对方生命上的"。[2]

当然，乔的生命是强加在潘菲尔德生命上的，因为另一个甚至更加神秘的预言在鱼鹰湖实现了。在被鱼鹰湖的狗咬伤后恢复健康期间，乔站在全身镜前试衣服时，意识到"我可能会成为贝内特的儿子！"[3]当然，这是盖茨比的梦：将我们自己从下一步塑造为虚无本质的美国梦，为自己的巨大成功而只感谢自己的梦——典型的美国人自我认父的梦。"然后，我再一次感觉到我儿时的借口：帕特森的那两根灰色的棍子并非真是我的父母，他们是拐子！谁知道我是谁的儿子！"。[4]从他回到鱼鹰湖的那一刻起，他就真正成了贝内特的孩子。多克特罗的童话故事终于兜了一圈，回到原处。说到伤心的贝内特，乔认为"早晨的光明照亮了他走向与世隔绝的生活的自然流动"。[5]然而，贝内特心胸宽阔，这位工业资本家不仅允许这个年轻的盗贼与他住在一起，听他回忆露辛达，而且还将合法地收养乔。因为某种理由，多克特罗甚至在这部小说最后用几个仓促的句子断言，当杰克逊镇警察给贝内特打电话核实乔是否真是他的亲生儿子时，贝内特从未接过这个电话，或者至少他不记得接过这个电话。然而，即使贝内特接过这个电话，他也没有理由接受乔的怪诞的要求。至于杰克逊警察释放乔，他对这种未必有的事耸耸肩，表示不屑一顾："也许在这世界上存在道德的运作，这些运作超越

1　E. L. Doctorow, *Loon Lake*, New York: Random House, 1980, p. 115.

2　Ibid., p. 177.

3　Ibid., p. 82.

4　Ibid., p. 82.

5　Ibid., p. 249.

对此运作负责并威胁去毁灭每一个人的个人。是那样吗？我被察觉是一个威胁要传染他们的麻风病人吗？"。[1] 官方的动机不过如此。

虽然乔现在有了抛弃桑迪和婴儿桑迪的极其卑劣可耻的事，这个从帕特森来的年轻小人物让他的身份真空，用人造的新的纯贝内特的灵魂填满。尽管小说中的一切直到这一点都表明，乔鄙视贝内特的政治和权力："一个杀害诗人和探险家的凶手……他的难以容忍的荒诞就是他的权力……啊，我的克拉拉，我起誓潘菲尔德先生，我以对胖小姐的记忆起誓，我知道如何去做"。[2] 乔发血誓要做的不是要毁灭他，而是要"以在他的心里成长，他的心爆炸出他的儿子"[3] 来拯救他。

政治上的强烈反感和生产线的教训都完全消失了。乔抛弃了他最初的新泽西州街头小流氓角色，然后抛弃了作为克拉拉的情人角色，再然后抛弃了将要成为桑迪的丈夫角色，还抛弃了新近获得的潘菲尔德角色，最后几乎同时演变成贝内特应该有的儿子的角色，从而完成了他成为贝内特后裔的转化，实现了一个典型孩子想有的另外优越的父母的幻想，变成了超大的资本主义企业的继承人。

二、无产阶级教育小说

在《鱼鹰湖》中，为了表现美国国内与阶级和流动性有关联的问题的复杂性，《鱼鹰湖》采用一种后现代主义的中间小说类型：在形式和内容上都舍弃了现实主义的确定性，但它仍坚持某些真实性。它暗示，20 世纪 30 年代导致美国左翼失败的原因可能是财富的诱惑、在许多工人中建立真正团结的困难以及金钱和权力广泛的腐蚀性范围，但小说同时也传达了左翼对劳工和大萧条的观点。此外，它又是一部以美国历史上 30 年代经济大萧条时期为历史背景的无产阶级教育小说，表现了一个历史的转折点，那是一个社会主义似乎是比以往任何时候都更加可行的主张。作为一部以描写无产阶级出身的穷孩子成长岁月的小说，《鱼鹰湖》还描写了潘菲尔德与乔类似的生活经历，两条叙事线并行发展。潘菲尔德幼年读书时因被选为"年度男孩"而受到当煤矿工人的父亲的嘲笑，父亲劝他进入矿井了解普通人的生活经验。作为一个初露头角的诗人，潘菲尔德也想要获得名望。潘菲尔德与乔代表大萧条时期的两代工人。乔代表城市的东北部人，而潘菲尔德则代表西部的矿工。小说将潘菲尔德和乔的经历并置，促使读者思考人物的联系，思考工人阶级的集体经验而不是资产阶级人物的个人性格。《鱼鹰湖》

1　E. L. Doctorow, *Loon Lake*, New York: Random House, 1980, p. 256.

2　Ibid., p. 257.

3　Ibid.

起到了一部无产阶级小说的作用，它排斥自我，并在某种程度上排斥个人发展。小说通过乔和潘菲尔德愿与贝内特待在一起的决定暗示共谋是一种适应的组成部分，从而说明了个人在资本主义社会中的适应过程。

在这部无产阶级教育小说中，某些类似经历的叙述对于描写人物是至关重要的。两个主人公共享的一个重要经历是他们都遭到贝内特的狗的攻击。他们两人都逗留下来，但乔只待了一小段时间。潘菲尔德变成了一个沮丧的失败的诗人，身体超重，这象征性地表现他因为未能写出普通人民的生活——即他的亲生父亲留给他的遗产而郁郁寡欢。虽然潘菲尔德在贝内特庄园的生活脱离了工人阶级，但他作为作家的失败可能暗示了整体上无产阶级作家的失败，许多批评家都认为他们从未找到正确的声音或类型[1]来表现无产阶级的生活。相比之下，乔想象出一个重建其生活的办法：挪用贝内特的生活。

尽管潘菲尔德和乔有相似之处，但出生于 1899 年的潘菲尔德在年龄上看足够当出生于 1918 年的乔的父亲。贝内特出生于 1878 年 8 月 2 日，潘菲尔德和乔也与贝内特共有一个生日 8 月 2 日，这暗示在这三人之间有某种联系。他们代表三代人。潘菲尔德（一个极易使人联想起一个诗人的名字）是乔的精神父亲，因为他有与母亲一样大的创造力。也许更重要的是，潘菲尔德曾生动地回忆起一次矿难，他是无产阶级的乔的潜在的父亲，因为矿工们都在工会运动的最前沿。重要的是，乔与潘菲尔德之间潜在的团结是父与子而非两兄弟之间的团结，因为兄弟关系暗示共有的责任和兄弟竞争，而父子关系则暗示为了使这种关系继续，父亲必须控制或管辖儿子。类似地，对于一个成年人来说，寻找父亲意味着对他已有父亲的不满。

虽然一些不满可能归因于乔和潘菲尔德各自特有的家庭，但一些不满也是建立在阶级基础上的。理查德·塞内特和乔纳森·考布在他们合著的《阶级的内伤》一书中指明，工人阶级的孩子（关注焦点在男孩身上）从主流社会，甚至也从他们自己的家庭获得特别具有破坏性的教训。因为流行的美国神话认为，任何有一点能力和毅力的人都能获得至少是中产阶级的地位，那些没有一点能力和毅力的人都被认为是懒惰或失败的人。希望孩子们过上较好生活的工人阶级父母参与社会对他们自己的判断。大体上，他们通常跟孩子们说，无论他们做什么都不要像他们的父母那样受苦。工人阶级的孩子们不断地寻找成功的中产阶级或更好的中上阶级男人作为父亲形象，而也在寻找爱的兄弟们是竞争对手。所以，隶属工会的工人必须具备的同龄人之间的团结是困难的。但是，乔意识到他自己的

1　Michelle M. Tokarczyk, *E. L. Doctorow's Skeptical Commitment*, New York: Peter Lang Publishing, Inc., 2000, p. 117.

坏行为并认识到他与贝内特的相似性，因此他在警察局里想象他与贝内特是"共犯"："我们都反对他们。这个谎言已经编造好了，（作为贝内特的儿子）除非我相信它，否则我不能使它产生效果"。[1]乔显示一种很普通的不真实意识的形式：实际上相信自己告诉自己的谎言，实际上"表演"这些谎言。多克特罗小说中很常见的成为孤儿并感到孤独的儿子在《鱼鹰湖》中转了个神秘的弯——选择了一个替代父亲。

意味深长的是，潘菲尔德在给乔的一张便条里写道："你正是我想让我的儿子成为的人"，[2]甚至把他的笔记和书籍都遗赠给了乔。乔把克拉拉从鱼鹰湖带走，结果是一种儿子带走父亲情人的恋母情结行动。无产阶级诗人潘菲尔德认识到活下来需要比他所具有的更多的勇气和毅力，尽管乔很残忍，但潘菲尔德很赞赏他的打架。为此，潘菲尔德将他的几个笔记本——他的毕生工作成果遗赠给了乔。但是，乔并不是没有想成为潘菲尔德"继承人"的强烈愿望，不想下矿井，也不想当一个工人阶级诗人。相反，乔更喜欢贝内特的情感空虚的生活，而不喜欢潘菲尔德在经济上依赖贝内特的生活，因此他选择贝内特作为父亲般的人物。潘菲尔德间接地救援了乔：当乔受到警察的审问时，他受到启发说他是贝内特的儿子，因为他告诉我们他从潘菲尔德那里学会了叙述自己的生活，即使潘菲尔德的叙述经常是没有效果的。虽然潘菲尔德间接地救了乔，但乔并未选择潘菲尔德作为父亲般的人物，这有点讽刺意味。潘菲尔德，一个失败的作家，在某种意义上讲，是菲茨杰拉德小说《了不起的盖茨比》中失败的盖茨比：他出身于不切实际的自我概念，但实施了对其自我的创造之后，他像盖茨比那样，发现其创造缺少了某种基本的成分。作为贝内特的儿子，乔同样也创造了自我，在某种程度上比潘菲尔德更成功。

潘菲尔德与乔都曾寄居在贝内特庄园的类似生活有某种重要性，它可能与一位学者对在30年代生活的恐惧和在文学作品中看到的"他者"缠绕心头的恐惧有关。许多作家和政治活动积极分子为了保护他们的工作和个人生活，不得不把自己的身份保密。[3]这样的分析与对乔在汽车工厂所创造的身份的考虑产生共鸣，也与对许多人物生活分离状态（例如潘菲尔德在日本的几年）的暗示产生共鸣。那时的潘菲尔德可被视为一种"他者"生活的现实化，一个心力交瘁、性情比较温和的诗人的生活。当乔宣布放弃他与潘菲尔德的合并时，一个冷酷的流浪汉可能试图压抑或最终完全抛弃这种生活。

1　E. L. Doctorow, *Loon Lake*, New York: Random House, 1980, p. 253.

2　Ibid., p. 177.

3　Alan M. Wald, "The 1930s Left in U. S. Literature Reconsidered," *Radical Revisions: Rereading 1930s Culture*, eds. Bill Mullen and Sherry Linkon, Urbana: University of Illinois Press, 1996, p. 15.

读者可能认识到乔与潘菲尔德之间的相似性，但克拉拉与桑迪·詹姆斯之间加倍的相似性可能未得到读者的关注。像乔和潘菲尔德一样，这两个女人也代表着下层社会的不同的两极。克拉拉是城市的、富有魅力的女人，被快速的生活所吸引。相比之下，桑迪·詹姆斯来自美国东部地区的阿巴拉契亚，单纯质朴，一个有能力的对工人生活感到舒适惬意的十五岁母亲。（重要的是，小说的上下文表明桑迪·詹姆斯是一个被剥夺了儿童时代的孩子。）在无产阶级小说中，像贫困效果这样的核心事件被经常重复。[1] 使乔与潘菲尔德成对，使桑迪·詹姆斯与克拉拉成对，能使贫困效果表现复杂化。尽管这两个男人有一些相似的经历，他们像那两个女人一样，基本上还是不同的人。但那两个女人虽然有不同，但相处得很好，反映了可能是阶级的亲和力。克拉拉表达了对桑迪·詹姆斯的赞赏，在雷德被杀害后，克拉拉再三地保护桑迪的利益。确实，桑迪·詹姆斯的丈夫被谋杀后，克拉拉察觉乔在麻木不仁地对待桑迪——乔对桑迪施加压力，逼她作出决定并拿走她的保险金——克拉拉的这种察觉可能是她离开乔的一个主因。当然，显然是克拉拉不能抵抗与汤米·克拉颇在一起的快速生活的吸引，也许特别是当一些工人阶级的伙伴们在行为上与匪徒们无异时，她更向往与汤米·克拉颇在一起的那种生活。

三、政治小说

小说《鱼鹰湖》中，大富豪 F. W. 贝内特生活的诱惑力和财富是克拉拉离开乔的明显原因，也是乔认贝内特为父亲的明显原因。乔在鱼鹰湖庄园康复期间，他觉察自己进入了一间内部的私室，其方式对他来说是神秘的。他看着来客签名簿，不禁深思："只要我能够懂得这些文字符号系统的意义，我就能得到我想得到的。我将知道我一直梦想知道的东西——尽管我说不出来它是什么……某种法律义务、特权阶层和非凡努力的神秘系统"。[2] 对乔来说，这些文字是与《拉格泰姆时代》中穷人对窗内举办的筵席凝视的对等物。它们也是与菲茨杰拉德认为富人与其他人不同的坚决主张的对等物。阶级标志是牢固雕刻的，然而对局外人来说可能是不能理解的；阶级标志如此牢固地雕刻本身强调一个假定无阶级社会里这些明显差别的力量。

小说再三表明，这些明显差别不是通过才能或努力工作而是通过残忍得以维

1 　Barbara Foley, *Radical Representations: Politics and Forms in U.S. Proletarian Fiction, 1924-1941*, Durham: Duke University Press, 1993, p. 295.

2 　E. L. Doctorow, *Loon Lake*, New York: Random House, 1980, p. 70.

持的。《鱼鹰湖》中一个至关重要的主题是邪恶在破坏社会。小说中这种邪恶的表现之一是狗对人的凶残攻击。潘菲尔德，一个精神沮丧的诗人，通过留在鱼鹰湖对此做出反应。对比之下，乔开始暗中观察贝内特，假装是一个富人。意味深长的是，当乔被狗咬时，他走进森林，这一行动使人想起莎士比亚的喜剧，其中人物从社会消失，进入森林，最后以他们的问题都得到解决而出现。这一在自然与文化关系上怪诞的转折产生于贝内特对自然的拥有。从他的森林里出现的人可能被他的邪恶所玷污。当反思他的态度和行为时，乔推测他已经被狗的攻击败坏了。像多克特罗作品中许多其他幸存者一样，他获得了其压迫者的特性。在美国，幸存者的这种倾向具有重要的含义，遭受经济剥夺的人们可能像《拉格泰姆时代》中的爸爸被误认为是迫害者，甚或成为迫害者。这种现象可应用福柯的"压抑假设"理论来理解：权力不是通过压抑持不同政见的力量，而是通过组织和引导他们，最终使他们无效或实际上拥护现状的办法来运作的。[1] 潘菲尔德和乔的愤怒转为羡慕，这使人们想要成为他们所恨的人，这种反应在美国许多工人阶级民众中是普遍的。[2]

这种在一定程度上直接的因果分析被小说循环、反思的本质复杂化了。狗攻击的残忍及其后果在游艺团胖小姐范妮被群奸的那段情节中得到预示。那场强奸是游艺团主人策划的，因为他们意识到那个女人生病了，用游艺团女主人玛格达·赫恩的话说，他们想"在夏季结束时"赋予正常的习惯以"某种特殊的东西，一个高潮性结尾"。[3] 性折磨是《鱼鹰湖》中一种突出的控制形式；除了游艺团主赫恩上演的群奸外，雷德·詹姆斯打妻子屁股作为性交前的爱抚，还在客人面前做出令人尴尬的性评论。在多克特罗的作品中，对他者的权力是福柯式的；它是建立在惩罚和羞辱能力基础之上的，特别是在像性行为这样的易受伤害的领域内。（的确，多克特罗说所有权力都是以对那些违法乱纪者施以肉体伤害的能力为基础的。）

乔对强奸的残忍感到厌恶，他忍无可忍，狠揍了一个强奸者，然后向玛格达施以报复。他充分利用自己的青春和玛格达的性欲，把她带到一个旅馆房间里，再三地与她性交，直到她筋疲力尽。像乔所解释的那样："就像某人患了热病，我实际上患了邪恶……我要把那些人对胖小姐所做的一切都做在她的身上"。[4]

1　Barbara Foley, *Radical Representations: Politics and Forms in U.S. Proletarian Fiction, 1924-1941*, Durham: Duke University Press, 1993, p. 169.

2　Michelle M. Tokarczyk, *E. L. Doctorow's Skeptical Commitment*, New York: Peter Lang Publishing, Inc., 2000, p. 121.

3　E. L. Doctorow, *Loon Lake*, New York: Random House, 1980, p. 128.

4　Ibid., pp. 130-131.

大卫·S.格罗斯注意到多克特罗的许多小说里都有与金钱联系在一起的肮脏的意象，但特别在这一部分：廉价旅店房间里有粪便的味道，玛格达·赫恩将一串硬币散落在床上，乔遗弃了这个精疲力竭的女人，将美元钞票抛向风中。这些意象强调金钱的腐蚀力量，金钱被视为等同于粪便，由于它的"绝对的无价值"，因为它是靠制作不必要的商品，基本上是废品，而赚来的。[1]

　　游艺团本身可悲视为一种浪费的过剩的娱乐，但它也是对20世纪30年代生活的一种间接的表现。小说中关于游艺团的几节并非表现一个怪诞的世界，这几节可通过一种巴赫金的狂欢化模式理解，其中两个表面上的对立物通过一种想象的戏仿或再创造被结合在一起。巴赫金引用文艺复兴时期拉伯雷低级下流作品的精英们的欢乐；多米尼克·拉·卡普拉在讨论巴赫金的思想时指出，巴赫金的狂欢化表明盛大的庆典、民族的假日等等。[2]赫恩的游艺团虽然表面上看与贝内特的庄园完全枘反并且肯定与杰克逊镇的工厂区也有很大不同，但实际上是这些社会的映像。首先，乔注意到游艺团的许多演员都是移民，就像总体上看所有的美国人一样。在把游艺团成员描述为"奇形怪状的人"和"朝圣者或革命者"时，乔再次唤起了把爸爸描写为街头艺术家，把科尔豪斯·沃克描写为恐怖分子，以及其他怪诞的文学典型人物。如果游艺团的表演者与无产阶级相当，那么其所有人就与贝内特这样的统治阶级类似，他们愿意为自己的利润和乐趣牺牲生命。游艺团则成为一个微观世界和比喻。布莱恩·麦克黑尔指出，来自游艺团的奇形怪状的身体意象在后现代主义小说中是常见的，所以在使用这种意象中多克特罗也再次运用后现代主义文学技巧来表现无产阶级的主题。他在小说中对畸形人意象的使用与他在《欢迎到哈德泰姆斯来》和"皮男人"中对畸形人意象的使用相似：在这所有三个例子中，像舍伍德·安德森对畸形人的改写一样，畸形人意象是一个严重夸大的世界的象征——在这样的世界里，某人，例如乔这个人物，对物质舒适的欲望可能变成残忍的贪婪。

　　虽然在那时游艺团是对较大社会的反映，但他也是对那个较大社会的逃避——不是对那些在游艺团里工作的人而言，而是对许多观众而言。作为30年代的特征之一，通俗文化是一种分裂，一方面它是正视国家严重经济问题的认识和需要，另一方面它是通过轻松愉快的娱乐来逃避严重经济问题的一种努力。乔当时参加游艺团的行为强调了经济大萧条时期的严重分歧：这种分歧不仅存在于失业的人或处在失业边缘的人和富人之间，而且存在于失业的人和那些仅比失业

1　E. L. Doctorow, *Loon Lake*, New York: Random House, 1980, p. 126.

2　M. M. Bakhtin, *The Dialogue Imagination: Four Essays*, trans. Caryl Emerson and Michael Holquist, ed. Michael Holquist, Austin: University of Texas Press, 1981, p. 52.

者稍高一点的人之间，那些仅比失业者稍高一点的人还能够对游艺团成员的不幸和滑稽动作笑得出来。然而看似矛盾的是，许多30年代的娱乐描写人们被从经济方面的窘境中拯救出来。所以，像《鱼鹰湖》那样，游艺团与逃避现实是循环的，把实际上无法逃避的社会问题如实地反映出来。

游艺团也以其内部人和局外人的严格区分而值得注意。局外人是乡巴佬，即容易受骗的傻瓜。对乔来说，"乡巴佬"是一个界定词；他把人们都等同于这样的人，而把自己想象为不会受骗上当的人。但是，正像他与雷德·詹姆斯———一个耍弄他的乡下人——的相互作用所表明的那样，这种区分并非那么清晰地刻画出来。没有使某人免遭欺骗的"内部"，除非也许某人有钱有势。乡巴佬也许仅仅是贫穷和易受伤害的另一个表现。

当然，乔从来就不是一个天真无邪的人；他以讲述抢劫一个教堂中的慈善箱和踢了一个牧师的睾丸开始这部小说。他不是来自上层社会，而是一个穷孩子，一个局外人。他愤世嫉俗的品质表明，他可能具有离开他出身阶级的必要的残忍和聪明。然而就像我们在《但以理书》中的但以理身上所看到的，甚至一种高度的愤世嫉俗也不等于完全的残忍。乔对范妮和克拉拉充满怜悯的深厚情感表明，他有表示无限柔情的能力。小说《鱼鹰湖》的反讽和力量之一就是，开始表现得如此野蛮无情的男孩后来在贝内特们和克拉颇们所告知他的世界里变得相对地小心谨慎。在多克特罗小说中，爱德华·贝内特与《拉格泰姆时代》中的 J. P. 摩根和亨利·福特等资本家都是相似的：贝内特拥有汽车工厂；像摩根一样，他也对纪念碑和过去的伟人感兴趣，而且很快将其一时的兴致转变为用于操作的想法。[1]但虽然可证明有道理的残忍仅在摩根对沃克的反应中得到暗示，而贝内特的残忍却是得到生动的描写。但不像摩根，贝内特不经常直接行使权力，而是用野狗和工厂密探等其他手段来维护他的权力，这既暗示了邪恶的难以捉摸也暗示了邪恶的增生扩散。

贝内特行为的侵蚀作用在乔和克拉拉所逃去的工厂镇的命运上得到了最好的说明。与自然的鱼鹰湖形成对照的自动工厂，是一个重复的意象。但湖的重复是完全合乎逻辑的，没有开始也没有结束，是自然循环的一部分。对比之下，工厂的工作是同样无意义任务的不停的重复，这种同样的无意义任务是异化的劳动，可能也代表着一种历史循环的死胡同，例如《欢迎到哈德泰姆斯来》中所表现的那种历史循环的死胡同。鱼鹰湖是一个安静的自然的场所，一个富人的私人避难

---

1 Herwig Friedl and Dieter Schulz, "Conversations with Doctorow," *E. L. Doctorow: A Democracy of Perception*, eds. Herwig Friedl and Dieter Schulz, Essen, Germany: Blaue Eule, 1988, p. 38.

所；而工厂则不断充斥着生产的噪音。此外，生产线是线性的（在逻辑上一件必须跟着另一件），而且是不断重复的。乔提供了一幅表现生产线上生活的现实主义的可怕画面："阳光透过已经毁坏的网状的窗户照进来，光的每一个成分都附着在其自己的灰尘的原子上，除了灰尘上面和黑色空间之间根本没有光，就像星星周围的夜晚……我的周围是运转着的机器、输送带、滑轮的嘎吱嘎吱作响、处理过的金属发出尖厉刺耳的响声、喊叫声、生产线上汽车车身发出巨大的敲锣般的声音、乙炔铆接的爆炸声、移动着的细线的喀啦声、关于出错和神秘意图大呼小叫的噪音"。[1]

可怕的噪音是可想而知的，但光的缺乏却是令人惊讶的，使人回想到《鱼鹰湖》早些时提到的煤矿的黑暗。在含蓄地使人想起潘菲尔德父亲的这一段里，乔说他想起自己的父亲，称他是忍受这种工作的"狗娘养的英雄"。显然，没有直接了解其父亲的工作，这似乎是可信的，因为如果孩子们不尊重他们父母亲的工作，他们就不会受到激发去了解有关他们父母的消息。福柯曾把对蓝领工作的了解描述为不名誉的了解的一种形式，因为这种了解是被贬值的，因为做这种工作的人都是被贬值的。

上面的那段话是许多关于乔试图成为一个普通的工人阶级男人迹象之一。在杰克逊镇，他也尝试一种相反的盖茨比转变：他给克拉拉买了一个结婚戒指，在镇里租了一间公寓，在贝内特的汽车工厂找了一份工作，与他的同事们交往。像他说的那样，他相信他能够"从机器那里辛苦谋求生活"。[2]像盖茨比（也像潘菲尔德）那样，他被某个女人所迷住。克拉拉位于乔的梦的中心；他想要结婚，创建一种将使他从边缘的无业游民阶级走向斗争的产业工人阶级。他要在加利福尼亚定居的愿望表明他的新开始计划的空虚，因为加利福尼亚是 20 世纪 30 年代那一历史时期骗人的希望之乡。正像格罗斯所注意到的，金钱和性的（浪漫的）爱情构成现实主义小说的主要关怀，[3]因此，尽管《鱼鹰湖》有许多后现代主义试验性特色，但它还是现实主义地表现了对劳动人民生活的关心，这一点可以金钱决定一个人爱谁和如何爱的方式来陈述。

克拉拉意义重大，她是潘菲尔德和乔反复梦见的一个人物的化身：一个在大街上尿出'金水'的少女。爱情、吸引力与排泄物之间存在一种联系。如果我们

1　E. L. Doctorow, *Loon Lake*, New York: Random House, 1980, pp. 163-164.

2　Ibid., p. 168.

3　David S. Gross, "Tales of Obscene Power: Money and Culture, Modernism and History in the Fiction of E. L. Doctorow," *E. L. Doctorow: Essays and Conversations*, ed. Richard Trenner, Princeton: Ontario Review Press, 1983, p. 121.

仔细想想《拉格泰姆时代》中伊芙琳·内斯比特的作用，我们就会把她作为所有欲望的化身想起她；工人梦想得到她就等于得到了金钱。在《鱼鹰湖》中，根据克拉拉的传记，她与物件或欲望相等是具有反讽意义的：她出生在纽约市一个贫民窟里，由普尔·克拉拉姐妹抚养大，直到十四岁时被赶出去，在克莱斯格当柜台女工作人员，在殡仪馆当接待员，最引人入胜的是，她一直是一个带枪强盗的情妇。像伊芙琳一样，她并非是一个有特权的选美大赛皇后，而是一个来自工人阶级的贫穷女孩儿。她作为欲望对象的地位暗示，她的吸引力在于她能用性作为获得财富的商品；她的灵活性与她的美貌具有一样大的吸引力。既然她激发出一种可能更达不到的流动性梦想，而非与另一个性伙伴可能实现的性欲望，那么，她所创造的欲望就是排泄物。

乔与克拉拉一起生活的幻想被她所象征的世界——克拉颇与贝内特的工业公司——的现实所毁灭。雷德·詹姆斯的背信弃义和他在工会破坏中所起到的作用代表着有组织的劳工历史上极具破坏性的一章，但他导致一种双重生活的双重间谍角色是双重主题的另一个变种。他的角色是一个被收买的突出例子，代表着一个其中任何事物都不可相信的世界。像一个充满映像的湖面，小说《鱼鹰湖》反映了一个世界，其中任何事物都不是看上去的样子，一切都渗透着财富的力量。

然而，《鱼鹰湖》作为一部改进的无产阶级小说，有实践的潜力，其想象工会和乔另一种命运的可能性是开放的，这是非常重要的。"为了使一个文本暗示一种'出路，'……不必把反抗的无产阶级描写为一个以经验为根据的事实，而无产阶级的意识是一种资产阶级的和革命的倾向性的混合，这种意识在当前处于次要地位的方面最终将成为首要的和决定本质的方面"。[1]在《鱼鹰湖》中，出路是通过乔的意识及其生活的境遇，通过其想过一种有益的工人阶级生活的愿望所暗示的。《鱼鹰湖》并非一部暗示乔将必然背叛工人阶级的小说；它暗示在其他情况下有可能发生更富革命性的行为。

像前面提到的，乔无疑具有想象和改造自己生活的智慧。他所没有的是智慧后面的权力和金钱——而这些恰好是贝内特所拥有的东西，这些东西使贝内特的影响无处不在。这位富有的男人被描写为难以捉摸的、不可渗透的，他有"狂热的活力，眼睛里闪着疯狂的光亮……那是一副自由人才有的神态，他们把他们的自由照在每一个人的身上。""我从他那里学来的全部智慧……还未使我准备好对

---

1 Barbara Foley, *Radical Representations: Politics and Forms in U.S. Proletarian Fiction, 1924-1941*, Durham: Duke University Press, 1993, p. 116.

付他的非个人的力量"。[1] 根据这些描写，贝内特就像《欢迎到哈德泰姆斯来》里的坏人一样，几乎是一种自然的力量。当乔与克拉拉试图逃离鱼鹰湖时，他们恰恰又回到了他的地盘，就像一对夫妻试图逃离发生在确定航线上的风暴那样，似乎什么也逃避不了他。同样，似乎没有智胜这种力量的办法，只好留在外面，没有有效的抵抗。乔以为他能够欺骗贝内特，但相反，在一种像鱼鹰湖的循环的运动中，乔以回到他身边而结束。甚至在贝内特毁灭了乔的每一个梦幻之后，像潘菲尔德一样，乔也决定不杀他。来自外面抵抗的可能性同样受到挫折。像乔注意到的那样，在一个公司所在的镇里，没有人需要收买警察；警察已经"在公司里"了。反对工会的力量非常强大，"操纵者"的行为产生了极其可怕的后果，在这场特殊的斗争中工会无法获胜。

潘菲尔德的和乔的生活充满了工会活动，尽管比较而言，在乔的生活中规模不大。1919 年总罢工期间，潘菲尔德在西雅图表达了对行动和人类本质本身的乐观主义："你拿走了人们的恐惧，并且为他们可能是多么的正派而感到惊讶"。[2] 但是不久以后，潘菲尔德分享了其女房东的怀疑主义，推测如果罢工获胜，其组织者们可能会像现在的掌权者一样邪恶。虽然那时潘菲尔德是一个有浪漫主义学术研究的诗人，但是他，用斯洛特迪克的话讲，能做出愤世嫉俗的评论，其评论必然暴露一种"思想的尴尬，而这种思想与其下面的兴趣相对抗"。[3] 此外，他强烈地意识到人类生活中重复的循环，特别是在这样的循环中受害者变成了施害者；他对上帝的请愿是结束所有重复形式的请愿。

在整部小说中，乔的精神孪生兄弟潘菲尔德的独特生活是与乔的生活并置起来叙述的。乔寻求物质上的安全，潘菲尔德从事一种精神寻求，其部分目的是要解决他的物质被剥夺问题。作为一个孩子，他想要"改变"现实，而不是要"理解"现实；当他全家人被赶出来时，"农用四轮拖车上他家那可怜的一堆全部家当被描写为高度文明的美景"。[4] 他的冲动是许多想要进入艺术而逃避现实的工人阶级知识分子的典型冲动；但潘菲尔德的艺术与那一时代的大众娱乐不同，他的艺术即使试图改变现实但也至少部分反映了工人阶级所忍受的痛苦。潘菲尔德想获得禅宗冥想姿态的身体变形生动地暗示他要理解人类痛苦的努力。除了遵循一种东方的自我重要价值的理想外，潘菲尔德可能还伸出手去抓住《但以理书》中

1　E. L. Doctorow, *Loon Lake*, New York: Random House, 1980, pp. 106-107.

2　Ibid., p. 224.

3　Peter Sloterdijk, *Critique of Cynical Reason*, trans. Michael Eldred, Minneapolis: University of Minneapolis Press., 1950, p. 19.

4　Doctorcw, op. cit., p. 38.

所暗示的一种改革的意识，这也是一些当代马克思主义批评家所主张的一种改革的意识。他们认为，永久革命的道路是一种意识状态，在这种状态中一个人的目标不是外在于自我，而是被一个人在创造自我时所创造出来的。[1] 这一理论使人想到一种关于靠自己努力而成功的"男人"的新观念，这一观念与资产阶级的盖茨比观念相反。潘菲尔德可能永远也不能塑造这样的自我，因为他总是身在流放中——在日本，在鱼鹰湖。不像乔伊斯笔下为追求艺术而放弃家庭的戴德勒斯，潘菲尔德作为一个非常典型的当代工人阶级的主人公，离开科罗拉多寻找他可以从事创作的庇护所。因为不能找到家、同志或独立的收入来源，他逃离物质的现实，进入冥想和艺术的世界，不停地反思工人阶级的苦难，却不能解决它。潘菲尔德这一人物对苦难的思考也标志着多克特罗的政治思考与哲学思考的结合之处。像大多数严肃的思想家一样，多克特罗也不断地探讨痛苦的意义，既探讨人类贪婪和剥削造成的痛苦的意义，也探究不明原因所造成的痛苦的意义。

潘菲尔德后来与贝内特的妻子露辛达一起死于一场飞机失事。露辛达这个女人如果能够选择没有身体的生命，她就会那样做的。对于潘菲尔德这个寻求超越物质世界的人，这样的死是适合他的。在象征意义上，潘菲尔德年轻得足以当贝内特的儿子，而且在某种意义上是他的养子，但像乔偷偷拐走贝内特的情妇克拉拉那样，潘菲尔德也采取了一个恋母情结的行动——带走了他代理父亲的女人。露辛达像潘菲尔德一样，也在寻求那种鱼鹰所代表的超越，鱼鹰的奇怪的叫声遍布整个鱼鹰湖。因此，他们两人在精神上与贝内特对立，乔认为贝内特是一个"毁灭诗人和探险家的杀手"，而诗人和探险家正是唤起滋养心灵的梦幻的人。例如，在《拉格泰姆时代》中，当父亲停止探险时，他就变呆滞了，在情感上奄奄一息了，恰如成功的贝内特在无爱的婚姻中没有孩子，明显地死于情感缺乏。

乔从潘菲尔德那里学会的"叙述生产"使他能够活下来，但乔为活下来所付出的"代价"可是"太可怕了"。[2] 像乔最后的传记所指出的那样，他富有而且权力大，但他却过着贝内特曾经过的那种同样没有爱情、情感上贫困的生活。他在婚姻上的失败更是痛苦难堪，因为他再也不能创造出他与克拉拉有过的激情。乔在试图谋杀贝内特之后，以洗礼的姿势跳入鱼鹰湖中。[3] 乔在洗礼时被命名为贝内

---

1 Jay Cantor, *The Space between: Literature and Politics*, Baltimore: Johns Hopkins University Press, 1981, p. 113.

2 Michelle M. Tokarczyk, *E. L. Doctorow's Skeptical Commitment*, New York: Peter Lang Publishing, Inc., 2000, p. 127.

3 Christopher Morris, *Models of Misrepresentation: On the Fiction of E. L. Doctorow*, Jackson: University of Mississippi Press, 1991, p. 38.

特的儿子；我们同时得知了他被收养的身份和实际的身份。这一跳跃是对人物真实姓名（柯日涅夫斯基）的透露，重要的是要记住电脑打印出来的关于乔生平的资料是排在乔的行动的后面，而不是以任何方式与其直接有关。关于结局最重要的是，乔成功地被吸收进富人的世界里。虽然他的工厂工作被承认，但是他的无业游民岁月和他困难的儿童时代却未出现在他的传记中。然后，乔就成为富裕的靠诡计和残忍致富的美国人的代表。他们已印好的历史既不承认他们的犯罪，也不承认他们的下层社会的出身。这再次表明多克特罗对声称完全客观的历史记录的怀疑态度。《鱼鹰湖》表明，强大并非来源于不切实际的概念本身，权力在人性和政治层面上不断使自己转化再生。[1]

哈特和汤普森的理论认为，乔的本姓柯日涅夫斯基使人想起约瑟夫·康拉德，[2]它暗示乔与康拉德都是一种有许多身份的人，小说的另一个我的主题是有说服力的。[3]他们的解释可稍加扩展，康拉德是一个作家，其父母被流放，也许像乔的工人阶级祖先一样，因其波兰民族主义活动而被过早地杀害了。爱德华·W.赛义德认为，康拉德的背景使他对殖民主义的合谋高度地自觉。因此，《黑暗的中心》不能被错误地当作"仅是对马洛历险的一系列事件的简单详述；它也是对马洛本人的戏剧性表现"。[4]乔的地位比马洛的地位更加模糊，无论乔感觉怎样的不安，他都把贝内特接受为代父亲。小说在文本的结尾处透露乔的本姓是为了强调，乔为何拒绝这个姓及其工人阶级的家庭遗产，目的是要成为鱼鹰湖的主人，并为揭示乔作为贝内特继承人明显的精神空虚而提供了另外一条线索。

总的来看，《鱼鹰湖》这部小说既有后现代主义影响的明显标记，又有无产阶级小说这一文类的明显标记。也许小说的实验显得野心太大，使得散文有时看上去写得很笨拙，不是文体上的创新。由于但以理坚定的导向性叙事声音，《但以理书》的成功在于其复杂性；而模糊的叙述连同其他实验性技巧一起使《鱼鹰湖》成为一部很难读懂的小说。但是，对无产阶级小说文类极有刺激性的修正暗示了代际之间和阶级之间的冲突。此外，小说《鱼鹰湖》是一个大胆的尝试，它表现了多克特罗对历史（传记）记录的精确性和诚实叙述可能性的怀疑态度。在

1　Herwig Friedl and Dieter Schulz, "Conversations with Doctorow," *E. L. Doctorow: A Democracy of Perception*, eds. Herwig Friedl and Dieter Schulz, Essen, Germany: Blaue Eule, 1988, p. 41.

2　康拉德，约瑟夫（Joseph Conrad, 1857-1924，波兰出生的英国小说家，出生名约瑟夫·西奥多·康拉德·柯日涅夫斯基（Józef Teodor Konrad Korzeniowski）。他的许多作品包括小说《吉姆爷》（1900）、《黑暗之心》（1902）和长篇小说《诺斯特罗莫》（1904），都探讨了人性的黑暗面。

3　Carol C. Harter, and James R. Thompson. *E. L. Doctorow*, Boston: Twayne, 1990, p. 85.

4　E. L. Doctorow, *Loon Lake*, New York: Random House, 1980, p. 23.

某种意义上，《鱼鹰湖》是一个重新讲述一个重要时期的美国人民的故事，讲述他们的声音和他们的失去；这部小说可被称为回答"为什么在美国没有社会主义"[1]的小说。为了写这部小说，多克特罗既恢复又修正了一种 20 世纪 30 年代的无产阶级小说文类。此外，多克特罗像他在《但以理书》中所做的，在《鱼鹰湖》这部政治小说中揭示了他对组织的政治活动的怀疑态度。

在经典的无产阶级教育小说中，情节的轨道必然描写主人公阶级意识的发展。此外，"事件与人物必须展示体现历史必然性动力学的冗长的模式"。[2]但是，当代的作者和读者可能会发现这种情节轨道是确定性的和过分简单化的。为了表现复杂性和共谋关系，作家必须写出一种新的故事和新的形式——就像《鱼鹰湖》这种小说，它在表明不同结果的可能方向、清楚地暗示财富并不等于幸福的同时，表现了财富的巨大力量和吸引力。

四、美国共生与犯罪结合的资本主义

《鱼鹰湖》继续了多克特罗创新叙事策略的发展，是另一个挑战政府独白权力的复调文本。这部小说是多克特罗所说的"不连续的叙事，这种叙事推迟解决，发出多重声音，结果是一个叙述者所为"。[3]它在场景、时态和声音的转换，连同诗歌的插入和以个人履历形式的电脑传记一起，产生一种电影蒙太奇的效果，或者是哈法姆所称的"bricolage（用各种不同的现成材料进行的创作）"。[4]关于电影的影响，多克特罗说：

> 我不知道现今有谁能不容纳 80 甚至 90 多年的电影技术去写作。电影与电视的感受是现今人们阅读方式中极为重要的因素。从《但以理书》开始，我就放弃了试图用对 19 世纪小说的过渡特征的关怀去写作。其他作家也许能那样做，但我不再能接受现实主义的传统……我们从电影学到的是绝对特有的东西。我们懂得了我们不需要解释事物。我们不需要解释我们

1　Richard King, "Why There Is No Socialism in America?" *E. L. Doctorow: A Democracy of Perception*, eds. Herwig Friedl and Dieter Schulz, Essen, Germany: Blaue Eule, 1988, p. 46.

2　Barbara Foley, *Radical Representations: Politics and Forms in U.S. Proletarian Fiction, 1924-1941*, Durham: Duke University Press, 1993, p. 328.

3　Richard Trenner, ed., *E. L. Doctorow: Essays and Conversations*, Princeton, N. J.: Ontario Review Press, 1983, pp. 39，40.

4　Geoffrey Galt Harpham, "E. L. Doctorow and Technology of Narrative," *PMLA* 100 (Jan. 1985): 81-95, p. 90.

的人物如何某个时刻在卧室里，下一个时刻走在大街上。我们如何可能在某个时刻 20 岁，后来某个时刻就 80 岁了。我们懂得了如果我们只是把书写出来，读者就会自己关照自己……。任何在电视上看到新闻播放的人都知道关于不连续性的一切。[1]

在一个访谈中，多克特罗评论《鱼鹰湖》的写作："最后在《鱼鹰湖》中我意识到，我在以可能暗示湖本身的方式写这部小说——即以光反映、折射和闪烁的方式，意象被复制出来或被打碎成许多碎片。"[2]

虽然小说文本语言生动、简练，但是一些评论家却偏偏给这部小说打上了语言"矫揉造作"的标签，认为小说缺乏足够的细节密度，未能实现小说不凡的抱负。但是，如果人们考虑到亨利·詹姆斯所主张的作者的主题，那么这些批评就是最不相干的。尽管多克特罗对德莱塞探讨的许多相同问题感兴趣，但是多克特罗却不打算像德莱塞那样去写。在一篇关于德莱塞一部早期作品再版版本的评论中，多克特罗这样写道："德莱塞的重要小说是把一切都说出来的文学。"[3] 再者，《鱼鹰湖》语言的简练与生动暗示，它也许可被比作德莱塞《美国的悲剧》的一个后现代版本。

T. S. 艾略特认识到，小说的现实主义是主体间性（inter-subjectivity）的现实主义。他在其两篇早期短论中写到亨利·詹姆斯和纳撒尼尔·霍桑的小说。"他说，詹姆斯小说的'真正男主人公'是'一个集体'，他把霍桑的方法描写为'通过两个或更多人的相互关系来掌握人物'"。[4] 这一集体人物概念与了解《鱼鹰湖》中的叙事者和叙述有关。鱼鹰湖的最后主人及其文本的主人是一个优秀的演员，一个多变的人。他是他所听到的声音的总和，如果他知道的话，他实际上否认并抛弃了他自己的声音。他的文本是一个异质杂糅的文本，[5] 这种文本如果不是确定也是塑造了人的身份并构成了人的自我。在一种真正的意义上，这个关于乔·柯日涅夫斯基 – 帕特森 – 贝内特的塑造的故事是一个对爱默生的自立理想和梭罗的"不同鼓手"的挑战。乔的生活是一个悖论，虽然他看上去机灵、自立，但是他的生存和成功来自于他变成别人的能力。[6] 多克特罗就乔这个人物发表了自

1　Geoffrey Galt Harpham, "E. L. Doctorow and Technology of Narrative," *PMLA* 100 (Jan. 1985): 81-95, pp. 40-41.

2　Hilary Mills. "Interview with Hilary Mills," *Saturday Review*, October, 1980, p. 44.

3　E. L. Doctorow, "Review of Theodore Dreiser's an American Laborer," *New York Times Book Review*, December 4, 1933, p. 9.

4　J. Hillis Miller, *Poets of Reality*, New York: Atheneum, 1974, p. 137.

5　E. L. Doctorow, *Loon Lake*, New York: Random House, 1980, pp. 18-19.

6　John G. Parks, *E. L. Doctorow*, New York: The Continuum Publishing Company, 1991, p. 73.

己的看法："《鱼鹰湖》暗示乔这个角色的自我构成行为。它暗示我们都在自己的经验中从他人构成我们自己。我认为，乔写这些关于每一个人的回忆时，他在声音上的跳跃和在时间上的转换以及几乎是一个演员的能力，是一种对他未能发现他是谁的内心失败的反讽的意识"。[1] 多克特罗在给莱文的信中写道："我用来表现乔的形象是空虚"。[2] 因此，多克特罗的"集体性男主人公"允许另有一种表现社会和政治主题而非仅仅 20 世纪 70 和 80 年代处于主导地位的以坦白模式写的聚焦在作心理分析的自我。

多克特罗的许多小说都从一种出人意料的感知开始。《鱼鹰湖》也不例外。他对拉里·麦卡弗利描写这部小说的形成：

> 几年前我驱车经过艾迪伦带克斯。我发现自己对看到、听到和嗅到的一切都难以置信的敏感。艾迪伦带克斯这地方非常美丽——但这么说还不够，那是一处触摸得到的神秘的荒野，那地方充满黑色的秘密和腐烂在森林里的历史。至少，那是我对事物的感觉。我看见一个指路牌："鱼鹰湖"。我所感觉到的一切都集中到那些词语的一个点上。我喜欢它们的声音。我想象一列私人铁道火车穿过那片森林。那列火车把一伙歹徒拉到一个有钱有势的人的山林隐居处。于是我就有了一种对一个地方的感觉，一个或两个形象，然后我立即离开那里开始写这部小说。[3]

除了对连续性叙事结构的兴趣以外，对一个地方的感觉一直是多克特罗小说中一个至关重要的成分。《鱼鹰湖》的背景既在字面上也在象征层面上起作用。湖和森林都描写得很生动。但在象征层面上，背景的作用是揭示巨大权力和财富的本质、它的孤独、它的自由和它对自己的责任。鱼鹰湖是被"占有的"；它被其"主人"所拥有、挪用和败坏。它的表面反映的是美，而它的深处所揭示的却是掠夺行为和不受控制的意志。电脑打印出来的资料简短地叙述了鱼鹰湖使用的历史，揭示了它从荒野到有用之物的转变。它从毛皮诱捕和打猎开始，然后森林砍伐。它的冬季冰块在城市里销售。它的糖槭树皮被人们割开放出甜甜的汁液。在艺术家和诗人们之后，来了赞助人，他们"以非常便宜的价格全部买下了

1　Ned Smith, "From *Ragtime* to Riches," *American Way*, January 1981, p. 60.

2　Paul Levine, "The Writer as Independent Witness," *Essays and Conversations*, ed. R. Trenner, Princeton: Ontario Review Press, 1983, p. 74.

3　Richard Trenner, ed., *E. L. Doctorow: Essays and Conversations*, Princeton, N. J.: Ontario Review Press, 1983, p. 40.

艾迪伦带克斯的大片土地，在那里建起了精心设计的营地，从而将荒野创造成奢侈品"。[1]像保罗·莱文提醒我们的那样："美国文学中湖象征大自然不可侵犯的纯洁……。但是在多克特罗的反浪漫主义的想象中……，鱼鹰湖是冰冷的，与世隔绝的：资本主义完美、客观的相关物，其中对财富的追求是受对完全与世隔绝的愿望所激发的。"[2]乔一开始四下观望鱼鹰湖，就意识到这种联系："我回身望去，看到山坡上的房子，感觉到一种巨大的意志被强加给这一自然的行星。鱼鹰湖安静平和，没有小汽车开动的声音，没有喇叭声，甚至没有人声，我感觉鱼鹰湖与世隔绝，它是买来的荒野，我在想如果我有钱我会做什么．我会像这个人这样购买与世隔绝吗？难道钱就是用来在你与世界的边远乡村地区之间设置一段 5 万英亩山岭地区的距离吗？"。[3]按照乔的命运，这些问题变成了修辞性的，因为与世隔绝实际上既是成功的代价，也是对它的奖赏。

美国文学与文化的任何一位学生都不能不在《鱼鹰湖》中听到较早作品的回声。多克特罗对历史人物和传记的使用再次回想起约翰·多斯·帕索斯。德莱塞表现社会与经济力量中个人斗争以及成功诱惑的小说也在乔崛起、上升到获得权力的描写中得到反映。一个穷孩子变富的崛起概括了无数霍雷肖·阿尔杰[4]所写的故事和白手起家的人的神话：只要勤奋和努力，任何人都可以爬上人生的顶峰。多克特罗的小说也使人想起薇拉·凯瑟令人难忘的短篇小说《保罗案件》，这是一个描写被资产阶级家庭逐出家门，渴望得到财富但以自杀告终的传奇性人物的故事。《鱼鹰湖》中的歹徒和工人罢工使人想起经济大萧条时期的小说和电影。但最强烈的共鸣或许还是 F. 斯科特·菲茨杰拉德的《了不起的盖茨比》。两部小说都讲述一个富有而成功人士自我创造的故事。关于奋斗的主人公的早期岁月，《鱼鹰湖》在许多方面填补了菲茨杰拉德所忽略的东西。当然，这两部小说之间存在着重大差异。盖茨比寻求自我的原型可追溯到美国作为一种文化的根源———一种纯洁的形象，这一形象具有创造奇迹的能力。但是，乔缺乏那种想象力，正如保罗·莱文所说："乔按照一种他既渴望又抵制的贬了值的文化理

1　E. L. Doctorow, *Loon Lake*, New York: Random House, 1980, p. 46.

2　Paul Levine, "The Writer as Independent Witness," *Essays and Conversations*, ed. R. Trenner, Princeton: Ontario Review Press, 1983, p. 66.

3　E. L. Doctorow, *Loon Lake*, New York: Random House, 1980, pp. 75-76.

4　霍雷肖·阿尔杰 (Horatio Alger, Jr., 1832-1899) 是一位多产的 19 世纪美国作家，以其许多描写穷困男孩通过做繁重的工作，富有坚定的决心、勇气和正直，从卑微背景情况过上中产阶级安全而舒适生活的故事而知名。他的作品具有穷变富叙事特点，对于镀金时代的美国具有形成性影响。在本质上，阿尔杰的全部作品共有同一主题：一个年幼的男孩通过繁重的工作努力逃避贫困。其代表作是《褴褛的迪克》(*Ragged Dick*, 1968)。

想塑造自己"。[1] 乔讲述他自己的故事——即使故事由多重声音和多个目击者所组成，而盖茨比的故事则是由事件参加者兼观察者的尼克·卡罗威讲给我们的，其可靠性需要相当详尽的介绍才得以确立。虽然盖茨比有犯罪和虚假，但尼克仍然认为他比那些道德败坏的组成整体的一伙人还要好，而且大多数读者都同意这一看法。但这就出了一个问题，是否《鱼鹰湖》的读者们会接受对乔的一种同样的判断。

1　Paul Levine, "The Writer as Independent Witness," *Essays and Conversations*, ed. R. Trenner, Princeton: Ontario Review Press, 1983, p. 66.

第六章
多克特罗的后现代伦理叙事：
对资本主义的批判

　　后现代主义消解权威和中心，承认差异，尊重他者，主张彻底多元化的基本观念是后现代西方伦理学的思想基础。后现代性作为"没有伦理规范的道德"，[1] 试图通过弘扬革新的思想观念和实践精神来克服现代性的局限和不足，改变和超越现代性或现代精神，以建立承认差异、尊重他者、主张多元性和包容性的合理的、担负对他者绝对责任的后现代社会秩序和后现代精神。如何认识和处理"自我"与"他者"的关系，现代西方伦理学与后现代西方伦理学表现出完全不同的态度：现代西方伦理学以自我为中心，排斥、蔑视、否定他者；而后现代西方伦理学则主张承认差异、尊重他者，担负对他者的绝对责任。后现代文学伦理学批评从后现代西方伦理学视角阐释后现代主义文学文本，揭示文学文本通过虚构的人与社会所表现的后现代"被接受和认可的伦理关系，以及在这种关系的基础上形成的道德秩序和维系这种秩序的各种规范"，不仅揭示文学文本所描写的后现代"伦理关系和道德秩序的变化及其引发的各种问题和导致的不同结果"，[2] 为后现代人类文明进步提供后现代伦理教诲和道德经验，而且研究后现代主义作家为表现后现代伦理道德而使用的与后现代伦理道德价值观一致的后现代伦理的叙事手法。

1　齐格蒙特·鲍曼：《后现代伦理学》，张成岗译，南京：江苏人民出版社，2003 年，第 36 页。
2　聂珍钊：《文学伦理学批评导论》，北京：北京大学出版社，2014 年，第 13 页。

一、后现代文学伦理学批评

后现代西方伦理学家主张重新确立自我与他者之间一种新的牢固的道德关系——自我承认差异，尊重他者，担负对他者的绝对责任，建构为他者的自我和"为他者的人道主义"，[1]建构超越民族、种族、国家、文化等的最低限度后现代伦理共同体。列维纳斯认为，人类的天性和主体性是对他者的责任。[2]这里的他者是指道德共同体中的"他者"，"他性"是指相对于道德主体性而言具有道德价值的"他性"或异质性，自我与他者之间的关系是一种自我尊重他者并对他者担负绝对责任的道德关系。[3]这种"我"与他者之间的伦理关系中包含着（他者）对我的伦理召唤，我在他者身上听到命令，迫使我成为"为他者"。列维纳斯赋予伦理学的意义就是为他人的人道主义或"为他人的伦理学"，呼吁自我以面相示人、自我必须尊重面对面相遇的他者，对他者负起绝对的责任。与他者的关联就是正义！[4]后现代伦理学在呼唤责任，呼唤友善，呼唤自我担负对他者绝对责任的同时，也反思和批判造成社会不公的集权和暴力。

后现代西方伦理学认为，由于资本主义政治制度和经济制度不是建立在合理的正义观念（即对他者负责，担负对广大工人阶级民众的绝对责任）基础上，资本主义社会充斥着社会、政治、经济的不平等；由于在工业化过程中资本主义社会的经济人（即以完全物质利益追求为目的而进行经济活动的主体）的存在，不仅广大工人阶级民众遭受残酷剥削，而且大自然也遭到残忍的掠夺性开发和破坏，人类面临生态危机。总之，西方国家在发展资本主义过程中所碰到的所有问题都源于现代西方伦理学所论证的资本主义道德价值体系。

从后现代文学伦理学批评理论视角分析后现代主义文学作品，我们看到后现代主义作家在其作品中用后现代伦理的叙事手法，一边批判资本主义道德价值体系，一边表现其对后现代人类社会的后现代伦理关怀。在艺术表现上，后现代伦理的叙事手法与后现代伦理道德价值观完全一致。后现代文学伦理的叙事取消作者的权威和文本的叙述中心，尊重差异和他者，采用多角度观察、多叙述者、多声音的叙述、多样杂糅的结构、多元变化的表现技巧等构成后现代伦理的狂欢化叙事，使用平行结构、戏谑模仿、直接引用等构成后现代伦理的互文叙事。根据

1　齐格蒙特·鲍曼：《后现代伦理学》，张成岗译，南京：江苏人民出版社，2003 年，第 99 页。
2　同上。
3　向玉乔：《后现代西方伦理学研究》，北京：中国社会科学出版社，2011 年，第 38 页。
4　Emmanuel Levinas, *Ethics and Infinity, Conversations with Philippe Nemo*, trans. Richard A. Cohen (Pittsburgh, Pennsylvania: Duquesne University Press, 1985), p. 90.

米哈伊尔·巴赫金关于小说对话性质的思想，"任何一个表述就其本质而言都是对话"，[1] 一部小说"有着众多的各自独立而不兼容的声音和意识，由具有充分价值的不同声音组成真正的复调"。[2] 巴赫金的复调小说是一种全面对话和多声部性的小说。这种小说用多叙述者、多声音、多样杂糅的结构、多元变化的技巧构成了后现代平等对话的叙述机制，拆除了具有中心指涉结构的传统叙事的整体性、同一性，宣告元话语与元叙事的失效。

在巴赫金对话理论的基础上，朱莉娅·克里斯蒂娃进一步提出了"互文性"这一概念："任何文本都是引语的拼凑，任何文本都是对另一文本的吸收和改编。因此，互文性的概念应该取代主体间性的概念"。[3] 罗兰·巴尔特也认为："任何文本都是互文本；在一个文本之中，不同程度地并以多少能辨认的形式存在着其他文本：例如，先前文化的文本和周围文化的文本"。[4] 互文性的显著特征是，表面互不相关或不同体裁的文本被并置在当前同一文本中，是它们构成了当前文本的意义，体现了后现代主义种类混杂的重构性倾向。构成互文性的手法包括：典故、引用语、语义转借、剽窃、翻译、模仿作品、戏谑模仿等。互文性是解构主义的一个基本概念，它的提出旨在打破结构主义文本的孤立性与封闭性，揭示任何文本的成文性都是由词语引发该文本与其他文本之间的对话，都是对其他文本的吸收和转换，在差异中形成自身的价值。互文性叙事形式与建立承认差异，尊重他者，主张多元性和包容性的合理的后现代社会秩序与后现代精神的后现代伦理主张是一致的，因此是一种后现代伦理的叙事手法。后现代文学伦理的叙事表现后现代伦理道德观念，聚焦自我尊重他者、人与人之间承认差异、相互包容、相互关爱的道德关系，强调自我对他者的绝对责任和为他者的人道主义；同时聚焦自我尊重自然的道德关系，反对现代性的人与自然的主－奴关系，强调人与自然相互依存的伙伴关系，呼吁人类与自然同生共荣、协同进步，建立生态的意识形态，建构可持续发展的生态的人类社会。后现代伦理的叙事包括消解权威、去除中心、由多视角观察、多样杂糅的结构、多元变化的技巧以及多声音叙述构成的狂欢化叙事和由平行结构、戏谑模仿以及直接引用构成的互文叙事。

1　米哈伊尔·巴赫金：《陀思妥耶夫斯基诗学问题：复调小说理论》，白春仁、顾亚铃译，北京：生活·读书·新知·三联书店，1988 年，第 177 页。

2　同上，第 29 页。

3　Julia Kristeva, "Word, Dialogue and Novel," Toril Moi ed., *The Kristeva Reader* (Oxford: Blackwell Publishers, Ltd., 1986), p. 35.

4　Roland Barthes, "Theory of the Text," *Untying the Text: A Post-structuralist Reader* (London: Robert Young and Regan Paul, 1981), p. 39.

二、多克特罗小说中后现代伦理叙事

后现代性的核心观念是反对用单一的、固定不变的逻辑、公式和原则以及普适的规律来说明和统治世界，主张变革和创新，强调开放性和多元性，承认并容忍差异。后现代主义消解权威和中心，强调开放性和多元性，承认并容忍差异的基本观念就是后现代西方伦理学的思想基础。作为后现代主义作家，多克特罗在作品中用消解权威、去除中心、由多视角观察、多样杂糅的结构、多元变化的技巧以及多声音叙述构成的狂欢化叙事和由平行结构、戏谑模仿以及直接引用构成的互文叙事，解构现代性的形而上学，消解权威，去除中心，强调主体的多元化，承认"差异"，敬重"他者"，建立"自我"尊重"他者"的道德关系，建立对他者担负绝对责任的正义观，建构最低限度的伦理共同体，呼唤责任，呼唤友善，批判美国的资本主义社会制度，追求社会公正，建构"为他者的人道主义"，重建后现代道德价值体系。

（一）《世界博览会》中多声部叙事和互文叙事

E. L. 多克特罗在小说《世界博览会》中使用了多声部叙事、互文叙事等艺术手法，表现出多克特罗关注他者，关心移民和底层大众，关注社会的公平正义，是一名社会责任感很强的小说家。多克特罗用后现代伦理的叙事，解构和批判资本主义制度，宣扬社会主义思想，追求社会公正。

1. 多声部、多视角叙事

巴赫金的对话理论认为，"生活就其本质说是对话的"。[1] 对话消除了二元对立的等级模式，它不是一元独白，而是多元主体之间平等、独立的沟通交流。在文本创作中，单一的声音无法呈现给我们观点多元和价值多元的世界，唯有主张多样性、差异性和开放性，追求平等自由的多声部/复调式叙事方式，让作品中各个独立的、不相融合的声音和意识处于主体地位，才能形成充满活力、富有张力的艺术体系。复调小说中，作者的声音只是众多声部中的其中之一而已，作者或叙述者、作品中的众多人物都在同一个平面上以自己独立的声音参与对话，从而形成了在同一个叙事中多个独立声部混响的复调结构。这种叙事形式契合了后现代主义所倡导的零散化和多元化的特征。多克特罗在其小说《世界博览会》中运用了多声部的叙事手法，建立了读者和文本之间的密切联系。这不是为了解构传统小说的叙事形式而解构，而是为了"见证的多重性"，是与多克特罗的创作理

---

1 宋春香：《他者文化语境中的狂欢理论》，北京：中国社会科学出版社，2009 年，第 44 页。

念相符合——消解权威和叙事中心，尊重他者，让尽可能多的人物发出自己的声音，通过多个视角得到对同一事物不同的看法和观点，从而更有可能观察到事物的全貌。

《世界博览会》共有 38 章，其中有 31 章是以主人公——九岁小男孩埃德加的视角回忆了自己的童年，其余 7 章是三位家庭成员的独白。其中 4 章是由母亲罗兹、两章以哥哥唐纳德、1 章以弗朗西斯姑妈的视角进行讲述，是他们的口述历史。整部小说由显性和隐性两种叙事结构组成。显性叙事结构是犹太小男孩埃德加从儿时到九岁的成长经历，是他的童年回忆录，是大萧条时期移民的生活实录，也是纽约普通大众的生活纪录。隐性叙事结构是作者在小说中呈现给我们的大屠杀的历史图景和意识，以及由此带给犹太人的心理创伤。

（1）显性叙事结构

埃德加是一个典型的犹太男孩，随着他的讲述，他的成长画面在我们面前徐徐展开。《世界博览会》中故事的背景是二三十年代的美国纽约，贯穿整部小说的一条主线是大萧条时期埃德加一家在纽约的生活经历。在艰难时世中，因为埃德加父亲戴维的经济状况捉襟见肘，他们搬了三次家，从原来的宽裕生活陷入了困境，父母也因为经济原因经常吵架，这给小埃德加带来了不安全感。有一次，父亲只给了母亲两个五角的硬币，要求她"撑起一个家庭，养活一家，把饭菜端到桌上"。[1] 随着年龄的增长，埃德加也逐渐体会到了父母的无奈和苦衷，明白了世道的艰难。他在"典型美国男孩"的征文中写道，一个真正的美国男孩"知道一元钱的价值"，[2] 懂得生活的不易。埃德加在世博会的征文比赛中获了奖，让全家人得到了去世博会免费参观的机会，这给了经济窘迫状况中的父母极大的安慰，让他们深感自豪。同时，死亡是伴随着埃德加成长的一条潜在的附线。在不同的年龄阶段，埃德加的身边出现了不同的死亡场景：外婆的去世、爱犬品姬被送走宰杀、校园围墙外因车祸死亡的女人、36 人在兴登堡号飞艇爆炸中全部遇难。一次次目睹死亡的经历促使小埃德加开始认真地思考死亡这个沉重的话题，他开始以儿童独特的视角和敏锐的感知力去认识死亡，增强了对外部世界的理解。他日渐长大，随着阅历的增加和眼界的开阔，他的思想观念日趋成熟，内心也变得强大，他形成了自己的一套关于死亡的理论："如果我念及死亡，如果我想象死亡，死亡就不会降临到我头上。我会得到保护远离死亡。"[3] 这反映出童年埃德加对死亡问题的心理认知，他认为尽管死亡发生在很多人的身上，但也许自己可以规避死

1　E.L. 多克特罗：《世界博览会》，陈安译，济南：山东文艺出版社，2014 年，第 119 页。

2　同上，第 240 页。

3　同上，第 168 页。

亡，这使他在因病而挣扎在死亡的边缘时充满了勇气。面对父母的悲痛欲绝，他还能做到坦然与镇定："我不会死的。……我的理论表明，如果我在事发前就想到这个事情，此事就不会发生。"[1]

死亡主题是西方哲学中一直在探讨的重要论题，不同的哲学家对死亡的理解也不同。如苏格拉底在临死前的《申辩》中说，死亡也许并不是一件坏事，它会产生两种结果。第一种结果是人死之后没有了意识，自然也感觉不到痛苦；第二种结果是人死之后灵魂不朽，会到达另外一个世界。海德格尔提出"向死而生"，雅斯贝尔斯认为死亡是人们无法逃离的存在，唯有勇敢地直面它，才能珍惜当下，实现真正意义上的生存。除了在哲学中讨论死亡之外，死亡的话题在文学中也备受关注。在《世界博览会》中，对不同的死亡画面的描写多次出现，小说的主人公埃德加也由于自己从小就患有哮喘病的原因而深入思考过死亡的问题，病痛的折磨还使他意识到要成长为一个真正的美国男孩，就要视死如归，这一点也被他写进了"典型美国男孩"的征文中。但多克特罗的创作意图并不仅局限于此。他的重点不是通过跟读者探讨关于死亡的理论从而了解人们对死亡的看法，而是以这一话题为切入点，引领人们展开对社会不公正问题的讨论。他从小埃德加的视角提出问题，引发人们的深思：为什么在病魔面前，有的人会被击垮，有的人则平安无事？进而上升到对犹太人命运的思索：人人生而平等，每个人都有平等的生存和发展的权利，为什么犹太人会被纳粹杀掉？

母亲罗兹、哥哥唐纳德和姑妈的叙事穿插其中。罗兹是犹太移民二代，喜欢弹钢琴，并且弹得很出色，"任何乐谱放在她跟前，她都能视奏"。[2]她回忆了她自己的成长经历，回想了跟埃德加的父亲戴维认识的过程，讲述了在她的两个姐姐死于1918年的流感后，她和埃德加的外婆的痛苦和哀伤。失去两个亲姐姐的打击让她在面对生病住院、康复机会只有50%的埃德加时，内心充满了害怕和恐慌，她濒临崩溃，抑制不住地大哭，恨不得从医院的窗户跳下去，被父亲戴维拦住了。由于日夜担心埃德加，她愁得两鬓的头发都白了。不可否认的是，罗兹是一位坚强的家庭主妇，精力充沛，但在经济大萧条时期打理好一个家也让她深感疲惫。她有一位有病的母亲、一个没什么长远打算的哥哥、两个儿子、一条狗，在经济上依靠她那位难以摸透的丈夫戴维，跟婆婆的关系不太好，有一段时间还要帮着照看小姑子莫莉和她的孩子。在艰难时世中照顾这么一大家子人的起居生活，已经让她十分劳累和不快，她的丈夫戴维还出去找别的女人，这更让她感到

1　E.L.多克特罗：《世界博览会》，陈安译，济南：山东文艺出版社，2014年，第176页。
2　第14页。

精神压抑，心力交瘁，难过到想要自杀的地步。她想离婚，但被老派守旧的外婆劝阻了。在生活的重压之下，她无比怀念之前在罗克韦海滩社区的生活，想念大海的味道，她甚至觉得连海边的空气中都弥漫着自由的气息，望着海边湛蓝深远的天空，一切烦恼都会消失不见。在罗兹的眼中，大海象征着挣脱束缚、勇往直前追求自由的精神，能够让她重燃对生活的热情。

从哥哥唐纳德的叙述中，我们知道，作为家里的大孩子，他帮着父母承担了家庭的责任，在父亲没有工作的日子里，尽管他只有十七岁多，还没有成年，但他没有打算读完大学，而是去读夜校，这样就可以白天去打工，帮家里解决吃饭的困难，想方设法维持家里的生计。他是陪伴埃德加长大的哥哥，让埃德加的童年不那么孤独，现在又承担了父亲的角色，成为养家糊口的人，是让埃德加信赖和学习的榜样。他的独白让我们从多个角度了解了美国的历史、当时的社会状况以及人们生活的各个方面。

多克特罗认为"所有的历史都是编写出来的"，[1]历史也是一种人为的叙事。唯有通过多视角的叙事，我们才能形成一种更客观的认识，才能更接近历史的真相。在《世界博览会》中，众多小写的、复数的历史取代了大写的、单数的历史。通过个人叙事引发人们对现实生活的关注，呼吁人们重新思考历史，内省自身，从而树立对历史负责任的理念。

(2) 隐性叙事结构

《世界博览会》的隐性叙事结构围绕犹太大屠杀和第一次世界大战带给人们的创伤展开。第一代犹太移民——埃德加的外婆，出身于音乐世家，是个身材苗条、举止文雅的美女，她个子娇小，有着金色披肩长发，浅蓝色的眼睛十分迷人。为了逃离立陶宛对犹太人的洗劫与屠戮，埃德加的外婆和外公离开了自己的犹太小村庄，逃难到美国，成为一个流亡者，陷入迷茫、无助而孤独的境地，生活步履维艰。接连失去丈夫和两个孩子的打击让外婆痛苦不安，变得有些精神失常。她眼神空洞，表情漠然，"常常处于抱窝母鸡那种沉思默想的状态"，[2]跟昔日美貌的外婆判若两人。巨大的创伤经历让外婆产生了心理阴影，她认为，"我的母亲，她自己的女儿，企图毒死她"。[3]小埃德加虽已是第三代犹太移民，但也不能避免受歧视、被侮辱、遭受攻击的状况。他曾经因为"自己是犹太人而遭刀刺、被抢劫"，[4]还有一些顽童溜进他的家里，留下万字饰。而这不是个例，他

1　Carol C. Harter and James R. Thompson, *E. L. Doctorow*, Boston: Twayne Publishers, 1990, p. 8.

2　E. L. 多克特罗：《世界博览会》，陈安译，济南：山东文艺出版社，2014 年，第 33 页。

3　同上，第 34 页。

4　同上，第 98 页。

"从前面客厅里老人们的低语诉说中知道，类似的甚至更严重的事情发生在欧洲，尤其是德国。一个去上希伯来学校的小男孩将生活在永恒危险的同心圆内，始自我的公园，再波及全球。在一个生存圈里相关的一切，很不幸地，注定让我们拥有受害者的宿命"。[1]他们驱逐数百万犹太人，破坏犹太聚居区，破坏他们家族的联纽带，让他们流离失所，无家可归。大规模屠杀犹太人，在焚尸炉里将他们毁尸灭迹。埃德加对这样的行径深恶痛绝。他想飞去德国，找到希特勒，然后把这个对犹太民族实行种族灭绝政策的罪魁祸首杀掉。他认为一个真正的美国男孩"应该永远憎恨希特勒"。[2]

被大肆屠戮的犹太人的处境引发了众多学者深入思考背后的原因。英国社会学家齐格蒙特·鲍曼说，大屠杀不只是犹太人自己的悲惨事件，也不是纳粹的一次反常行为生产出来的罪恶，而是现代性本身固有的可能。"那个古典批判理论时代的沉重的／固态的／系统性的现代性，尤其充满着极权主义的倾向。"[3]启蒙运动使科学的合法化成为唯一的正统信仰，科学充当了力量强大的工具角色，成为工具持有者设计和改造现实的推手，科学不仅仅是科学，科学活动的任务之一就是把应该生存、繁荣和发展的元素与那些有害的、应当被消灭的元素隔离和区分开来。以此种思想为理论基石，希特勒把犹太人当作病菌和害虫，他说："犹太病毒的发现是世界上最伟大的变革之一。……有多少疾病是源自犹太病毒……只有消灭犹太人，我们才能再次获得健康。"[4]由此看来，人类记忆中骇人听闻的罪恶行径源自无可指责的现代理性秩序的统治。对技术理性的推崇使世界变成毫无温度可言的、冷冰冰的物的世界。它由身披制服、对指令唯命是从的人所为。《希特勒传记》的作者伊恩·克肖说："通往奥斯威辛的道路，为之开道的是仇恨，为之铺路的是冷漠。"[5]小说中，周围的人对于显而易见的恶行不加限制，对犹太人的遭遇普遍持冷漠态度，使得大萧条时期犹太移民的生活难上加难："父辈们的生意从他们那里给夺走了，一点儿一点儿地。在街上，那些褐衫异教徒骂他们，朝他们吐唾沫。他们得向警察局报告。好几千人正在离开，他们的家、他们的生计，都没了，啥都没了。去巴勒斯坦，乘船，去哪儿都行！可他们能到哪去呢？他们有啥办法呢？"[6]汉娜·阿伦特把这一做法称之为"平庸的恶"。刻在美国波士顿犹太人屠杀纪念碑上的、德国著名神学家兼牧师马丁·尼莫拉的一段话为什么是"平

1　E. L. 多克特罗：《世界博览会》，陈安译，济南：山东文艺出版社，2014 年，
2　同上，第 240 页。
3　齐格蒙特·鲍曼：《流动的现代性》，欧阳景根译，北京：中国人民大学出版社，2018 年，第 61 页。
4　鲍曼：《现代性与大屠杀》，杨渝东、史建华译，南京：译林出版社，2019 年，第 95 页。
5　徐贲：《人以什么理由来记忆》，北京：中央编译出版社，2016 年，第 14 页。
6　E. L. 多克特罗：《世界博览会》，陈安译，济南：山东文艺出版社，2014 年，第 97 页。

庸之恶"做了很好的注脚:"起初,他们追杀共产主义者,我不是共产主义者,我不说话。接着,他们追杀犹太人,我不是犹太人,我不说话。后来,他们追杀工会成员,我不是工会成员,我不说话。此后,他们追杀天主教教徒,我是新教徒,我不说话。最后,他们奔我而来,再也没有人站出来为我说话了。"[1] 与大屠杀相伴的是公众的道德冷漠,死一般寂静的漠不关心,这是让人伤痕累累并无鲜血痕迹的精神折磨,使人心灰意冷,陷入哀莫大于心死的境地。正是对他人的苦难和遭遇施以冷漠的旁观,才让人世间的罪恶持续下去。如何走出痛苦与罪恶的世界,重建一个和谐至善的社会,方法就是:个体在任何条件下都要对他者负责,这是每个人应该承担的道德责任。

2. 互文叙事

"互文性"的概念最先由法国符号学家朱莉娅·克里斯蒂娃提出,意指"某一文本与此前文本乃至此后文本之间的关系"。[2] 它以俄国学者巴赫金的诗学研究为基础。巴赫金认为,"任何文本的建构都是引言的集合;任何文本都是对其他文本的吸收与转化"。[3] 文本间性 / 互文性取代了主体间性。文本与文本之间的边界消除了,它们相互指涉,互相联系,彼此交织。就其本质和意义而言,文本的声音是复调的、多元的、非中心化的,不是单一的、确定的,这与后现代主义在哲学内涵和实质上是相一致的。多克特罗在这部小说中的互文叙事主要体现在历史与小说之间、小说与小说之间的相互印证与参照上。

《世界博览会》中提到的博览会可以在历史中找到相关的记录。它于 1939 年在美国纽约皇后区可乐娜公园的法拉盛草地举行,这是第二次世界大战前的最后一次博览会——第二十届世界博览会,被后人称之为"噩梦之前的狂欢"。其规模巨大,占地近 500 公顷,活动的主题是"建设明天的世界",有 64 个国家参展。展会的标志性建筑是角尖塔(名为特里隆)和白色圆球(名为佩利斯菲,一个直径 36 米的巨型不锈钢地球仪),此次博览会向近六千万名参观者展示了未来的科技将如何给人们的生活带来翻天覆地的变化,展示了广播电视、录音机、电视摄像机等科技产品。当时还播放了富兰克林·罗斯福总统的演讲,在演说中,罗斯福总统表达了对参会人们的热烈欢迎,表达了对友谊、善意和世界和平的希望。世博会的举办对世界科技和经济的发展起了有力的推动作用,它号召人类要相互依存,共建美好明天。但这种期望很快被即将爆发的第二次世界大战的阴云

---

1   傅小平:"奥斯维辛之后,写诗如何不是野蛮的?"《文学报》,2015 年 9 月 29 日。
2   朱莉娅·克里斯蒂娃:《主体·互文·精神分析——克里斯蒂娃复旦大学演讲集》,北京:生活·读书·新知三联书店,2016 年,第 11 页。
3   同上,第 14 页。

吹得烟消云散，1939 年纽约世界博览会也在二战的炮声中画下了句号。

小说中描写的世界博览会的场景是 1939 年纽约世界博览会场景的再现。白色的尖顶、白色的圆球都跟历史上的世博会的标志物重合在一起，博览会上展出的各种未来的科技产品让小主人公埃德加为之惊叹和着迷。这些新奇的科技发明让人们为之向往，从精神上激励着人们冲出战争和经济萧条的阴霾，为未来而努力。

（1）作家角色的互文性

《世界博览会》这部成长小说在很大程度上是多克特罗的半自传体小说，是作家的职业寻根之旅，体现了他的责任感和使命感。在小说中，主人公埃德加患有哮喘病，对很多东西如灰尘、花粉过敏，这一点跟《一个青年艺术家的画像》中的主人公迪达勒斯很相似。迪达勒斯视力不佳，孤独敏感，他象征着詹姆斯·乔伊斯的另一个自己。埃德加的观察力也很敏锐，在他很小的时候就能像秘密特工一样观察、监视着别人的生活，他仔细观察睡觉的父母，观察他的犹太外婆的行为举止，他能发现父母婚姻中的问题、他们夫妻关系的好坏，还能帮助哥哥唐纳德找出乐队里滥竽充数的人。这种极强的生活感受力、精准的观察力和满溢的想象力让他对写作表现出浓厚的兴趣，他在征文比赛中获奖，具备了成为一名作家的潜质。多克特罗认为，作家能设法"克服艺术和实践之间的界限，克服个人和共同体之间的界限，……作家的职能是见证者。"[1] 在多克特罗的其他小说中，很多叙事者或者主人公都具有作家的特质。如《诗人的生活》中家族作家乔纳森，《比利·巴思格特》中的少年比利都对写作感兴趣或是成为了具备写作能力的人。小说家具备的高度敏感性和非凡洞察力能使他们更好地承担"多重见证者"的义务。

（2）寻父之旅的互文叙事

《世界博览会》是一个成年男子的童年回忆录，是一部成长小说。九岁的小主人公埃德加眼中的父亲思想开放，喜欢尝试新东西，也鼓励孩子们去勇于尝试。但同时他也有很多缺点，如不大可靠，喜欢空口许诺，总迟到，喜欢赌博，是个梦想家，还拈花惹草。在世界大战来临之际，父亲失了业，没有钱养家糊口，也没有钱让一家人去参观世博会。父亲原本是一位壮实强健的男子，但在他的店关门之后，他变得缺乏热情，即使在家，也不关心自己的小儿子埃德加。他大腹便便，丧失了对事物、对生活的乐趣。这不是埃德加眼中理想父亲的形象。

1　Michelle M. Tokarczyk. E. L. *Doctorow's Skeptical Commitment*. New York: Peter Lang Publishing, Inc.: 2000, p. 28.

他在征文中写道：典型的美国男孩应该不畏艰难，勇往直前，"假如他是犹太人，他就应该说也是犹太人。……不做白日梦，不浪费时间。"[1]埃德加靠着自己优美的文笔，给全家人拿到了参观世博会的入场券。他通过写作找到了自己的职业兴趣，完成了父亲未能完成的任务，还建构了自己的身份认同，那就是要以犹太人的身份融入美国，成为一名美国男孩。他要克服父亲身上的缺点，脚踏实地地去奋斗，在美国扎根，融入到美国社会，实现自己的美国梦。类似的主题在《比利·巴思格特》和《鱼鹰湖》中也可以找到。《比利·巴思格特》中的 15 岁少年比利，他的父亲在他小时候抛下他和他的母亲，离家出走，比利由母亲抚养长大。机缘巧合之下，在街头玩杂耍的比利得到黑帮老大舒尔茨的赏识而成为黑帮学徒，跟着舒尔茨过着灯红酒绿的生活。从小缺少父爱的比利视舒尔茨为父亲，生活在他的控制之下。比利从舒尔茨临死前呢喃的话语中破译出密码，得到了舒尔茨的全部财产，实现了神话般的一夜暴富。他用得到的钱成功脱离了黑帮，接受教育，以写作为生，完成了精神上的寻父之旅。《鱼鹰湖》中的少年乔，一度在对金钱和名利的追逐中迷失自我，在鱼鹰湖边的思考让他重新找到了生活的意义和自己今后努力的方向，找到了他实现美国梦的方法。

（3）小说中人物角色的互文性

达奇·舒尔茨（Dutch Schultz）在《世界博览会》中是一名歹徒，靠非法制酒贩酒暴富；在《比利·巴思格特》中（名字被译为苏尔兹），他拥有同样的身份，是黑帮的一员，仍然靠着卖私酒、敲诈勒索等非法勾当获取巨额财富。舒尔茨在历史上确有其人，是一名暴徒和恶棍。多克特罗将真实的历史人物与小说中虚构的人物在不断变幻的场景中交织在一起，打破了历史和小说的界限，"历史是一种小说，小说是一种经过思考的历史"，"没有小说和非小说的区别，只有叙事"。[2]历史也是"编织情节"，从时间顺序表中取出事实，然后把它们作为特殊情节结构进行编码，这同福莱所说的'一般'虚构的方式一模一样"。[3]通过运用这种写作模式，多克特罗解构了宏大叙事，强调了历史和小说的互文性，引领读者进行深度思考，不断探寻事实的本质。

（4）女性形象的互文性

《世界博览会》中，性格鲜明、各具特色的女性形象让人印象深刻。埃德加的疯外婆是犹太民族受苦受难的女性代表，有虔诚的宗教信仰，坚守犹太传统习俗和礼仪，常年讲犹太语，穿老式的长衣服，头戴黑色披巾，每到周五晚上会点

1　E. L. 多克特罗：《世界博览会》，陈安译，济南：山东文艺出版社，2014 年，第 240 页。

2　Carol C. Harter and James R. Thompson, *E. L. Doctorow*, Boston: Twayne Publishers, 1990, p. 8.

3　张京媛：《新历史主义与文学批评》，北京：北京大学出版社，1993 年，第 163 页。

起蜡烛，举行安息日的例行仪式。这一精神失常的犹太老祖母形象在《但以理书》中也能找到。她代表着饱经磨难的犹太移民一代，身上背负的痛苦记忆太多，很难融入到新环境中，过着窒闷、痛苦和压抑的生活。第二位女性罗兹，埃德加的母亲，是一位吃苦耐劳的传统女性，逐渐融入新生活的移民二代，能坚守原则，不抽烟，吃苦耐劳，爽利能干，过日子精打细算。她擅长弹钢琴，类似的特长在多克特罗的另一部小说《上帝之城》中叙述者艾弗瑞特的母亲露丝也拥有。露丝是一位果断有才华的钢琴家，她跟艾弗瑞特父亲的恋爱经历几乎是《世界博览会》中罗兹和戴维恋爱经历的翻版，就连露丝的第二个儿子艾弗瑞特的出生方式都跟埃德加是一样的，臀位出生。第三位女性形象，埃德加同学梅格的单身母亲诺玛，漂亮苗条，脸上经常挂着笑容。从埃德加的母亲跟父亲和朋友的谈话中，我们知道诺玛靠自己的身体和容貌赚钱，她陪别人跳舞，还在水箱里跟章鱼一起表演跳舞。类似的女性在多克特罗的其他小说中能找到很多，如《拉格泰姆时代》中美貌的妓女伊芙琳，《鱼鹰湖》中的贝内特的情妇金发美女克莱拉，《比利·巴思格特》中漂亮的杜小姐，她先做黑帮老大舒尔茨的情妇，后来又生了主人公比利的孩子。还有《纽约兄弟》中的女佣，匈牙利移民茱莉亚，她主动做了霍默的情人。这些女性纵然艳丽无匹，却过着游戏人生的生活，道德观念不强，也不受传统女性美德的束缚。但在《世界博览会》中，诺玛跟她们有所不同。她更加独立，坚强，依靠自己的努力抚养女儿长大，而且把孩子教育得很好。她的女儿梅格周到体贴，认真安静，秀美温和。小说中描写了诺玛结束工作后，由于长时间待在水里，面孔很苍白，眼睛发红，读者更多感受到的是她的辛苦和不易。

文学、文化的传承和发展与社会、经济的发展密切相关。阅读文本时，只有对其中出现的其他文学或非文学文本进行深入分析和研究，在同其他文本交互指涉、相互参照的过程中，我们才能正确理解一个文本。

3. 小说中的共同体想象

多克特罗在小说中淋漓尽致地展现了他的社会责任感，关注他者，悉心观察社会与现实并进行深入思考，依靠对旧事物记忆犹新的能力，运用后现代伦理的叙事手法，关心人类的共同处境和灾难，引领人们去探寻事情的真相，去思考记忆的伦理责任，号召大家共同努力，维护世界和平。而记忆伦理、道德责任与共同体紧密地连接在一起，人的真正存在也离不开共同体，个人从共同体中得到安全感，找到归属感，获得存在的价值和意义。在后现代共同体的基础上，伦理道德才能真正发挥作用。

从小说中埃德加的疯外婆身上，从犹太人的遭遇上，作者开启了对现代性、理性、人性和共同体的全面反思。小说中所反映的法西斯的独裁统治带给犹太人巨大的心理创伤和精神折磨，在疯外婆的身上体现得淋漓尽致。这样的经历让人们一想起现代共同体，就怀有一种深深的焦灼和恐慌情绪，急于摆脱它的束缚和压制去追求个体自由。但在一个物化的世界中，现代人片面追逐个体私欲又会让集体和个人的"道德责任在不确定的海洋中遨游"，[1] 人们的孤独、迷茫和焦虑不安与日俱增。建构一个什么样的共同体才能成为人们逃离虚空的精神寄托，带给人们归属感和安全感？让－吕克·南希提出了"非功效的共同体"，但希利斯·米勒认为，这实际上是由一群外展的、彼此完全是"他者的独体"所构成的，其成员并非独立，他们也无法对自己的言行负责，此种共同体也没有社会契约来维系，缺乏行之有效的基于法律的建构基础，人与人之间缺乏"主体间性"的交流。齐格蒙特·鲍曼指出："如果说这个世界上存在着共同体的话，那它只能是（而且必须是）一个用相互的、共同的关心编织起来的共同体；只可能是一个由做人的平等权利以及对根据这一权利行动的平等能力的关注与责任编织起来的共同体"。[2] 人们所需要的共同体不是限制人、束缚人的虚假共同体，而是个体与共同体同舟共济，是承认差异，尊重他者价值，自我对他者承担无限责任的共同体。列维邦斯认为，他人的"面貌"让我的道德意识被唤起，与"他者"面对面的伦理关系就是对暴力行为的制止。这就是说，在与他者交流的过程中，个体要充分认识到他者绝不仅仅是一个客体的存在，更不是时刻谋划算计的对手，而是一个需要由个体感知和热爱的他者。个体在面对他者的呼唤时要担负起不可让与的回应责任，这样才能消除暴力，维系和平，进而实现人与人之间、个人与社会之间的和谐发展。

在小说的结尾处，埃德加表达了他对这样的共同体的向往——希望在美国这个大家庭中，人们可以超越种族、肤色、贫富，像一家人一样生活。也许埃德加构想的家园带有乌托邦的性质，要真正实现还有很长的一段路要走，会很艰难，但这是人们努力的目标，是人们的期待和梦想。有梦想就有希望，有希望就有未来。

尽管埃德加的外婆很难融入新的家园环境，作为犹太移民的第三代，埃德加却为卸掉终身漂泊流浪的枷锁，为扎根和融入美国这个第二家园而做着诸多努力。他参加了美国男孩的征文，他在征文中写道，真正的美国男孩拥有信念，友善执着，勇敢坚强，爱护公共财产并拥有创新的能力。美国男孩要勇敢地承认自己的犹太人身份，尊重父母、尊重女性，勇于融入美国。世界博览会有一种象征

---

1 齐格蒙特·鲍曼：《后现代伦理学》，张成岗译，南京：江苏人民出版社，2003 年，第 260 页。

2 齐格蒙特·鲍曼：《共同体》，南京：江苏人民出版社，2003 年，第 177 页。

意义和归属意义，让人们意识到他们都生活在一个共同体中。埃德加认为自己已成为美国人中的一员，他希望人们能抛开传统思想的束缚，尊重犹太民族，期望在美国建立犹太民族的第二家园。这是一种对后现代伦理观的呼唤，尊重个体性，尊重他者的差异，是德里达"弥赛亚"精神的体现。

阿多诺说："奥斯威辛之后，写诗是野蛮的。"[1] 在写下这句话的时候，也许阿多诺没有意识到文学的作用。文化记忆理论的奠基人之一阿莱达·阿斯曼认为，"历史书写至少有三个非常不同的维度：科学的、记忆的和修辞的。……历史书写的记忆维度和科学维度并不是相互排斥的，而是以一种复杂的方式相互联系。历史书写也是修辞地进行的，也就是虚构的，意思是人造的，同样也与在某一地点的某一人群有记忆的关联"。[2] 从这种意义上来说，文学是记忆的见证，也是传递集体记忆的方式，而集体记忆让共同体代际传承，持续发展。我们借助作家的想象力和艺术描写，在艺术世界中找到现实世界中存在的种种社会道德问题和矛盾冲突。"这形成了一种集体意义上的永生，就好比共同体中众人的共同生活会投射出一种假想而永恒的'共同体意识'或'集体意识'"。[3] 文学是对已然存在的共同体进行的模仿和再现，促使人们去思考文学行为的目的和意义。我们通过《世界博览会》追溯犹太人民族记忆的真正意义，不是重述创伤经历本身，重返个体或集体所遭遇过的痛苦与磨难，也不是为了对过去形成一个清晰的认识，而是为了更接近历史的真相，是在奥斯威辛之后，人们对如何承担起自己那份责任的思考，让每个人都具备"为他人"的道德精神，意识到自己对他者承担的责任。因为"个体的道德是制止根本之恶的一个较法律和国家机器更为有效的手段，个体道德的约束比事后进行惩罚的法律更能制止恶的发生"。[4] 在这个层面上，写诗就不是野蛮的，也实现了文学的价值。

多克特罗在《世界博览会》中运用多声部叙事、互文叙事等后现代伦理的叙事手法，挑战传统的写作规则，巧妙地融历史和虚构于一体，突破了既定写作模式的条条框框的束缚，表现出作家对差异的尊重、对他者的关注和对后现代社会大众深切的伦理关怀。他通过多个叙述者的口述历史，消解了作者权威和叙事中

1　Theodor W. Adorno, *Prisms: Culture Criticism and Society*, trans. Samuel and Shierry Weber, Cambridge: The MIT Press, 1981, p. 34.

2　阿莱达·阿斯曼：《回忆空间：文化记忆的形式和变迁》，北京：北京大学出版社，2016年，第157页。

3　J. 希利斯·米勒：《共同体的焚毁：奥斯维辛前后的小说》，陈旭译，南京：南京大学出版社，2019年，第17-18页。

4　成红舞：《从他者到自我：波伏娃他者理论研究》，北京：中国社会科学出版社，2016年，第176页。

心，打破了文本与文本之间的壁垒，引领我们追溯历史记忆，从多重见证者的视角接近历史的真实，表现了他追求社会公平和正义的决心，并在此基础上引发我们对记忆和道德责任的思考，寻求如何让人类自相残杀的悲剧不再重演的解决方法。建立在后现代思想基础之上的后现代西方伦理学强调超越自我，朝向他者，让自我具备"为他人"的伦理精神，主张多元和包容，让人与人之间和平相处，可以用来指导人们在多元文化社会中实现和谐发展。

（二）《上帝之城》中的狂欢化叙事

后现代性的核心观念是反对用单一的、固定不变的逻辑、公式和原则以及普适的规律来说明和统治世界，主张变革和创新，强调开放性和多元性，承认并容忍差异。后现代主义消解权威和中心、强调开放性和多元性、承认并容忍差异的基本观念就是后现代西方伦理学的思想基础。作为后现代主义作家，多克特罗在作品中用消解权威、去除中心、由多视角观察、多样杂糅的结构、多元变化的技巧以及多声音叙述构成的狂欢化叙事和由平行结构、戏谑模仿以及直接引用构成的互文叙事，解构现代性的形而上学，消解权威，去除中心，强调主体的多元化，承认"差异"，敬重"他者"，建立"自我"尊重"他者"的道德关系，建立对他者担负绝对责任的正义观，建构最低限度的伦理共同体，呼唤责任，呼唤友善，批判美国的资本主义社会制度，追求社会公正，建构"为他者的人道主义"，重建后现代道德价值体系。《上帝之城》（2000）用多语类、多形式和多体裁杂糅的文本结构提供一种由语言碎片式的传记概略、荷马韵文式史诗、宗教祈祷和按流行标准爵士乐模式的即席创作等构成的混杂物———一种后现代伦理的狂欢化叙事。小说以这种非线性叙事解构现实，重构历史，描述科技，探讨哲学，质疑上帝的存在，重组宗教和家庭等。这种多样杂糅的文本结构表明现实是一个多元的原子化的文本，一个无定形、充满暴力的世界；历史是知识话语与权力话语加盟的产物，是虚构的不确定的文本。

多克特罗在《上帝之城》中借助艾弗瑞特和神职人员佩姆伯顿之口表达了他对现行社会依存原则的质疑。首先，多克特罗在小说中使用大量的哲学科学话语思考宇宙和人类的命运，用大量关于宇宙学、地质学方面的描述和相关的夸张的想象和推论引发读者对各种问题的思考。小说开篇就是对宇宙形成历史的想象和推论，得出的结论是：扩展的东西徒劳无功地扩展成自身，它是无穷回旋的暗物质，是可怕的没有感觉的无穷无尽，没有特性，没有容量，没有光或力或脉动的量子的转换性基本能量，所有这些都是我们自己的意识所发明创造的，我们的意识本身就缺少容量以及物理性质。像我们幻想中的宇宙一样，是一种最终没有头脑的、冷静的、非人的投射。其次，作者用大量的宗教话语表达对上帝的直接怀疑和拷问。小说表明，宗教信仰在弱化，十字架仅仅成为象征性的外化，已没有多少人追究其内涵了。牧师们和校订者们在早期的修订中留下了众多的不一致之处。历史和它们的重写本并存，表现了叙事中所描写的同样的斗争——对那不可言说的东西所具有的令人敬畏的完整性、创造性和整体性既怀疑又接受。再次，多克特罗通过关于音乐、电影、诗歌、意识流和通俗小说的艺术批评话语的元叙述，还通过自传、传记、日记、书信、电子邮件、录音文本等私人话语，对一些问题提出各种质疑。第四，多克特罗主要通过主人公基督教神父佩姆伯顿和进化派犹太女信徒拉比莎拉来探索现实的出路——重塑一个不再是万能的、超验的、超自然的上帝，而是一个仁爱的接受苦难的弥赛亚，确立一个更为人类接受的、已化为生活方式道德信念了的上帝，一种承担责任和义务的伦理学，也就是在人类身上内化了的上帝精神。《上帝之城》用语类杂糅的实验性叙述对当代人类历史进行了充满浓郁的后现代意蕴的建构，表现了对 20 世纪人类最深的关切。小说的主题十分有趣，其非线性的和范围广阔的叙事会在一个阅读群体中引起一种同样非典型的方法讨论它。多克特罗的小说叙事不适合逐章分析和做简洁的情节概要，因为它主要用一种大写的"M"即神秘（上帝的本性、创造和人类命运）关注其自身，最后这些神秘使令人满意的解决办法落空。《上帝之城》使读者扮演可尊敬的托马斯·彭博顿博士的学徒侦探，是彭博顿博士自我选定的神学侦探，这样小说允许做许多智力"游戏"。小说有多克特罗所称的一种"厨房水池"散文风格的特点。这部小说合并了各种各样的文学形式和体裁，提供一种成碎片的传记概略、荷马韵文诗歌、祈祷和按流行标准的爵士乐似的即席创作的混杂物，所有这些围绕叙事的中心问题——被盗十字的神秘——的轨道而运行。《上帝之城》用狂欢化叙事揭示了人类社会的混乱和荒诞性主题。

　　根据文艺理论家巴赫金的狂欢化理论，狂欢节是以广场为中心、全民参与的没有边界的交际活动。它的主要仪式是笑谑地给国王加冕和脱冕，辅助性的礼仪是换装礼仪。在这个活动中，所有人都可以暂时抛却一切束缚，不受任何限制地参与其中。人们戴上面具化装游行，滑稽表演，吃喝玩乐，载歌载舞，尽情地狂欢嬉戏。在狂欢节上，各种等级身份的人们都摆脱了现实生活中等级森严的"第一世界"，从秩序和教条中解放出来，不顾一切禁忌在广场和街道纵情庆贺，所有人都超越了世俗的种种羁绊，进入了生活、狂欢的第二世界。第二世界的一切都与第一世界相反。国王可以被打倒在地，被脱冕，小丑可以加冕成"王"，第二世界是大众平民的世界，是巴赫金所认为的对非狂欢节世界的戏仿，是对第一世界的消解，是"颠倒的世界"。在狂欢的世界里，人们身上的枷锁被打破，人与人之间没有了高低贵贱之分，可以自由平等地交往。在欢乐愉悦的气氛中，亲密的接触、插科打诨、露骨粗鄙的语言、俯就等都被认为是正常的交往活动。狂欢节消除了两个世界之间等级与阶级的壁垒，尊重人的价值，建立起了平等的对话机制；它推崇开放性、多样性和差异性，让两个世界相互融合为一个平等自由的世界。在狂欢节的世界里，所有的形象都具有成对或对立的二重性，是合二为一的，而且它们之间可以互相转化。

"狂欢的根本特征在于把异类因素融为一个有机的完整的整体，……看来绝不相同和不相容的因素令人惊讶地结合在一起。"[1] 狂欢节上的仪式体现在文学中就是加冕、脱冕、滑稽改编、讽刺模拟等。不论狂欢化的形式有多复杂，狂欢化有共同的内在实质："他是以狂欢式的世界感受、乌托邦的理想、广泛的平等对话精神、快乐的相对性、双重性为基础的"。[2] 巴赫金的狂欢化文学理论给我们提供了阅读文本的新视角。《上帝之城》是一部包含了戏仿、复调、加冕与脱冕等叙事理论的小说，表现了世界的无序、混乱让人迷失了方向，找不到生存的意义和动力，表达了作家对后现代人们生存状况的深切关怀。在小说中，多克特罗大胆地把权威脱冕，消解了传统叙事的中心，颠覆了权威话语、唯我主义、理想化和独白化的思维模式，从而让处于边缘的群体发出自己的声音，发挥自己的价值。在狂欢中，国王和小丑可以进行戏剧性的身份换位，国王可以蜕变成小丑，小丑可以加冕成为国王或英雄。对话艺术在小说中得到了淋漓尽致的体现。

1. 文本的狂欢

戏仿或戏拟的狂欢是创造性地在自己的作品中对其他作品进行借用、夸张的模仿和改写，以表达调侃、反讽、贬低、嘲弄、批判或致敬的效果，用游戏的手法颠覆了戏仿作品的崇高性、优美感和确定性。在巴赫金看来，"戏仿是把他人风格作为表现和描写的对象，对他人风格进行转换，赋予其价值评判，不同的声音不仅各自独立，相互间保持着距离；它们更是互相敌视，互相对立的。"[3] 戏仿是狂欢化在文学上的体现，它包含了消解权威、解放思想、解构经典的批判精神，"各种形式的戏仿和滑稽改编、降格亵渎、打诨式的加冕与脱冕，对狂欢节来说，是很有代表性的。"[4] 多克特罗的《上帝之城》是对中世纪早期的神学思想家奥古斯丁所著的《上帝之城》的戏仿。公元410年，来自北方的西哥特人攻陷了罗马

1　邹广胜：《自我与他者：文学的对话理论与中心文论对话研究》，北京：中国社会科学出版社，2009年，第33页。

2　夏忠宪：《巴赫金狂欢化诗学研究》，北京：北京师范大学出版社，2000年，第79页。

3　张俪萍："互文性文类视角下的戏仿研究"，《东北师大学报》，2015年第5期，第173页。

4　米哈伊尔·巴赫金：《巴赫金全集第六卷》，钱中文主编，李兆林、夏忠宪等译，石家庄：河北教育出版社，1998年，第13页。

城，大肆屠城并放火焚烧，造成了罗马史上的浩劫。异教徒认为正是允许基督教
的传播以及基督教的国教化才导致了罗马的陷落、衰退和灭亡。为了驳斥他们对
基督教的质疑和谴责，奥古斯丁用时 14 年，写出了《上帝之城》这部基督教神
学巨著以证明基督教的合理性。在书中，他详细讲述了希腊罗马历史，指出罗马
的沦陷是由罗马人自身的罪恶行为造成的，跟基督教无关。恶不是上帝创造出来
的，而"是'善'的缺乏或'善'的缺失"，[1] 它是人的自由意志选择的结果，人
在自由意志的支配下作恶，是人自身选择的问题，不能把错误归咎于上帝。在末
日审判的时候，在上帝之城，上帝会把好人和坏人进行区分，然后进行公正的奖
赏或惩罚。奥古斯丁认为虽然地上之城的政治是没有正义可言的，但人们必须忍
受，因为国家的存在是上帝对于人们原罪的惩罚。对神意和神律的期待，让人们
默默忍受世间的苦难和不公，面对种种生存困境能充满勇气地坚守下去。而在多
克特罗看来，接二连三事件的发生，"难以证明神意和神律能够提供正义所要求
的同等强制力以及足够的公平回报"。[2] 人类文明进程中的屠戮和残杀给人类带来
了巨大的灾难和生存危机，两次世界大战、纳粹屠犹的历史让 20 世纪成为承载
了人类太多痛苦和创伤的世纪。"战壕中死人已堆成了小堆，似乎在悲痛中相互
安慰"，[3] 第一次世界大战的战场成为"绞肉机"和"屠宰场"，一个个鲜活的生命
瞬间血肉横飞，鸟群"被人体堆肥的血腥味熏得几乎狂乱"，[4] 受伤的人不计其数，
数百万尸骨深埋地底的惨烈，让战争成为一场死神的盛宴。对第二次世界大战中
的犹太隔离区，纳粹会进行频繁猛烈的搜查，一旦发现女人怀了孕，就会把她们
带走并杀掉。成队的士兵会挨家挨户地搜寻四处躲藏的犹太人，从各个躲藏地如
屋顶上、橱柜里、地窖里找到他们以后，会在现场对他们进行折磨，之后把他们
拉走，用卡车运送到城外的固定地点进行屠杀。如果医院里有人得了传染病，他
们就会把所有的人连同医院都烧毁。人类所承受的这些痛苦不是个体记忆，而是
一代人或几代人代际间的集体记忆，"把这种苦难当作类似于约伯所遭遇到的上
帝对人类的考验是毫无意义的。"[5] 这使人们对自己的信仰产生了怀疑，"我们选择
基督是否只是一个美学上的选择？"[6] 多克特罗写道："奥古斯丁，他把《创世记》
2：4 阐释成原罪。一个多么俏皮的解构动作——把它传给始祖后代，像艾滋病一
样。堕落的故事作为普世惩罚的教条，成为社会控制的工具。……宗教立了各种

1　曾祥敏："论奥古斯丁《上帝之城》中的善恶观"，《时代文学》，2011 年第 11 期，第 150 页。
2　袁先来："多克特罗《上帝之城》的反'神正论'叙事"，《南开学报》，2014 年第 3 期，第 21 页。
3　E.L. 多克特罗：《上帝之城》，李战子、韩秉建译，南京：译林出版社，2015 年，第 150 页。
4　同上，第 253 页。
5　袁先来："多克特罗《上帝之城》的反'神正论'叙事"，《南开学报》2014 年第 3 期，第 22 页。
6　E.L. 多克特罗：《上帝之城》，李战子、韩秉建译，南京：译林出版社，2015 年，第 14 页。

名目，对原罪各种想象的惩罚吓住了并仍在恐吓着一代代惊恐的儿童和心慌的成人。"[1]作家对奥古斯丁神学历史观的反讽，在跟寡妇沙曼瑟的对话中、在佩姆伯顿的讲话中清晰地表达了出来。基督教是为了对抗教会的官僚体制而产生的，跟权力和政治有关，早期基督教的书是按照统治者的需要编写出来的，是政治。可见，多克特罗在戏仿经典作品时，对传统的模式进行了嘲弄，通过重新组织、重新建构语言和内容把文本蕴含的意义和价值观念扩散到无法确定的、无限大的状态。

2. 语言的狂欢

1）释放快意的粗话

多克特罗在小说中毫不避讳地使用了一些粗鄙化语言，尽管这些粗话、脏话、呐喊、讽刺等难登大雅之堂，与传统的、官方的写作规范和价值标准相悖，但却表达了生活在底层的民众追求自由的精神状态，描写了他们的心理，契合了作品中所描写的狂欢化世界的特征。在战争爆发的前夕，欧洲人如工人、老师、艺术家、售票员等"都提出他们不是法国人或德国人或意大利人……为资本主义……和民族主义的意识形态所奴役"，[2]而在小说的叙述者艾弗瑞特看来，"那些意识形态纯属狗屁"。[3]艾弗瑞特用粗俗的话语表达了对意识形态的不屑和批判态度。纳粹推行意识形态的暴政，让犹太人所拥有的东西一点一点地被夺走，先是个人财产如房子和钱，然后是自由，再后来就要他们的生命。犹太裁缝瑞波尼茨基由于手艺出众吸引了党卫军施密茨少校来这里定制军服。衣服做好后，裁缝找他要工钱却换来了羞辱："一个犹太人还想要工钱。"[4]这个在大屠杀中失去了女儿、女婿和外孙的裁缝压抑的愤怒瞬间爆发，猛地揪住施密茨的衣领，用剪刀划向他的前胸，手破了他刚穿上的军服："你自己缝吧，贼！……贼！贼就是你，你就是贼，你们所有人，盗贼，偷走了我们的工作，偷走了我们的生活！"[5]倍受压迫的犹太裁缝在现实生活中无法掌控自己的命运，只有在语言的世界里，他才能真正做自己的主人，酣畅淋漓地宣泄内心的不满，宣泄对不公正的社会的愤怒，为累积的伤痛找到一个发泄渠道。正是通过对纳粹军官的怒骂和诅咒，让裁缝的内心得到了纾解，使他得到压抑释放的快感。这些狂欢放纵的言语消弭了严肃话语掩盖下的阶层和等级的秩序，是对那个操纵人类灵魂的等级森严的世界的冲击。裁缝的反抗换来了最后被打死，这是大屠杀期间众多犹太人的归宿，这种大肆屠杀

1 E.L.多克特罗：《上帝之城》，李战子、韩秉建译，南京：译林出版社，2015年，第72页。
2 同上，第154页。
3 同上。
4 同上，第84页。
5 同上。

的暴力行为是对整个人类文明的践踏。施密茨喜欢拿犹太人取乐，艾弗瑞特的父亲大骂施密茨是疯子，是豺狼。德国人冷漠的背信弃义让父亲的忍耐力和承受力达到了极限，他更没有办法保护家人的生命，这让他窒息，让他只能通过大声的呐喊宣泄心中绝望的情绪。除此之外，"有大约三千万人卷入第二次世界大战，至少在某个无法忍受的时刻，每个人都充满极端的痛苦"。[1] 战争中受了伤的美国大兵"过得最糟，在退伍军人管理局医院里熬日子……也许他们为一个事业而战斗过，并且赢了……到这个时候，已经没有人在意个屁"。[2] 战争结束的时候，没有真正意义上的战败者和战胜者，战败者和战胜者都是人类自己。穿梭在战火中的士兵、站壕中成堆的死人、美国 20 世纪 60 年代动荡社会中的罢工、静坐、游行示威，疯狂的越战、民权运动中的迷茫与抗争，这种种灾难的发生是如此的密集，让人无法承受。基督教的道德价值体系影响不可避免地减弱、没落了，以致于"我们再也无法严肃地维持上帝这一宗教观念"。[3]"上帝是我的心肝，我的心肝要走了……他要把我放逐到荒凉的牧场，孤独一词远不能形容我的恐惧与伤悲"，[4] 慰藉人心的信仰的缺失，让在悲苦之中挣扎的人们一度陷入了精神世界的荒野，生活在碎片的时代。这个动乱疯狂的世界让加州主教詹姆士·派克不再接受三位一体，他离开了教堂，去沙漠寻找真正的基督，因为"他知道积累起来的教条根本就不可信。是幻想。历史上积累起来的狗屁"。[5] 这些肆无忌惮的狂欢化语言中蕴含着激愤，它冲破了官方的语言规则和传统道德规范的束缚迸发出来，体现了狂欢式的自由。在狂欢节上，人与人之间摆脱了礼仪规范和距离的羁绊，可以用肆无忌惮的语言进行交往，这种坦率和言语自由是小说沉郁压抑的氛围中凸显出来的一抹亮色。

面对人与人之间彼此疯狂地互相屠戮的境况，理性和科学也解决不了关于生命的各种问题。小说中的维特根斯坦说："即使所有可能的科学问题都被解答了，我们的问题还是根本没有被触及。"[6] 毋庸否认，科学技术的发展给人类带来了很多益处，但与之相伴的是理性过度发达产生的副作用。知名社会学家齐格蒙特·鲍曼认为，"现代文明化的理性世界让大屠杀变得可以想象"。[7] 科学和技术成为了不

1　E. L. 多克特罗：《上帝之城》，李战子、韩秉建译，南京：译林出版社，2015 年，第 207 页。

2　徐贲："人以什么理由来记忆"，北京：中央编译出版社，2016 年，第 14 页。

3　E. L. 多克特罗：《上帝之城》，李战子、韩秉建译，南京：译林出版社，2015 年，第 97 页。

4　傅小平："奥斯维辛之后，写诗如何不是野蛮的？"《文学报》，2015 年 9 月 29 日。

5　莉娅·克里斯蒂娃：《主体·互文·精神分析——克里斯蒂娃复旦大学演讲集》，北京：生活·读书·新知三联书店，2016 年，第 11 页。

6　同上，第 14 页。

7　Michelle M. Tokarczyk. E. L. *Doctorow's Skeptical Commitment*. New York: Peter Lang Publishing, Inc.: 2000, p. 28.

道德的人用来达到自己目的的工具，直接或间接地扮演了不光彩的角色。不仅如此，依靠现代科技制造出来的军事武器在各种战争中的使用让人与人之间互相残杀的场面变得越来越无法控制，现代科学技术所产生的恐怖力量让人们感到深深的震惊。工具理性和科技理性原则的内在冷漠让世界变成了机械的、物的世界，人们不再依赖上帝，认为凭自己的力量可以解决任何问题。尼采用"上帝已死"，海德格尔用人的"无家可归"概括了20世纪的西方人信仰缺失和精神迷失的状况。人类生活在一个孤独、异化的世界中，列维那斯把它描述为这样的一个存在："今天一切道德都失去了可信性。有头脑的人发现自己正受到道德的愚弄"。[1]人类社会中各种利己主义的隐藏的战争使道德秩序和社会规则遭到破坏，造成人生存的伦理意义丧失，陷入痛苦的境地。面对这种状况，人们别无他法，只能表示同情，而这解决不了什么问题，作家用"去你娘的同情心"[2]这句粗话促使我们去思考应该如何驱除邪恶，消灭战争，走向和平。总之，狂欢化语言的使用顺应了人的本能欲望，突破了理性的束缚，打破了权威的光环，让个体的自由得到了充分的发展。

(2) 期盼美好生活的感觉化语言

整部小说围绕着被盗十字架的之谜描绘了一个20世纪的人类社会存在的诸多困境和危机，这是一个充满暴力、道德沦丧和信仰崩溃的世界，恐怖的战争、大屠杀、复仇的故事让人心情沉重。歌德说，"大自然把人们困在黑暗之中，迫使我们永远向往光明"。纷繁复杂的外部环境的刺激和人们内心对美好生活的追求通过文字符号这一媒介表现了出来。"农民的市场，一排排的盆栽鲜花，装饰办公室的树木，用卡车装的来自新泽西的农场产品……阳光下色彩鲜艳的梨子、苹果、菠菜、甘蓝、胡萝卜……任何有机物在曼哈顿都吸引着众多的人。"[3]多克特罗用细腻的笔触描写了一幅岁月静好的画面，带领读者深入体味了人物的视觉、味觉、触觉等各种感官体验，让人们重拾对生活的希望。感官是人身体不可或缺的组成部分，对感官的细致描写本身就体现了对生命的尊重，促使人们深刻反思影响人类命运和历史的事件，探索制止战争和暴力的途径，永固捍卫正义与和平的决心。从古至今，暴力的问题始终存在，我们应该如何消除暴力呢？在列维那斯看来，要制止暴力，就要超越本体论的总体性和同一性，指向差异性的"他者"，因为"他人的面貌上写着的第一句话就是'你不可杀人'"。[4]只有从自我走

1　E. L. 多克特罗：《上帝之城》，李战子、韩秉建译，南京：译林出版社，2015年，第240页。
2　Carol C. Harter and James R. Thompson, *E. L. Doctorow*, Boston: Twayne Publishers, 1990, p. 8.
3　张京媛：《新历史主义与文学批评》，北京：北京大学出版社，1993年，第163页。
4　齐格蒙特·鲍曼：《后现代伦理学》，张成岗译，南京：江苏人民出版社，2003年，第260页。

向他者，强调对他者承担的责任和义务，才能实现真正意义上的正义与和平。作家坚信黑暗终将过去，光明的时刻很快会到来，"我们在黑暗中跳舞，它很快结束了，找寻新的爱的光线照亮黑夜，我有你，爱，我们可以一起面对现实，在黑暗中跳舞"。正是爱的存在，个人对他者的仁爱之心消解了人与人之间的距离、等级和规范，让人们能够融洽相处，平等交往，这些温馨的语言使冰冷的理性世界变得有了温度，激活了人的个体意识，使生命不再笼罩在苦难的阴影下，为它增添了色彩。

（3）杂语化的语言

巴赫金认为，小说杂语的对话实质是"不同语言相互呼应，相互映照，一切重要的作者意向，全变为合奏，全在不同角度上，通过时代杂语的不同语言折射出来……小说语言成了多种语言艺术地组织起来的一个体系。"[1] 在《上帝之城》中，多克特罗运用了几乎各种文学形式，如零碎的记忆片段、诗歌、祈祷文、流行歌曲、自传、传记片段、书信、电子邮件、音乐、电影、意识流、恐怖故事等，呈现出一幅复杂的图景，涉及了西方社会的宗教、哲学、科学、历史、文化等多个方面，涵盖了神父、哲学家、军官、大屠杀幸存者、纳粹军官、犹太民众、士兵、报纸记者等众多人物，组成了一部宏大的文学拼贴。它们之间没有时空上、整体与部分以及意义或逻辑上的相互联系，不表现同时性，是没有所指的能指，段落和段落之间也基本上没有什么过渡，复杂庞大的语言符号呈现给读者一个眼花缭乱的话语世界，是各种体裁语言的狂欢。尽管不连贯的话语贯穿了整部小说，在特定的一段文字中，我们弄不明白是谁在对我们说话、其所说内容以及想要表达的意义，但这并不是乱七八糟的词语堆砌，也不是毫无章法的胡言乱语，它围绕着小说的主题——寻找丢失的基督教十字架进行，并由此展开对现代西方人的精神危机的探讨。小说中零碎片段的组合给我们呈现了当代西方社会的意识形态和人类的生存困境，作家用文本的"乱"来反映世界的混乱、不连贯性的和碎片化的生存状态，这契合了后现代作家的创作特征。他们推崇多元、自由的创作方法，排斥固定的、教条的指导原则，反对一元方法论，认为"如果一个社会立足于一套完全确定的、严格的法则，以致做一个人就等同于服从这些法则，那么，它就迫使持异议者进入一片根本没有法则的无人地带，从而使他丧失理性和人性。"[2] 小说中的杂语给我们提供了观察世界、体验生活的特殊视野，各种体裁语

1　Theodor W. Adorno, *Prisms: Culture Criticism and Society*, trans. Samuel and Shierry Weber, Cambridge: The MIT Press, 1981, p. 34.

2　阿莱达·阿斯曼：《回忆空间：文化记忆的形式和变迁》，北京：北京大学出版社，2016 年，第157 页。

言的融合形成了一个作家和读者之间相互交流、建构的开放体系，从各个角度展示了不同阶层和不同人物之间的观点，作者通过他们的看法来折射自己的意向，从而使文本之间、文本与现实生活之间、历史与虚构之间展开对话，共同构建了一个多元、杂语的世界。

(4) 反讽的语言狂欢

反讽在巴赫金的笑文化中占据着重要地位，笑谑式反讽可以说是巴赫金对话理论的一个基本表现形式，因为笑能够把不同的东西结合在一起，这里的"笑""不是指生理行为和心理生理行为，是指在社会历史文化中客观化了的笑，首先是形诸语言的笑。"[1] 笑具有重要作用，它能打破第一世界身份的合法化、固定化和统治的神圣化，消灭等级，在游戏中实现对第一世界的戏仿、征服和解构。在巴赫金看来，真正的笑是具有双重性的，在消解严肃性的同时，又对严肃性起了净化和补充作用。笑与嘲讽相结合，产生出反讽效果。奥古斯丁的《上帝之城》是"天上之城"，是"最荣耀之城"，那里的人们是上帝选出来的，他们爱上帝高于一切，对基督教怀有虔诚的信仰，人与人之间实现了真正的平等，获得了幸福和善。而在多克特罗的《上帝之城》中，主要的人物角色佩姆伯顿原本是基督教神父，然而战后，在调查研究纳粹大屠杀的过程中，他开始质疑基督教神学，因为在大屠杀中暴死的人数目巨大，这种恐怖的恶魔行径让几代人都生活在大屠杀带来的痛苦记忆中，这种群体性创伤记忆在代际中传递，阴魂不散。"万能的上帝怎么会允许这些人类的灾难出现"。[2] 面对被奴役、被屠戮、被折磨的人的痛楚，"他站在教堂的讲坛上对纯洁的概念——三位一体——表示怀疑，[3] 开始反思基督教的发展历史。几个世纪以来，基督教牧师和统治者驱逐欧洲犹太人，没收他们的财产，对他们进行迫害和集体屠杀，这使他意识到"基督教一直是个政治化的产物"，[4] "耶稣的追随者们令我们走上了一条错路，一条走了两千年的歧路"，[5] "如果我们要重造自己，我们必须重造你，主。"[6] 尽管他认为欧洲犹太大屠杀的发生是基督教信仰的失败，但是他仍然虔诚地相信生命中有神圣的、让他敬畏的东西存在。他跟进化派犹太教信徒拉比莎拉·布鲁门撒尔结了婚，改信了进化派犹太教。这也暗含了奥古斯丁本人的改宗经历。奥古斯丁在皈依基督教之前

---

1 J. 希利斯·米勒："共同体的焚毁：奥斯维辛前后的小说"，陈旭译，南京：南京大学出版社，2019年，17-18 页。

2 成红舞：《从他者到自我：波伏娃他者理论研究》，北京：中国社会科学出版社，2016 年，第 176 页。

3 E. L. 多克特罗：《上帝之城》，李战子、韩秉建译，南京：译林出版社，2015 年，第 185 页。

4 同上，第 77 页。

5 同上，第 287 页。

6 同上，第 309 页。

曾是一名摩尼教徒，由于摩尼教不能解答他的疑惑，他渐渐对信奉了多年的摩尼教产生了质疑，于是他弃摩尼教改信了基督教。除了佩姆伯顿以外，小说的叙述者艾弗瑞特的假外公——裁缝斯瑞波尼茨基质疑《圣经》的权威性，他认为《圣经》全都是"编的故事，胡说八道，虔诚的欺骗"。[1]犹太裁缝虽然没有直接表示对上帝的不敬，但他对《圣经》权威的嘲讽是弱化了的笑，是听不到笑声的"笑"。这种讥讽的笑拒绝了权威性和严肃性，是对既定的正统秩序的挖苦的笑，是对传统哲学所追求的同一性的否定，它拒绝让任何东西、任何观点或思想成为不可置疑的神圣之物。犹太教的拉比莎拉认为，随着人们知识的增长和对世界认识的日益加深，所有关于上帝的认知"都有可能被证明是不正确的"，[2]上帝是人类自相鱼肉的许可证。她认为在高度发达的现代民主社会的民权法中已经体现了对神的敬畏和向往，最高的权威不再是那个被神圣化了的上帝，上帝是通过自己的道德感才能感受到的。这两种"上帝之城"的差异和对比构成了反讽现象。

其次，奥古斯丁描述的"上帝之城"里没有罪恶和灾难，是处处充满欢乐的天国，是和平幸福的乐园。然而，西方社会的历史发展并没有按照奥古斯丁在《上帝之城》中描述的那样，人们通过对上帝的爱而在人间建立"上帝之城"，而是进入了一个混乱无序的时代。《上帝之城》这本小说所描写的是纷乱世界的缩影。20世纪的战争——人类社会的劫难，让整个世界四分五裂，战火绵延中，生灵涂炭，血流成河，浇灌了沙漠，染红了大海和大地，世界成了一个屠杀人类的地狱。在罪恶和痛苦的背景中，歌声、掌声和喝彩声响起来："多么优美的爱和青春和春天的狂想曲，甜蜜的音乐，真实的歌词，这首歌就是你！"。[3]多么讽刺！这种对比体现了狂欢化文学语言的特点，把矛盾和对立结合在一起，表现出一种减弱了的笑，面对鲜血歌唱，对着人类自身的毁灭发笑，这种只见痕迹却听不到笑声的嘲弄是对既定规则的挑战，宣告了对权力、束缚和死亡恐惧的征服，取得了出人意料的反讽效果。

3. 人物的狂欢

巴赫金的狂欢化理论认为，给狂欢国王加冕和随后脱冕是狂欢节上的主要仪式，其基础和核心是"交替与变更的精神、死亡与新生的精神。"[4]加冕本身就包含着后来的脱冕，加冕与脱冕意味着新旧交替，表明任何等级和地位都具有交替

1　E.L.多克特罗：《上帝之城》，李战子、韩秉建译，南京：译林出版社，2015年，第70页。

2　同上，第225页。

3　同上，第269页。

4　米哈伊尔·巴赫金：《巴赫金全集第五卷》，钱中文主编，白春仁、顾亚玲译，石家庄：河北教育出版社，1998年，第163页。

性和引人发笑的相对性，可以相互转化。加冕与脱冕移植到文学中，成为狂欢化文学中常见的叙事结构，获得了深刻的文化象征意义。《上帝之城》中出现了好几次典型的脱冕加冕场景，如让无数犹太人丧失生命、失去家园的希特勒被描写为"在海洋底部某个古老的短柄斧鱼的肛门里生活的某个细菌，就是再生的阿道夫·希特勒那完全有知觉的灵魂，它在排泄物中可怜地闪着微光。每过一阵子它就要浸在鱼的排泄物中并从中汲取养分"。[1]"短波里希特勒的演讲听起来像一个倒过来的工具箱，钉子、螺丝帽和螺栓从里面倒出来。"[2]在现实生活中掌控一切、高高在上的纳粹党元首希特勒被戏谑地脱了冕，被降格，成为人们随意嘲弄的小丑，鄙俗化吾言的使用引人发笑，达到了讽刺性模拟的效果。它以狂欢的方式反抗现实生活中的专制，把人们从被压迫中解放出来，粉碎了等级社会统治的严肃性。老裁缝敢于反抗恐怖行动的指挥官施密茨少校，尽管他的行为给自己招来了杀身之祸，但他勇敢而有节制地抗争，也没有牵连到别人身上，这让他的形象瞬间高大起来。底层的小人物被加冕成悲剧性英雄人物。而平时不可一世的纳粹军官像冻住的冰块一样，吓得一动不敢动。他用手捂着胸口被老裁缝用剪刀撕裂的军服，"就像一个女人捂着她的乳房，他四处张望，看看有没有人看见了他的窘样"。[3]这一滑稽的动作跟他对犹太老裁缝的趾高气扬的神气形成了鲜明的对比，被脱冕为一个活脱脱的狂欢节的傻瓜。小说还塑造了其他在恐怖中抗争的人物形象，如巴尔巴内先生。在犹太居居住区的成千上万的男女老少被机枪射杀、被活埋致死的可怕环境下，他敢于嘲笑、讥讽德国人，还冒着极大的风险，坚持用意地绪语记下被俘者所遭遇的一切。这是勇士的行为，因为犯下这些罪行的德国人很清楚他们的所作所为是多么的骇人听闻，未经他们的准许，任何书写和拍照都是被禁止的。巴尔巴内先生写完的记录由耶和书亚交给葛丽泰·玛格林护士保管。玛格林小姐不但是这些档案的保管员，还干着更加危险的事，她偷偷把怀了孕的犹太女人转移到安全的地方。在他们身上闪现着英雄的光辉，在纳粹统治下辗转生存的小人物被加冕成国王。脱冕和加冕的结构是对既定的冠冕堂皇的等级规范的挑战，求得身心的解脱，人性的复杂得到了全方位的演绎，人内心的压抑情绪得到了快意的释放。

4. 狂欢化的叙事结构

《上帝之城》是杂语性、多声部和多风格文学体裁的集合。在小说中，不同声音与话语的碰撞与交融打破了传统时间和空间的秩序，作家采用了多重性的叙

1　E.L.多克特罗：《上帝之城》，李战子、韩秉建译，南京：译林出版社，2015年，第116页。

2　同上，第197页。

3　同上，第84页。

述视角，形成了多声部的叙事结构。小说中所呈现的社会文化图景不仅仅是由作者描述的，小说中的每一个人物形象都"作为众多其他意向中的一个意向，众多他人议论中的一种议论"，[1] 跟作者的声音一起，从多个视角共同阐发多元的外部世界。作者和各种人物的关系是平等对话的关系，是"有着众多各自独立而不相融合的声音和意识，由具有充分价值的不同声音组成真正的复调"。[2] 复调结构的运用是《上帝之城》叙事狂欢化的一个重要特征。小说的叙事声音主要来自于艾弗瑞特，作家多克特罗的另一个自我，中间穿插着以佩姆伯顿和莎拉·布鲁门萨尔为视角进行的叙事，十二三个不断出现的形象和事件穿插于其中，一条明线和两条暗线贯穿整部小说。明线是寻找佩姆伯顿所在的基督教教堂被偷走的八英尺高的铜十字架，暗线之一是佩姆伯顿追寻战争期间被藏起来的犹太定居点的档案材料，暗线之二是《时报》的前报人锲而不舍地搜寻隐匿的前纳粹军官、进行复仇的故事。

小说中探讨了信仰、道德和正义的问题，这也是多克特罗一直关注的问题。他认为文学作品中的故事可以给人们以道德上的启示，对人们的道德观产生潜移默化的影响。在谈到《上帝之城》这本小说的创作时，多克特罗说"如何在不存在任何道德权威的情况下创造出一个道德结构，如果没有任何超人类的起源来引导我们，我们如何能够说这是我们"应该"做的而那是我们"不应该"做的，我们的道德规范从何而来，这是人文主义者必须回答的问题。"[3] 在小说中，多克特罗借用《时报》记者和佩姆伯顿对三个纳粹军官的复仇行动表达了他对道德和正义的看法。对造成近代文明史上残酷大屠杀的利奥波德国王、波尔布特、希特勒等人，在被审判之前，他们已经自然死亡，不用接受法律的审判，也不用接受相应的惩罚，多克特罗认为这是缺乏公正的。造成受难人数以百万计的他们，应该被送到地狱的最底层，在魔鬼撒旦那里受尽折磨和煎熬。而其他的漏网之鱼，当法律无法做出公正的裁决时，《时报》的报人想让自己成为给这些故事收尾的人，这是他从多年做报人的工作中得到的道德上的才华。他复仇的第一个对象是艾希曼。艾希曼曾经被指控对立陶宛的犹太人进行大规模的屠杀，但因为缺少证据未曾接受审判，没有得到应有的惩罚。报人骑着自行车，无意间撞死了一位拄着拐杖的老年男人，结果这位上了年纪的老年人就是使用了假名字的、罪孽深重的艾

---

1 夏忠宪：《巴赫金狂欢化诗学研究》，北京：北京师范大学出版社，2000 年，第 140 页。
2 米哈伊尔·巴赫金：《巴赫金全集第五卷》，钱中文主编，白春仁、顾亚玲译，石家庄：河北教育出版社，1998 年，第 4 页。
3 高巍："人文主义、宗教信仰及其他——对话多克托罗"，《外国文学动态》，2012 年第 2 期，第 5 页。

希曼。接着在餐馆里他用口水唾死了前危地马拉敢死队队长。第三个复仇对象是管聚居区的纳粹施密茨，但他在睡梦中死了，这让佩姆伯顿很愤懑，"狗娘养的，……再也不用站在法庭上，让世界看看他是什么嘴脸了"。[1]

多克特罗运用历史与虚构相结合的手法，表达了他对西方社会民主和正义问题的关注。他所创作的艾希曼这一虚构人物曾在历史上真实存在过，艾希曼（Adolf Eichmann），纳粹高官，犹太大屠杀的主要负责人，具有强烈的仇犹思想，很早就参加了反犹组织。二战期间，他负责运送数百万犹太人到集中营并进行大规模的屠杀工作，被称为"死刑执行者"。二战后，艾希曼从美军的手中逃脱，逃亡到阿根廷。这些经历多克特罗在《上帝之城》中都有所提及，历史上的真实人物和场景在小说中得到了还原。在小说的结尾处，他告诉我们，这本小说是一个电影介绍，小说中的主人公——管理着犹太教堂的夫妇，他们的身份是电影中的男女主角。他用这种方式告诉我们，"现实是语言造就的，而虚假的语言造就了虚假的现实。传统小说的叙述方式便是虚假现实的造就者之一：它虚构出一个虚假的故事去'反映'本身就是虚假的现实，因而把读者引入双重虚假之中。小说的主要任务就是揭穿这种欺骗，把现实的虚假和虚构的虚假展示在读者面前，从而促使他们去思考。"[2]这就消解了"宏大叙事"的权威性，这种叙事方法多克特罗在他那篇影响深远的论文《虚假的文献》（False Documents）里曾经做过阐释，他说"历史是一种小说，小说是一种经过思考的历史，……没有历史与非历史之间的区别，只有叙事"。[3]但是这并不意味着去否定那些历史上真正发生过的事情，他只是用这种艺术手法来提醒我们，看待事物时要怀有开放、严谨的心态，因为叙事跟"过去"是不可能完全对应的，我们只能间接地用获得的证据对"相同的"事件做出自己的描述。

多克特罗把小说中的虚构与真实历史融于一体，用复调的笔法力求让更多的声音浮现，履行了他作为一个作家的责任担当，他反对让单一的声音或思想成为绝对权威，相信"多重见证"的作用和价值。真实的历史是众生狂欢之下的历史，它的再现也依赖于众声狂欢。多克特罗相信从单一维度上出发构建的历史叙事都有其自身的局限性，缺少多样性和差异性。只有从多维度、多视角出发，通过每个人物的参与、挣扎和行动才能展现不同侧面的历史真实，在众声喧哗的狂欢中，一步步接近真实的历史。

多克特罗在小说中表达出来的对正义问题的看法跟西蒙娜·德·波伏娃

1　E. L. 多克特罗：《上帝之城》，李战子、韩秉建译，南京：译林出版社，2015 年，第 304 页。

2　陈世丰：《美国后现代主义小说艺术论》，大连：辽宁师范大学出版社，2002 年，第 274 页。

3　Carol C. Harter and James R. Thompson, *E. L. Doctorow*, Boston: Twayne Publishers, 1990, p. 8.

(Simone de Beauvoir) 的观点是相一致的。波伏娃提出，自我对他者负责的行动是善，反之，则是恶。但"有一种恶是绝对不能宽容的，那就是根本之恶。根本之恶是指这样一种恶，这种恶把他者看成是纯粹的客体，随意侮辱、杀戮，就像纳粹对犹太人做的、德国侵略者对法国人做的那样，这种根本之恶只能用以眼还眼、以牙还牙之道来还击。反抗自由的暴力是不正当的，但是反抗拒绝他人自由的暴力就是另外一回事。"[1] 以此为准则，对于那些造成大屠杀的残忍刽子手们，多克特罗认为应该及时给他们以相应的惩罚，从而让正义得到及时地伸张。由此他设计了后面一系列的复仇故事，让施害者为自己所犯的错误承担责任并忏悔，从而让今后类似的悲剧不再重演。他呼吁人们反思历史，提升自己的道德感，让个人坚持的伦理道德成为制止恶的事情发生的强大力量。

在《上帝之城》中，多克特罗使用狂欢化的语言、狂欢化的人物形象、狂欢化的叙事结构打破了形而上学的逻格斯中心主义的话语系统，展现了强烈的变更意识，这是狂欢节精神的体现。狂欢节的精神主张打破常规、等级和规则，颠覆"独白型"的一元权威，这与后现代主义所倡导的消解同一性、整体性，推崇不确定性的精神是相契合的。多克特罗通过运用狂欢化叙事手法，将深奥的哲学话语、战争的残酷场面和离奇刺激的复仇情节结合在一起，打破了历史与虚构的界限，使小说中的人物形象鲜活起来，让读者更加深刻地感受他们的窒闷、迷茫、痛苦、愤怒和无可奈何等诸多情感，从而有力地呈现出西方世界中，在发达的物质生活的背后，由于人们所依赖的理性主义根基的动摇和人的信仰缺失而导致人的精神家园迷失的图景。多克特罗让戏谑与庄重、粗鄙与高雅、通俗与深奥、历史与现实相交织，实现了不同文学体裁之间的融合，把不同阶层的人物都纳入到一个戏拟的文本中，用各种不同的"笑"语言打破了各阶层之间的障碍，在文学的狂欢化中建构了一种平等的、开放的、众声喧哗的后现代主义的多声部叙事结构。借用狂欢化思维对《上帝之城》进行分析，在他所描绘的文学世界里，我们可以看到多克特罗对人与人之间自由、平等关系的向往，体现了不同声音之间平等对话的精神。多克特罗以消解既定秩序和颠倒常规生活的狂欢化叙事风格嘲讽了战争，揭示了社会的荒诞，表达了对正义和道德的关注和对西方社会深切的人文关怀。

1　成红舞：《从他者到自我：波伏娃他者理论研究》，北京：中国社会科学出版社，2016 年，第 73 页。

结语
后现代左翼思想：批判资本主义，追求社会公正

　　后现代左翼小说家多克特罗的小说风格各异，分别针对不同的主题采用不同的叙事技巧和文本结构，全面地表现后现代左翼思想，系统地批判资本主义，提出社会主义主张，追求社会公正，实现了形式创新与意义深度的辩证统一。多克特罗在小说创作中用消解权威、去除中心、由多视角观察、多样杂糅的结构、多元变化的技巧以及多声音叙述构成的狂欢化叙事和由平行结构、戏谑模仿以及直接引用构成的互文叙事构成后现代伦理叙事，表现后现代政治左翼思想，解构资本主义社会的现实与历史，批评资本主义权力政治，用阶级分析方法表现美国多元文化中的各种社会问题，宣传社会主义思想，追求社会公正，主张重构现实和历史。在多克特罗看来，美国资本主义的政治、经济制度是建立在私立和剥削基础之上，而非建立在担负对他者，即担负对广大工人阶级民众绝对责任的合理的正义观念基础上，因此美国资本主义社会充斥着社会、政治、经济的不平等；美国资本主义社会处在权力阶层的人们没有哈贝马斯"对话伦理学"和巴赫金"对话"理论所主张的消除权威、中心和等级，强调平等对话的道德意识，因此人们的道德生活充满着伦理争议；美国资本主义社会深受存在主义的他人即地狱的思想和物质享乐主义的影响，因此人们不考虑生活的伦理意义；某些个人和团体热衷于民族主义和种族主义价值观念，因此种族歧视、民族冲突经常发生；在工业化过程中，美国资本主义社会的经济人（即以完全物质利益追求为目的而进行

经济活动的主体）残忍地掠夺性开发和破坏大自然，导致许多物种灭绝，资源枯竭，使人类面临生态危机。总之，美国在发展资本主义过程中碰到的所有问题都源自于现代西方伦理学所论证的资本主义道德价值体系。[1]多克特罗的小说艺术实现了形式创新与意义深度的辩证统一，为当代世界进步文学的发展指出了正确的方向。

《欢迎到哈德泰姆斯来》（1960）是多克特罗创作的一则后现代寓言，它以美国蛮荒西部一个小镇的兴衰象征具有同样命运的人类社会。小说以特纳反复破坏哈德泰姆斯镇和随意杀人的暴力场景描写，表现出资本主义社会人类本性中的内在邪恶。特纳就是为邪恶的象征。小镇被命名为哈德泰姆斯（Hard Times），其含义为艰难时世，很符合其现状，这是人类社会的一个范例。小说的叙事者和该镇的镇长布鲁在小镇第一次被毁后以美好的希望和坚定的信心，做了许多重建工作。小镇刚刚露出复兴的端倪，镇里的商人们就开始了无序的疯狂竞争，为自己的利益无所不用其极，这就是资本主义社会的雏形。人们在释放着资本主义社会个人本质中的自私与邪恶。布鲁意识到小镇发展的高峰和他与妻子的关系顶点都过去了。坏人特纳的再度出现证明了布鲁的这种意识。特纳又来了，他再次损毁了这个小镇。实际上，复兴的小镇在坏人特纳再度出现之前，就已经开始向相反的方向转变而且日益恶化，镇民们似乎都希望特纳回来对小镇实施再度破坏，因为他们似乎都有一种求死的渴望，不情愿看到小镇真的按布鲁的愿望繁荣起来。多克特罗用这个经过被破坏——重建——再被破坏的小镇作为资本主义社会的缩影，暗示人类可能天性就不能建立一个持久的社会，更非一个令人满意的社会。因为人类中自然存在着好人和坏人，建设者和破坏者，来自这种困境的唯一安慰似乎只是记录保存。这使布鲁忙忙碌碌：他对小镇崛起和毁灭的记录构成了小说的叙事。他风格独特、引人注意的小说叙事似乎成了对被毁小镇的补偿。多克特罗则是现实中的布鲁，他记录着资本主义社会的兴衰，以哈德泰姆斯小镇的兴衰故事为寓言，暗示以自私和剥削为主要特征的资本主义社会中人的内在邪恶，是导致人类社会不能发展甚至走向自我毁灭的根本原因。

《像真的一样大》（1966）是多克特罗创作的一部后现代主义科幻小说，小说中出现在纽约海港的比摩天大厦还要高大的一男一女两个裸体巨人给市民们带来了恐慌，在危机时刻政府创建了纽约研防部。其荒诞与反讽就在于这个为了保护人类而被创建出来的一个权力机构，反倒构成了对人类的威胁，表现出权力机构的险恶。这两个巨人看上去一动不动，但人们很快发现这是因为他们存在于与他

1　向玉乔：《后现代西方伦理学研究》，北京：中国社会科学出版社，2011 年，第 35 页。

们的身高成比例的时间系统中。纽约海港两个巨人的出现当然引起了一场危机，多克特罗集中表现留在城里的普通人对这一危机的反应，特别是美国政府的反应。作为对此危机的反应，美国政府建立了一个超级办公署"纽约研究与防御司令部"。这一司令部是一个赤裸裸的权力机构，它是以保护人民群众的名义创立的，但是人民必须为它服务。它用每一个事件来证明它将其触角插入美国人生活每一根纤维中的正当性，结果其行为被证明是险恶的。在小说中，纽约研防部起平衡作用的行为在很大程度上是与人类相敌对，其荒诞与反讽就在于纽约研防部是为了保护人类而被创建出来的一个权力机构。联邦政府原本打算用这样一个机构来摧毁威胁人类的巨人，科学家和政治家们提出了 17 种完全破坏这两个类人动物的办法，而不是试图与他们建立精神上的联系。这个本应保护人类的权力机构现在成为对人类安全的真正威胁。这是一幅右翼叛乱者手中的美国肖像，但右翼叛乱并未成为一种警告，一个预言，或一种讽刺，尽管小说断断续续地显示了这三种模式的所有要素。多克特罗试图通过这样一个故事来唤醒资本主义社会中的人民防范类似权力机构的险恶。

作为一部典范的毫不掩饰的后现代左翼宣传作品，小说《但以理书》(1971)中出现了声音、政治和重要意义的熔合。多克特罗用这部小说尝试另外一种叙事形式：历史小说。他以 1953 年初朱利叶和伊瑟尔·罗森堡夫妇被以间谍罪判处死刑这一历史事件作为位于故事核心的启发性活力，将真实的历史事件与虚构的情节相结合，着重讲述 20 世纪 50 年代遭受麦卡锡主义迫害而死的罗森堡夫妇的遗孤但以理成人后为父母申冤的故事，展现了 60 年代中期美国的社会风貌：汹涌的反战浪潮、学生对传统文化的反抗、风靡全国的摇滚乐、人们对政府的不满和反抗、嬉皮士的出现等，同时深刻揭示了美国社会造成的个人悲剧，暴露资本主义统治思想的本质是把人民当成敌人，对人民实施政治暴力，作者强烈呼吁实行真正的人道主义民主政治。《但以理书》标志着多克特罗首次文学上的成功，也标志着他的历史与虚构混合叙事特征的开始。小说的主要叙事者是但以理，作者试图将但以理对参加 60 年代激进的政治思潮的叙述与但以理对父母被执行死刑的回忆拼凑起来，构成一种创伤叙事，反讽地揭示美国民主制度下国家的政治暴力造成了普通人民群众的精神创伤。尽管但以理本人是一个左翼无神论者，但他从《圣经》中选用含有他名字的段子，以证明他的努力是正当的。多克特罗对那种叙述性精神活力实验的结果给人的印象是深刻的：但以理·艾萨克逊是其父母被以叛国罪而电刑处死故事的中心意识，但多克特罗打破传统的叙述连贯性，时间有时是 1967 年，有时是 50 年代初，有时是 30 年代经济大萧条时期。地点也不断变换，从冷战时的美国到沙皇时代的俄国，从马萨诸塞州的一家精神病院到加利福尼亚的迪斯尼乐园，再到布朗克斯的校园里。小说以频闪观测仪的速度，把读者带进哥伦比亚大学研究生但以理不同时期的头脑里：儿童时期的但以理，作为妻子性折磨者的但以理，社会理论家的但以理，为妹妹自杀而悲伤的但以理，以及其他情况下的但以理。读者也可以进入但以理父母——所谓的间谍保罗和罗谢尔·艾萨克逊的头脑里，而且还短暂地进入了他们律师的头脑里。小说中有关于美国历史卑鄙小秘密的讲座，有诗歌、口号和政治洞察力。多克特罗告诉读者一个社会对死刑偏好的意义，书中有歌颂电的致命力量的奇异注释，这种注释部分是讲座，部分是不可思议的咒语。读者被告知《旧约全书》中有一个与但以理同名的人，扮演解梦人的角色，有能在狮子洞穴里幸存的能力。这些都是暗喻但以理·艾萨克逊的预言家角色和他能暗中调查毁灭其父母的危险王国秘密的头脑。但以理的声音也是反越战一代的声音，是披头士（甲壳虫）合唱队的军士胡椒粉求友者俱乐部乐队（1967）、登月、芝加哥七人、查尔斯·曼森、海特 – 阿西伯利迷幻药、肯特州射击、马尔科姆 X、和平与爱情（非暴力政治主张）、水门事件丑闻以及"黑是美的"一代的声音。这一代人具有下列特点：动乱的口号和符号、对每一种既定权威的率直的、快活的、自我祝贺的拒绝。《但以理书》要求读者既将它作为一种经验的个人描写又作为一部政治小册子来对待。它像乔治·奥威尔的《兽园》（1945）那样遭到道德上严重违法的过分指控，但它又像亨利·大卫·梭罗的《华腾湖》（1854）、约翰·多思·帕索斯的《美国》三部曲（1930-1936）或约瑟夫·海勒的《第二十二条军规》（1861）那样，渴望重构读者对美国历史的骄傲。多克特罗在一次接受访谈时说："我很气愤。在我看来二十世纪的确有一种教训，那就是人民非常惧怕自己的政府。这是一个不可避免的世界范围的事实。但以理有一句话说，每一个公民都是他自己国家的敌人。统治思想的本质是把被统治的人民当成敌人来对待。"

　　1975 年出版的《拉格泰姆时代》是多克特罗影响最大的一部小说，与当时只关注语言本体和文本自身的其他小说背道而驰，而是将其关注聚焦在历史、文化、社会、体制、阶级和性别局限、社会背景以及物质基础上，向历史意识回归，将文学与人生、文本与历史、文学与权力话语的关系作为自己表现的中心问题，用蒙太奇等多元叙事技巧和语言实验，用拉格泰姆音乐的旋律、节奏和结构重写美国 20 世纪初期历史。小说表现了多克特罗反对资本主义剥削和种族歧视，主张取消阶级和等级的政治观点，宣扬承认差异、相互包容、人人平等、相互关爱的后现代伦理。《拉格泰姆时代》是一部事实与虚构结合，介于小说与历史之间的特殊作品。小说将一个中产阶级白人家庭、一个贫穷的移民家庭和一个黑人拉格泰姆音乐家家庭与像哈里·胡迪尼、埃玛·戈德曼和亨利·福特这样的历史人物的生活编织在一起，使历史上的真实人物与小说虚构的人物一起活动，使他们的生活相互交织，相互影响，揭示他们都被无法控制的经济和政治力量所异化的命运，构成一幅广阔的美国历史与文学虚构的织锦。多克特罗运用马克思主义的阶级分析方法，使文学政治化，使政治历史化，系统表达了对资本主义的激进批评，使文学参与对历史意义的建构。同时小说在艺术手法和语言上也进行了后现代主义的成功实验。多克特罗在《拉格泰姆时代》中编造了一个神话，一种反现实主义的小说模式，它的内容是历史的，但它作为小说作品却是对历史可以通过对事实的客观调查得以恢复这一概念的蓄意挑战。拉格泰姆乐曲使小说《拉格泰姆时代》在结构上与之对应。一支拉格泰姆乐曲一般有四个主题，即由四个部分构成。多克特罗的小说亦由四个部分组成，每一部分集中表现一个主题。小说的第一部分主要以小男孩一家人的生活为中心，逐渐展开 1902 年以来的美国社会政治、经济的历史画面：在爱国主义光环笼罩下的歌舞升平的背后，有移民艰难贫困的生活、妇女遭受的双重压迫，黑人生活的悲剧、艺术家遭到的来自上层社会的蔑视等。第二部分以犹太移民爸爸从一个贫困的社会主义者到接受个人主义的过程，揭示了所谓"美国活力的洪流"的构成：资本主义的残酷剥削和疯狂的种族歧视。第三部分是以黑人沃克实施报复为主线，小男孩一家去大西洋城度夏为副线，表现了美国社会的两重世界：一面是黑人的地狱，一面是由财富、阶级和自然为富人创造的伊甸园。这三个部分构成了小说的主体。第四部分最短，只由一章构成。这一全书总结性部分以极快的速度概括了死的必然，尽管是不同途径的死。小说的结尾意味深长："这时候拉格泰姆风行的时代随着机器沉重的喘息已经消逝，似乎历史不过是自动演奏的钢琴上的一支曲子而已。"美国 20 世纪初期一段蓬勃发展而又危机四伏的资本主义社会的历史，一支由"一组组短促、清脆的切分和弦与砰然撞击的八度和声"构成的拉格泰姆乐曲和一部节奏明快的新历史主义小说文本，同时结束了。

《鱼鹰湖》(1980) 是一部在风格和结构上都有大胆创新的作品。《鱼鹰湖》以三角恋爱的惊险故事为叙述框架，用成长小说、无产阶级教育小说和政治小说的种类混杂，将政治与艺术构为一体，用散文和诗歌两种文体、第一人称和第二人称两种叙事形式、大量亮晶晶的语言碎片拼成的文本结构，使历史小说化，暴露和讽刺 20 世纪初期美国资本主义社会中的互利关系和社会犯罪，批评资本主义剥削造成的社会不公正，重写工会斗争的历史，表现苦思冥想与探索追求、男性与女性、儿子与老子、统治者与被统治者、压迫者与被压迫者、剥削者与被剥削者等二元对立的事物。《鱼鹰湖》有时感人，有时滑稽，是一部认真构思的、有趣的、含有戏剧性、社会批评和文学试验的小说。《鱼鹰湖》同时属于三类小说：一部以 30 年代经济大萧条时期为背景的教育小说；一部三角恋爱惊险小说；一部显然是反讽美国资本主义互利关系和犯罪的批评小说。小说由一个有历险体验的年轻人、一个旅行狂欢节、颓废的旧钱、渗透劳工组织破坏罢工的阴险安排和大量的性行为等成分构成。小说详述了一个少年流浪者与一位工业大亨之间的关系。与《像真的一样大》比较，《鱼鹰湖》在结构上也像是一部科幻小说。虽然《像真的一样大》从来自另一个时空连续统一体的两个巨人打破纱幕进入这个世界的侵入，而产生震动价值，但是它在叙事结构上仍是传统的。与《像真的一样大》不同，《鱼鹰湖》在其有秩序的表面下，提供了一种更加激进的混乱。小说中的时间、空间和事件是"我们的"时间、空间和事件的多样变体。在《鱼鹰湖》中，事物发生，再发生，但它们几乎完全是以先前发生的相同方式再发生。然后，不同的事物一起发生。然而在任何一个时空连续统一体中，都没有某个事件"真正"发生的根据。多克特罗的世界并不给我们提供一种判定事物的绝对标准。在艺术手法上，作者继续运用拼贴法，将许多瑰丽的碎片构成多姿多彩的画面，交替使用第一人称和第三人称的叙事方法，并且打破体裁的界限，使散文和诗歌融为一体，交相辉映，形成了独特的风格。

后现代主义小说家多克特罗用后现代西方伦理学批判现代西方伦理学追求的"同一性""绝对性""总体性"的思维方式，提倡多元性、开放性和包容性，尊重差异，朝向他者，让自我担负起对他者不可让与的伦理责任。后现代主义作家运用复调、互文、狂欢化叙事等后现代伦理的叙事手法进行文学创作，颠覆了作者权威，消解了叙事中心，解构了元叙事，这与后现代主义所主张的消解权威和整体性、推崇不确定性和差异性的精神相契合，从而揭示了在后现代社会中，由于伦理道德的变化所带来的社会问题，反映了人的生存处境的变迁，引发人们对自己应该承担的道德责任的思考，为后现代人的生存发展提供新的视角和经验。多克特罗在小说《世界博览会》中使用了多声部叙事、互文叙事等艺术手法，表现出多克特罗关注他者，关心移民和底层大众，关注社会的公平正义，是一名社会责任感很强的小说家。多克特罗用元小说对传统小说这一形式和叙述本身进行反思、解构和颠覆；与此同时，他用后现代伦理的叙事，解构和批判资本主义制度，宣扬社会主义思想，追求社会公正。小说《世界博览会》（1985）依据作者本人 30 年代的童年生活，以回忆录的形式，从容讲述经济大萧条时期纽约市一个犹太男孩的成长故事。他在《世界博览会》中，用小说与回忆录混合的叙事技巧消解形式虚构，表现生活的可实际触知感，以一个纽约男孩的视角描述美国企业资本主义的失败以及美国激进过去的消失。事实上《世界博览会》主要表现了多克特罗的家庭关系，是多克特罗对家庭生活本身的赞颂。作者重现了当时布朗克斯区和曼哈顿区的声音、景色和风土人情，许多穷苦人家相互帮助和关心，共同度过了经济危机的艰难岁月。叙述者是一个不满 9 岁的小男孩，他是一个好"公民"，好学生。他用活泼的紧张精彩地描写了 1936 年的罗卡威海滩，这一情景让年幼的多克特罗有了对这个世界本身的一种最初的认识："我学会了对这颗行星的启发性的恐惧"。1936 年这一年的确是一个学习恐惧的一个好年头，因为当时在欧洲"犹太人的死亡正四面铺开"，多克特罗传达了孩子在头脑里描画邪恶世界的方法，即以对自己的大小和地位可以理解的形状去画。像在《但以理书》和《拉格泰姆时代》这两部历史小说里一样，在《世界博览会》里，读者从一个微观世界的精确性认识了照耀历史表面的能源。在纽约市举办的真实的 1939-1940 世界博览会上，为了对 5000 年后的人们了解今天有所启迪，威斯丁豪斯发起埋葬了一个现代历史资料和文物的储放器，其内容是我们当代文明的标志，例如玛格丽特·米歇尔的畅销书《飘》（1936）、一个米老鼠塑料杯、霍华德·休斯环球飞行的电影、多达 300 种语言的主祷文等。无疑，有许多其他孩子就像多克特罗埋葬那个现代历史资料和文物的储放器那样，埋葬他的汤姆·米克斯解码器徽章、他的霍纳·马林乐队口琴以及他装在箔线纹邮寄筒里 4 页长的总统弗兰克林·D. 罗斯福传记（带着所得的 100 分）。但是多克特罗献给未来的真实的现代历史资料和文物的储放器却是《世界博览会》。诗人 W. H. 奥登说过，时间喜欢话语，原谅所有那些靠话语生活的人。多克特罗的回忆录最好地证明了那一论点的真实性。

　　《上帝之城》（2000）用多语类、多形式和多体裁杂糅的文本结构提供一种由语言碎片式的传记概略、荷马韵文式史诗、宗教祈祷和按流行标准爵士乐模式的即席创作等构成的混杂物。小说以这种非线性叙事解构现实，重构历史，描述科技，探讨哲学，质疑上帝的存在，重组宗教和家庭等。这种多样杂糅的文本结构表明现实是一个多元的原子化的文本，一个无定形、充满暴力的世界；历史是知识话语与权力话语加盟的产物，是虚构的不确定的文本。小说通过叙述者艾弗瑞特重构历史，批评艺术、描述科技、探讨哲学、质疑上帝的存在、见证宗教家庭的重组等。多克特罗在《上帝之城》中借助艾弗瑞特和神职人员佩姆伯顿之口表达了他对现行资本主义社会依存原则的质疑。首先，多克特罗在小说中使用大量的哲学科学话语思考宇宙和人类的命运，用大量关于宇宙学、地质学方面的描述和相关的夸张的想象和推论引发读者对各种问题的思考。小说开篇就是对宇宙形成历史的想象和推论，得出的结论是：扩展的东西徒劳无功地扩展成自身，它是无穷回旋的暗物质，是可怕的没有感觉的无穷无尽，没有特性，没有容量，没有光或力或脉动的量子的转换性基本能量，所有这些都是我们自己的意识所发明创造的，我们的意识本身就缺少容量以及物理性质。像我们幻想中的宇宙一样，是一种最终没有头脑的、冷静的、非人的投射。其次，作者用大量的宗教话语表达对上帝的直接怀疑和拷问。小说表明，宗教信仰在弱化，十字架仅仅成为象征性的外化，已没有多少人追究其内涵了。牧师们和校订者们在早期的修订中留下了众多的不一致之处。历史和它们的重写本并存，表现了叙事中所描写的同样的斗争——对那不可言说的东西所具有的令人敬畏的完整性、创造性和整体性既怀疑又接受。再次，多克特罗通过关于音乐、电影、诗歌、意识流和通俗小说的艺术批评话语的元叙述，还通过自传、传记、日记、书信、电子邮件、录音文本等私人话语，对一些问题提出各种质疑。第四，多克特罗主要通过主人公基督教神父佩姆伯顿和进化派犹太教女信徒拉比莎拉来探索现实的出路——重塑一个不再是万能的、超验的、超自然的上帝，而是一个仁爱的接受苦难的弥赛亚，确立一个更为人类接受的、已化为生活方式道德信念了的上帝，一种承担责任和义务的伦理学，也就是在人类身上内化了的上帝精神。《上帝之城》用语类杂糅的实验性叙述对当代人类历史进行了充满浓郁的后现代意蕴的建构，表现了对20世纪人类最深的关切。小说的主题十分有趣，其非线性的和范围广阔的叙事会在一个阅读群体中引起一种同样非典型的方法讨论它。多克特罗的小说叙事不适合逐章分析和做简洁的情节概要，因为它主要用一种大写的"M"即神秘（上帝的本性、创造和人类命运）关注其自身，最后这些神秘使令人满意的解决办法落空。《上帝之城》使读者扮演可尊敬的托马斯·彭博顿博士的学徒侦探，是彭博顿博士自我选定的神学侦探，这样小说允许做许多智力"游戏"。小说有多克特罗所称的一种"厨房水池"散文风格的特点。这部小说合并了各种各样的文学形式和体裁，提供一种成碎片的传记概略、荷马韵文诗歌、祈祷和按流行标准的爵士乐似的即席创作的混杂物，所有这些围绕叙事的中心问题——被盗十字的神秘——的轨道而运行。

多克特罗用寓言和科幻小说，揭示资本主义社会中人的内在邪恶和权力机构的险恶；用创伤叙事，暴露美国民主制度下的政治暴力；用历史与虚构交织的文本，表现资本主义制度下人被异化的命运；用成长小说、无产阶级教育小说和政治小说构成政治与艺术的混合体，对美国资本主义进行反讽评论；用后现代主义文学伦理的叙事和后人文主义叙事，深刻反映了美国内战时期至当代的资本主义社会历史和社会现实，也表现了他作为左翼知识分子的政治观点。从多克特罗的小说，我们可以看到他始终以对工人阶级和贫苦劳动群众的关怀、人类社会的进步为主题，用创新的后现代主义多元化叙事艺术和马克思主义的阶级分析方法表现后现代人类经验，解构了充满现代性危机的资本主义社会，系统、科学、激进地分析与批判了资本主义社会和资本主义权力运行机制，提出社会主义的主张，指出现实与历史的文本性和虚构性，尝试用重构的办法来表现现实的真实和历史的真实，注重艺术与人生、本文与历史的关系，实现了艺术创新与意义深度的辩证统一。因此，多克特罗的小说创作虽仍坚持社会价值和思想价值为主导，但为了更有效地表现后现代人类经验，深化作品的政治主题，他做了大量的后现代主义叙事艺术试验，从而产生了重大的艺术价值。多克特罗小说中激进的政治主张和颠覆性的艺术创新代表性地表现了后现代左翼文学的精神风貌。

参考文献

Adorno, Theodor W. *Prisms: Culture Criticism and Society*. Trans. Samuel and Shierry Weber. Cambridge: The MIT Press, 1981.

Arnold, Marilyn. "Doctorow's *Hard Times*: A Sermon on the Failure of Faith." *Critical Essays on E. L. Doctorow*. Ed. Ben Siegel. New York: G. K. Hall & Co., 2000.

Bakhtin, M. M. *The Dialogue Imagination: Four Essays*. Trans. Caryl Emerson and Michael Holquist. Ed. Michael Holquist. Austin: U of Texas P, 1981.

Bakhtin, Mikhail. *Problems of Dostoevsky's Poetics*. Ed. and trans. Caryl Emerson. Minneapolis: University of Minnesota Press, 1984.

Banfield, William C. *Cultural Codes: Makings of a Black Music Philosophy*. Lanham: The Scarecrow Press, 2010.

Barth, John. "The Literature of Exhaustion." *Atlantic Monthly*, August 1967.

Barthes, Roland. "Theory of the Text." *Untying the Text: A Post-structuralist Reader*. London: Robert Young and Regan Paul, 1981.

Baudrillard, Jean. *Simulations*. New York: Semiotext, 1983.

Bell, Arthur. "Not the Rosengergs' Story." *Village Voice* 6 Sept. 1983.

Bercovitch, Sacvan. *The American Jeremiad*. Madison: University of Wisconsin Press, 1978.

Berlin, Edward A. *Ragtime: A Musical and Cultural History*. Berkeley: University of California Press, 1980.

Bertens, Hans. *The Idea of the Postmodern: A History*. London: Routledge, 1995.

Brienza, Susan. "Doctorow's *Ragtime*: Narrative as Silhouettes and Syncopation." *Dutch Quarterly Review of Anglo-American Letters* 2, no. 3 (1981).

Busby, Mark. "E. L. Doctorow's *Ragtime* and the Dialectics of Change." *Critical Essays on E. L. Doctorow*. Ed. Ben Siegel, New York: G. K. Hall & Co., 2000.

Cantor, Jay. *The Space Between: Literature and Politics*. Baltimore: Johns Hopkins University Press, 1981.

Carmichael, Virginia. *Framing History: The Rosenberg Story and the Cold War*. Minneapolis: University of Minnesoda Press, 1993.

Carney, Ralph M. "The Enemy Within: A Social History of Treason." *Citizen Espionage: Studies in Trust and Betrayal*. Eds. Theodore R. Sarbin, Ralph M. Carney, and Carson Eoyang. Westport Connecticut: Praeger, 1994.

Caruth, Cathy. *Trauma: Explorations in Memory*. Baltimore: John Hopkins University Press, 1995.

Chapin, Bradley. *The American Law of Treason: Revolutionary and Early National Origins*. Seattle: University of Washington Press, 1964.

Clemons, Water. "Houdini, Meet Ferdinand." *Newsweek*, 14 July 1975.

Coover, Robert. *The Public Burning*. New York: The Viking Press, 1977.

Cuddon, J. A. *Penguin Dictionary of Literary Terms and Literary Theory, 3rd Edition*. London and New York: Penguin, 1976/1991.

Dawson, Anthony. "*Ragtime* and the Movies: The Aura of the Duplicable." *Mosaic: A Journal for the Interdisciplinary Study of Literature* 16, nos. 1-2 (1983).

DeKoven, Marianne. "Utopia Limited: Post-Sixties and Postmodern American Fiction." *Contemporary Literary Criticism, Vol. 214*. Ed. Hunter W. Jeffrey. Detroit/ New York/ San Francisco/ San Diego/ New Haven, Conn./ Waterville, Maine/ London/ Munich: Thomson Gale, 2006.

Derrida, Jacques. *Dissemination*. Chicago: Chicago University Press, 1981.

——. "Declaration of Independence." *New Political Science* 15 (Summer 1986).

——. "Force of Law: The 'Mystical Foundation of Authority.' " *Cardozo Law Review* 11, 5-6 (July/ Aug 1990).

——. "Signature Event Context." *Margins of Philosophy*. Trans. Alan Bass. Chicago: University of Chicago Press, 1982.

——. "The Principle of Reason: The University in the Eyes of its Pupils." *Diacritics* 13 (Fall 1983).

——. *Position*. Chicago: Chicago University Press, 1981.

——. *Writing and Difference*, trans. Alan Bass, Britain: Routledge and Kegan Paul Ltd., 1978.

——. "Living On." *Harold* Bloom, P. de Man, J. Derrida, G. Hartman and J. Hills Miller. *Deconstruction and Criticism*, London: Routledge and Kegan Paul, 1979.

Dillon, Brian. "The Rosenbergs Meet Nebuchadnezzar: The Narrator's Use of the Bible in Doctorow's *The Book of Daniel." Contemporary Literary Criticism, Volume 214*. Ed. Hunter W. Jeffrey. New York/ London/ Munich: Thomson Gale, 2006.

Doctorow, E. L. "A Multiplicity of Witness: E. L. Doctorow at Heidelberg." *E. L. Doctorow: A Democracy of Perception*. Ed. Herwig Friedl and Dieter Schulz. Essen: Blau Eule, 1988.

——. "False Document." *E. L. Doctorow: Essays and Conversations*. Ed. Richard Trenner. Princeton, New Jersey: Ontario Review Press, 1983.

——. "False Documents." *Poets and Presidents*. New York: Random House, Inc., 1994.

——. "Review of Theodore Dreiser's an American Laborer." *New York Times Book Review*, December 4, 1983.

——. "The Passion of Our Calling." *New York Times Book Review*, 25 August 1985.

——. *Big as Life*. New York: Simon and Schuster, 1966.

——. *Lives of the Poets*. New York: Plume, Penguin Books USA Inc., 1997.

——. *Loon Lake*. New York: Random House, 1980.

——. *Poets and Presidents*. New York: Random House Inc., 1993.

——. *Ragtime*. New York: Bantam Books, Inc., 1975.

——. *The Book of Daniel*. New York: Random House, 1983.

——. *The Waterworks*. New York: Random House, 1994.

——. *Welcome to Hard Times*. New York: Bantam Books, 1960.

Eagleton, Terry. *Literary Theory: An Introduction*. Minneapolis: University of Minnesota Press, 1983.

Farber, Stephen. *Film Quarterly 37*, Spring 1987.

Fiedler, Leslie. "Cross the Border, Close the Gap." *Playboy*, December 1969.

——. "The New Mutants." *A Fiedler Reader*. New York: Stein & Day, 1977.

Foley, Barbara. *Radical Representations: Politics and Forms in U.S. Proletarian Fiction, 1924-1941*. Durham: Duke University Press, 1993.

Foucault, Michel. *Les Mots et Les Choses* (Paris: Editions Gallimard, 1966). Translated as *The Order of Things*. New York: Random House, 1970.

——. *Power / Knowledge: Selected Interviews and Other Writings, 1972-1977*. New York: Pantheon, 1980.

Fowler, Douglas. "E. L. Doctorow." *Dictionary of Literary Biography, Volume 173: American Novelists Since World War II, Fifth Series*. Eds. James R. Giles and Wanda H. Giles. Detroit/ Washington, D. C./ London: Gale Research, 1996.

——. *Understanding E. L. Doctorow*. Columbia, South Carolina: University of South Carolina Press, 1992.

Freud, Sigmund. "Analysis Terminable and Analysis Interminable." *The Standard Edition of the Complete Psychological Works of Sigmund Freud Vol. 23*. Ed. and Trans. James Strachey, London: Hogarth, 1955.

——. "Constructions in Analysis." *The Standard Edition of the Complete Psychological Works of Sigmund Freud, Vol. 23*. Ed. and trans. James Strachey. London: Hogarth, 1955.

——. "From the History of an Infantile Neurosis." *The Standard Edition of the Complete Psychological Works of Sigmund Freud Vol. 23*. Ed. and trans. James Strachey. London: Hogarth, 1955.

——. "Totem and Taboo." 1913. *The Standard Edition of the Complete Psychological Works of Sigmund Freud Vol. 13*. Ed. and Trans. James Strachey. London: Hogarth, 1955.

Friedl, Herwig and Dieter Schulz. "Conversations with Doctorow." *E. L. Doctorow: A Democracy of Perception*. Eds. Herwig Friedl and Dieter Schulz. Essen, Germany: Blaue Eule, 1988.

Friedl, Herwig. "Power and Degradation: Patterns of Historical Progress in the Novels of E. L. Doctorow," *E. L. Doctorow: A Democracy of Perception*. Eds. Herwig Friedl and Dieter Schulz. Essen, Germany: Verlag Die Blaue Eule, 1988, p. 23.

Fruedl, Herwig and Dieter Schulz. "A Multiplicity of Witness: *E. L. Doctorow at Heidelberg.*" *E. L. Doctorow: A Democracy of Perception*. Eds. Herwig Friedl and Dieter Schulz. Essen: Blaue Eule, 1989.

Gatlin, Rochelle. *American Women since 1945*. Jackson: University of Mississippi Press, 1987.

Genette, Gerard. *Fiction and Diction*. Trans. Catherine Porter. Ithaca: Cornell UP, 1993.

Gross, David S. "Tales of Obscene Power: Money and Culture, Modernism and History in the Fiction of E.L. Doctorow." *E. L. Doctorow: Essays and Conversations*. Ed. Richard Trenner. Princeton: Ontario Review Press, 1983.

Gussow, Mel. "Novelist Syncopates History in *Ragtime*." *Conversations with E. L. Doctorow*. Ed. Christopher D. Morris. Jackson: University Press of Mississippi, 1999.

Habermas, Jürgen and Seyla Ben-Habib. "Modernity Versus Postmodernity." *New German Critique*, No. 22. Special Issue on Modernism. *Winter*, 1981.

Hague, Angela. "*Ragtime* and the Movies." *Critical Essays on E. L. Doctorow*. Ed. Ben Siegel. New York: G. K. Hall & Co., 2000.

Harpham, Geoffrey Galt. "E. L. Doctorow and Technology of Narrative." *PMLA* 100 (Jan. 1985).

Harter, Carol C. and James R. Thompson. *E. L. Doctorow*. Boston: Twayne Publishers, 1990.

Hassan, Ihab. *The Postmodern Turn: Essays in Postmodern Theory and Culture*. Columbus, Ohio: The Ohio State University Press, 1987.

Hasse, John Edward. "*Ragtime*: From the Top." *Ragtime: Its History, Composers, and Music*. Ed. John Edward Hasse. New York: Schirmer Books, 1985.

Heidegger, Martin. "Die Zeit des Weltbildes." *Holzwege*. Frankfurt: Vittorio Klostermann, 1950. Trans. Marjorie Grene. *Measure* 2, 1951.

——."The Age of the World View." *Measure 2* (1951): 269-284. Rpt. *Boundary 24* (1975).

Hillstrom, Kevin. *Defining Moments: Workers Unite! The American Labor Movement*. Detroit: Omnigraphics, 2011.

Hunter, Jeffrey W., Deborah A. Schmitt and Timothy J. White eds. *Contemporary Literary Criticism Volume 113*, Detroit / London: Gale Research, 1999.

Huxley, Aldous. *Brave New World*. New York: Harper & Row, 1946.

Jameson, Fredric. *Postmodernism; or, The Cultural Logic of Late Capitalism*. Durham, NC: Duke University Press, 1991.

Kennan, Kent. *Counterpoint: Based on Eighteenth-Century Practice*. Upper Saddle River: Prentice-Hall, 1999.

King, Richard. "Why There Is No Socialism in America?" *E. L. Doctorow: A Democracy of Perception*. Eds. Herwig Friedl and Dieter Schulz. Essen, Germany: Blaue Eule, 1988.

Kohak, Erazim V. "Requiem for Utopia." *Mills*, 1969.

Kristeva, Julia. "Word, Dialogue and Novel." *The Kristeva Reader*. Ed. Toril Moi. Oxford: Blackwell Publishers, Ltd., 1986.

Leiteh, Vincent B. *Postmodernism—Local Effects, Global Flows*. New York: State University of New York, 1996.

Levinas, Emmanuel. *Ethics and Infinity, Conversations with Philippe Nemo*. Trans. Richard A. Cohen. Pittsburgh, Pennsylvania: Duquesne University Press, 1985.

Levine, Paul. "The Writer as Independent Witness." *Essays and Conversations*. Ed. R. Trenner. Princeton: Ontario Review Press, 1983.

Levine, Paul. *E. L. Doctorow*, New York and London: Methuen, 1985.

Lodge, David. *The Modes of Modern Writing: Metaphor, Metonymy, and the Typology of Modern Literature*. London: Arnold, 1977.

Lyotard, Jean-François. "Defining the Postmodern." *Norton Anthology of Theory and Criticism*. Ed. Vincent B. Leitch et al. New York: W. W. Norton and Co., 2001.

Marcuse, Herbert. *The Aesthetic Dimension: Toward a Critique of Marxist Aesthetics*. Boston: Beacon Press, 1978.

McCaffery, Larry. "A Spirit of Transgression." *E. L. Doctorow: Essays and Conversations*. Ed. Richard Trenner. Princeton: Ontario Review, 1983.

McCaffery, Larry. "E. L. Doctorow Interview with Larry McCaffery." *E. L. Doctorow: Essays and Conversations*. Ed. Trenner, Richard. Princeton: Ontario Review Press, 1983.

McHale, Brian. *Postmodernist Fiction*. New York and London: Methuen, 1987.

McNeese, Tim. *The Labor Movement: Unionizing America*. New York: Chelsea, 2008.

Merrit, Russel. "Nickelodeon Theater, 1905-1914: Building an Audience for the Movies." *The American Film Industry*. Ed. Tino Balio. Madison: The University of Wisconsin Press, 1985.

Miller, Arthur. "The Night Ed Murrow Struck Back." *Esquire*, December 1983.

Miller, J. Hillis. "Presidential Address 1986. The Triumph of Theory, the Resistance to Reading, and the Question of the Material Base." *PMLA 102* (1987).

Miller, J. Hillis. *Poets of Reality*. New York: Atheneum, 1974.

Mills, Hilary. "Interview with Hilary Mills." *Saturday Review*, October, 1980

Morgenstern, Naomi. "The Primal Scene in the Public Domain: E. L. Doctorow's *The Book of Daniel*." *Contemporary Literary Criticism, Vol. 214*. Ed. Hunter W. Jeffrey. Detroit/ New York/ San Francisco/ San Diego/ New Haven, Conn./ Waterville, Maine/ London/ Munich: Thomson Gale, 2006.

Morris, Chistopher D. *Models of Misrepresentation on the Fiction of E. L. Doctorow*. Jackson and London: University Press of Mississippi, 1991.

——. "'Fiction Is a System of Knowledge': An Interview with E. L. Doctorow." *Michigan Quarterly Review 30* (Summer 1991).

Murolo, Priscilla and A. B. Chitty. *From the Folks Who Brought You the Weekend: A Short, Illustrated History of Labor in the United States*. Illus. Joe Sacco, New York: New Press, 2001.

Newman, Charles. *The Post-Modern Aura: The Act of Fiction in an Age of Inflation*. Evanston: Northwestern University Press, 1985, p.117.

Parks, John G. *E. L. Doctorow*. New York: The Continuum Publishing Company, 1991.

Passos, John Dos. *The Forty-Second Parallel*. Boston: Houghton Mifflin Company, 1946.

Rosenau, Pauline Marie. *Post-Modernism and the Social Science*. Princeton, 1992. 张国清:《中心与边缘》。北京：中国社会科学出版社，1998 年。

Prescott, Peter S. *Doctorow's Daring Epic. Newsweek*, 15 September 1980.

Prinder, Patrick. *Science Fiction: Its Criticism and Teaching*. London and New York: Routledge, 1980/2003.

Rapf, Joanna E. "Sidney Lumet and the Politics of the Left: The Centrality of Daniel." *Contemporary Literary Criticism, Vol. 214*. Ed. Hunter W. Jeffrey. Detroit/ New York/ London/ Munich: Thomson Gale, 2006.

Rapf, Joanna E. "Sidney Lumet and the Politics of the Left: The Centrality of Daniel." *Contemporary Literary Criticism, Vol. 214*. Ed. Hunter W. Jeffrey, Detroit/ New York/ London/ Munich: Thomson Gale, 2006.

Sarris, Andrew. "The Rosenbergs, the Isaacsons, and Thou." *Village Voice 6 Sep.* 1983.

Scholes, Robert. "Fabulation as History: Barth, Garcia-Marquez, Fowles, Pynchon, Coover." *Fabulation and Metafiction*. Urbana: University of Illinois Press, 1979.

Shelton, Frank W. "E. L. Doctorow's *Welcome to Hard Times*: The Western and the American Dream." *Contemporary Literary Criticism Volume 37*. Ed. Daniel G. Marowski. Detroit / Washington, D. C. / London: Gale Research, Inc., 1986.

Sheppard, R. Z. "The Music of Time." *Critical Essays on E. L. Doctorow*. Ed. Ben Siegel. New York: G. K. Hall & Co., 2000.

Sloterdijk, Peter. *Critique of Cynical Reason*. Trans. Michael Eldred. Minneapolis: University of Minneapolis Press., 1950.

Smith, Ned. "From *Ragtime* to Riches." *American Way*, January 1981.

Sowell, Thomas. *Ethnic America: A History*. New York: Basic Books, 1981.

Stephen H. Gifts ed. *Law Dictionary, Third Edition*. New York: Barron's, 1991.

Tanner, Tony. *City of Words: American Fiction, 1950-1970*. New York: Harper and Row, 1971.

Tokarczyk, Michelle M. *E. L. Doctorow's Skeptical Commitment*. New York: Peter Lang Publishing, Inc., 2000.

Trachtenberg, Alan. *The Incorporation of America*. New York: Hill & Wang, 1982.

Trenner, Richard ed. *E. L. Doctorow: Essays and Conversations*. Princeton, N. J.: Ontario Review Press, 1983.

——. *E. L. Doctorow: Essays and Conversations*. Ed. Richard Trenner. Princeton, NJ: Ontario Review Press, 1983.

Wald, Alan M. "The 1930s Left in U.S. Literature Reconsidered." *Radical Revisions: Rereading 1930s Culture*. Eds. Bill Mullen and Sherry Linkon. Urbana: University of Illinois Press, 1996.

Waldo, Terry. "Ragtime." *Encyclopedia of African American History: 1896 to the Present*. Ed. Paul Finkelman. Oxford: Oxford University Press, 2009.

Waterman, Guy. "Ragtime." *Ragtime: Its History, Composers, and Music*. Ed. John Edward Hasse. New York: Schirmer Books, 1985.

Waugh, Patricia. "Postmodernism and Feminism." *Modern Literary Theory: A Reader, Fourth Edition*. Eds. Philip Rice & Patricia Waugh. New York: Oxford University Press, 2002.

Wellmer, J. "The Dialectic of Modernism and Postmodernism." *Praxis International 4,* 1985.

White, Hayden. *Metahistory: The Historical Imagination in Nineteenth-Century Europe*. Baltimore: Johns Hopkins University Press, 1973.

Wolf, Werner. *The Musicalization of Fiction: A Study in the Theory and History of Intermediality*. Amsterdam: Rodopi, B. V., 1999.

E. L. 多克特罗：《拉格泰姆时代》，常涛、刘奚译，南京：译林出版社，1996 年。

—— :《世界博览会》。陈安译。济南：山东文艺出版社，2014 年。

—— :《上帝之城》。李战子、韩秉建译。南京：译林出版社，2015 年。

J. 希利斯·米勒："共同体的焚毁：奥斯维辛前后的小说"，陈旭译。南京：南京大学出版社，2019 年。

阿莱达·阿斯曼：《回忆空间：文化记忆的形式和变迁》。北京：北京大学出版社，2016 年。

爱克曼辑录：《歌德谈话录》，朱光潜译，北京：人民文学出版社，1978 年。

奥哈拉："唐纳德·巴塞尔姆：小说的艺术"。《巴黎评论》，80 期（1981 年夏季号）。唐纳德·巴塞尔姆：《白雪公主》。周荣胜、王柏华译。哈尔滨：哈尔滨出版社，1994 年。

巴赫金：《巴赫金全集第六卷》。钱中文主编。李兆林、夏忠宪等译。石家庄：河北教育出版社，1998 年。

巴赫金：《巴赫金全集第五卷》。钱中文主编。白春仁、顾亚玲译。石家庄：河北教育出版社，1998 年。

巴赫金：《陀思妥耶夫斯基诗学问题：复调小说理论》。白春仁、顾亚铃译。北京：三联书店，1988 年。

巴思：《夜海之旅》。鲁余译。《外国文学》，1997 年第 2 期。

白艳霞："解构"。王治河主编：《后现代主义辞典》。北京：中央编译出版社，2005 年。

本雅明：《本雅明文选》。陈永国、马海良编。北京：中国社会科学出版社，1999 年。

本雅明：《发达资本主义时代的抒情诗人》。张旭东、魏文生译。北京：生活·读书·新知三联书店，1989 年。

曾祥敏："论奥古斯丁《上帝之城》中的善恶观"。《时代文学》，2011 年第 11 期。

查尔斯·鲁亚斯："埃·劳·道克托罗"。《美国作家访谈录》。粟旺、李文俊等译。北京：中国对外翻译出版公司，1995 年。

常涛："多克特罗：对历史独具见解的小说家——序"。《拉格泰姆时代》。常涛、刘奚译。南京：译林出版社，1996 年。

陈世丹："《拉格泰姆时代》：向历史意义的回归"。《厦门大学学报》，2003 年第 4 期。

——：《美国后现代主义小说详解》。天津：南开大学出版社，2010 年。

——：《美国后现代主义小说艺术论》。大连：辽宁师范大学出版社，2002 年。

成红舞：《从他者到自我：波伏娃他者理论研究》。北京：中国社会科学出版社，2016 年。

大卫·雷·格里芬：《后现代精神》。王成兵译。北京：中央编译出版社，1995 年。

戴维·洛奇：《现代主义、反现代主义和后现代主义》。利尔：科尔大学出版社，1981 年。王岳川：《后现代主义文化研究》。北京：北京大学出版社，1996 年。

德里达：《播撒》。英译本"译者前言"。王岳川：《后现代主义文化研究》。北京：北京大学出版社，1996 年。

弗·杰姆逊：《后现代主义与文化理论》。王岳川：《后现代主义文化研究》，北京：北京大学出版社，1996 年。

弗雷德里克·詹姆逊：《文化转向》。胡亚敏等译。北京：中国社会科学出版社，2000 年。

——：《现实主义、现代主义与后现代主义》。王岳川：《后现代主义文化研究》，北京：北京大学出版社，1996 年。

——：《后现代主义与文化理论》。唐小兵译。北京：北京大学出版社，1997 年。

弗里德里希·基特勒：《后现代艺术存在》。柳鸣九主编：《从现代主义到后现代主义》。北京：中国社会科学出版社，1994 年。

弗利德里希·基特勒：《后现代艺术存在》。章国锋："从'现代'到'后现代'"。柳鸣九主编：《从现代主义到后现代主义》。北京：中国社会科学出版社，1994 年。

傅小平："奥斯维辛之后，写诗如何不是野蛮的？"《文学报》，2015 年 9 月 29 日。

高巍："人文主义、宗教信仰及其他——对话多克托罗"。《外国文学动态》，2012 年第 2 期。

龚见明：《文学本体论》。桂林：广西师范大学出版社，1998 年。

海登·怀特："作为文学虚构的历史文本"。《新历史主义与文学批评》。张京媛主编。北京：北京大学出版社，1993 年。

侯维瑞、李维屏：《英国小说史》（上、下册）。南京：译林出版社，2005 年。

黄安年：《二十世纪美国史》。石家庄：河北人民出版社，1989 年。

杰罗姆·查沐："叙说巴塞尔姆"。唐纳德·巴塞尔姆：《白雪公主》，周荣胜、王柏华译，哈尔滨：哈尔滨出版社，1994 年。

杰罗姆·克沐科维兹："巴塞尔姆访问记"。唐纳德·巴塞尔姆：《白雪公主》，周荣胜、王柏华译，哈尔滨：哈尔滨出版社，1994 年。

库尔特·冯纳格特：《囚鸟》。董乐山译。桂林：漓江出版社，1987 年。

拉里·麦克弗里："垃圾美学：巴塞尔姆的《白雪公主》"。唐纳德·巴塞尔姆：《白雪公主》，周荣胜、王柏华译，哈尔滨：哈尔滨出版社，1994 年。

莱斯利·菲德勒：《越过界限，填平鸿沟》。章国锋："从'现代'到'后现代'"。柳鸣九主编：《从现代主义到后现代主义》。北京：中国社会科学出版社，1994 年。

兰斯·奥尔森："杂七杂八：或介绍唐纳德·巴塞尔姆的几点按语"。唐纳德·巴塞尔姆：《白雪公主》。周荣胜、王柏华译。哈尔滨：哈尔滨出版社，1994 年。

林焱："论寓言体小说——小说体式论之六"。《小说评论》，1988 年第 2 期。

刘海平、王守仁：《新编美国文学史》第四卷。王守仁主撰。上海：上海外语教育
　　出版社，2002 年。

龙迪勇："'出位之思'：试论西方小说的音乐叙事"。《外国文学研究》，2018 年第
　　6 期。

陆凡、蒲隆："库尔特·冯尼格简论"。《美国当代小说家论》。钱满素编。北京：
　　中国社会科学出版社，1987 年。

罗伯特·库弗：《公众的怒火》。潘小松译。南京：译林出版社，1997 年。

罗兰·巴尔特：《文本之快感》。巴黎：色伊，1973 年。

——：《语言的噪声》，巴黎：色伊，1984 年，第 67 页。

米歇尔·福柯：《知识考古学》。王岳川：《后现代主义文化研究》，北京：北京大
　　学出版社，1996 年。

——：引自王岳川《后殖民主义与新历史主义文论》。济南：山东教育出版社，
　　1999 年。

尼采：《悲剧的诞生》。周国平译。北京：生活·读书·新知三联书店，1986 年。

聂珍钊：《文学伦理学批评导论》。北京：北京大学出版社，2014 年。

齐格蒙特·鲍曼：《共同体》。南京：江苏人民出版社，2003 年。

——：《后现代伦理学》。张成岗译。南京：江苏人民出版社，2003 年。

——：《流动的现代性》。欧阳景根译。北京：中国人民大学出版社，2018 年。

——：《现代性与大屠杀》。杨渝东、史建华译。南京：译林出版社，2019 年。

让 – 弗朗索瓦·利奥塔德：《后现代状况：知识的报告》。王岳川：《后现代主义文
　　化研究》。北京：北京大学出版社，1996 年。

宋春香：《他者文化语境中的狂欢理论》。北京：中国社会科学出版社，2009 年。

唐纳德·巴塞尔姆：《白雪公主》。周荣胜、王柏华译，哈尔滨：哈尔滨出版社，
　　1994 年。

特伦斯·霍克斯：《结构主义和符号学》。上海：上海译文出版社，1987 年。

托马斯·品钦：《拍卖第四十九批》。林疑今译。上海：上海译文出版社，1989 年。

王恩铭：《20 世纪美国妇女研究》。上海：上海外语教育出版社，2002 年。

王先霈、王又平：《文学批评术语词典》，上海：上海文艺出版社，1999 年。

王岳川：《后现代主义文化研究》．北京：北京大学出版社，1996 年。

王岳川：《后殖民主义与新历史主义文论》，济南：山东教育出版社，1999 年。

沃·威尔什："我们的后现代的现代"。[法] 让 – 弗·利奥塔等著：《后现代主义》。
　　赵一凡等译。北京：社会科学文献出版社，1999 年。

沃尔夫冈·威尔什：《我们的后现代的现代》，魏因海姆，1988 年。柳鸣九主编：《从现代主义到后现代主义》。中国社会科学出版社，1994 年。

西格蒙德·弗洛伊德：《精神分析论》。高觉敷译。北京：商务印书馆，1984 年。

夏忠宪：《巴赫金狂欢化诗学研究》。北京：北京师范大学出版社，2000 年。

向玉乔：《后现代西方伦理学研究》。北京：中国社会科学出版社，2011 年。

休·卡明："查尔斯·詹克斯访问记"。《艺术与设计：后先锋派：八十年代的绘画》，1987 年 3 卷 7/8 期。

徐贲："人以什么理由来记忆"。北京：中央编译出版社，2016 年。

雅克·德里达："人文科学语言中的结构、符号及游戏"。刘自强译。戴维·洛奇编：《二十世纪文学评论》。葛林等译。上海：上海译文出版社，1993 年。

杨晓霖："叙事学与创伤研究"。《作家杂志》，2012 年第 4 期。

易群芳："黑人知识分子与哈莱姆文艺复兴"。《社会科学家》，2014 年第 8 期。

于闽梅：《灵韵与救赎——本雅明思想研究》。北京：文化艺术出版社，2008 年。

余宝发："超小说"。林骧华等主编：《文艺新学科新方法手册》。上海：上海文艺出版社，1987 年。

袁先来："多克特罗《上帝之城》的反'神正论'叙事"。《南开学报》，2014 年第 3 期。

约翰·巴思：《扉页》。侯毅凌译。《外国文学》，1997 年第 2 期。

约纳森·鲍姆巴赫："叙说巴塞尔姆"。唐纳德·巴塞尔姆：《白雪公主》。周荣胜、王柏华译。哈尔滨：哈尔滨出版社，1994 年。

张国清：《中心与边缘》。北京：中国社会科学出版社，1998 年。

张京媛：《新历史主义与文学批评》。北京：北京大学出版社，1993 年。

张俪萍："互文性文类视角下的戏仿研究"。《东北师大学报》，2015 年第 5 期。

章国锋："从'现代'到'后现代'"。柳鸣九主编：《从现代主义到后现代主义》。北京：中国社会科学出版社，1994 年。

赵毅恒："后现代派小说的判别标准"。中国人民大学书报资料中心：《外国文学研究》，1994 年第 1 期。

朱莉娅·克里斯蒂娃：《主体·互文·精神分析——克里斯蒂娃复旦大学演讲集》。北京：生活·读书·新知三联书店，2016 年。

邹广胜：《自我与他者：文学的对话理论与中心文论对话研究》。北京：中国社会科学出版社，2009 年。

后　记

　　本书《美国后现代左翼作家多克特罗研究》以马克思主义的辩证唯物主义和历史唯物主义为立论依据，将后现代主义理论研讨与美国后现代左翼作家多克特罗的小说文本分析相结合，系统地探讨多克特罗在其小说中用不断创新且多元变化的艺术技巧和多样杂糅的文本结构以及后现代伦理叙事，表现后现代左翼思想，揭示人被资本主义经济和社会力量所异化的命运，批评资本主义权力政治，提出社会主义主张，追求社会公正的小说艺术。本书将为我国新时期的文学创作、文学批评、文艺理论研究，为我国新时期政治、经济、社会、文化、生态文明建设提供有益的借鉴。

　　在本书编写的后期，我的两位博士生也参与了研究，苏立靖完成了第六章第二节"多克特罗小说中后现代伦理叙事"，陶晓完成了第四章第三节"织锦式音乐叙事"。在此，向做出贡献的苏立靖和陶晓两位博士生表示感谢！在本书编写过程中，不断得到外研社编辑王丛琪的宝贵建议，特向她表示衷心的谢意！

　　本书得到中国人民大学 2019 年度"中央高校建设世界一流大学（学科）和特色发展引导专项资金"的支持。衷心感谢中国人民大学科研处和外国语学院给予本书的大力支持！衷心感谢外语教学与研究出版社领导给予本书的大力支持！

陈世丹

2020 年 4 月 10 日